Weitere Titel der Autorin:

Zum Teufel mit David
Im Garten meiner Liebe
Wilde Rosen
Wellentänze
Eine ungewöhnliche Begegnung
Glücksboten
Eine Liebe in den Highlands
Geschenke aus dem Paradies
Sommernachtsgeflüster
Festtagsstimmung
Eine kostbare Affäre
Cottage mit Aussicht
Glücklich gestrandet
Sommerküsse voller Sehnsucht
Botschaften des Herzens
Das Glück über den Wolken
Sommer der Liebe
Fünf Sterne für die Liebe
Eine unerwartete Affäre
Eine perfekte Partie
Rendezvous zum Weihnachtsfest
Sommerhochzeit auf dem Land
Eine Liebe am Meer

Über die Autorin:

Katie Fforde lebt mit ihrer Familie in Gloucestershire und hat bislang über zwanzig Romane veröffentlicht, die in Großbritannien allesamt Bestseller waren. Darüber hinaus ist sie als Drehbuchautorin erfolgreich, und ihre romantischen Beziehungsgeschichten begeistern auch in der ZDF-Serie HERZKINO ein Millionenpublikum. Wenn sie nicht mit Schreiben beschäftigt ist, hält Katie Fforde sich mit Gesang, Flamencotanz und Huskyrennen fit.

Katie Fforde

Begegnung im Mondscheingarten

Roman

Aus dem Englischen von
Gabi Reichart-Schmitz

BASTEI LÜBBE TASCHENBUCH
Band 17857

Dieser Titel ist auch als E-Book erschienen

Vollständige Taschenbuchausgabe

Deutsche Erstausgabe

Für die Originalausgabe:
Copyright © Katie Fforde Ltd. 2017
Titel der englischen Originalausgabe: »A Secret Garden«
Originalverlag: Century/The Random House Group Limited, London

Für die deutschsprachige Ausgabe:
Copyright © 2019 by Bastei Lübbe AG, Köln
Umschlaggestaltung: Kirstin Osenau
Unter Verwendung von Motiven von © shutterstock/Kozhadub Sergei und
© Jeremy Samuelson/getty-images
Satz: hanseatenSatz-bremen, Bremen
Gesetzt aus der Goudy
Druck und Verarbeitung: CPI books GmbH, Leck – Germany
ISBN 978-3-404-17857-5

2 4 5 3 1

Sie finden uns im Internet unter
www.luebbe.de
Bitte beachten Sie auch: www.lesejury.de

Ein verlagsneues Buch kostet in Deutschland und Österreich jeweils überall dasselbe.
Damit die kulturelle Vielfalt erhalten und für die Leser bezahlbar bleibt, gibt es die gesetzliche
Buchpreisbindung. Ob im Internet, in der Großbuchhandlung, beim lokalen Buchhändler, im
Dorf oder in der Großstadt – überall bekommen Sie Ihre verlagsneuen Bücher zum selben Preis.

Für alle gärtnernden Frauen – überall auf der Welt

1. Kapitel

Philly zog mit den Zähnen an dem besonders verstärkten Gewebeklebeband, schaffte es allerdings nicht, es abzureißen. »Gib mir mal bitte die Gartenschere da drüben, Grand«, sagte sie. Ein Windstoß fuhr in die Ärmel ihrer Jacke. Er war viel kälter, als Wind im April sein sollte, fand Philly. Wären da nicht die Primeln unter den Hecken und die Pflanzentrays voller vorgetriebener Blumenzwiebeln in ihrem Treibhaus – man hätte auch meinen können, es sei Februar.

Ihr Großvater schüttelte den Kopf. »Du brauchst eine Schere oder ein Messer. Hier.« Er nahm sein Schweizer Messer aus der Tasche und schnitt damit das Klebeband durch.

Philly klebte den Streifen auf einen Riss im Folientunnel und hielt dann sorgfältig Ausschau nach möglichen weiteren Löchern. »Wenn die Wettervorhersage stimmt, muss ich sicherstellen, dass der Wind nicht hineingelangen kann.«

»Liebes Kind«, antwortete ihr Großvater. »Du brauchst einen neuen Folientunnel. Warum lässt du mich keinen kaufen?«

Philly vergewisserte sich, dass der Folientunnel so winddicht wie möglich war, und gab ihrem Großvater das Messer zurück. »Müssen wir diese Diskussion jeden Tag von Neuem führen, Grand? Würde nicht einmal pro Woche reichen?«

»Ach, komm! Es braut sich ein Unwetter zusammen, das diesem alten Ding den Rest geben könnte. Was würde dann mit deinem kostbaren Salbei passieren?«

Philly nickte. »Die Pflanzen könnten alle kaputtgehen, ich weiß. Doch jetzt ist es zu spät für einen neuen Folientunnel.«

Sie lächelte ihn an, weil sie wusste, dass er diesen Disput nicht für sich entscheiden konnte.

»Aber für den nächsten Sturm ist es nicht zu spät. Du weißt ja, dass es heißt, der April ist der übelste Monat von allen. Er könnte sogar mit einem Orkan aufwarten.« Ihr Großvater war genauso stur wie sie.

Sie legte ihm die Hand auf den Arm. »Lieber Grand, ich schulde dir schon genug, und ich möchte nicht noch tiefer in deiner Schuld stehen. Ich werde mich mit diesem Folientunnel hier begnügen, bis ich genug Geld für einen neuen verdient habe.«

Ihr Großvater schnalzte missbilligend mit der Zunge, verfolgte aber das Thema nicht weiter. Er gab sich nicht etwa geschlagen, sondern vertagte die Angelegenheit nur. »Komm, lass uns ins Haus gehen und Tee trinken. Es gibt auch Kuchen …« Bei den letzten Worten verzog er ein wenig das Gesicht.

Phillys Miene hellte sich auf. »Was stimmt nicht damit? Hast du die Walnüsse in einem Kaffee-Walnuss-Kuchen vergessen?«

»Er war ein bisschen zu lange im Ofen«, antwortete er. »Ist angebrannt, wie man früher sagte.«

Philly war erstaunt. »Was? Er ist tatsächlich richtig angebrannt?«

»Oh nein! Aber er ist nicht marktfähig.«

Philly lachte. »Dann ist es ja in Ordnung. Ich mache gern eine Teepause mit dir. Aber nur wenn es dir nichts ausmacht, ein bisschen zu warten – ich muss noch meine Blumensträußchen binden und nachsehen, welche Blumenzwiebeln schon weit genug sind, um sie zum Stand mitzunehmen. Dauert nicht lange. Ich habe die Blumen eben geschnitten und bereitgelegt. Danach ist es Zeit für den Anruf. Du weißt, dass am Sonntag alle auf einer Feier sind und wir das Telefonat vorverlegt haben? Könnten wir danach Tee trinken?«

»Na klar. Ich habe die Kartoffeln fürs Abendessen schon aufgesetzt. Den Kuchen können wir auch als Nachtisch essen.«

»Perfekt!« Sie gab ihm einen Kuss auf die Wange und hakte sich bei ihm unter, als sie sich auf den Weg machten. Dann steuerte Philly auf eines der Nebengebäude zu, und ihr Großvater verschwand im Haus. Sie fürchtete sich regelrecht vor dem Telefonat. Es gab nichts Neues, was sie ihren Eltern erzählen konnte, nichts, was ihre Sorgen zerstreuen würde. Daher würden sie ihr weiterhin zusetzen, nach Irland zurückzukehren, selbst wenn das bedeutete, ihren Großvater allein in England zurückzulassen.

Philly wollte das Abenteuer nicht abbrechen, zu dem ihr Großvater und sie vor drei Jahren aufgebrochen waren. Damals hatte Seamus zufällig im Internet eine Annonce für einen kleinen landwirtschaftlichen Besitz entdeckt. Die Anzeige hatte ihn angesprochen, obwohl er als passionierter Automechaniker eigentlich eher an einem einfachen Haus mit ein paar Garagen interessiert gewesen wäre. Philly war mit ihm gefahren, um das Objekt zu besichtigen. Als sie das Haus dann gesehen hatte, hatte sie sich Hals über Kopf verliebt. Es gehörten mehrere Tausend Quadratmeter Land dazu, eine Menge Nebengebäude und sogar ein paar alte Folientunnel. Das Anwesen war perfekt geeignet, um Pflanzen anzubauen und herauszufinden, ob ihr Lebenstraum, sich mit einem Gärtnereibetrieb selbstständig zu machen, der Realität standhalten würde.

Das Haus war ein baufälliges Groschengrab, das stand außer Frage, doch es machte Philly und ihrem Großvater nichts aus, in der großen alten Küche des Bauernhauses zu leben und den Großteil der übrigen Räume im Winter nicht zu nutzen. Und was für ihren Großvater den Ausschlag gegeben hatte, war der alte Alvis gewesen, der in einer der Scheunen stand. Seamus wäre auch allein nach England gezogen, weil er dringend ein neues Projekt gesucht und Abstand von seiner Familie gebraucht hatte. Er musste sich von seiner Einsamkeit nach dem Tod seiner Frau ablenken. Philly hatte ihm eigentlich nur Gesellschaft bei der Besichtigung leisten wollen. Doch als sie beschloss, sich ihm anzuschließen, war das Vorhaben einfach zu vollkommen, um es nicht weiterzuverfolgen.

Die Tatsache, dass ein derartiger Besitz nicht einem Bauträger in die Hände gefallen war, beruhte auf einer großen Portion irischen Glücks. Es gab eine Klausel, die die landwirtschaftliche Nutzung vorschrieb. Das bedeutete, dass die Nebengebäude nicht in Wohnhäuser umgewandelt werden durften, auch nicht in Ferienhäuser. Der ehemalige Besitzer hatte dafür gesorgt, dass sein Besitz nicht in – gemäß seiner Vorstellung – falsche Hände gelangen konnte.

Außerdem hatte der ältere Herr Philly und ihren Großvater bei dem Besichtigungstermin auf Anhieb ins Herz geschlossen. Er hatte sie in sein baufälliges Haus eingeladen, Tee in fleckigen Tassen serviert und darauf bestanden, dass sie sich setzten. Da es keine Alternative gab, versanken sie in einem Sofa, das Ähnlichkeit mit einem Sumpf hatte. Während sie nicht in der Lage waren, sich ohne Hilfe wieder zu erheben, fragte der Verkäufer sie über ihre Pläne aus. Als sie zugaben, dass sie beide vor einer wohlmeinenden, doch erdrückenden und sehr konventionellen Familie flüchten wollten, beschloss er, ihnen den Zuschlag zu geben. Obwohl ihr Angebot nicht das höchste war, wie er ihnen verriet. Er wollte das Geld aus dem Verkauf seines Besitzes in ein kleines Hausboot investieren, auf dem er seinen Lebensabend verbringen würde.

Er bat sie, das Haus nicht zu sehr zu sanieren, und sie stimmten zu. Diese Einwilligung fiel ihnen nicht schwer. Sie war zwar rechtlich nicht bindend, aber sie hatten ohnehin nicht genug Geld, um mehr als die notwendigsten Renovierungsarbeiten durchzuführen.

Seitdem waren drei Jahre vergangen, und an der Situation hatte sich nicht viel verändert. Doch trotz der harten Arbeit und des Mangels an Komfort (»erbärmliche Zustände«, wie Phillys entsetzte Mutter es nannte) hatten die Träume der beiden nach wie vor Bestand.

Philly brauchte nicht lange, um rund zwanzig kleine Blumensträuße zu binden und in behelfsmäßigen Vasen zu arrangieren: in Marmeladengläsern, Konservendosen und Joghurtbechern. Die rustikalen Behältnisse hatte sie alle ein bisschen aufgepeppt – mit ein wenig Farbe, einem bunten Band oder nur durch eine gründliche Reinigung. Mit etwas Bindegrün (Philly liebte das frische Frühlingslaub), ein paar Tulpen und dunklen, samtigen Gartenprimeln zauberte sie schlichte Arrangements, die die Kunden liebten. Dann packte sie einige Töpfe mit knospenden Blumenzwiebeln zusammen – Blausterne, weiße und blaue Traubenhyazinthen und ein paar späte Mini-Narzissen –, die eine Zierde für jeden Tisch waren. Ihr Angebot war sehr begehrt bei Leuten, die eine Abendgesellschaft planten. Philly bündelte auch noch einige größere Zweige von Hecken und kleineren Bäumen, die bei Blumenbindern beliebt waren. Da Philly manchmal den Auftrag erhielt, eine Kirche mit Blumen zu dekorieren, wusste sie, wie schwierig es war, ausreichend geeignetes Bindegrün aufzutreiben. Normale Gärten waren einfach zu ordentlich. Deshalb gehörten die Zweige zu ihrem Angebot. Das alles ergänzte die Behältnisse mit den Blumenzwiebeln, die sie offiziell verkaufte, die jedoch nicht viel Gewinn abwarfen, wie sie zugeben musste. Die Blumensträußchen und die Bündel mit Grünzeug dagegen brachten einen hundertprozentigen Ertrag.

Als sie genug vorbereitet hatte, um ihren Stand ansprechend wirken zu lassen und rund fünfzig Pfund zusätzlich einzunehmen, ging sie zum Haus hinüber. Sie freute sich darauf, sich gleich aufzuwärmen. Danach würde sie mit ihrer Mutter telefonieren.

Um Punkt sechs Uhr klingelte das Telefon.

»Nun, Liebes, wie geht's dir?«, wollte Marion Doyle wissen. Wie immer schaffte sie es nicht, ihre Sorge um ihr jüngstes Kind zu verbergen.

»Alles in Ordnung, Ma, wirklich! Was machen die Jungs?« Philly hatte zwei ältere Brüder, die eher in Marions Weltbild passten.

»Ihnen geht's gut. Sie arbeiten schwer. Jetzt erzähl mal von dir.«

Philly fühlte sich immer unter Zugzwang, wenn ihre Mutter sie aufforderte, Bericht zu erstatten. »Na ja, ich habe jede Menge Waren, die ich morgen auf dem Markt verkaufen werde. Und da jetzt Frühling ist, werden viele Touristen und Leute mit Zweitwohnsitz kommen, die ihre Gärten aufpeppen wollen.«

»Und dein Großvater? Beschäftigt er sich immer noch mit *Backen*?« In der Welt ihrer Mutter backten Männer keine Kuchen.

»Er macht das ganz hervorragend. Du solltest stolz auf ihn sein.«

»Es ist ja nicht so, dass ich nicht stolz wäre, ich finde es nur ein bisschen seltsam. Daran bist du schuld, Philomena. Du hast ihn auf diese Idee gebracht, weil du immer diese Fernsehshow geguckt hast.«

Philly lachte, sah jedoch keine Veranlassung, sich zu rechtfertigen. »Ich muss zugeben, dass ich nie auf die Idee gekommen wäre, Grand könnte wegen *Das große Backen* auch backen wollen, doch er macht das ganz hervorragend! Die Leute verlassen sich darauf, dass er samstagmorgens mit am Stand ist. Er nimmt sogar Vorbestellungen an«, fügte sie stolz hinzu.

Ihre Mutter seufzte. »Nun, ich denke, seine Leidenschaft fürs Backen übertrifft noch die für das Herumbasteln an diesem alten Auto, doch Kuchenbacken kann ja wohl kaum als männliche Tätigkeit betrachtet werden, oder?«

»Es ist eine wunderbare Aktivität für einen Mann«, widersprach Philly, obwohl ihr klar war, dass ihre Mutter das niemals akzeptieren würde. »Und besonders im Winter ist es besser für ihn. In der Küche ist es viel wärmer als draußen in der Scheune.«

»Aber *diese* Küche, Darling! Ist es überhaupt hygienisch, da zu backen?«

»Ma, du bist seit deinem ersten Besuch nicht wieder hier gewesen. Du hast noch nicht gesehen, was wir alles erneuert haben, um die Küche in einen hygienisch einwandfreien Zustand zu versetzen.«

Dazu schwieg Marion. Philly wusste, dass sie sich zurückhielt, um nicht wieder zu sagen, dass man in dem Haus nicht wohnen konnte – vor allem nicht in Seamus' Alter –, ganz gleich, wie viel sie in der Küche bereits verändert haben mochten. Stattdessen fragte Marion: »Und, hast du inzwischen einen Freund?«

Obwohl Philly erleichtert war, weil ihre Mutter nicht schon wieder lamentierte, dass ihr Großvater nicht in so einem kalten Haus leben sollte, war sie auch nicht gerade begeistert von dem neuen Gesprächsthema. »Nein, Ma! Letzte Woche hatte ich doch auch keinen!«

Ihre Mutter seufzte. »Aber lernst du denn wenigstens junge Männer kennen, die zu Freunden werden könnten, da draußen mitten im Nirgendwo?« Marion hielt nicht viel von der sehr hübschen kleinen Stadt, die weniger als fünf Kilometer von dem Bauernhof entfernt lag.

»Momentan nicht.« Hier waren Philly und ihre Mutter ausnahmsweise einmal einer Meinung. Es wäre nett, ein paar junge Männer ihres Alters zu treffen. Oder wenigstens einen. Es gab einen jungen Mann, der an der Käsetheke am Marktstand gegenüber arbeitete, doch Philly war so schüchtern, dass sie immer ihren Großvater zum Käsekaufen schickte, wenn sie welchen brauchten. Aber das würde sie ihrer Mutter bestimmt nicht auf die Nase binden. »Ich habe darüber nachgedacht, im Pub nachzufragen, ob sie vielleicht eine Aushilfe brauchen«, fuhr sie fort. »Auf die Weise würde ich junge Leute kennenlernen.«

Marion schnaubte missbilligend, gab jedoch keinen Kommentar dazu ab, was sie davon hielt, dass ihre Tochter in einem Pub arbeiten wollte. Sie hieß es nicht einmal gut, dass Philly gelegentlich für ein sehr gehobenes Catering-Unternehmen kellnerte. Sie zog es vor, eine andere spitze Bemerkung fallen zu lassen. »Nun, vergiss nicht, dass hier ein ganz reizender Junge auf dich wartet.«

»Ma, er wartet nicht auf mich. Er hat eine sehr nette Freundin.« Der »Junge« war ihre Sandkastenliebe gewesen, aber er war nicht besonders abenteuerlustig oder gar risikofreudig – er war zufrieden mit seinem sicheren Job im Schreibwarenhandel seiner Eltern.

»Er würde sie verlassen, wenn du nach Hause kämst.«

»Was würde das denn für ein Licht auf ihn werfen? Apropos, ist mit Dad und dir alles in Ordnung?«

»Uns geht's gut. Wir machen uns nur Sorgen um euch zwei Rabauken.«

Philly lachte. »Nun, das müsst ihr nicht. Und man kann uns auch kaum als ›Rabauken‹ bezeichnen. Grand ist ein gestandener Mann in den Siebzigern, und ich bin schon lange volljährig.«

»Du bist dreiundzwanzig! In dem Alter ist man noch nicht verantwortungsbewusst.«

»Wie alt warst du, als ihr geheiratet habt?« Da Philly die Antwort kannte, hatte sie das Gefühl, den Siegtreffer zu landen.

»Nun gut, ich war erst neunzehn, doch ich war sehr reif für mein Alter, und du warst erst zwanzig, als ...«

»Wir bekommen das schon hin, Ma«, fiel Philly ihr ins Wort. »Ich bin mir sicher. Ich werde Erfolg mit meinen Pflanzen haben, und Grand ist glücklich und zufrieden mit seinem Leben. Was willst du mehr?«

»Dass ihr beide nach Hause nach Irland kommt! Aber mir ist klar, dass die Hoffnung vergeblich ist.« Marion seufzte. »Ich bin froh, dass ihr beide glücklich seid. Und schiebt euren nächsten Besuch bei uns nicht mehr zu lange auf!«

Der Markt am folgenden Tag war noch hektischer als gewöhnlich. Er ergriff einmal in der Woche Besitz von der kleinen Stadt und fand vor den alten malerischen Gebäuden statt. Dazu gehörte auch ein historisches Kloster, das als Gemeindekirche genutzt wurde. Es war beinahe so groß wie eine Kathedrale. Das Äußere des Klosters war ein entmutigender Gradmesser des Verfalls, der zeigte, wie viel Geld noch benötigt wurde, um Teile des Bauwerks zu sanieren. Dennoch war es nach wie vor schön.

Nachdem – zumindest gemäß Kalender – nun der Frühling Einzug gehalten hatte, kamen allmählich die Ferienhausbesitzer, die den Winter über in London geblieben waren, zu ihren kleinen Domizilen auf dem Land und wollten sie verschönern. Der Markt war zudem ein Ort, den sie ihren Besuchern zeigen konnten. Da man hier fast alles kaufen konnte, was man für ein Wochenende in einer angenehmen, grünen und umweltfreundlichen Umgebung brauchte, herrschte reges Treiben. Die Eigentümer der Wochenendhäuser gefielen sich darin, die Geschäfte vor Ort zu unterstützen. Es schien ihnen ein besseres Gefühl zu geben. Jedenfalls hatte Philly diesen Eindruck gewonnen. Und da ihr Großvater und sie davon profitierten, hatte sie nichts dagegen einzuwenden.

Sie hatten fast bis zum Ende des Markttages gut zu tun. Der junge Mann mit dem glatten Haar, der ihr ganz gut gefiel, arbeitete auch an diesem Tag am Käsestand. So wie es aussah, machten sie ebenfalls ein Bombengeschäft.

Als Seamus und Philly gerade zusammenpacken wollten, tauchte eine hochgewachsene, attraktive Frau mittleren Alters am Stand auf. Ihr dunkelrotes, welliges Haar war zu einem modischen Bob geschnitten.

»Hab ich euch noch erwischt!«, sagte sie. »Ich brauche ganz dringend Kuchen. Und Blumen.«

»Hallo, Lorna!«, erwiderte Philly erfreut. »Ich packe dir diese Sträußchen ein.«

Lorna kramte in ihrem Geldbeutel. »Wie viel?«

»Ich schenke sie dir«, antwortete Philly bestimmt, »wenn ich die Gläser zurückhaben kann. Schließlich bist du die beste Kundin meiner Gärtnerei.«

»Oh«, sagte Lorna. »Jetzt habe ich das Gefühl, ich hätte besser nicht gefragt.«

»Natürlich sollst du fragen. Und, Grand, wie viel wirst du Lorna für den Kuchen berechnen?«

»Ist ein Fünfer zu viel?«, fragte er.

»Ein Fünfer ist ein absolutes Schnäppchen; ich nehme den Kuchen«, antwortete Lorna.

»Mit Verlaub, aber Sie sehen nicht nach einer Frau aus, die viel Kuchen isst«, sagte er und packte das Gebäck ein.

»Oh, doch! Na ja, jedenfalls ab und zu ein bisschen. Den Rest schneide ich in Stücke und friere ihn ein. Wenn ich dann mal Lust auf einen wunderbaren Nachtisch habe, taue ich ein Stück in der Mikrowelle auf und esse es mit Eiscreme. Das schmeckt köstlich.«

»Das klingt wirklich gut«, meinte Philly. »Das müssen wir auch mal ausprobieren, Grand.«

»Nun, im Austausch für das Rezept musst du mir erzählen, warum du deinen Großvater ›Grand‹ nennst. Das gehört nicht zu den üblichen Namen für einen Großvater. Ich wollte es schon lange wissen, habe mich aber nie getraut zu fragen.«

»Das ist für mich die Kurzform von ›grandios‹«, antwortete Philly nach einer kurzen Pause.

»Ich wollte nie ›Opa‹ oder ›Opi‹ genannt werden«, erklärte Seamus. »Als Philly mir den Namen gab, hat er mir sofort gut gefallen. Ich habe auch ihren Brüdern vorgeschlagen, mich ›Grand‹ zu nennen, doch nur Philly ruft mich noch so.«

Lorna nickte und lachte. »Danke für die Erklärung. Wie geht es meinen Salbeipflanzen?«

»Gut, denke ich. Und willst du dieses Jahr auch wieder Rittersporn haben?«

»Ja, ich glaube schon. Sie waren letztes Jahr so hübsch, sie haben richtig Eindruck gemacht. Ich schicke dir bald eine Liste der Pflanzen, die ich brauchen werde. Ich weiß, das hätte ich schon lange tun sollen, aber du kennst das ja.«

»Es ist wirklich schade, dass nicht mehr Menschen deinen Garten zu sehen bekommen«, meinte Philly.

»Gott sei Dank ist es nicht mein Garten«, entgegnete Lorna, »doch du hast trotzdem recht, er sollte mehr Leute erfreuen. Vielleicht denken wir über eine Öffnung für die Öffentlichkeit nach, wenn die Wiederherstellungsarbeiten abgeschlossen sind. Aber wir stehen damit ja noch ziemlich am Anfang.«

Als Lorna den Kuchen und die Blumen genommen und sich verabschiedet hatte, sagte Seamus: »Eine tolle Frau!«

»Stimmt«, pflichtet Philly ihm bei. »Doch sie ist ein bisschen jung für dich.«

»Da hast du recht.«

Philly räumte weiter zusammen. Vielleicht sollte ihre Mutter sich besser Gedanken über das Liebesleben ihres Schwiegervaters machen, anstatt sich jede Woche nach dem ihrer Tochter zu erkundigen!

2. Kapitel

Am folgenden Montagmorgen reichte Lornas Chef ihr eine Tasse Kaffee und setzte sich dann neben sie auf die Treppenstufe. Vor ihnen lag ein holpriges Stück Wiese, aus dem eines Tages (das hoffte Lorna jedenfalls sehr) ein wunderschöner Rasen werden würde. Hinter ihnen standen die großen Säulen einer eleganten palladianischen Fassade. Nach allgemeinem Herrenhaus-Standard war Burthen House eher auf der kleinen Seite anzusiedeln, doch verglichen mit normalen Wohnhäusern war es riesengroß. Es war aus dem honigfarbenen Stein der Region erbaut worden und ein bisschen zu renovierungsbedürftig, um elegant zu wirken, doch Lorna mochte den etwas maroden Charme und die Schönheit des Hauses. Sie wusste, dass der Herrensitz eines Tages komplett restauriert sein würde, aber sie zog eigentlich den jetzigen Zustand vor.

»Und«, fragte Lorna, »wie ist dein Date am Freitagabend gelaufen?«

Peter, der Herr des Parks und des Hauses, die beide zurzeit restauriert wurden, seufzte. »Na ja, um ehrlich zu sein ...« Er hielt inne, schluckte mehrmals und fuhr fort: »Es war großartig.«

Lornas Herz machte einen kleinen Satz. »Ach?« Peter war häufig voller Optimismus auf Online-Kontaktbörsen unterwegs und interessierte sich für Frauen, die mindestens zwei Jahrzehnte jünger waren als er selbst mit seinen siebenundfünfzig Jahren. Doch da er noch volles Haar und gute Zähne besaß, ganz abgesehen von seinem herrschaftlichen Anwesen, hatte er immer eine große Auswahl. Die meisten seiner Dates verliefen katastrophal und lieferten ihm und Lorna viel Grund für Gelächter, wenn er ihr später davon berichtete. Bisher hatte noch keine der Frauen ihn dazu gebracht, nervös zu schlucken, bevor er über sie sprechen konnte. Und solange das so gewesen war, hatte Lorna weiterträumen können.

Er nickte. »Ja. Abgesehen davon, dass sie fantastisch aussieht, ist sie intelligent und stellt die richtigen Fragen.« Peter trank einen Schluck von seinem Kaffee, zog eine Packung Kekse aus der Tasche, öffnete sie und reichte sie Lorna.

Lorna nahm sich ein Plätzchen. Es gefiel ihr, wenn seine Verabredungen in einem Desaster endeten. Geduldig wartete sie darauf, dass er irgendwann begreifen würde, wie viel besser es ihm mit einer Frau in seinem Alter ginge, genauer gesagt mit ihr. Sie hatten sich im Kindesalter kennengelernt und dann aus den Augen verloren; doch jetzt waren sie beide hier, alleinstehend, am selben Ort und trotzdem noch kein Paar. »Erzähl weiter«, forderte sie ihn auf. »Wollte sie nicht nur wissen, wie groß dein Anwesen ist? In anderen Worten: herausfinden, ob du wirklich reich bist oder ob du auf deiner Webseite übertrieben hast?«

»Du bist zynisch, weißt du das, Lorna?«

»Auf die Weise bleibe ich gesund«, erwiderte sie und streckte ein Bein aus. Es gab genug bequeme Bänke, auf denen sie sich hätten niederlassen können, doch irgendwie saßen sie immer auf den Stufen von Burthen House, als wären sie noch Kinder.

»Nun, du hättest dich gefreut!«, fuhr Peter fort. »Sie wollte alles über den Garten hören und hat sich nicht nur nach alten Meistern und Stuckdecken erkundigt.«

»Das ist ein gutes Zeichen. Eine Frau, die die richtigen Prioritäten setzt.«

»Ich habe ihr erzählt, dass du den Garten für mich restaurierst, und sie wollte alles über deine Pläne wissen.«

»Und du konntest sie umfassend informieren, nicht wahr?« Lorna lächelte ihn an, denn sie wusste ganz genau, dass sein Interesse am Garten nur sehr oberflächlich war. Ihm gefiel die Vorstellung, in einem stattlichen Haus zu leben, doch die praktische Seite interessierte ihn weniger.

»Ich habe ihr das erzählt, was ich weiß«, verteidigte er sich. »Du bist schon seit ein paar Jahren mit der Restaurierung der Gärten beschäftigt und hoffst darauf, sie irgendwann in den Originalzustand zurückzuversetzen.«

»›Irgendwann‹ ist in etwa der korrekte Zeitrahmen«, antwortete Lorna. »Ich brauche mehr Unterstützung in den Gärten, wenn wir wirklich etwas bewirken wollen.« Ihr ging auf, dass sie über die Gärten sprach, damit er ihr nicht länger von seinem wunderbaren Date vorschwärmte.

Doch Peter spielte nicht mit. »Dann kümmere dich darum. Du hast meine Erlaubnis, mehr Leute einzustellen, aber jetzt lass mich dir von Kirstie erzählen.«

Lorna beschloss, sich mit mehr Personal zufriedenzugeben. Wenn Peter immer noch nicht bemerkt hatte, dass sie die perfekte Ehefrau für ihn wäre, würde ihm das wahrscheinlich nie auffallen. »Und warum ist sie besser als die anderen entzückenden jungen Frauen, mit denen du bisher ausgegangen bist?«

»Sie hat Köpfchen. Sie arbeitet als freiberufliche Event-Managerin. Sie kennt die Beatles, kann über meine Witze lachen und ist ... na ja, einfach umwerfend. Und so hübsch!«

Lorna lachte, um ihr Seufzen zu kaschieren. »Ich kann es kaum erwarten, sie kennenzulernen.«

Die Bemerkung war sarkastisch gemeint, aber er bemerkte es nicht. »Nun, ist das nicht perfekt? Du wirst sie schon bald treffen.«

»Tatsächlich? Wann denn?«

»Sobald ich es organisieren kann. Ich gebe eine Dinnerparty, zu der ich auch Mutter einladen werde.« Er runzelte ganz leicht die Stirn. Die Augenbrauen über seiner aristokratischen Nase zogen sich ein wenig zusammen. »Ich denke, sie sollte Mutter lieber früher als später begegnen, damit es nicht zu schwierig wird.«

»Würde es denn schwierig werden?«

Er wedelte mit der Hand. »Aber natürlich! Du weißt ja, wie meine Mutter ist. Sie ist ein fürchterlicher Snob, und sie kann Menschen gegenüber, die sie nicht mag, ganz schön die Stacheln aufstellen.«

Lorna wusste tatsächlich, wie Peters Mutter war. Lady Anthea Leonard-Stanley war ihre Freundin. Anthea und Lornas Mutter waren eng befreundet gewesen, und auch Lorna hatte sich immer gut mit Anthea verstanden. Über Peters Mutter hatte sie auch die Stelle als Gartenarchitektin und -restauratorin (und Unkrautjäterin und Umgräberin) für Burthen House erhalten. Anthea hatte ein gutes Herz, aber sie konnte Dummköpfe nicht ausstehen. Lorna fand nicht, dass sie immer ein Snob war, doch auf unpassende Freundinnen ihres Sohnes konnte sie durchaus abweisend reagieren.

»Aber du würdest schon noch andere Leute einladen? Es wären nicht nur Kirstie und du und Anthea und ich da?« Die Vorstellung war schrecklich.

Offensichtlich ging es Peter genauso. »Großer Gott, nein! Wir werden noch mehr Gäste einladen. Kirstie kennt jemanden, der das Catering übernehmen kann. Allerdings müssen wir vielleicht noch jemanden finden, der beim Bedienen helfen kann.«

Lorna runzelte die Stirn. »Peter? Du hattest eine einzige Verabredung und sprichst schon von ›wir‹. Und ihr wollt eine gemeinsame Dinnerparty geben. Überstürzt du die Dinge nicht ein bisschen?«

Er schaute Lorna an, und sie hielt seinem Blick stand. Dabei wünschte sie sich, sie würde ihn nicht so attraktiv finden. Seit sie sieben war, hatte sie für ihn geschwärmt, und obwohl sie die meisten Jahre seit damals getrennt verbracht hatten – und beide mit anderen Partnern verheiratet gewesen waren –, waren Lornas Gefühle für ihn unverändert.

Peter wirkte etwas fahrig. »Lorna, nachdem ich sie nach unserem Date nach Hause gebracht hatte, habe ich sie noch angerufen, eigentlich nur, um ihr eine gute Nacht zu wünschen, und dann – na ja, wir haben fast die ganze Nacht lang telefoniert.«

Lornas rutschte das Herz in die Gummistiefel, und da blieb es dann auch. Offensichtlich handelte es sich um etwas Ernstes. Sie konnte sich noch gut an die Zeiten erinnern, als sie jemanden kennengelernt und gar nicht mehr hatte aufhören wollen zu reden.

»Und dann haben wir das ganze Wochenende zusammen verbracht. Reg hat sie am Sonntagabend nach Hause gefahren.«

Reg war Peters Fahrer. »Aha. Du bist also verliebt.« Sie gab sich Mühe, fröhlich zu klingen, und hatte das Gefühl, das auch ziemlich gut hinzubekommen.

»Ja!« Er betrachtete sie zum ersten Mal an diesem Tag aufmerksam und forschend. »Du freust dich doch für mich, oder?«

Lorna trank einen Schluck Kaffee, um Zeit zu gewinnen und sich wieder zu fangen. »Wenn sie wirklich die Richtige für dich ist und ihr beide euch so liebt, dass es von Dauer sein wird, dann freue ich mich natürlich für dich. Wie könnte es anders sein?«

»Ich bin so froh, denn manchmal habe ich mich gefragt … Weißt du …« Er brach ab.

Da Lorna ihn so gut kannte, wusste sie ganz genau, was er meinte: Empfand sie etwas für ihn? Nun, den Zahn musste sie Peter ziehen, vor allem, weil er recht hatte.

Sie lachte und betete, dass sie sich amüsiert anhörte und

nicht peinlich berührt. »Peter! Ich gebe zu, dass ich für dich geschwärmt habe, als ich sieben war – aber das ist lange her.«

»Dann freust du dich also richtig für mich?«

»Natürlich!« Und irgendwann würde es tatsächlich so sein. Denn wenn man jemanden liebte, dann wollte man alles in allem das Beste für ihn.

»Meine Mutter hat sich stets gewünscht, dass wir beide zusammenkommen. Sie würde es mir nie verzeihen, wenn ich dir das Herz bräche.«

Diesmal war Lornas Lachen ein bisschen weniger angestrengt. Sie hatte sich immer schon gefragt, ob Anthea wohl wusste, was sie für Peter empfand. »Soll ich zu ihr gehen und ihr versichern, dass du mir nicht das Herz gebrochen hast?«

»Das würdest du tun? Ich wäre dir sehr dankbar. Es wird so schon schwierig genug werden, auch wenn sie nicht denkt, dass Kirstie dich ausgestochen hat.«

»Das verstehe ich.« Sie zögerte kurz. »Gibt es schon ein Datum für diese Dinnerparty?« Am liebsten hätte sie gefragt, ob sie zu beschäftigt gewesen wären, ihre Lebensgeschichten auszutauschen und sich zu lieben, um sich mit praktischen Fragen zu beschäftigen, doch sie hielt sich zurück. Sie durfte keinen Hinweis liefern, dass er recht hatte, was ihre Gefühle für ihn anging.

»Vielleicht nächste Woche Samstag? Hast du da Zeit?«

Lorna nahm ihr Handy aus der Tasche und überprüfte ihren Terminkalender, obwohl sie ganz genau wusste, dass sie keinen Termin hatte. »Sieht gut aus. Ach, übrigens, hast du schon mal darüber nachgedacht, eine Assistentin einzustellen? Du könntest es dir leisten, und es würde dein Leben – übrigens auch meines – viel einfacher machen.«

Er zwinkerte ihr zu. »Warum soll ich eine Assistentin beschäftigen, wenn eine entzückende Ehefrau alles für mich erledigen könnte?«

Sie lächelte, um zu zeigen, dass sie den Scherz verstand. »Sie könnte eine Zwischenlösung sein, bis du eine entzückende Ehefrau bekommst?«

Peter schüttelte den Kopf. »Nicht nötig, ich bin da optimistisch. Kirstie ist die Richtige. Ich kann es kaum erwarten, dass du sie kennenlernst. Ich weiß, dass ihr euch gut verstehen werdet.«

3. Kapitel

Lorna verließ Burthen House und spazierte durch den Park nach Hause, in dem einst Rehwild gelebt hatte und der eines Tages, so hoffte sie jedenfalls, ein paar Schafe einer seltenen Rasse beherbergen würde. Sie hatte schon früher erlebt, dass Peter sich für Freundinnen begeistert hatte, doch diesmal war es anders. Offensichtlich war er völlig vernarrt in Kirstie. Und wenn die junge Frau ähnliche Gefühle hegte, hatte es keinen Sinn, die kleine Flamme der Hoffnung weiter zu nähren. Sie sollte besser versuchen, darüber hinwegzukommen.

»Lorna!«, sagte Anthea und öffnete die Haustür weit. »Wie wunderbar, einen zivilisierten Menschen zu sehen! Und es bedeutet, dass ich einen Kaffee trinken kann.«

Lorna schlüpfte aus ihren Stiefeln. Peters Mutter wohnte in Dower House, dem sogenannten »Witwenhaus«. Die Tatsache, dass zu dem Besitz ein derart schönes Dower House gehörte, war einer der Gründe gewesen, warum Peter das Anwesen gekauft hatte – das und die Tatsache, dass er etwas mit dem unverschämt vielen Geld anfangen musste, das er verdiente.

Anthea und Lorna waren eng befreundet, und jetzt folgte Lorna ihr in die Küche.

»Hast du schon davon gehört?«, fuhr Anthea fort. »Peter ist offiziell verliebt!« Sie schaffte es, diese Tatsache unsagbar ordinär klingen zu lassen.

»Er wirkt sehr glücklich.« Lorna war froh, dass nicht sie es war, die die Neuigkeit überbringen musste. Ihr Ton war neutral.

»Er hört sich völlig verwirrt an.« Anthea knallte den Wasserkessel auf den alten Aga-Herd. »Eben hat er angerufen und mir von dieser Dinnerparty erzählt. Um ehrlich zu sein, meine liebe Lorna, fände ich es einfacher, wenn er nicht so euphorisch wäre. Ich meine, hat er jegliche Kritikfähigkeit verloren? Er geht auf die sechzig zu, um Himmels willen!«

»Ich glaube nicht, dass einen das klüger macht – vom Alter her kann ich da durchaus mitreden.«

»Nein, du hast recht«, stimmte Anthea zu. »Aber wenn es um den eigenen Sohn geht, hofft man es trotzdem.« Nachdem das Wasser gekocht hatte, füllte Anthea eine Kaffeekanne, um sie vorzuwärmen, und machte sich auf die Suche nach Kaffeebohnen. Als sie sie gemahlen und den Kaffee aufgebrüht hatte, stellte sie zwei Kannen auf den Tisch, eine mit Kaffee und die andere mit heißer Milch. »Ich trinke immer Pulverkaffee, wenn ich allein bin, deshalb ist es schön, eine Ausrede zu haben, richtigen Kaffee zu kochen.«

Lorna, die inzwischen am Tisch saß, atmete den köstlichen Duft ein. »Dein Kaffee ist der beste, den ich kenne.«

Anthea stellte zwei große Henkelbecher aus feinem Porzellan auf den Tisch – ein Kompromiss, da sie eigentlich Kaffeetassen mit Untertassen vorzog, aber die Vorteile von Henkelbechern, die nicht so oft aufgefüllt werden mussten, durchaus zu schätzen wusste. »Danke.« Sie schenkte Kaffee ein. »Also glaubst du nicht, dass Peter jetzt total übergeschnappt ist? Weil er dieses Mädchen an einem Abend kennengelernt hat und sie praktisch am nächsten bei sich einziehen lässt?«

»Sie zieht bei ihm ein?« Das war neu für Lorna, und es schockierte sie.

»Nein, ich glaube, nicht. Ich übertreibe bloß. Doch diese Dinnerparty ... Offensichtlich lädt die Frau einige Freunde ein, die dann im Haus übernachten müssen. Ich weiß nicht, wie das

Personal geeignete Bettwäsche für so viele Gäste auftreiben will.« Anthea runzelte die Stirn. »Es kommt einfach so plötzlich. Und ich muss mich um die Blumen kümmern.«

»Du liebst es doch, Blumen zu arrangieren. Das ist genau dein Ding.«

»Stimmt, aber in der Woche bin ich schon eingeteilt, die Kirche mit Blumen zu dekorieren. Und ich habe keine Lust, die feuchten Flecken im Haus hinter Blumenarrangements zu verstecken.« Anthea trank zum Trost einen Schluck Kaffee.

»Ich könnte Philly darum bitten«, schlug Lorna vor. »Ich werde sie ohnehin fragen, ob sie bei Tisch bedienen kann. Offensichtlich kennt Kirstie einen guten Caterer, doch sie braucht noch eine Bedienung. Wahrscheinlich auch eine Küchenhilfe. Philly könnte beides übernehmen. Falls sie nicht wegen ihres Marktstandes zu viel Arbeit hat.«

»Ist Philly diejenige, die die Pflanzen für dich zieht? Nettes Mädchen. Auch wenn sie mich immer ansieht, als hätte sie Angst, ich wollte sie fressen.« Anthea runzelte die Stirn. »Vielleicht wäre es besser, wenn ich nicht lächeln würde. Es ist das Lächeln, das die Leute abschreckt.«

Lorna lachte. »Sie ist schüchtern, doch sehr tüchtig. Ich werde sie bitten auszuhelfen, aber wir müssen Peter dazu bringen, sie anständig zu bezahlen.«

»Hm. Das Blöde an ihm ist, dass er immer so charmant ist und deshalb erwartet, alles umsonst zu bekommen. Ich werde dafür sorgen, dass er ihr einhundert Pfund zahlt. Ist das genug? Ich meine, für mich hört es sich nach einem kleinen Vermögen an, doch ich lebe ja auch noch im Mittelalter.«

»Das wäre großzügig, aber durchaus angemessen«, erwiderte Lorna. Es würde sie freuen, wenn Philly einen vernünftigen Lohn erhielte. »Ich hoffe nur, dass sie Zeit hat.«

»Für hundert Pfund bestimmt«, meinte Anthea. »Möchtest

du einen Keks? Oder eine Scheibe Toast?« Als Lorna den Kopf schüttelte, fuhr sie fort: »Was halten wir denn von dieser Kirstie?«

»Das ist schwer zu sagen, ohne sie kennengelernt zu haben. Peter ist ja ganz offensichtlich hingerissen von ihr.«

»Das klingt in seinem Alter aber nicht gut.«

»Ich finde es reizend. Wünschen wir uns nicht alle, einmal von der Liebe umgehauen zu werden?«

»Auf gar keinen Fall! Das habe ich mir als junges Mädchen nicht gewünscht, und jetzt erst recht nicht.« Anthea wirkte so aufgebracht und ungestüm, dass sie offensichtlich von sich selbst erschrocken war. »Natürlich habe ich meinen Mann geliebt, doch es war ein Gefühl, das sich erst im Laufe der Zeit entwickelt hat. Es war kein *coup de foudre* – keine Liebe auf den ersten Blick. Ich misstraue leidenschaftlichen Gefühlen, die aus dem Nichts entstehen.«

»Nun, ich verstehe, was du meinst«, entgegnete Lorna, deren Loyalität sowohl Peter als auch seiner Mutter galt. Einerseits hätte sie nur zu gern auf altmodische Weise über diese unbekannte Frau hergezogen, andererseits wollte sie auch Peter den Rücken stärken. Wenn es tatsächlich die wahre Liebe war, musste sie sich damit abfinden. »Doch nach dem zu urteilen, was er mir über sie erzählt hat, muss sie wirklich nett sein. Sie interessiert sich sogar für Gärten, und deshalb bin ich geneigt, sie zu mögen.«

»Also glaubst du nicht, dass sie nur hinter seinem Geld her ist, oder doch?«

»Ich denke, nicht. Ich meine, das Haus ist durchaus renovierungsbedürftig. Und Peter stellt seinen Wohlstand nicht offen zur Schau. Vielleicht weiß sie gar nicht, dass er reich ist.«

»Du meinst, er ist geizig.«

Lorna lachte. »Eigentlich nicht! Ich weiß, dass er vorsichtig ist – wahrscheinlich ist er genau deshalb reich geworden –, aber er hat beispielsweise kein protziges Auto, wenn man mal darüber hinwegsieht, dass er einen Fahrer beschäftigt.« Sie zögerte kurz. »Na ja, das sollte dieser Kirstie schon zeigen, wie reich er ist. Doch lass uns vom Besten ausgehen. Zumindest bis wir sie kennengelernt haben.«

»Na gut. Dann wollen wir uns mal so gut wie möglich benehmen und sie hinterher in der Luft zerreißen.«

»Aber nur, wenn sie ihr Messer wie einen Stift hält«, sagte Lorna.

Anthea lachte. »Ich wünschte, du wärst es gewesen, Lorna. Wir haben uns immer gut verstanden.«

»Nun, wenn es nicht so bestimmt war, dann ist es eben so. Wir werden trotzdem immer Freunde bleiben. Ich hoffe, er ist sehr glücklich.«

»Sehr großmütig von dir, meine Liebe. Ich persönlich hätte auch gern dieses unverschämte Glück!«

»Um ehrlich zu sein, mir reicht es, glücklich mit meiner Arbeit zu sein – was der Fall ist –, ein hübsches Haus zu haben – was ich dir und Peter zu verdanken habe – und gesund zu sein.« Es reichte ihr nicht *ganz*, doch das wollte Lorna nicht zugeben. »Und dass es meinem Sohn auch gut geht, er zufrieden ist und Arbeit hat, macht das Ganze fast perfekt.«

»Wie weise du bist, meine Liebe!«, meinte Anthea.

Als Lorna nach Hause ging, um ihr Auto zu holen und zu Philly zu fahren, wünschte sie sich, sie wäre tatsächlich so weise, wie sie auf Anthea wirkte.

Philly befand sich im Gewächshaus und sah nach ihren Pflanzen. Sie zuckte zusammen, als sie plötzlich jemanden hinter sich hörte. »Oh, Lorna, du bist es! Wie schön!«

»Ich habe Seamus angetroffen, und er hat mir gesagt, dass ich dich hier finde. Lass dich von mir bitte nicht von der Arbeit abhalten.«

»Bist du gekommen, um zu schauen, was ich für diese Saison angepflanzt habe? Ich bin gerade zu dem Schluss gelangt, dass ich nur falsches Zeug ausgesucht habe, das bestimmt keiner haben will.«

Lorna musste lachen. »Das hast du letztes Jahr auch gesagt, und du bist alles losgeworden.«

»Weil du es gekauft hast!« Philly war immer unsicher, ob es vernünftig war, sich mit ihrem Geschäft auf einen einzigen großen Kunden zu verlassen. Zwar pflanzte sie dadurch nichts umsonst an, allerdings würden ihre Eltern mit Sicherheit beanstanden, dass sie alles auf eine Karte setzte.

»Du hast angebaut, was ich haben wollte. Doch deshalb bin ich nicht hier. Ich habe einen Job für dich.« Lorna runzelte leicht die Stirn. »Vielleicht könnten wir uns im Haus unterhalten, wenn du Zeit für eine Pause hast?«

»Das klingt ja geheimnisvoll! Und eine Pause könnte ich wirklich gut gebrauchen.«

Philly fragte sich, warum Lorna so angespannt wirkte, während sie ihr voraus auf das Haus zuging. Philly goss Tee auf und stellte ein bisschen Kuchen auf den Tisch.

»Das ist der eigentliche Grund, warum ich gekommen bin«, sagte Lorna. Sie saß am Küchentisch und musterte voller Vorfreude das Schokoladengebäck.

»Mein Großvater nennt das ›gattox‹ – von ›gâteaux‹«, erklärte Philly. »Er will nicht hören, dass es eigentlich mehrere Kuchen sein müssten, um das Gebäck so zu nennen.«

»Ich werde es jetzt auch ›gattox‹ nennen, nachdem du mir davon erzählt hast.«

»Also«, sagte Philly. »Was kann ich für dich tun?«

Wieder runzelte Lorna die Stirn. »Na ja, es geht um zwei Sachen, und ich bin mir nicht sicher, ob du so begeistert sein wirst, da es sich um einen Samstag handelt. Ich weiß ja, dass du samstags immer auf dem Markt bist.«

»Ist es ein Job als Kellnerin? Das ist in Ordnung, es ist bestimmt am Abend.«

»Es ist tatsächlich ein Job als Kellnerin, doch sie möchten auch, dass du dich im Vorfeld um die Blumendeko kümmerst. Es ist für Peter und ...« Lorna zögerte fast unmerklich. »Kirstie. Er hat eine neue Freundin, und sie geben eine Dinnerparty, damit er sie verschiedenen Leuten vorstellen kann: seiner Mutter, mir und so weiter.«

»Oh.« Philly vermutete schon lange, dass Lorna eine Schwäche für Peter hatte, auch wenn sie nie darüber gesprochen hatte. »Wie ist sie denn? Hast du sie schon kennengelernt?«

»Nein. Ich werde sie zum ersten Mal bei der Dinnerparty treffen. Sie organisiert einen Caterer, doch er braucht eine Bedienung und jemanden, der bei den Vorbereitungen hilft. Und Anthea möchte, dass du dich um die Blumen kümmerst.«

»Es wäre ein langer Tag, aber ich denke, das geht in Ordnung. Soll ich die Blumen mitbringen?«

»Ich glaube, sie gehen davon aus, dass du ein paar Zweige aus den Gärten schneidest. Ein paar Bäume beginnen gerade auszutreiben, es gibt noch einige Winterpflanzen und außerdem jede Menge Frühlingsblumen.«

»Das ist genau die Art Blumendekoration, die ich mag«, sagte Philly.

»Das habe ich mir schon gedacht. Und ich habe es so gedeichselt, dass du hundert Pfund bekommst. Inklusive Bedienen.«

»Klingt gut«, antwortete Philly, nachdem sie es kurz im Kopf überschlagen hatte. »Auf jeden Fall mehr als der Mindestlohn.

Meinst du, es wäre in Ordnung, wenn ich die Blumen schon am Vortag arrangiere?«

»Ganz bestimmt. Ich werde Doreen Bescheid sagen, der Haushälterin. Ich werde auch kommen und dafür sorgen, dass man dir die besten Vasen zur Verfügung stellt. Einige befinden sich in Räumen, die nicht genutzt werden.«

»Es wäre schön, wenn ein größerer Teil des Hauses bewohnt würde, nicht wahr? Es ist so ein großes Gebäude mit einem Riesengarten, und momentan lebt Peter dort ganz allein mit seinen Angestellten.«

Lorna seufzte leise. »Ja, es wäre wunderbar, wenn es besser genutzt würde. Vielleicht wird Kirstie für ein offenes Haus sorgen und Hauspartys und andere Veranstaltungen organisieren.«

»Wochenend-Hauspartys sind sehr gut für den Markt«, meinte Philly. »Das bringt jede Menge Geld in Umlauf.«

»Das würde dem Städtchen generell guttun. Da der Ort vom Anwesen aus zu Fuß erreichbar ist, würden die Gäste wahrscheinlich einkaufen gehen und den Pub besuchen ...« Bei dem Gedanken an Kirstie, die an Peters Seite gesellschaftliche Veranstaltungen leitete, verstummte Lorna.

»Du klingst aber nicht besonders erfreut«, bemerkte Philly.

4. Kapitel

Philly freute sich, dass Lorna sie schon an der Hintertür in Empfang nahm, als sie am Freitag vor der Dinnerparty in Burthen House eintraf. Sie war ein bisschen nervös wegen des Jobs, doch da hundert Pfund ein schönes Sümmchen für den geplanten Kauf von Folientunneln darstellten, hätte sie schlecht absagen können.

»Hi, Philly!«, sagte Lorna. »Kennst du Doreen schon? Sie hat alle großen Vasen für dich herausgesucht, und ich bin schon mal in den Gärten auf Beutezug gegangen und habe jede Menge Material für dich geschnitten. Kannst du im Stall arbeiten? Das Licht ist leider nicht so gut.«

»Die Vasen sind auch dort«, erklärte Doreen. »Ich dachte an je drei große Gestecke für den Speiseraum und den Salon – so macht Ihre Ladyschaft es immer.«

Philly nickte. Sie wusste nicht, ob Anthea Leonard-Stanley tatsächlich den Titel einer Lady trug oder ob »Ihre Ladyschaft« ein Spitzname war. »Wenn sie das so wünscht, dann ...«

»Und ein großes Arrangement für den Tisch in der Eingangshalle«, fuhr Doreen fort. »Gut, dass Sie heute schon gekommen sind – es ist eine Menge Arbeit.«

Lorna verzog voller Unbehagen das Gesicht. »Ich werde versuchen, mehr Geld für dich auszuhandeln, Philly. Wenn du zwei Tage lang arbeitest, solltest du mehr als hundert Pfund bekommen.«

Doreen schürzte die Lippen. »Viel Glück! Ich habe vorgeschlagen, neue Duschvorhänge für die Gästebäder zu besorgen, und Herr Peter hat geantwortet: ›Können Sie die alten nicht einfach waschen?‹ Natürlich könnte ich das, aber gibt es keine wichtigere Beschäftigung für mich, wenn wir ein Haus voller Besucher erwarten? ›Nein‹, habe ich also gesagt.« Sie machte eine Pause. »Ich werde Reg runter zum Baumarkt schicken und die Kosten für die Duschvorhänge auf die Lebensmittelrechnung draufschlagen. Na ja, wenn Sie hier zurechtkommen, mache ich mich mal auf die Suche nach halbwegs anständiger Bettwäsche. Gott sei Dank gehen sie heute im Pub essen.« Sie schaute auf die Uhr. »Herr Peter meinte, dass die Gäste ab achtzehn Uhr eintreffen. Hoffentlich bin ich bis dann fertig.«

»Weißt du, wie viele Gäste erwartet werden?« fragte Philly, als Lorna und sie zum Stall gingen.

»Nicht genau, weil ich nicht weiß, wie viele Ortsansässige eingeladen sind«, antwortete Lorna. »Aber drei Paare bleiben über Nacht, also sechs Personen. Dazu Anthea und ich, macht acht, plus wahrscheinlich männliche Partner für uns. Das wären dann zehn.« Sie überlegte kurz. »Eine ganze Menge.«

»Ich arrangiere große, schlichte Gestecke«, sagte Philly, die ganz aufgeregt war, »und vielleicht binde ich noch ein paar kleine Sträuße für die Gästezimmer, wenn ich das richtige Material habe.«

»Damit hättest du bei Doreen für immer einen Stein im Brett!«, erwiderte Lorna. »Wir sind da.« Sie öffnete die Tür zum Stall, in dem ein langer Tisch stand, der mit blühenden Zweigen von verschiedenen Bäumen und Sträuchern bedeckt war. »Ich habe große Zweige geschnitten – damit du nicht so viel drumherum arrangieren musst.«

»Die Blüten duften traumhaft!«, rief Philly. Sie nahm einen Zweig mit rosafarbenen Blüten in die Hand. »Ist das eine Schneeball-Sorte?«

»Wahrscheinlich«, antwortete Lorna. »Ich habe den Zierstrauch nicht gepflanzt. Es könnte der Bodnant-Winterschneeball ›Dawn‹ sein. Wir haben Glück, dass er noch blüht. Wo wären wir ohne den guten alten Schneeball?«

»Ja, gut, dass es auch im Winter ein bisschen Farbe gibt, obwohl wir uns jetzt darum keine Gedanken mehr machen müssen«, meinte Philly. »Oh, Magnolien! Wie extravagant, dass wir die auch haben!«

»Der Strauch musste ohnehin zurückgeschnitten werden. Und er steht an einer Stelle, wo ihn kaum jemand sieht. Und wenn er nächstes Jahr nicht gleich wiederkommt, spielt es keine Rolle.«

Philly nahm einen anderen Zweig, der mit korallenroten Blüten bedeckt war. »Oh, ich liebe diese roten *Chaenomeles* – Japanische Zierquitten. Grand nennt sie *Japonica*. Ich könnte sie einfach allein in eine Vase stellen, wenn es eine japanisch angehauchte Stelle gibt. Das sähe wunderbar aus.« Sie registrierte, wie Lorna das viele Grünzeug betrachtete. »Ich komme zurecht«, sagte Philly. »Du hast bestimmt noch etwas anderes vor.«

Lorna zuckte mit den Schultern. »Eigentlich nicht – ich könnte dir helfen, wenn du möchtest.« Sie wirkte ein bisschen verlegen. »Ich habe Peter um mehr Geld gebeten, weil du dich um die Blumen kümmerst und außerdem bedienen wirst. Er hat mich so verwirrt angesehen, als hätte ich behauptet, dass vielleicht Marsmenschen im Park landen könnten. Ich dachte mir, ich setze Anthea auf ihn an.«

»Nicht nötig, hundert Pfund sind in Ordnung.«

»Nun, ich helfe dir jedenfalls. Ich kann rausgehen und alles schneiden, was noch fehlt. Ach, es gibt massenhaft Tulpen. Ich habe noch keine abgeschnitten, weil sie sonst manchmal den Kopf hängen lassen.«

Philly nahm eine der Vasen. »Hier drin würden sie sich halten. Die Vase ist hoch genug.«

Gemeinsam kümmerten sie sich um die Blumendekoration. Beide Frauen genossen die Arbeit. Schließlich hatten sie einige wunderbar dramatische Arrangements kreiert und genügend Sträußchen für die Gästezimmer und die dazugehörigen Badezimmer gebunden.

Als Doreen sie begutachtete, nickte sie. »Blumen werden sehr dazu beitragen zu kaschieren, wie schäbig alles ist.«

»Nennt man den Stil heutzutage nicht ›Shabby Chic‹?«, sagte Philly.

Doreen schnaubte spöttisch. »›Shabby Chic‹? Ich denke, nur ›shabby‹ trifft es eher.«

Am folgenden Abend erschien Philly früher als notwendig in Burthen House, um noch Zeit zu haben, falls eines der Blumenarrangements die Nacht nicht überstanden haben sollte. Sie betrat das Haus durch die Hintertür und fand den Weg über mehrere Flure bis in die Küche. Als sie die Tür öffnete, fühlte sie sich sofort in ein Filmset für einen historischen Film versetzt, der in den 1930er-Jahren spielte. Zu jener Zeit wäre der Raum voller Mädchen mit spitzenbesetzten Haarreifen und Männern im Frack gewesen. Das einundzwanzigste Jahrhundert schien keine Spuren hinterlassen zu haben, und auch an das zwanzigste Jahrhundert waren kaum Zugeständnisse gemacht worden.

Während sie die veraltete Ausstattung der Küche in Augenschein nahm, bemerkte sie auf einmal, dass der Koch, der sich aufgebracht umsah, der junge Mann vom Käsestand war.

Allerdings standen ihm die Haare, die normalerweise glatt und ordentlich gekämmt waren, momentan so zu Berge, als wären verzweifelte Finger unzählige Male hindurchgefahren. Als sie den Raum durchquerte, sah er sie an.

»Hallo!«, sagte sie. »Ich bin Philly. Ich bin hier, um bei Tisch zu bedienen und ein bisschen abzuwaschen.«

Er runzelte die Stirn. »Bist du nicht das Mädchen vom Blumenstand?«

Philly wurde rot – sie konnte spüren, wie ihr Gesicht heiß wurde. »Ja, aber ich bediene auch hin und wieder.«

Er streckte ihr die Hand entgegen. »Lucien. Ich soll kochen, doch das Ganze ist jetzt schon eine Katastrophe.«

»Wir finden bestimmt eine Lösung«, erwiderte Philly und hoffte, den Eindruck zu vermitteln, wirklich helfen zu können.

»Glaube ich nicht. Der verfi... verdammte Herd ist kaputt.«

Philly registrierte geschmeichelt, dass er das Schimpfwort zurückhielt, das er eigentlich benutzen wollte. »Das ist schlimm.«

»Eine Katastrophe«, wiederholte er.

In diesem Augenblick betrat eine Frau die Küche. Sie war mittelgroß und besaß eine kurvige Figur, die unwillkürlich an eine Sanduhr denken ließ. Sie war sehr gut zurechtgemacht, doch im Haar hatte sie noch riesige Lockenwickler.

»Hi!«, sagte die Frau. »Entschuldigen Sie bitte die Wickler. Ich bin nur rasch heruntergekommen, um mich zu vergewissern, dass alles in Ordnung ist und Sie alles haben, was Sie brauchen. Sie sind Lucien? Meine Freundin sagt, Sie seien ein fantastischer Koch – ich hoffe, das stimmt! Übrigens, ich bin Kirstie.« Sie schüttelte ihm die Hand.

Lucien verzog bedauernd den Mund. »Ich muss Ihnen leider sagen, dass der Ofen kaputt ist.« Nun fiel Philly seine vornehme Sprechweise auf.

Kirstie biss sich auf die Unterlippe. »Oh nein! Was für ein Albtraum! Aber ich bin sicher, dass wir ihn noch zum Laufen bekommen. Meinen Sie nicht?«

Kirstie war anscheinend von Natur aus optimistisch, ein Mensch, der niemals akzeptieren würde, dass der Herd wirklich defekt sein könnte.

»Leider nicht.« Lucien wirkte jetzt ein bisschen ruhiger.

»Oh Gott, ich hätte einen mieten sollen«, sagte Kirstie. »Oder einen Caterer engagieren, der außer Haus kocht und das Essen dann liefert.« Sie schaute Lucien an. »Aber meine Freundin hat gesagt, Sie wären brillant und würden Ihr Geschäft gerade erst aufbauen ...«

Doreen kam mit einem großen Karton auf dem Arm in die Küche. »Das hier habe ich in der Personalwohnung gefunden«, erklärte sie. »Das ist eine Elektroherdplatte.«

»Mit nur einer Kochplatte werden Sie nicht auskommen«, stellte Kirstie fest, die nun die Tatsachen zu akzeptieren schien.

»Wir haben auch einen Kocher zu Hause«, sagte Philly. »Mit zwei Platten.« Als alle sie anschauten, errötete sie wieder. »Ich könnte meinen Großvater anrufen und ihn bitten, die Doppel-Herdplatte herzubringen.«

Als Lucien sich ihr zuwandte, senkte Philly den Blick. Sie war eigentlich nicht verlegen – sie konnte nur einfach nicht verhindern, dass sie rot wurde. »Das wäre super. Aber trotzdem brauchen wir einen Ofen.«

»Können wir ... Sie ... nicht den da anzünden?« Kirstie zeigte auf einen alten gusseisernen Herd. »Wir haben schließlich noch ein paar Stunden Zeit.«

»Ich nicht«, erwiderte Doreen mit Nachdruck.

»Ich auch nicht«, sagte Lucien. »Meine Eltern haben einen Aga-Herd, allerdings wird er mit Gas betrieben.«

»Schade.« Kirstie klang zum ersten Mal mutlos. »Ich glaube kaum, dass Peter damit umgehen kann.«

Doreen kicherte und verbarg ihr Lachen sofort hinter der Hand.

»Ich könnte es probieren«, schlug Philly vor.

»Sie?«, entgegnete Kirstie. »Ich will ja nicht unhöflich sein – hoffentlich bin ich es auch nicht –, aber Sie sind doch bestimmt viel zu jung, um sich mit so einem altmodischen Ding auszukennen, bei dem man noch ein Feuer entfachen muss. Oder könnte Ihr Großvater es vielleicht versuchen? Ich meine, dieser Herd ist *richtig* alt.«

»Nein, ich kenne mich mit Feuermachen besser aus als mein Großvater.« Ihr war bewusst, dass alle sie anstarrten, und fuhr dennoch fort: »Als wir in unser Haus einzogen – mein Großvater und ich –, hatten wir auch so einen Ofen. Einige Wochen lang war er unsere einzige Kochgelegenheit, bevor wir schließlich Gasflaschen organisiert und einen großen Gasherd mit vier Flammen gekauft haben.«

»Sie sind unsere Rettung!«, verkündete Kirstie.

»Das ist noch gar nicht gesagt«, protestierte Philly. »Dazu braucht man unbedingt trockenes Holz. Oder Kohle.«

»Wir haben keine Kohle ... oder doch, Doreen?«

Die Haushälterin schüttelte entschieden den Kopf.

»Aber wir haben massenhaft trockene Holzscheite«, sagte Kirstie. »Peter hat mir diesen großen Schuppen gezeigt, der voller Holz ist. Er hat mir erzählt, dass es schon viele Jahre alt ist. Es sind wohl einmal mehrere Bäume umgestürzt. Das Holz war schon da, als Peter das Haus gekauft hat.«

»Okay«, meinte Philly, »dann versuche ich es. Und wenn der Ofen einmal in Gang ist, wird natürlich auch die Herdplatte heiß.« Sie schaute Doreen an. »Sie haben nicht zufällig noch eine Schürze für mich? Ich möchte mich nicht schmutzig machen – ich muss später das Essen servieren.«

»Ich hole Ihnen eine«, antwortete Doreen. »Und ich bitte Reg, Holz reinzuholen.«

»Soll ich nun meinen Großvater fragen, ob er die Elektroplatten bringen kann?«, fragte Philly an Kirstie und Lucien gewandt.

»Ja, bitte!«, erwiderten die beiden einstimmig.

Philly nahm ihr Handy aus der Tasche und wählte.

Eine Stunde später prasselte das Feuer in dem alten Herd, und drei Elektroplatten waren im Einsatz.

»Wirklich super, dass du weißt, wie das geht«, sagte Lucien, während Philly die Kanapees arrangierte. »Danke.«

Wegen der Wärme in der Küche waren ihre Wangen ohnehin schon ein bisschen gerötet. »Gern geschehen. Ich bin froh, dass ich helfen konnte.«

5. Kapitel

Lorna kleidete sich mit großer Sorgfalt für die Dinnerparty an. Ihr Stolz stand auf dem Spiel. Zwar konnte sie sich nie im Leben mit einer hübschen Frau Mitte dreißig messen, doch sie wollte auch nicht aussehen wie ein hässliches altes Weib.

Sie hatte der Farbe ihres naturroten Haares ein wenig auf die Sprünge geholfen, und herausgekommen war ein schöner, satter dunkler Farbton. Dann hatte sie ihre Locken mit einem Lockenstab bearbeitet, bis sie ordentlich lagen und nicht mehr so aussahen, als hätte der Zufall die Hand im Spiel gehabt. Sie beschloss, ihr Lieblingsoutfit zu tragen, das nie wirklich modern gewesen war, aber auch niemals ganz aus der Mode kam. Es handelte sich um einen schwarzen taillierten Blazer mit einem hohen Kragen und einem kleinen Schößchen. Sie kombinierte ihn mit einem dunkelgoldfarbenen Oberteil mit U-Ausschnitt und einem langen dunkelgrünen Rock und flachen Stiefeln. Als sie schließlich ihre Lieblingskette aus Bernstein anlegte, deren große Perlen in Silber gefasst waren, und Ohrringe, die einigermaßen dazu passten, war sie recht zufrieden mit ihrem Erscheinungsbild. Es war ein Outfit, das sie mit verschiedenen kleinen Veränderungen seit Jahren immer wieder mal trug, und sie fühlte sich jedes Mal gut darin. Als Lorna sich in ihrem Lieblingsspiegel (am anderen Ende des Flurs und schlecht beleuchtet) betrachtete, fand sie ihr Aussehen in Ordnung. Da sie wusste, dass richtige Beleuchtung die Illusion zerstören würde, ging sie das Risiko erst gar nicht ein.

Weil sie das Gefühl hatte, schon genug zum Gelingen des

Abends beigetragen zu haben, verzichtete sie auf ein Gastgeschenk. Peters Weinkeller war eines seiner Hobbys und ließe sich nur schwer von ihr ergänzen, und sie hatte Philly bei der Blumendeko geholfen. Sie würde einfach hingehen und sie selbst sein, charmant wie immer.

Um acht Uhr schlüpfte sie in ihren alten schwarzen Alpaka-Mantel, der noch genauso glamourös wirkte wie vor ungefähr zehn Jahren, als sie ihn in einem Secondhandladen gekauft hatte, und machte sich auf den Weg durch den Park zum Herrenhaus.

Lorna hatte den größten Teil ihres Erwachsenenlebens allein gelebt. Sie war nur eben lange genug verheiratet gewesen, um ihrem Sohn den Namen seines Vaters zu geben – ansonsten hatten sie nicht viel von ihm bekommen –, und obwohl sie gelegentlich einen Freund gehabt hatte, war sie auf Partys meistens allein erschienen. Dennoch hatte sie sich nie richtig daran gewöhnt, einen Raum voller plaudernder Menschen zu betreten und sich umschauen zu müssen, um hoffentlich jemanden zu treffen, den sie kannte.

Meistens fand sich jemand, und falls nicht, suchte sie sich die Person aus, die am schüchternsten wirkte, und machte sich mit ihr bekannt. Nach den ersten zehn Minuten war in der Regel alles in Ordnung.

Diesmal war es anders. Diesmal würde sie der Frau begegnen, die ihr den Mann gestohlen hatte, auch wenn jener Mann in ihr nie mehr als eine gute Freundin und Vertraute gesehen hatte.

Die Haustür stand offen, und Lorna trat ein. Den Mantel legte sie auf dem Sofa in der Eingangshalle ab, während sie hoffte, dass das Feuer gut brannte und sie nicht frieren würde. Dann betrat sie den Salon.

Sie wusste, dass es eine Dinnerparty für zehn Personen war,

doch sie hatte nicht geplant, als letzter Gast einzutreffen. Nun hatte sie das Gefühl, zu spät zu kommen.

»Ach, da bist du ja, Lorna«, sagte Peter und erhob sich von der Sofalehne, wo er neben einer sehr hübschen Frau gesessen hatte, die leicht als Kirstie zu erkennen war. »Komm, ich stelle dir die Gäste vor, die du noch nicht kennst. Das ist Kirstie.«

Er klang so stolz, als wäre die junge Frau ein preisgekröntes Rennpferd, das er persönlich gezüchtet hatte. Lorna konnte es ihm nicht verübeln. Sie war entzückend.

Mit einem warmen Lächeln blickte sie Lorna an. »Hallo! Ich konnte es kaum erwarten, Sie kennenzulernen. Ich habe schon so viel von Ihnen gehört, und ich bin in jeder Ecke Ihres Gartens gewesen. Ich glaube, Sie haben auch den Kontakt zu Philly hergestellt. Sie war unsere *Lebensretterin*!«

Sie sagte das mit so viel Nachdruck, dass Lorna sich fragte, ob Philly sich ohne ihr Wissen in Erster Hilfe hatte ausbilden lassen und nun in der Küche eine Herz-Lungen-Wiederbelebung durchgeführt hatte. »Ach ja?«

Kirstie nickte. »Der verflixte Ofen war kaputt. Phillys Großvater hat nicht nur eine doppelte Elektroplatte zur Verfügung gestellt – Philly hat es zudem geschafft, den alten Rayburn-Herd in Gang zu setzen, sodass wir trotzdem einen Ofen hatten.«

»Schon gut, Schatz«, meinte Peter und tätschelte Kirsties Arm, »ich habe versprochen, dass wir einen neuen kaufen, einen Herd der Spitzenklasse mit mindestens acht Platten und Wok-Mulde. Was immer du möchtest.«

Lorna musste lachen. Peters notorischer Geiz würde auf eine ernsthafte Probe gestellt werden. Sie selbst hätte sich wahrscheinlich mit der eigenwilligen Zentralheizung, der fehlenden Wärmedämmung oder dem Mangel an modernem Komfort abgefunden. Im Falle eines defekten Herdes hätte sie wahrscheinlich nur ein einfaches, preisgünstiges Modell mit vier Platten haben wollen. »Nun, ich bin sehr erfreut über diese beiden Dinge: erstens, dass Philly so ein Star ist – obwohl ich das schon wusste –, und zweitens, dass dieses Haus mit etwas mehr Komfort ausgestattet werden wird.«

»Und Ihr Garten!«, fuhr Kirstie fort. »Er wird fantastisch.«

»Nun ja, eigentlich ist es ja Peters Garten.«

»Das weiß ich, doch zu meiner großen Enttäuschung scheint er sich nicht sonderlich dafür zu interessieren.« Kirstie ergriff Lornas Hand und drückte sie.

Peter beugte sich vor und gab Lorna einen Kuss auf die Wange. Der Duft nach *Acqua di Parma*, der immer eine besondere Wirkung auf sie hatte, verlieh der Unterhaltung eine pikante Note.

»Hallo, Peter.« Anthea, Peters Mutter, durchquerte den Raum und steuerte auf die Gruppe in der Mitte zu. »Du siehst entzückend aus, meine Liebe«, sagte sie und küsste Lorna. »Kennst du Bob schon? Er ist der Bürgermeister. Du erkennst ihn bestimmt wieder, denn er ist in jeder einzelnen Ausgabe der Lokalzeitung zu finden.«

»Das stimmt nicht ganz, Anthea«, widersprach Bob, der mit Anthea offensichtlich nicht gut genug bekannt war, um in ihrer Gesellschaft völlig entspannt zu sein. »Aber ich bin tatsächlich Bürgermeister.«

Lorna dachte bei sich, dass er auch wie ein Ortsvorsteher aussah, als sie ihm lächelnd die Hand schüttelte. Er schien sich in seinem Abendanzug wohlzufühlen, und sie war fast ein bisschen enttäuscht, keine Orden auf seiner Brust zu entdecken.

Kirstie legte ihr eine Hand auf den Arm. »Wenn Sie uns entschuldigen würden, Anthea, Bob …? Ich möchte Lorna gern ein paar Künstlern vorstellen.«

Lorna wunderte sich, folgte ihr jedoch zu einem Tisch, an dem zwei Paare saßen und sich unterhielten. Etwas abseits von der Gruppe stand ein Mann und betrachtete die Gemälde an der Wand. Lorna hoffte, dass das Bild, das er gerade inspizierte, seine Zustimmung fand, denn sie hatte Peter überredet, es zu kaufen, als sie gemeinsam eine Ausstellung besucht hatten.

»Das hier ist Jamie, der mit meiner alten Freundin Nat verheiratet ist – Natalie und Jamie Chambers. Rosalind und Christopher Bloom. Oh, und das dahinten ist Jack.« Sie deutete auf den Mann, der inzwischen zum nächsten Gemälde weitergegangen war, ebenfalls eines, dessen Kauf Lorna angeregt hatte. »Das ist Lorna Buckthorn«, fuhr Kirstie fort. »Sie restauriert die Gärten für Peter und erledigt auch sonst noch so einiges.«

Lorna lächelte der Gruppe zu, während sie dachte, dass Peter Kirstie tatsächlich viel von ihr erzählt haben musste. Unter anderen Umständen hätte sie die junge Frau auf Anhieb gemocht. Schade, dass sie sie jetzt nicht uneingeschränkt sympathisch finden konnte.

»Jack«, bat Kirstie. »Kommen Sie, ich möchte Sie gern miteinander bekannt machen.«

Der Mann kam ihrer Bitte nach. »Und das ist Jack Garnet«, stellte Kirstie ihn vor.

Lorna lächelte ihm zu. Er war ein paar Jahre jünger als sie und machte einen sympathischen Eindruck. Er schaute sie an und runzelte leicht die Stirn. »Verzeihung«, bat er. »Kirstie, wer ist das, sagten Sie?«

»Haben Sie nicht zugehört, Jack? Das ist Lorna Buckthorn.«

»Oh«, erwiderte er, »Sie müssen mich für ausgesprochen unhöflich halten, doch ich dachte, ich hätte Sie schon einmal gesehen.« Er gab ihr die Hand und drückte sie kräftig.

»Hallo.« Lorna bemerkte seinen prüfenden Blick.

In diesem Augenblick kam Philly mit einem Tablett voller Champagnergläser auf sie zu.

»Ach, Philly!«, sagte Lorna. »Wie schön, genau das, was ich

jetzt brauche! Wie läuft es denn? Ich habe gehört, du hast in der Küche eine Katastrophe verhindert.«

Philly, die leicht angespannt wirkte, lächelte. »Na ja, es war wirklich blöd, dass der Herd nicht funktioniert hat.«

Jack nahm sich ebenfalls ein Glas Champagner. »Ich habe irgendwo schon ein Glas abgestellt«, meinte er entschuldigend.

»Ach, das ist schon in Ordnung«, erwiderte Philly. »Wir haben jede Menge davon. Ich mache später dann die Runde mit der Flasche, um nachzuschenken, nachdem nun jeder mit einem Glas versorgt ist.«

»Philly ist unter Vorspiegelung falscher Tatsachen hier«, erklärte Lorna. »Heute arbeitet sie als Kellnerin, doch in Wahrheit ist sie eine wunderbare Gärtnerin. Sie versorgt die Gärten des Anwesens mit Pflanzen.«

»Womit auch immer sie sich tagsüber beschäftigt, hier war sie unsere Rettung«, warf Kirstie ein. »Wenn sie genauso gut darin ist, Pflanzen zu kultivieren, muss sie brillant sein.«

»Ich hole jetzt Nachschub an Kanapees. Ich bin nicht ganz sicher, wann wir das Dinner servieren werden«, sagte Philly nach einem raschen Blick auf die Uhr.

»Nun, die Häppchen sind hervorragend«, bemerkte Natalie. »Ich fürchte, wir haben die erste Runde in Rekordzeit verputzt.«

»Und wenn das Dinner später fertig wird, liegt das nicht am Koch«, erklärte Kirstie. »Aber das muss ich ja sagen – schließlich habe ich ihn empfohlen!«

Peter gesellte sich zu der kleinen Gruppe. Lorna stellte fest, wie nett er mit Kirstie umging. Er gab nicht mit ihr an, indem er ihr besitzergreifend den Arm um die Taille legte oder sonst etwas Offensichtliches tat, sondern berührte sie nur kurz am Arm und lächelte liebevoll auf sie hinunter.

Lorna wandte den Blick ab, um sich das zu ersparen, und stellte fest, dass Jack sie nach wie vor musterte. Statt Peter und

Kirstie zu beobachten, ging sie zu ihm hinüber. »Fragen Sie sich noch immer, wo Sie mich schon einmal gesehen haben? Wahrscheinlich habe ich eine Doppelgängerin.«

Als er lächelte, wirkten seine strengen Gesichtszüge deutlich gelöster. »Ich finde es schon noch raus. In der Zwischenzeit könnten Sie mir etwas von sich erzählen!«

Lorna mochte es nicht besonders, über sich selbst zu reden, doch sie packte ihr Standardsprüchlein aus, auf das sie bei solchen Gelegenheiten immer zurückgriff. »Ich bin Gartenarchitektin und -restauratorin. Ich arbeite jetzt seit etwa drei Jahren in Peters Gärten, aber wir kennen uns schon seit unserer Kindheit.«

»Haben Sie den Job deshalb bekommen?«

Lorna lachte. »Nein, das kam daher, dass ich auch mit Peters Mutter, Anthea, befreundet bin. Haben Sie sie schon kennengelernt?«

»Wir sind einander noch nicht vorgestellt worden, doch nach dem zu urteilen, was ich gesehen habe, ist sie wohl eine beeindruckende Frau.«

Lorna nickte. »Als sie Peter mitgeteilt hat, dass ich diese Gärten in Ordnung bringen soll, sah er sich verpflichtet, dem zuzustimmen.« Nach einer kurzen Pause fragte sie: »Und was machen Sie beruflich?«

»Ich bin Steinmetz – und auch Bildhauer.«

Philly erschien mit einem Tablett voller Häppchen.

»Wie läuft es denn unten in der Küche?«, erkundigte sich Lorna, während sie sich einen Blini nahm.

»Lass es mich mal so ausdrücken: Es ist gut, dass wir so viele Kanapees haben. Bedient euch«, schlug sie vor. »Bis zum Essen dauert es noch eine Weile.«

Lorna trank einen Schluck Champagner. Sie wusste, dass es jede Menge zu trinken gab, und hoffte, dass nicht alle Gäste völlig betrunken sein würden, bevor sie sich zum Essen niederließen. Und Champagner konnte einen gewaltigen Kater zur Folge haben, so köstlich er auch schmeckte.

Jacks Stimme unterbrach ihre Gedanken. »Ich glaube, ich weiß jetzt, wo ich Sie schon einmal gesehen habe, doch ich muss das erst zu Hause überprüfen. Wohnen Sie in der Nähe?«

»Ja, das kann man so sagen. Ich kann zu Fuß nach Hause gehen, also kann ich etwas trinken. Das ist auch gut so, denn Peter hat immer hervorragende Weine und bietet gern reichlich davon an. Das ist komisch, denn ansonsten ...« Sie brach ab, als ihr bewusst wurde, dass sie um ein Haar einem völlig Fremden erzählt hätte, dass ihr Gastgeber geizig war. Das wäre nicht gerade loyal gewesen.

»Ich habe ihn eben erst kennengelernt, er wirkt sehr nett.«

Lorna war dankbar, dass Jack ihr Stocken nicht bemerkt hatte. »Nett genug für Kirstie, meinen Sie? Da ich mit Peter befreundet bin, möchte ich mich vergewissern, dass Kirstie nett genug für *ihn* ist. Und ich glaube, sie ist es, soweit ich das beurteilen kann.«

»Ich kenne sie kaum. Wir sind uns erst vor einigen Wochen begegnet. Aber sie steht in dem Ruf, eine Macherin zu sein. Freunde haben mir erzählt, dass sie sich durch nichts aufhalten lässt, wenn sie ein Projekt in Angriff genommen hat. Und natürlich ist es immer aufregend, zum Dinner in ein Herrenhaus eingeladen zu werden.«

In diesem Augenblick erkannte Lorna, dass Peter wahrscheinlich eine dynamische Person an seiner Seite brauchte. Er war zwar im Geschäftsleben durchaus dynamisch gewesen, doch im Privatleben war er zu entspannt und durchaus bequem. Er musste wachgerüttelt werden, damit er sein Geld für sinnvolle Dinge ausgab und es nicht unnötig sparte. Sie selbst, Lorna, hätte ihn einfach vor sich hin wursteln lassen und sich damit abgefunden. »Wie haben Sie Kirstie kennengelernt?«

»Es war auf einer offenen Vernissage. Sie ist mit Freunden von mir befreundet, Künstlern.« Er runzelte die Stirn. »Mir ist nicht ganz klar, warum sie mich eingeladen hat.«

Hat nichts damit zu tun, dass du ein attraktiver, offensichtlich alleinstehender Mann bist, dachte Lorna. Laut sagte sie: »Sind Sie in erster Linie Bildhauer und in zweiter Steinmetz, oder ist es andersherum?«

»Ich trenne das eigentlich nicht. Wie ist es bei Ihnen? Sind Sie sowohl Künstlerin als auch Gartenarchitektin?«

»Na ja, ich war es mal. Ich habe die Kunsthochschule besucht, doch als ich schwanger wurde, schwenkte ich auf Gartenarchitektur um. Das befriedigt meine künstlerischen Ambitionen und ist eine zuverlässigere Variante, sich seinen Lebensunterhalt zu verdienen.«

»Was macht denn Ihr Mann?« Auf einmal wirkte Jack ganz ernst.

Lorna zuckte mit den Schultern. »Ich weiß es nicht. Wir haben uns schon bald nach der Geburt unseres Sohnes getrennt. In der heutigen Zeit hätten wir nicht geheiratet, nur weil ich schwanger war; damals jedoch schien es das Richtige zu sein. Obwohl wir beide Künstler waren und eigentlich unkonventioneller hätten sein müssen.« Sie machte eine kurze Pause. »Wie sieht es bei Ihnen aus? Verheiratet? Kinder?«

»Ich habe keine Kinder. Ich war einige Jahre mit jemandem zusammen, aber es gab kein Baby.« Er lächelte ein bisschen melancholisch. »Vielleicht war es ja auch gut so.«

»Dann sind Sie also Single? Vielleicht sollten Sie es mal mit dieser Webseite probieren, die Kirstie und Peter zusammengebracht hat.« Sie brach abrupt ab, weil ihr plötzlich der Gedanke kam, dass es ein Geheimnis sein könnte, wie die beiden sich kennengelernt hatten. Sie hätte das nicht jemandem auf die Nase binden sollen, dem sie gerade erst begegnet war.

»Eher nicht«, meinte Jack, der weder überrascht noch beleidigt von Lornas Vorschlag wirkte. »Ich lerne Menschen lieber im echten Leben kennen.«

»Ich auch«, antwortete Lorna. Doch insgeheim fragte sie sich, wie sie selbst das Thema angehen sollte. Vielleicht war es tatsächlich die einzige Option, im Internet nach einem Freund zu suchen. Ansonsten müsste sie die ganze Zeit zuschauen, wie Peter und Kirstie verliebt herumturtelten – und das wäre wirklich deprimierend. Allerdings gefiel ihr der Gedanke, im Internet über eine Dating-Agentur aktiv zu werden, nicht besonders, und sie ließ die Idee fallen.

In dem Moment stieß Anthea zu ihnen. »Nun, Lorna, wer ist das denn? Ich glaube nicht, dass wir uns schon kennen, junger Mann.«

Lorna stellte die beiden einander vor und beobachtete amüsiert, wie Anthea Jack auf die gleiche Weise musterte, wie er Lorna zuvor beäugt hatte. Doch bevor die alte Dame irgendetwas Ungeheuerliches von sich geben konnte, klatschte Kirstie in die Hände, um die Aufmerksamkeit aller auf sich zu ziehen.

»Gleich wird das Dinner serviert, aber zuvor möchte ich euch mitteilen, warum wir hier sind. Es geht nicht nur darum, dass Peters Familie mich kennenlernt« – mit ihrem Lächeln schloss sie Lorna in den Kreis der Familie mit ein – »und dass ihr ein paar Freunde von mir trefft, sondern auch darum, dass diese Stadt eine Schlacht zu schlagen hat. Ich finde, wir sollten unsere Kräfte bündeln, um diese Schlacht zu gewinnen!«

»Hmm«, murmelte Anthea an Lorna gewandt. »Ich dachte mir schon, dass mehr hinter dieser Dinnerparty steckt als nur Geselligkeit.«

»Welche Schlacht?«, erkundigte sich Bob, der Bürgermeister. »Geht es um den Supermarkt an der Umgehungsstraße?«

»Viel bedeutender als das!«, verkündete Kirstie. »Ich weiß,

ich bin keine Einheimische. Ich stamme nicht aus der Gegend, und vielleicht sehe ich die Dinge genau deshalb aus einer neuen Perspektive.«

»Wenn es nicht um den Supermarkt geht, worum dann?«, wollte Anthea leicht gereizt wissen.

»Um die Kathedrale!«

Schweigen breitete sich aus. Schließlich sagte Bob: »Es ist keine Kathedrale, sondern ein sehr großes Kloster.«

»Ist das nicht egal?«, konterte Kirstie. »Wenn man sich mit diesem ›sehr großen Kloster‹ genauer befasst, stellt man rasch fest, dass seit zwei Jahren kein Geld mehr dafür beschafft wurde. Das ist sehr bedauerlich. Es handelt sich um ein nationales Baudenkmal, und ihr – *wir* – lassen es einfach verfallen! Jack, erzählen Sie uns, wer Sie sind und was in der Kirche passiert.«

»Es wäre mir lieb gewesen, wenn man mich vorgewarnt hätte«, bemerkte Jack, »doch Kirstie hat recht. Wir brauchen viel mehr Geld.«

»Verzeihung«, meinte Bob, »aber wer sind Sie?«

»Ich bin der Steinmetz, der in der Klosterkirche arbeitet. Jack Garnet.«

»Oh, tut mir leid«, erwiderte Bob. »Ich kenne natürlich Ihren Namen, doch ich hatte kein Gesicht dazu vor Augen.«

»Meine Schuld, ich hätte mich bei der Vorstellung mehr bemühen müssen«, warf Kirstie ein. »Die Sache ist die: Ich habe eine Idee, wie man Gelder auftreiben könnte.«

»Was denn, Peter heiraten?«, murmelte Anthea so leise, dass nur Lorna sie verstehen konnte.

»Momentan geht es bloß um ein einzelnes Event, aber ich glaube, man sollte eine Reihe von Veranstaltungen zur Geldbeschaffung organisieren, von denen sowohl Künstler als auch die Kirche profitieren würden.« Kirstie lächelte ihren Künstler-

Freunden zu. »Und das Event ist – die Öffnung von Peters Gärten für die Öffentlichkeit!«

Lorna hustete und musste einen Schluck Champagner trinken. »Wie bitte? Sie sind nicht einmal ansatzweise fertig!«

»Nein, das weiß ich«, erwiderte Kirstie. »Dennoch sind die Gärten wunderschön, und meine Idee ist es, eine Skulpturen-Ausstellung im Freien zu veranstalten – wahrscheinlich Ende Mai. Am letzten Wochenende. Die Veranstaltung wird Künstlern die Gelegenheit bieten, richtig große Stücke auszustellen, die der Öffentlichkeit normalerweise fast nie zugänglich gemacht werden können. Wir nehmen Eintritt, bieten Speisen und Getränke an, vielleicht gibt es auch ein Konzert. Das ganze Wochenende finden tolle Veranstaltungen statt, genau hier in Peters Gärten.«

Lorna schaute Peter an und rechnete damit, dass er bei dieser Aussicht blass wurde oder sogar in Ohnmacht fiel. Doch er wirkte durchaus zuversichtlich und gesund.

»Bist du damit einverstanden?«, fragte Anthea ihren Sohn. Offensichtlich hatte sie eine ähnliche Reaktion erwartet wie Lorna.

»Kirstie hat mich davon überzeugt, dass das eine großartige Idee ist«, erwiderte er und strahlte seine Freundin an. »Das Vorhaben wird uns anspornen, den Garten gut aussehen zu lassen.« Er fing Lornas Blick auf, die ihn anstarrte. Wahrscheinlich bemerkte er auch ihre geschürzten Lippen und die hochgezogenen Augenbrauen. »Lorna hat schon sehr viel erreicht, seit wir das Projekt in Angriff genommen haben, aber sie hat fast alle Arbeiten ohne Unterstützung verrichten müssen und braucht dringend ein paar Assistenten. Und Reg hätte gern einen größeren Aufsitzmäher.«

»Ich glaube, der würde dir auch gefallen, Peter«, kommentierte seine Mutter.

»Ja, stimmt«, pflichtete er ihr bei. »Und ich denke, es wird wirklich Zeit, dass ich mich mehr einbringe. Nun, da ich dauerhaft hier lebe ... und vielleicht auch bald nicht mehr allein«, er warf Kirstie einen ausgesprochen liebevollen Blick zu, »würde ich auch gern etwas für die Gemeinschaft tun.«

»Das ist gut«, sagte Lorna. »Ich bin zwar natürlich ein bisschen eingeschüchtert von dem Gedanken, die Gärten für die Öffentlichkeit freizugeben – selbst wenn die Besucher durch riesige nackte Statuen oder was auch immer abgelenkt werden –, doch ich glaube, dass die Gemeinde entzückt und dankbar sein wird, wenn du Interesse an den lokalen Belangen zeigst.«

»Sie könnten für den Stadtrat kandidieren, wenn Sie möchten. Einen Geschäftsmann wie Sie würde man mit offenen Armen willkommen heißen«, erklärte Bob.

»Ich würde mich lieber mit dem Beschaffen von Spendengeldern befassen«, antwortete Peter. »Und damit, das Haus wieder auf Vordermann zu bringen.«

»Nun, ich finde die Idee hervorragend«, sagte einer der Künstler. »Ich fertige gern große Arbeiten an, und es gibt nur sehr wenige Gelegenheiten, Werke auszustellen, die nicht Auftragsarbeiten sind. Wenn ich ehrlich bin, sehne ich mich danach, größere Sachen als sonst üblich zu fertigen – obwohl ich wahrscheinlich keine Arbeiten ausführen sollte, die nicht in Auftrag gegeben wurden.«

»Kannst du dich der Herausforderung stellen, Lorna?«, fragte Peter und ging auf sie zu. »Ich weiß, dass wir dir eine große Verantwortung aufbürden.«

»Gib mir die nötigen Mittel«, erwiderte sie, »und ich bin bereit.« Sie schenkte ihm ein warmes Lächeln, um ihm das Gefühl zu geben, dass sie mit Kirstie und ihren Plänen vollkommen im Reinen war. Dabei war sie ganz und gar nicht glücklich damit. Nachdem sie Peter so lange verehrt hatte, konnte sie ihn nicht von heute auf morgen aus ihrem Leben und ihren Gedanken verbannen, doch sie zog sich mit Würde zurück. Sie würde nicht in einen Wettstreit mit Kirstie treten. Wenn sie Peter nicht hatte erobern können, ohne dass echte Konkurrenz in Sicht war, würde sie ihn erst recht nicht bekommen, nachdem er sich in ein Energiebündel wie Kirstie verliebt hatte.

Lorna war froh, als Doreen auftauchte, die in ihrem schwarzen Kleid einen ungewohnten Anblick bot. »Meine Damen und Herren«, verkündete sie feierlich. »Das Dinner ist angerichtet.«

»Nur eine Stunde zu spät, sodass wir noch nicht völlig betrunken sind«, bemerkte Anthea in gedämpftem Ton. »Und wenn es Ihnen gelungen ist, die Temperatur im Speisezimmer über den Gefrierpunkt zu bekommen, wird das Ganze vielleicht nicht zur absoluten Qual. Kommen Sie, Bob.«

Lorna, die von Jack begleitet wurde, dachte, dass irgendjemand – wahrscheinlich Philly – in dem normalerweise arktisch kalten Speisezimmer ein Wunder vollbracht hatte. Im Kamin prasselte ein großes Feuer, jede Menge Kerzen waren sowohl auf dem Tisch als auch an allen anderen geeigneten Stellen verteilt worden, und die Blumenarrangements bestachen durch ihre schlichte Eleganz. In der Luft lag ein Hauch von Rauch, der darauf hindeutete, dass das Feuer anfangs wahrscheinlich gequalmt hatte. Vermutlich sollten die zahlreichen Kerzen den Geruch neutralisieren.

»Gar nicht so kalt und düster, wie ich befürchtet habe«, kommentierte Anthea etwas lauter als zuvor. »Und vielleicht wird sogar das Essen genießbar sein, wenn der Koch, mit dem unsere Gastgeberin so angegeben hat, etwas taugt. Eventuell war es ein Fehler, dass ich ein Omelette gegessen habe, bevor ich herkam.«

Offensichtlich hatte Kirstie ihren Kommentar gehört, denn ein winziger Ausdruck des Unwillens huschte über ihr Gesicht; Lorna glaubte sogar, ein leichtes Seufzen zu vernehmen.

Eine der Künstlerinnen – Natalie, wenn Lorna sich recht erinnerte – hatte Antheas Äußerung offensichtlich ebenfalls mitbekommen. »Ich war schon mal bei einem Essen, das Lucien gekocht hat – er ist großartig. Wenn Sie also nicht ein wirklich starker Esser sind, war das Omelette vorher meiner Meinung nach eindeutig ein Fehler.« Sie blitzte Anthea an.

Die alte Dame ging locker damit um. »Wahrscheinlich haben Sie recht, aber wenn man so alt ist wie ich, knurrt der Magen ziemlich laut, wenn man nicht regelmäßig isst. Ich selbst würde es ja nicht hören – ich bin quasi taub wie eine Nuss –, doch euch junge Leute würde es in Verlegenheit bringen.«

Alle lachten.

»Also, bitte sucht euch eure Plätze und setzt euch«, sagte Kirstie.

»Oh, Sie haben ein *placement* vorgenommen«, bemerkte Anthea und benutzte offenbar absichtlich das französische Wort. »Wie vorausschauend! Und ungewöhnlich in der heutigen Zeit. Aber dazu brauche ich meine Lesebrille.«

»Sie sitzen hier«, mischte sich Bob ein, »neben mir.«

»Und Sie neben mir«, sagte Jack zu Lorna.

Sie nahm Platz und lächelte ihrem anderen Tischnachbarn zu, Natalies Mann Jamie. Zu ihrer Enttäuschung erwiderte er ihr Lächeln zwar ausgesprochen höflich, gab ihr damit jedoch gleichzeitig zu verstehen, dass sie aufgrund ihres Alters keinesfalls interessant für ihn war. Sie beschloss, ihn ein wenig zu provozieren. »Nun, wenn Sie es sich leisten könnten, jede beliebige Skulptur auf der Welt zu kaufen, für welche würden Sie sich entscheiden und aus welchem Grund?«

Jamie wirkte verdutzt. »Na ja, ich weiß nicht ...«

»Stellen Sie sich vor, Sie hätten ein Haus mit einem Garten, der groß genug für die Unterbringung von jedem beliebigen Kunstobjekt wäre. Sie wären in Ihrer Wahl also nicht durch die Größe eingeschränkt.«

»Ich bin mir immer noch nicht sicher«, antwortete Jamie.

»Ich weiß, was ich auswählen würde«, warf Jack ein. »Ich würde mich für das *Early Horse* von Elizabeth Frink entscheiden.«

Lorna schaute ihn rasch an. »Das würde ich mir auch aussuchen!«, sagte sie. »Was für ein Zufall!«

»Irgendwie überrascht mich das nicht«, erwiderte Jack und schenkte ihr einen Blick, der sie innerlich zusammenzucken ließ.

Jamie mochte sie zwar als ältere Frau abgetan haben, doch Jack war offensichtlich in der Lage, Frauen nicht nur als Sexobjekte zu betrachten. Er hatte begriffen, dass sie auch interessante Dinge zu sagen haben konnten.

6. Kapitel

Unten in der Küche hatte Philly endlich das Gefühl, ihre Schürze ablegen zu können. »Ist es in Ordnung, wenn ich jetzt gehe?« Sie wusste nicht recht, ob sie Lucien oder Doreen fragen sollte; deshalb stellte sie die Frage in den Raum hinein – in der Hoffnung, dass jemand Ja sagen würde.

»Natürlich, meine Liebe«, antwortete Doreen. »Sie haben geschuftet wie ein Pferd. Ich wünschte, ich könnte Sie bitten, morgen früh wiederzukommen und mir mit dem Frühstück zu helfen. Ich bin nicht als Köchin eingestellt worden. Man sollte mich nicht dazu einspannen, Frühstück für Gäste zuzubereiten.«

»Ich könnte mich darum kümmern«, schlug Lucien vor. »Sie könnten Kirstie fragen, ob es in Ordnung wäre.« Er zögerte kurz. »Ich brauche natürlich keine Erlaubnis, doch ich möchte gern dafür bezahlt werden.«

Nachdenklich schaute Doreen ihn an. »Ich muss sagen, dass ich es toll fände, wenn Sie das übernehmen. Ich kann nicht einmal ein Ei kochen, pochieren schon gar nicht!«

»Warum fragen Sie Kirstie nicht jetzt gleich?«, meinte Lucien. »Dann bekommt Philly vielleicht auch ihren Lohn.«

»Na schön. Sie sind über das Stadium hinaus, in dem sie noch mehr Kaffee oder grünen Tee oder etwas in der Art haben wollen«, sagte Doreen. »Ich gehe nach oben.«

Einige Minuten später kehrte sie mit Kirstie im Schlepptau zurück. »Sie Schätzchen! Sie waren großartig! Alle waren sehr beeindruckt. Sogar Peters furchterregende Mutter fand es gut.«

Philly schwieg, doch sie fühlte sich Kirstie einen Moment lang verbunden. Auf sie selbst wirkte Anthea ebenfalls furchterregend.

»Das ist super«, antwortete Lucien. »Wenn man bedenkt, unter welchen Bedingungen wir arbeiten mussten ...«

»Das stimmt! Wenn Sie nächstes Mal für uns kochen, gibt es einen richtigen Herd – versprochen.«

Lucien lächelte und strich sich das Haar aus dem Gesicht.

Er hatte die Kochmütze abgenommen, und seine Ponyfransen fielen ihm jetzt in die Augen. »Vielleicht noch nicht nächstes Mal. Doreen hätte gern, dass ich bleibe und morgen das Frühstück für Ihre Gäste zubereite.«

Kirstie riss die Augen auf, zuerst vor Freude und dann vor Enttäuschung. »Ach, Lucien, das ist eine hervorragende Idee, doch wo wollen Sie übernachten? Es gibt zwar jede Menge Schlafzimmer, aber die, die sich in einem annehmbaren Zustand befinden, sind alle schon belegt.«

»Kein Problem, ich schlafe in meinem Kleinbus.«

»Das geht nicht!« Kirstie war entsetzt.

»Oh, doch. Ich mache das ständig.« Er grinste. »Ich habe ihn so umgerüstet, dass ich darin übernachten kann. Habe ich selbst gemacht.«

»Das ist ja wunderbar! Ich weiß, dass Doreen nicht begeistert war.« Sie schenkte der Haushälterin ein Lächeln, aus dem Philly schloss, dass sie unbedingt darauf aus war, sich mit Peters Bediensteten gut zu stellen. »Ich kann es ihr nicht verdenken. Gut, Philly – dann gebe ich Ihnen mal Ihr Geld.« Sie zog ein Bündel Geldscheine aus der Tasche ihres Kleides. »Wir haben hundert Pfund ausgemacht, aber ich mache zweihundert daraus. Sie haben das Problem mit dem Ofen so toll gelöst.«

»Wirklich?«, fragte Philly. »Das ist überaus großzügig. Ich wollte nicht so viel ...« Sie zögerte. Sie mochte Kirstie und wollte sie nicht vor den Kopf stoßen, indem sie eine Bemerkung darüber fallen ließ, wie geizig Peter war.

»Ich weiß schon. Peter ist ein bisschen vorsichtig, doch wir waren uns vollkommen einig, dass wir bei dieser Dinnerparty nicht knausern sollten. Sie ist in vielerlei Hinsicht so wichtig. Gut, dann kehre ich mal besser zu meinen Gästen zurück. Ach, Doreen? Haben wir vor Kurzem eine Flasche Baileys gekauft?«

»Das glaube ich nicht, Madam«, antwortete Doreen, ganz entsetzt über den Gedanken.

»Schade. Na ja, macht nichts. Dann muss ich mir etwas anderes einfallen lassen, um die Gäste von flambiertem Sambuca abzubringen.«

Philly war glücklich und zufrieden, als sie über den Hof zum Auto ging. Sie war zum Umfallen müde und betete, dass genug warmes Wasser für eine Dusche oder vielleicht sogar ein wunderbares Bad da sein möge, wenn sie nach Hause kam. In der Tasche steckten die zweihundert Pfund. Davon konnte sie einen Folientunnel und vielleicht noch ein paar andere Dinge kaufen.

Sie fuhr gerade langsam den dunklen und leicht schlammigen Weg entlang, als sie auf einmal am Straßenrand ein Auto stehen sah. Und sie war sich ziemlich sicher zu wissen, wessen Wagen das war.

Dennoch musste sie ihren ganzen Mut zusammennehmen, um dahinter anzuhalten und nach dem Fahrer zu sehen. Nicht, weil sie fürchtete, dass irgendein Axtmörder auf jemanden wie sie wartete … Sie nahm ihre Taschenlampe und machte sich auf den Weg.

»Verdammtes blödes Auto!«, schimpfte Anthea, als sie Philly erblickte. »Sie sind doch das Mädchen, das für Lorna die Pflanzen kultiviert, nicht wahr?«

Dankbar und überrascht, dass diese strenge alte Dame sie nicht als »die Kellnerin« bezeichnet hatte, bejahte Philly. »Wie kann ich Ihnen helfen? Ich habe mein Handy dabei, falls Sie beim Automobilclub anrufen wollen.«

»Ich bin dort nicht Mitglied. Und ich habe ein Telefon, aber ich weiß nicht, wen ich zu Hilfe rufen soll.«

»Nun, mein Großvater war mal Automechaniker. Wir könnten ihn anrufen. Oder ich fahre Sie jetzt nach Hause, und er kümmert sich morgen um Ihren Wagen.«

Anthea seufzte ausgiebig. »Ich hasse es, auf andere Menschen angewiesen zu sein. Meine Unabhängigkeit ist mir sehr wichtig.«

»Sich nach Hause bringen zu lassen, weil das Auto liegen geblieben ist, heißt nicht, sich in eine Abhängigkeit zu begeben. Es ist einfach nur vernünftig.« Irgendwie wirkte Anthea gar nicht mehr so einschüchternd.

»Was könnte Ihr Großvater denn tun, was meinen Sie?«

»Nun, wenn er das Problem nicht selbst lösen kann, könnte er das Auto abschleppen und in eine Werkstatt bringen. Er hat noch einen Abschleppwagen.« Sie zögerte. »Soll ich Sie nicht doch nach Hause bringen?«

»Es hört sich bestimmt blöd an, ich weiß, aber ich möchte mein altes Schlachtross nicht im Stich lassen. Warum fahren Sie nicht heim und beschreiben Ihrem Großvater, wo ich bin? Wenn es ihm nichts ausmacht, so spät noch herzukommen ...«

»Ich kann Sie hier nicht sich selbst überlassen«, widersprach Philly. »Und es ist schon spät. Vielleicht will mein Großvater auch lieber bei Tageslicht nach dem Auto sehen.«

»Meinen Sie, er ist schon zu Bett gegangen?«

»Nein. Er wartet stets, bis ich da bin. Er findet immer noch nicht, dass ich alt genug bin, um abends arbeiten zu gehen.«

»Er hat nicht ganz unrecht. Sie sind noch sehr jung.«

»Aber ich habe ein zuverlässiges Auto.«

Anthea lachte. »Hm, jetzt muss ich wohl zugeben, dass Sie recht haben. Wären Sie vielleicht so freundlich, mich mit zu Ihnen zu nehmen? Damit ich mit Ihrem Großvater persönlich über die Sache reden kann?«

»Natürlich!« Sie überlegte kurz. »Aber ich rufe ihn vorher an, damit er vorbereitet ist.« Sie wollte nicht, dass ihr Großvater die Tür in einem seiner alten Pogues-T-Shirts voller Kaffeeflecken öffnete. Das wäre ihm schrecklich peinlich.

»Grand?«, sagte sie, als er sich nach dem ersten Klingeln am Telefon meldete. »Ich bin hier mit ...« Sie erstarrte, als ihr aufging, dass sie Antheas richtigen Titel nicht kannte. »Mit einem der Dinner-Gäste. Das Auto der Dame ist liegen geblieben. Ich bringe sie mit nach Hause, damit sie mit dir darüber reden kann.«

»Alles klar. Ich hole schon mal meinen Werkzeugkasten und ein Starthilfekabel. Vielleicht liegt es an der Batterie. Um was für einen Wagen handelt es sich denn?«

Philly fragte Anthea.

»Es ist ein Volvo«, antwortete die alte Dame. »Er stammt praktisch aus Vorkriegszeiten.«

Philly wiederholte das Wort für Wort.

»Ach!«, sagte ihr Großvater. »Das wird wahrscheinlich ein alter Amazon sein. Die laufen immer weiter. Und sind sehr leicht zu reparieren.«

Als Philly auflegte, musste sie unwillkürlich schmunzeln. Ihr Großvater klang begeistert, weil er nach Mitternacht zu einem kaputten Auto gerufen wurde. Seine beiden Lieblingsbeschäftigungen bestanden darin, anderen Menschen zu helfen und alte Autos zu reparieren.

Offensichtlich hatte er sich umgezogen und ein bisschen frisch gemacht, wie Philly feststellte, als er die Tür in einem sauberen Hemd, einer ebenso sauberen Hose und einer Weste mit Einstecktuch öffnete. Er wirkte ein wenig altmodisch und sehr irisch, was aber nicht schadete.

»Treten Sie ein.« Seamus öffnete die Tür noch weiter. »Philly setzt gleich den Kessel auf, und Sie können mir von Ihrem Auto erzählen. Wahrscheinlich haben Sie es sehr gern. Warum auch nicht? Wer weiß, vielleicht sind Autos ja doch Wesen mit Gefühlen!«

Philly seufzte innerlich und kam seiner Bitte nach. Ihr Großvater sah nicht nur aus wie jemand aus *My Big Fat Gypsy Wedding*, sondern hörte sich auch an, als stammte er aus dem Land der Elfen. Aber schließlich tat er Anthea einen Gefallen und versuchte nicht, sie für sich zu gewinnen. Philly wünschte, sie würde sich an Antheas korrekten Titel erinnern. Sie selbst hatte sie noch nie direkt angesprochen, doch Doreen sprach von ihr als »Ihre Ladyschaft«. War das nun tatsächlich eine korrekte Anrede oder lediglich eine ein wenig respektlose Bezeichnung für die Mutter ihres Chefs?

Anthea und Seamus folgten Philly in die Küche – eine gute Entscheidung. Dort war es zwar ein bisschen unordentlich, aber es war der einzige warme Raum im Haus. Das frostige (und ebenfalls nicht aufgeräumte) Wohnzimmer war nicht der richtige Aufenthaltsort für diese Tageszeit.

»Setzen Sie sich, meine Liebe«, sagte Seamus zu Anthea, die der Aufforderung brav Folge leistete. »Und jetzt erzählen Sie mir mal, was passiert ist.«

»Nun, kurz nachdem ich losgefahren war, hat ein rotes Licht aufgeleuchtet, und der Wagen ist ausgegangen. Das war oben am Hügel. Ich dachte, das Auto springt wieder an, wenn ich es hinunterrollen lasse.« Sie schwieg kurz. »Hat aber nicht geklappt.«

»Klingt, als könnte es die Lichtmaschine oder die Batterie

sein. Ich nehme vorsichtshalber mal einen Ersatzkeilriemen und mein Starthilfekabel mit. Möchten Sie hier im Warmen warten, während ich mir die Sache ansehe?«

Philly, die gerade die Teekanne vorwärmte, zuckte innerlich zusammen. Der Gedanke, mit dieser einschüchternden Frau für unbestimmte Zeit höfliche Konversation betreiben zu müssen, war schrecklich, auch wenn Anthea momentan ein bisschen weniger Furcht einflößend wirkte. Abgesehen davon war Philly zum Umfallen müde.

»Ich würde lieber mitkommen«, erwiderte Anthea. »Ich möchte wirklich gern nach Hause.«

»Gar kein Problem. Ich kann Sie nach Hause fahren«, meinte Seamus.

»Ich will mein altes Auto nicht am Straßenrand stehen lassen und mir Gedanken machen müssen, wie ich morgen früh dort hinkomme.«

»Na ja, das verstehe ich. Nun ...« Philly fand, dass ihr Großvater sich mit jedem Wort irischer anhörte. »Möchten Sie denn gern mit mir im Lieferwagen fahren? Oder soll unsere junge Philly Sie bringen?«

»Oh nein«, entgegnete Anthea. »Ihre Enkelin muss völlig erschöpft sein. Sie ist den ganzen Abend die Treppen hinauf- und hinuntergelaufen, um sich um die Gäste meines Sohnes zu kümmern. Ich würde mich freuen, wenn ich im Lieferwagen mitfahren könnte. Es wäre nicht das erste Mal.«

Wenige Minuten später, nachdem sie hastig ihren Tee getrunken hatten, verabschiedete Philly sich von den beiden. Dann ging sie ins Bett. Ihr Großvater würde schon zurechtkommen, und falls doch nicht, würde er sie anrufen.

Nachdem Lorna sich verabschiedet hatte, holte sie ihren Mantel und schlüpfte hinein. Sie hatte sich viel besser amüsiert als erwartet. Es lag daran, dass Kirstie eine exzellente Gastgeberin und Jack so ein unterhaltsamer Tischnachbar war. Männer, die sich für das interessierten, was sie sagte, waren immer schon dünn gesät gewesen. Doch seit sie jenseits des gebärfähigen Alters war, waren sie noch seltener geworden. Es war ein trauriger Gedanke, dass sie ihre erotische Anziehungskraft verloren hatte, aber Lorna hatte es akzeptiert – vor allem, als Peter keine Notiz von ihr genommen hatte und in ihr nur eine vertraute Freundin und eine Gärtnerin sah. Doch Jack hatte ihr das Gefühl gegeben, eine interessante Gesprächspartnerin zu sein.

Sie hatte gerade die Haustür geöffnet und war ins Freie getreten, als Jack an ihrer Seite auftauchte. »Ich begleite Sie nach Hause.«

Lorna lächelte. »Das ist nicht nötig, wirklich nicht. Ich muss nur durch den Park gehen. Da gibt es keine Straßenräuber, und falls sich Geister herumtreiben sollten, so werden sie mich sicher nicht behelligen.«

»Ich bringe Sie trotzdem nach Hause. Es liegt auf dem Weg.« Er nahm sie am Arm.

»Sie müssen in die entgegengesetzte Richtung! Wenn Sie in der Stadt wohnen, müssen Sie auf die andere Seite des Parks. Es gibt einen vernünftigen Weg ...«

»Ich kenne den vernünftigen Weg ... ich habe ihn auf dem Hinweg genommen. Aber ich möchte Sie gern sicher nach Hause bringen.«

Da sie es ausgesprochen angenehm fand, von einem starken Arm gestützt zu werden, hörte sie auf zu diskutieren.

Sie redeten nicht, während sie den Park auf einem wenig benutzten und daher ein bisschen matschigen Weg durchquerten. Nach kurzer Zeit erreichten sie Lornas Cottage.

»Ich würde Sie ja hineinbitten ...«, setzte sie an, weil sie sich dazu verpflichtet fühlte.

»Nein, nein. Es ist schon spät.« Er schaute auf sie hinunter. Ihre Gesichter wurden leicht vom Außenlicht im Eingangsbereich angestrahlt. »Es hat mich sehr gefreut, Sie kennenzulernen.«

Lorna nickte zustimmend. »Nun, dann gute Nacht.«

Es folgte der etwas peinlich Moment, in dem sie entscheiden musste, ob sie ihm einen Kuss gab oder nicht. Alle anderen Gäste hatte sie zum Abschied ungezwungen auf die Wange geküsst, doch das hier fühlte sich irgendwie anders an.

Jack nahm ihr die Entscheidung ab, indem er sich vorbeugte und ihr einen Kuss auf die Wange gab. »Gute Nacht!«

7. Kapitel

Ärgerlicherweise schreckte Lorna am folgenden Morgen um sechs Uhr aus dem Schlaf – trotz ihrer Müdigkeit und obwohl sie später als sonst zu Bett gegangen war.

Sie schaltete das Radio ein und versuchte, wieder einzuschlafen, gab jedoch nach wenigen Augenblicken auf. Wenn sie schon mal wach war, konnte sie genauso gut gleich aufstehen. Doch zur Entschädigung schlüpfte sie nach dem Duschen wieder in Schlafanzug und Morgenmantel und stieg die Treppe hinunter, um Tee zu kochen.

Sie wusste, was verhindert hatte, dass sie länger schlief: Es war die Nachwirkung von ein bisschen zu viel Alkohol in Verbindung mit dem Wissen, dass ihr Leben sich seit der Dinnerparty irgendwie verändert hatte. Die Begegnung mit Kirstie und die Tatsache, dass sie sich gezwungen sah zu akzeptieren, dass Peter und Kirstie wie ein richtiges Paar wirkten, hatten ihr die Augen geöffnet. Peter würde ihr jetzt keinen Blick mehr gönnen, nachdem er eine entzückende junge Frau wie Kirstie gefunden hatte. Dennoch war es Lorna unmöglich, sie nicht zu mögen.

Trotz allem hatte sie einen angenehmen Abend verbracht. Sie hatte die ausgiebige Unterhaltung mit einem interessanten Mann genossen. Während ihres Schlafes hatte sie die Gespräche noch einmal durchlebt. Die Gäste hatten immer mal wieder die Plätze getauscht. Während Lorna nun darauf wartete, dass das Wasser zu kochen begann, beschloss sie, in Zukunft öfter auszugehen.

Obwohl die Sonne durchkam, war es ein bisschen kühl. Da

sie eigentlich noch im Bett liegen und schlafen sollte, beschloss sie, sich selbst zu verwöhnen und den Holzofen anzuzünden. Sie würde sich auf dem Sofa unter eine Decke kuscheln und ihren Laptop zur Hand nehmen, um ihre E-Mails zu lesen und die sozialen Netzwerke zu checken.

Unwillkürlich musste sie an Kirstie denken, vor allem an ihren Plan, eine Skulpturen-Ausstellung in den Gärten von Burthen House zu organisieren.

Es könnte großartig werden. Zwar war nur ein relativ kleiner Teil des formalen Bereichs schon in Ordnung gebracht worden, doch es gab genügend wildere Teile, in denen sich größere Skulpturen sehr gut machen würden. Und es würden bestimmt viele Besucher kommen, davon war Lorna überzeugt. Burthen House und alles, was damit zusammenhing, war für die Einheimischen sehr interessant. Wann immer sie mit Menschen zu tun hatte, die neu in der Stadt waren, erkundigten sie sich nach dem Haus und nach Peter und wollten wissen, wann – oder ob – sie das Anwesen einmal besichtigen könnten.

Es blieb abzuwarten, wie viel Geld eingenommen werden konnte. Obwohl das Ganze für Lorna sehr viel Arbeit bedeutete und sie die Assistenten, die Peter ihr versprochen hatte, erst würde einarbeiten müssen, freute sie sich auf das Projekt. Sie fände es großartig, wenn Peter – ermutigt und unterstützt von Kirstie – tatsächlich Interesse an den Gärten entwickelte.

Doch auch wenn es einige positive Aspekte gab, war der Funken Hoffnung gestorben, dass Peter sie als zukünftige Partnerin betrachten könnte. Das musste sie nun akzeptieren.

Lorna stellte den Laptop zur Seite, schloss die Augen und zwang ihre Gedanken, sich nicht mehr mit Peter, sondern mit den Gärten zu beschäftigen. Welche Pflanzen würde sie benötigen? Wie konnte sie die Gärten auf schnellstem Wege in Ordnung bringen?

Ein Klopfen an der Tür weckte sie auf. Schlaftrunken warf sie die Decke von sich, ging zur Tür und öffnete sie. Vor ihr stand Jack Garnet.

Wenn es irgendjemanden auf der Welt gab, der sie *nicht* vollkommen ungeschminkt sehen sollte, dann war das Jack. Peter hatte sie schon ohne Make-up gesehen (und es offenbar gar nicht bemerkt), doch Jack war ein neuer Bekannter. Sie wollte nicht, dass er sie als die ältere Frau wahrnahm, die sie war. Sie hätte es vorgezogen, wenn er in ihr weiterhin die interessante Gesprächspartnerin gesehen hätte, die bei Kerzenlicht gar nicht so übel aussah. Sie schaffte es kaum, ihn anzulächeln.

»Oh!«, sagte er. »Ist es noch furchtbar früh? Ich konnte nicht mehr schlafen. Ich fürchte, ich habe gar nicht auf die Zeit geachtet.«

Lorna schaute auf die Uhr. »Es ist Viertel vor neun.«

»Oh Gott! Es tut mir so leid. Ich gehe und komme später wieder.«

Sein Unbehagen sorgte dafür, dass sie sich ein wenig entspannte. »Warum kommen Sie nicht herein? Ich habe noch nicht gefrühstückt. Wie wäre es mit einer Scheibe Toast?«

Die Erleichterung in seinem Gesicht war der Lohn für ihren Mut. »Das Wort ›Toast‹ macht mir bewusst, dass ich auch noch nichts gegessen habe. Aber es tut mir immer noch leid, dass ich Sie aufgeweckt habe.«

Lorna schloss die Tür hinter ihm.

»Ich mag Ihr Haus«, kommentierte er, als er ihr in die Küche folgte.

»Ich habe es sehr günstig gemietet, weil ich auf dem Anwesen arbeite. Eine sehr feudale Situation, doch mir gefällt das Häuschen auch. Es ist klein, aber das ist ganz in meinem Sinne. Und es liegt ruhig und dennoch nicht vollkommen isoliert. Die anderen Cottages sind zwar nur Ferienhäuser, doch sie sind recht oft belegt.« Sie hielt kurz inne, denn ihr war bewusst, dass ihr Cottage eigentlich auch ein Ferienhaus werden sollte. Anthea hatte jedoch darauf bestanden, dass die Gärtnerin des Anwesens eine Unterkunft bekam. »Tee oder Kaffee? Ich setze den Kessel auf und laufe dann nach oben und ziehe mich an.«

»Kaffee, bitte. Soll ich ihn kochen?«

»Oh – ja, gern«, erwiderte Lorna. »Da steht die Kaffeemühle, die Bohnen sind in dem Glas da drüben, und hier sind Filtertüten und eine Kanne.«

Nachdem sie ihm gezeigt hatte, wo er alles fand, verschwand sie nach oben. Eine Hose und einen hübschen Pulli mit V-Ausschnitt auszuwählen war einfach, schwieriger war die Frage, wie viel Make-up sie auflegen sollte. Sie trug gerade so viel auf, dass sie sich halbwegs wohlfühlte, jedoch nicht so viel wie am Vorabend. Eine Kette mit bunten Perlen vermittelte ihr das Gefühl, salonfähig zu sein.

Der Duft nach Kaffee stieg ihr in die Nase, als sie die Treppe hinunterstieg. Jack hatte einen kleinen Topf gefunden, in dem er gerade Milch wärmte. »Ich hoffe, Sie haben nichts dagegen«, sagte er. »Ich finde, heiße Milch im Kaffee macht ein Sonntagsgetränk daraus. Das ist etwas ganz anderes als die schnelle Tasse, die man sonst unter der Woche trinkt.«

Sie nickte. »Das ist wahr, unter der Woche ist es mir meist zu mühsam, die Milch zu wärmen. Das macht es am Wochenende tatsächlich besonders. Und, wie wäre es mit Toast? Oder soll ich Porridge kochen? Ich habe auch Eier, allerdings keinen Speck ...«

»Toast wäre super.«

»Gut. Ich habe selbst gemachte Marmelade. Anthea hat sie eingekocht«, fügte sie rasch hinzu. »Sie erinnern sich an sie? Sie war gestern Abend auch dabei.«

»Wie könnte ich sie vergessen?! Eine wunderbare Frau.«

»Das stimmt. Jetzt muss ich schnell Holz nachlegen ...«

»Ich erledige das. Ich sollte mich zumindest nützlich machen, wenn ich mich schon selbst zum Frühstück eingeladen habe.«

»Dann mal los. Ich stelle alles auf ein Tablett, dann können wir am Tisch dort drüben essen und das Feuer genießen.«

Während sie das Tablett belud, stellte sie fest, dass sie sich auf das Frühstück mit Jack freute. Das war eine sehr einfache Art, einen Gast zu haben, nachdem sie erst einmal den Schock überwunden hatte, weil sie im Morgenmantel einem attraktiven Mann die Tür geöffnet hatte.

»Also«, sagte Lorna, als sie ihre erste Scheibe Toast verzehrt hatten. »Was führt Sie so früh zu mir?«

»Oh – es tut mir leid. Aber ... na ja ... es ist mir ein bisschen unangenehm ...«

Lorna sagte nichts, sondern wartete gespannt.

»Es geht um diese Skulpturen-Ausstellung. Ich wollte mich gern in den Gärten umsehen, damit ich mir ein Bild machen kann, was ich vielleicht ausstellen könnte.«

»Es wird nicht genug Zeit sein, um etwas Standortspezifisches zu kreieren«, meinte Lorna. »Es sind ja nur noch ein paar Wochen.«

»Das stimmt, doch ich habe einige Stücke, die geeignet sein könnten, und ein paar der anderen Künstler könnten auch passende Exponate haben. Sie werden vermutlich viele Ausstellungsstücke brauchen, oder?«

»Ich gehe davon aus. Es ist Kirsties Veranstaltung. Eigentlich wären Sie besser zu ihr gegangen. Sie könnten ihr nach dem Frühstück einen Besuch abstatten, das wäre bestimmt ein guter Zeitpunkt. Die anderen Gäste nehmen dann sicher gerade Drinks, könnte ich mir vorstellen.«

Er schluckte seinen letzten Bissen Toast hinunter. »Ich habe gehofft, Sie würden mich herumführen.«

»Sie brauchen niemanden, der Sie herumführt ...«

»Nein, aber es würde mir gefallen. Je genauer ich über die Gärten Bescheid weiß, desto besser sehe ich mich in der Lage, eine Auswahl zu treffen.« Er trank einen Schluck Kaffee. »Schließlich ist das Ganze sehr kurzfristig. Ich glaube nicht, dass Kirstie richtig versteht, was dahintersteckt.«

Lorna erkannte, dass sie sehr gern mit Jack durch die Gärten spazieren würde, doch sie fühlte sich verpflichtet, ihr Gewissen nach Argumenten zu durchforsten, warum sie es nicht tun sollte. Es schien keine zu geben.

»Nun, ich habe heute nichts Besonderes vor, und ein Rundgang wäre eine gute Gelegenheit, um mir Notizen zu machen. Also könnten wir zusammen gehen. Ich hole meine Stiefel und mein Notizbuch.«

Jack hielt ihre Hand, als sie in die Stiefel stieg. Sein Griff war beruhigend fest. Lorna kam zu dem Schluss, dass er eine starke körperliche Präsenz besaß. Groß, durchtrainiert und muskulös. Vermutlich hatten sich die Muskeln im Laufe der Jahre durch die handwerkliche Arbeit mit schweren Steinen entwickelt. Peter dagegen war hochgewachsen, aber gertenschlank.

Jack ließ ihre Hand los, als Lorna in die Stiefel geschlüpft war, und nahm sie nicht wieder. Nachdem sie die Tür abgeschlossen und den Schlüssel in die Tasche gesteckt hatte, wurde Lorna klar, dass sie sich wünschte, sie würden sich weiterhin an den Händen halten. Sie hatte das Gefühl seines Armes genossen, als er sie am Vorabend nach der Party zu ihrem Haus begleitet hatte.

Sie spazierten zum Haus hinauf. Als sie am vergangenen Abend den Hügel hinuntergegangen waren, war Lorna der Weg kurz vorgekommen, doch nun erschien er ihr länger – wahrscheinlich, weil sie immer wieder stehen blieben, um sich verschiedene Ecken anzusehen.

»Glauben Sie, dass die Leute so weit in den Park hineingehen, um sich Skulpturen anzuschauen?«, fragte Jack. »Ich habe ein Paar Ringkämpfer, die in dieser Senke wunderbar wirken würden. Allerdings wäre es sehr teuer und auch schwierig, sie hierher zu transportieren. Ich würde es lieber gleich lassen, wenn niemand sie sieht.«

»Ich weiß nicht, was Kirstie genau vorhat«, antwortete Lorna, »aber ich könnte mir vorstellen, dass sie gut organisiert ist und einen festen Rundweg für die Besucher planen wird. Wir sind auch nur etwa fünf Minuten vom Haus entfernt.« Sie runzelte die Stirn. »Es ist nicht genug Zeit, um etwas zu pflanzen, doch glauben Sie, diese Stelle würde besser aussehen, wenn sie gemäht würde?«

»Meine Ringkämpfer würden hohes, ungemähtes Gras vorziehen. Dadurch würde ihr Kampf natürlich wirken.«

Sie lächelte. »Wissen Sie, wer gewinnt?«

Er schüttelte den Kopf. »Derzeit könnte es so oder so ausgehen.«

Inzwischen hatten sie das Haus erreicht, das im Frühlingssonnenschein besonders schön aussah. Aus diesem Blickwinkel waren seine Proportionen vollkommen – es thronte förmlich über den Gärten und dem Park. Und von hier aus waren die Teile, die dringend restauriert werden mussten, nicht zu sehen. Lorna nahm sich immer einen Moment Zeit, um den Anblick zu bewundern. Sie war dankbar, dass Peter das Haus gekauft und sie damit in die Region gebracht hatte, die sie lieben gelernt hatte.

Jetzt sagte sie: »Zu den formalen Gärten müssen wir hier entlang ...«

In diesem Augenblick wurde die Glastür im Erdgeschoss geöffnet, und Kirstie rief ihnen zu: »Wir trinken gerade Kaffee, wollt ihr euch zu uns gesellen?«

»Danke, aber wir werden weitergehen«, antwortete Jack.

»Lorna führt mich herum, und ich möchte die besten Standorte vor allen anderen sehen. Ich will die Gelegenheit nutzen – wer weiß, ob ich Lorna noch mal allein erwische.«

»Dann kommt doch zum Lunch vorbei, wenn ihr fertig seid! Lucien ist noch hier, und er vollbringt ein Wunder mit den Schweinshaxen.«

Nach einem ganz kurzen Blick auf Lorna fuhr Jack fort: »Das klingt zwar äußerst verlockend, doch ich habe Lorna schon in den Pub eingeladen.«

»Na gut«, sagte Kirstie und kehrte ins Haus zurück.

»Es tut mir schrecklich leid«, meinte Jack, bevor Lorna ein Wort sagen konnte. »Falls Sie gern mit den anderen zusammen Schweinshaxe essen möchten, können wir das natürlich tun, aber ich würde es vorziehen …«

»Wir können einfach unseren Rundgang beenden, unsere Notizen machen, und dann gehe ich nach Hause. Sie müssen sich keine Gedanken über mein Mittagessen machen«, fiel Lorna ihm ins Wort. Sie war sich nicht ganz sicher, was sie davon halten sollte, dass er sich ein wenig besitzergreifend präsentierte. Sie war verwirrt. Es war lange her, dass sie allein mit einem Mann unterwegs gewesen war. Wahrscheinlich waren ihr die gesellschaftlichen Gepflogenheiten nicht mehr geläufig.

»Ich würde mich freuen, wenn Sie mich in den Pub begleiten. Das Essen dort ist sehr gut, und ich bin sicher, dass Sie sich nicht nach Schweinshaxe sehnen. Was meinen Sie?«

Lorna lachte. »Ich meine, dass ich so kurz nach dem Frühstück noch nicht ans Mittagessen denken kann, doch wenn das Angebot noch steht, wenn wir fertig sind, würde ich wahrscheinlich sehr gern in den Pub gehen.«

Er wirkte erleichtert. »Ich bin froh. Ich wollte Sie zu nichts drängen, und es ist auch egoistisch von mir, Sie für mich allein haben zu wollen.«

Jack ging nicht näher auf diese Feststellung ein, sodass Lorna sich fragte, warum er sie wohl für sich allein haben wollte. Bis Mittag war genug Zeit, um die gesamten Gartenanlagen zu sehen – gewiss würde er bis dahin alle Details kennen, die für ihn wichtig waren, oder etwa nicht?

»Ich werde zwei Listen anlegen«, erklärte Lorna eine halbe Stunde später. »Eine ›Must-do-Liste‹ und eine ›Can-do-Liste‹, das heißt, falls Zeit dafür bleibt. Peter hat mir Assistenten versprochen, aber ich frage mich, ob ich Leute bekomme, denen ich genug vertraue, um sie eigenverantwortlich arbeiten zu lassen. Obwohl, wenn ich einen guten Bepflanzungsplan hätte, und die Pflanzen …« Sie hielt inne, weil das Ausmaß der Herausforderung sie auf einmal überwältigte. »Ehrlich gesagt, bin ich mir nicht sicher, ob das alles zu schaffen ist. Vielleicht schlage ich Kirstie vor, die Gärten herauszuhalten und nur im Park Skulpturen aufzustellen.«

»Das wäre sehr schade«, entgegnete Jack. »Es mag zwar noch nicht alles so perfekt sein, wie Sie es sich wünschen, doch das, was Sie schon geleistet haben, ist aller Ehren wert.«

Sie freute sich. »Eine ganze Menge gab es auch schon, bevor ich angefangen habe.«

»War der blaue Fleck unter den Bäumen da drüben schon da?«

»Die Traubenhyazinthen? Nein. Sie hatten einige Beete vollkommen erobert, also habe ich sie alle herausgemacht und hier wieder eingepflanzt. Ich stelle mir gern vor, sie wären ein See, wenn die Sonne im richtigen Winkel darauf scheint.«

»Sie sehen tatsächlich wie ein See aus, obwohl es seltsam ist, einen blauen See zu haben, wenn der Himmel grau ist.«

»Im Großen und Ganzen bevorzuge ich blaue Seen«, erwiderte sie ernst.

Er lachte. »Ich auch!«

»Vieles von dem, was ich jetzt pflanzen kann, würde bis zur Ausstellung verblüht sein«, sagte Lorna etwa eine Stunde später. »Ich muss mich einfach auf das verlassen, was ich in den vergangenen Jahren erreicht habe. Allerdings könnte ich wahrscheinlich einige Pflanzen auftreiben, die dann schon blühen.«

»Ich bin sicher, es wird gut aussehen«, meinte Jack. »Und was die Unterstützung angeht, hat nicht jemand erzählt, dass die junge Frau, die gestern bei Tisch bedient hat, etwas mit Pflanzen zu tun hat? Kann sie Ihnen nicht helfen? Sie hat sehr tüchtig gewirkt.«

»Das ist eine geniale Idee! Warum bin ich darauf nicht selbst gekommen? Ich weiß doch, dass Philly andere Jobs annehmen muss, um über die Runden zu kommen. Wahrscheinlich wird sie lieber Gartenarbeit verrichten, als irgendwo zu bedienen. Ich muss herausfinden, wie viel Peter zu zahlen bereit ist. Aber das könnte zumindest zum Teil die Lösung sein.«

Jack lächelte. »So, haben wir nun genug gearbeitet? Darf ich Sie jetzt in den Pub einladen? Oder möchten Sie lieber nach Hause, um Ihre Notizen zu überarbeiten?«

Lorna zog eine Grimasse. »Genau das sollte ich eigentlich tun, aber es ist schließlich Sonntag. Außerdem habe ich einigermaßen leserlich geschrieben. Ich kann das auch heute Nachmittag erledigen.« Sie verzog das Gesicht. »Das heißt, falls ich nicht einschlafe.«

»Haben Sie nicht gut geschlafen?«, erkundigte sich Jack. »Ich auch nicht. Kommen Sie.«

Lorna ließ zu, dass er ihren Arm ergriff und in Richtung Pub führte. Dabei stellte sie Spekulationen darüber an, warum *er* wohl schlecht geschlafen hatte.

8. Kapitel

Phillys Meinung nach rückte der Samstag viel zu schnell näher. In der Vorwoche hatte sie bei einer Dinnerparty serviert, an diesem Samstag stand sie hinter ihrem Stand, an dem es ein bisschen an Kuchen mangelte.

Gut, dass sie zusätzliche Schalen mit Blumenzwiebeln anbieten konnte. Einige Tage mit angenehm warmen Temperaturen hatten dafür gesorgt, dass die Pflanzen gut gediehen, und Grand hatte es geschafft, ein paar Biskuittorten mit Marmelade zu zaubern – der absolute Verkaufsschlager. Doch er hatte einen großen Teil der Woche damit verbracht, Lady Antheas alten Volvo zu reparieren (Philly hatte sich von Lorna bestätigen lassen, dass dies die korrekte Anrede war). Und da die Arbeit Grand großen Spaß machte, hatte Philly sich nicht dazu geäußert. Erst als er mitbekam, wie sie Mehl aus dem Schrank nahm und mit kritischem Blick die Küchenmaschine musterte, schrubbte er sich die Hände und übernahm das Backen. Philly fand die Kuchen, die sie zustande brachte, in Ordnung, allerdings entsprachen sie nicht dem hohen Standard ihres Großvaters und wurden daher besser nicht am Stand verkauft.

Als sie gerade den Marktstand fertig bestückt hatte (ihr Großvater würde ein bisschen später dazustoßen), kam Lucien vom Käsestand zu ihr herüber. »Hi«, sagte er. »Schön, dich zu sehen.«

Philly hoffte, dass er ihr Erröten der frischen Brise zuschreiben würde. »Hi. Hast du dich gut erholt? Das war ganz schön heftig letzte Woche.«

»Es ging schon. Ich habe mich dann am Sonntag noch um das Frühstück und das Mittagessen gekümmert. Ein hübscher Verdienst.« Er machte eine kurze Pause. »Bist du heute allein?«

»Nur vorübergehend. Mein Großvater hat Lady Antheas Volvo repariert, und heute bringt er ihr den Wagen. Sie wird meinen Großvater entweder zum Markt fahren, oder er kann sich den Mini ausleihen, den ihr Sohn ihr überlassen hatte, solange ihr Auto nicht fahrtüchtig war.«

Lucien hatte anscheinend das Interesse an Lady Antheas Volvo verloren. »Die Kuchen sehen gut aus, aber warum verkauft ihr kein Brot?«

»Na ja, mein Großvater hat ein Händchen für Biskuittorten, doch er hat noch nicht den richtigen Dreh für Brot raus.« Sie runzelte die Stirn. »Gibt es denn keine Stände, die Brot verkaufen?« Sie schaute sich um und stellte fest, dass tatsächlich nirgendwo Brot angeboten wurde. »Nun, man kann ja alle möglichen Brotsorten im Supermarkt kaufen.«

»Stimmt, aber würden diese Leute ...«, er deutete auf die Käufer, die allmählich auf den Markt strömten, »nicht lieber richtig gutes Bäckerbrot kaufen?«

Philly betrachtete die Menschen, von denen viele offenbar übers Wochenende aus London angereist waren oder teilweise ihren Wohnsitz ganz hierher verlegt hatten. »Vermutlich schon.«

»Ihr lasst euch eine Riesenchance entgehen«, meinte er.

»Aber Grand – mein Großvater – er kann nicht gut Brot backen. Warum machst du es nicht?«

»Weil ich keinen Backofen habe.«

»Was, überhaupt keinen?«

Er schüttelte den Kopf. »In meiner Unterkunft gibt es keinen.« Plötzlich grinste er. »Ich gehe besser mal zu meinem Käse zurück. Komm doch später mal rüber! Gegen Ende darf ich die Reststücke manchmal günstig verkaufen. Ich habe nicht immer Verwendung dafür. Du könntest sie haben.«

»Das ist nett, danke.«

Er zuckte mit den Schultern und kehrte an seinen Stand zurück.

Phillys Herz machte vor Freude einen kleinen Satz. Zwar hatte Lucien ihr nicht seine unsterbliche Liebe erklärt und sie nicht einmal gefragt, ob sie mit ihm ausgehen wolle, aber immerhin hatte er sie wiedererkannt und war extra zu ihr herübergekommen. Auch wenn er sich nur nach dem fehlenden Brot hatte erkundigen wollen.

Ihr Großvater traf kurz darauf ein und wirkte sehr zufrieden mit sich selbst. »Hallo, Philly, was geht ab?«

Philly schnitt eine Grimasse. »Grand! Wo hast du nur diese Ausdrücke her? Und warum siehst du so selbstgefällig aus? Hat Lady Anthea dich für deine Arbeit mit gebrauchten, nicht nummerierten Zehnern bezahlt?«

Er wirkte ein bisschen verlegen. »Sie hätte es getan, aber ich habe sie nicht gelassen. Es hat mir so viel Freude bereitet, an diesem alten Volvo zu schrauben, dass ich es rein um der Sache willen getan habe.«

»Wirklich?« Ihr Großvater kannte ihre finanzielle Lage genauso gut wie sie. Er hatte zwar seine Rente und ein paar Ersparnisse, doch die Haushaltskasse konnte immer eine Finanzspritze gebrauchen. Eine Woche unentgeltlich zu arbeiten (die Reparatur hatte ihn den größten Teil der Woche beschäftigt) war da nicht der richtige Weg. Weil Philly sich ein bisschen über ihn ärgerte, fuhr sie fort: »Lucien, der bei der Dinnerparty gekocht hat, meinte, wir sollten auch Brot verkaufen.«

»Ich kann kein Brot backen«, antwortete Seamus.

»Das habe ich ihm auch gesagt. Aber er ist der Meinung, das Publikum auf dem Markt würde selbst gebackenes Brot sehr zu schätzen wissen.«

Ihr Großvater runzelte die Stirn. »Ich glaube, ich muss mal rübergehen und ein Wörtchen mit dem jungen Mann reden.«

Philly wollte ihn aufhalten. Sie wollte nicht, dass ihr Großvater Lucien zurechtwies, weil dieser etwas ganz Offensichtliches festgestellt hatte. Doch in dem Moment kam ein Kunde an den Stand.

Kurz darauf tauchte Lorna auf und kaufte einen Kuchen. »Kein Schokoladenkuchen diese Woche? Nicht, dass ich keine Victoria-Biskuittorte mögen würde, aber ...«

»Ich weiß, tut mir leid. Grand hat die ganze Woche damit verbracht, an Lady Antheas Auto herumzuschrauben, und hatte deshalb kaum Zeit fürs Kuchenbacken. Und er hat nicht einmal Geld für die Reparatur verlangt!« Ihr war sofort klar, dass sie das besser für sich behalten hätte, doch ihr Ärger war stärker als ihr Gefühl für Diskretion.

»Das ist sehr nett von ihm. Anthea hat mir erzählt, dass ihr Auto nach der Dinnerparty liegen geblieben ist und dein Großvater sie in der Manier eines edlen Ritters in schimmernder Rüstung gerettet hat.«

»Ja. Aber ich habe nicht damit gerechnet, dass er es *umsonst* macht.«

»Sie auch nicht.« Lorna wechselte das Thema. »Hast du dich bei der Dinnerparty ein bisschen amüsiert, Philly, oder musstest du zu schwer arbeiten? Wie war es für euch in der Küche?«

Philly lächelte. »Um ehrlich zu sein, ich fand es prima. Du hast recht, es war wirklich harte Arbeit, doch es hat mir gefallen, hereinzuschneien und die Heldin zu spielen, indem ich diesen alten Ofen zum Laufen gebracht habe. Ich habe auch sehr gut verdient, es gab ein ausgesprochen großzügiges Trinkgeld. Ich glaube, das verdanke ich dir.«

Lorna schüttelte den Kopf. »Eigentlich nicht. Ich meine, ich habe schon gesagt, dass sie dich anständig bezahlen müssen, aber ich glaube, für das großzügige Trinkgeld war Kirstie verantwortlich.«

Philly seufzte. Nachdem sie die Victoria-Biskuittorte für Lorna eingepackt hatte, räumte sie ein wenig auf. »Es ist eine Schande, dass ich als Kellnerin viel mehr verdiene als mit meinen Pflanzen, was doch so viel anspruchsvoller ist.«

»Ja, das läuft völlig falsch, nicht wahr?« Lorna blieb noch an ihrem Stand stehen. »Philly, wenn ich eine Vollzeit-Assistentin einstellen kann, hättest du Interesse? Es wird wohl keine Festanstellung werden, obwohl ich weiß Gott jemanden brauchen könnte. Doch es wäre erst einmal, um die Gärten für die Skulpturen-Ausstellung auf Vordermann zu bringen.«

»Ach! Ich habe davon gehört. Lady Anthea hatte Grand davon erzählt. Ich würde es mir auf jeden Fall gern überlegen.«

»Du brauchst nicht ganz Vollzeit zu arbeiten – ein paar Stunden täglich wären auch in Ordnung. Aber unter uns: Ich glaube, wir könnten etwas Beeindruckendes auf die Beine stellen.«

»Das könnte für mich ideal sein – solange ich auch noch Zeit für meine Pflanzen habe. Hey, mein neuer Folientunnel ist eingetroffen, und wir hoffen, dass wir ihn heute Nachmittag aufstellen können. Ich bin so aufgeregt!«

»Das glaub ich dir! Sag mir Bescheid, wenn du Hilfe brauchst. Ich habe heute nicht mehr viel vor.«

»Das ist nett von dir! Darf ich dein Angebot annehmen? So etwas ist immer einfacher, wenn man ein paar zusätzliche Hände zum Festhalten hat.«

»Lass mich wissen, wenn du so weit bist, dann komme ich vorbei.«

»Mache ich!« Als ein neuer Kunde auftauchte, verabschiedete sich Lorna.

Philly lächelte. »Was kann ich für Sie tun?«

Kurz darauf kehrte Grand an den Stand zurück. »Ich habe deinen jungen Freund eingeladen, nach Marktschluss bei uns vorbeizuschauen. Ich glaube, wir könnten unser Sortiment erweitern, wenn er wirklich Brot backen kann.«

»Heute? Wir wollen doch am Nachmittag den Folientunnel aufstellen.«

»Ich weiß, aber das sollte nicht so lange dauern. Wir könnten deinen Bekannten bitten, uns dabei zu helfen.«

»Lorna hat mir schon ihre Hilfe angeboten«, entgegnete Philly, »und ich habe angenommen.«

»Nun, es hat noch nie jemand behauptet, dass zu viele Hände die Arbeit nicht erleichtern«, wandte Seamus ein.

»Aber es heißt: ›Viele Köche verderben den Brei.‹«

»Jetzt komm schon, kein Grund zur Panik!«

Philly hatte gehofft, dass ihr Unbehagen nicht so offensichtlich war. Sie seufzte. »Wann kommt er denn?« Sie deutete mit einer Kopfbewegung auf den Käsestand.

»Wie gesagt, nach dem Markt. Wenn Lucien fertig ist, so gegen eins. Ich habe ihm gesagt, er bekommt auch ein Mittagessen.« Er betrachtete ihren Gesichtsausdruck. »Was habe ich denn falsch gemacht? Es bereitet doch keine Mühe, eine Kleinigkeit auf den Tisch zu bringen, oder etwa doch? Wir müssen ohnehin etwas essen.«

»Grand! Lucien ist ausgebildeter Koch! Was wir für uns zusammenschustern, ist nicht … na ja, es ist nicht das, was Köche auf den Teller zaubern.«

Seamus zuckte mit den Schultern. »Ich denke, du wirst feststellen, dass sie das Gleiche essen wie andere Menschen auch, wenn sie keinen Dienst haben.«

Philly musste zugeben, dass das vernünftig klang. Doch während sie den Stand zusammenpackte und nach Hause fuhr, zerbrach sie sich trotzdem den Kopf, was sie Lucien auftischen könnten – etwas, wofür sie sich nicht schämen mussten.

Sobald sie zu Hause eintraf, begann sie, Zwiebeln zu schneiden – sogar noch, bevor sie die Jacke ausgezogen hatte. Sie wollte unbedingt mit dem Kochen fertig sein, bevor Lucien erschien.

»Was machst du da?«, fragte Seamus. »Mein liebes Mädchen, zieh doch erst mal deine Jacke aus. Was gibt es denn?«

»Suppe. Wir haben bestimmt noch Gemüse, das ich hineinschneiden kann, und von dir weiß ich, dass Suppe zum Mittagessen fast immer die beste Wahl ist.«

Seamus wirkte überrascht. »Nun ja, ich freue mich, dass ich dir etwas beibringen konnte. Soll ich ein paar Kartoffeln schälen?«

»Das wäre prima.« Sie fand ein bisschen Hühnerfett im Kühlschrank und gab es in eine Pfanne. Dann fügte sie die Zwiebeln hinzu. »Das wird gut. Ich könnte auch noch eine Frittata oder etwas in der Richtung zubereiten …«

»Nein«, sagte ihr Großvater energisch. »Es gibt Suppe und Brot und Käse. Ich weiß, dass das Brot aus dem Supermarkt stammt, aber es ist gut, und der Käse ist von dem Stand, an dem dein Bekannter arbeitet. Das muss für deinen jungen Mann genügen.«

»Er ist nicht ›mein‹ junger Mann!«, protestierte Philly.

»Warum machst du dann so viel Aufhebens um ihn?«

»Weil er gelernter Koch ist«, fuhr Philly etwas ruhiger fort.

»Er ist hungrig. Was auch immer du ihm vorsetzen wirst, es wird ihm schmecken.«

Nur eine halbe Stunde später traf Lucien mit einem Paket Käse ein. Zum Glück köchelt die Suppe schon vor sich hin, dachte Philly, als sie den Käse entgegennahm.

»Danke! Da es nur Brot und ein bisschen Gemüsesuppe zum Mittagessen gibt, sorgt dein Käse für mehr Auswahl.« Sie zögerte. »Aber wahrscheinlich kannst du keinen Käse mehr sehen.« Philly wünschte, sie würde sich nicht so anhören, als wollte sie sich rechtfertigen – obwohl es natürlich so war.

»Ich liebe Käse«, antwortete Lucien. »Ich kann nie genug davon bekommen. Das ist einer der vielen Gründe, warum ich an dem Käsestand arbeite.«

Die Männer saßen an dem hastig frei geräumten Küchentisch. Seamus' Vorstellung von einem aufgeräumten Tisch bedeutete, dass die Zeitungen an einem Ende sauber aufgestapelt waren. Philly füllte Suppe in Schalen, die nicht zusammenpassten.

»Und was sind die anderen Gründe, weshalb Sie an einem Käsestand arbeiten?«, wollte Seamus ein bisschen später wissen, nachdem sie die ersten Löffel Suppe gegessen hatten.

Lucien grinste. »Sie haben mir einen Job angeboten. Übrigens, Philly: Diese Suppe schmeckt großartig«, fuhr er fort. »Sehr aromatisch. Ich wette, du hast nicht mit einem Brühwürfel gearbeitet.«

»Es waren mehrere Brühwürfel«, gestand Philly. »Doch ich habe die Zwiebeln in dem Hühnerfett vom Sonntagsbraten angedünstet.«

Er nickte. »Das Fett liefert jede Menge Geschmack.«

Philly erkannte, dass ihr Großvater recht gehabt hatte. Lucien war sehr hungrig und aß mit Begeisterung.

»So«, sagte Seamus, »dann erzählen Sie uns doch mal was von sich, Lucien.«

»Grand!«, wandte Philly ein. »Du sollst den armen Mann doch nicht verhören!«

»Oh nein, das soll kein Verhör werden. Ich bin einfach nur interessiert. Wenn er sein selbst gebackenes Brot an unserem Stand verkaufen will, muss ich sicher sein, dass er auch dazu in der Lage ist«, erwiderte Seamus ruhig.

Fairerweise musste man sagen, dass Lucien sich offensichtlich nicht über die Fragen ihres Großvaters ärgerte.

»Nun, ich bin gelernter Koch, doch was mich wirklich interessiert, ist Backen. Es geht mir nicht so sehr um Kuchen, sondern vielmehr um Brot.«

»Haben Sie direkt nach der Schule eine Ausbildung gemacht?«, fragte Seamus. »Wollten Ihre Eltern nicht vielmehr, dass Sie studieren?«

Lucien lächelte wieder. Er hatte ein leicht schiefes Lächeln. Philly fielen seine sehr geraden Zähne auf. Sie vermutete, dass er wahrscheinlich als Jugendlicher eine Zahnspange getragen hatte. »Doch, das wollten sie. Wie haben Sie das erraten?«

»Wegen Ihrer feinen Sprechweise«, antwortete Seamus. »Und was halten Ihre Eltern davon, dass Sie Koch geworden sind? Haben Sie ein College besucht, oder haben Sie eine praktische Ausbildung absolviert?«

»Ein bisschen von beidem«, erklärte Lucien. »Ich bin quasi ausgezogen, als sie so sauer auf mich waren, weil ich nicht zur Uni wollte. Mein Abitur war gut, und sie fanden, dass es Verschwendung wäre, in einer Küche zu arbeiten.«

Seamus und Philly wechselten einen Blick. »Ich bin gewissermaßen auch zu Hause ausgezogen«, sagte sie. »Meine Eltern hatte eine andere Vorstellung von dem, was mich glücklich machen würde.«

»Aber Seamus ist doch dein Großvater, oder nicht? Wie passt das damit zusammen, dass du dein Zuhause verlassen hast?«

Lucien wirkte verwirrt und schien sie nicht kritisieren zu

wollen, doch Philly war dennoch verlegen. Um das zu verbergen, erklärte sie: »Oh, als ich ausgezogen bin, habe ich meinen Großvater zur Sicherheit mitgenommen.«

»Ich bin auch ausgezogen«, erklärte Seamus schmunzelnd. »Wir beide sind getürmt.«

»Aber wir feiern Weihnachten zu Hause, wenn wir nicht an der Reihe sind, die Familie hier zu beköstigen«, ergänzte Philly.

Lucien fand das sehr amüsant. »Also, ich habe Nägel mit Köpfen gemacht. Ich hatte zu meinem achtzehnten Geburtstag ein bisschen Geld von meinem Patenonkel bekommen. Es ist mir gelungen, es abzuheben, bevor meine Eltern es auf einem Konto parken konnten, auf das ich keinen Zugriff habe. Von dem Geld habe ich meinen Bus gekauft, und ich bin einfach so weit gefahren, bis ich jemanden fand, der mir einen Job gegeben hat. Ein paar Wochen lang habe ich als Spüler gearbeitet, doch mir ist ziemlich rasch klar geworden, dass ich eine Qualifikation brauche – ansonsten würde es eine Ewigkeit dauern, mich hochzuarbeiten.«

»Und Qualifikationen kosten in der Regel einiges«, meinte Seamus.

»Jep. Zum Glück hatte ich noch genug Geld übrig, um einen professionellen Kochkurs zu bezahlen, wenn ich abends und an den Wochenenden arbeitete. Ich habe einen Abschluss gemacht und konnte mich damit um bessere Jobs in Restaurants bewerben. Doch obwohl ich eine Menge lernte, verdiente ich nicht genug, um meinen Lebensunterhalt damit zu bestreiten.«

»Das verstehe ich«, sagte Philly. »Man arbeitet schrecklich viel, doch man verdient immer noch nicht genug, um sich über Wasser zu halten. Ohne Grand wäre ich verloren.«

»Und ohne die anderen Jobs, die du regelmäßig annimmst«, fügte Seamus hinzu.

»Du warst großartig neulich Abend«, meinte Lucien. »Du verfügst über nützliche Fähigkeiten.«

Philly entspannte sich allmählich und lachte. »Weil ich diesen alten Herd zum Laufen gebracht habe? Das war einfach! Es gab ungefähr eine Tonne richtig trockenes Holz. Ich konnte nichts falsch machen, wirklich nicht.«

»Sie hat ein Händchen für Feuer«, erklärte Seamus. »Vielleicht ist sie ja ein kleines bisschen eine Pyromanin.«

»Das stimmt überhaupt nicht!«, widersprach Philly. »Was hast du als Nächstes unternommen, Lucien?«

»Ich habe mich als Caterer selbstständig gemacht. Die meisten Aufträge habe ich über Freunde oder Freunde von Freunden bekommen – das ist eigentlich auch immer noch so. Die Bezahlung ist zwar besser, doch ich habe nicht genug Aufträge.« Er seufzte.

»Haben Sie Probleme, die Miete zu bezahlen?«, wollte Seamus wissen.

»Oh nein!« Lucien lächelte. »Die Miete ist kein Problem, ich zahle nämlich keine.«

Seamus runzelte die Stirn, was Philly Anlass zur Sorge gab. Grand war durchaus in der Lage, Lucien freiheraus zu fragen, ob er ›sich von einer gut betuchten Dame aushalten ließ‹ oder etwas in der Art. Sie griff ein. »Ach? Hast du immer Arbeitsstellen, zu denen eine Unterkunft gehört? Oder kannst du bei deinen Freunden übernachten, nachdem du für sie gekocht hast?«

Erneut lächelte er. »Wenn das so wäre, hätte ich doch recht oft kein Dach über dem Kopf. Nein, ich lebe in meinem Bus. Ich muss nur Orte finden, an denen ich sicher parken kann. Das ist perfekt. Ich muss nie spät abends nach Hause fahren. Allerdings ist es manchmal schwierig, eine Dusche zu finden. Wenn ich für Freunde arbeite, kann ich sie darum bitten, sodass ich meistens nicht rieche.« Er grinste schief.

»Wir fanden auch nicht, dass du ›riechst‹«, neckte Philly ihn. »Na ja, eigentlich doch – und zwar nach einem ziemlich guten Aftershave.«

»Einem sehr teuren Aftershave«, bestätigte er. »Floris. Eine Freundin meiner Mutter hat es mir mal geschenkt, bevor ich von zu Hause weggegangen bin. Damals habe ich es nicht benutzt, aber irgendetwas hat mir gesagt, dass ich es einpacken soll.«

»Und wo wohnen Sie jetzt? Immer noch in dem Bus?«, erkundigte sich Seamus.

»Jep.«

Ohne lange nachzudenken, sagte Seamus: »Nun, wir haben jede Menge Platz. Wenn Sie Wert auf ein richtiges Bett und mehr oder weniger regelmäßig heißes Wasser legen, könnten Sie bei uns wohnen. Stimmt's, Philly?«

Philly wusste das gute Herz ihres Großvaters zu schätzen, das tat sie wirklich. Doch manchmal wünschte sie, es würde ihn nicht so überkommen und dazu bringen, überstürzte Angebote zu machen, ohne sich vorher mit ihr abzusprechen.

»Ich glaube nicht, dass Lucien das gefallen würde«, sagte sie. »Er ist ganz offensichtlich ein Freigeist. Und unser Gästezimmer ist in einem beklagenswerten Zustand. Es muss von Grund auf renoviert werden«, fügte sie hinzu, für den Fall, dass Lucien nicht genau verstand, was sie mit ›beklagenswert‹ meinte.

»Ich mache euch einen Vorschlag«, sagte Lucien. »Ich könnte bei der Renovierung helfen, wenn ich hier wohnen darf. Und wenn ich nicht arbeite oder backe, könnte ich andere Arbeiten rund ums Haus übernehmen.« Er zögerte kurz. »Anstelle einer Mietzahlung«, fügte er verlegen hinzu. »Ich kann hart arbeiten, doch ich kann mir keine Miete leisten. Jedenfalls momentan nicht.«

»Wir brauchen keine Miete«, erwiderte Seamus. »Aber wir

können durchaus Hilfe im Haus vertragen. Und machen Sie sich keine Gedanken wegen der Renovierung – Philly hat einen Folientunnel, den sie heute Nachmittag aufstellen möchte. Sie könnten genau der Richtige sein, um uns dabei zu helfen.«

Philly räusperte sich. Sie war die Jüngste unter den Anwesenden, doch einer musste ja schließlich vernünftig sein. »Ich finde, es könnte großartig sein, dich im Haus zu haben, Lucien. Trotzdem schlage ich vor, eine Probezeit zu vereinbaren.« Sie lächelte – höflich, wie sie hoffte, und nicht ängstlich und überrumpelt. »Nur um sicherzugehen, dass wir uns auch gut verstehen. Grand und ich sind ein bisschen ... na ja, wir sind wahrscheinlich nicht die einfachsten Mitbewohner.«

Lucien nickte. »Ich habe noch einen Vorschlag: Ihr habt anscheinend jede Menge Platz rund ums Haus. Wenn ich meinen Bus einfach hier abstellen und Dusche und Toilette benutzen könnte, müsste ich nicht im Haus wohnen.«

»Wir könnten dich doch nicht draußen in der Kälte ...«, sagte Philly und wünschte sich sofort, sie hätte den Mund gehalten und es den Männern überlassen, ihrer aller Leben neu zu ordnen.

»Es ist nicht kalt, es ist Frühling. Und ich habe einen ganz tollen Schlafsack.« Wieder grinste er. »Der Vorteil, als vornehmer Junge geboren zu sein, ist, dass ich eine hochwertige Camping-Ausrüstung habe – auch wenn ich kein Luxusleben führe.«

In dem allgemeinen Gelächter verblassten Phillys Bedenken ein bisschen. »Es ist noch Suppe da ...«, sagte sie.

»Ja, bitte«, erwiderte Lucien. »Man sollte öfter Suppe essen.«

9. Kapitel

Lorna wollte gerade aufbrechen, um Philly beim Aufbau ihres Folientunnels zu helfen, als Jack vor ihrem Haus anhielt. »Oh, hallo! Wollen Sie zu mir?«

Er stieg halb aus dem Wagen. »Ja. Ich habe ein paar Bilder von meinen Werken mitgebracht. Ich hätte gern Ihren Rat, was am besten wirken würde ...«

Lorna runzelte ein wenig die Stirn. Bestimmt wusste er als Künstler doch selbst am besten, welche Skulptur für eine Ausstellung in dem Garten am besten geeignet war, oder etwa nicht? »Nun, wie Sie sehen, bin ich gerade auf dem Sprung. Philly hat mich gebeten, ihr beim Aufbau eines Folientunnels zu helfen. Darin werden Pflanzen gezogen. Sie wissen, dass sie eine Gärtnerei hat?«

Jetzt stieg er ganz aus. »Sind Sie eine Expertin für Folientunnel?«

Lorna lachte. Sie freute sich, Jack zu sehen, auch wenn ihr der Grund für seinen Besuch fadenscheinig vorkam. »Ganz und gar nicht! Ich halte bloß Dinge fest und tue, was man mir aufträgt. Die Fundamente sind schon fertig. Je mehr helfende Hände zur Verfügung stehen, um den Rest zu erledigen, desto besser.«

»Dann komme ich mit«, erklärte er. »Ich kann meine Muskelkraft zur Verfügung stellen. Sie weniger.«

Er ließ den Blick über ihren Körper wandern, während er das sagte. Lorna fühlte sich ein wenig unbehaglich – aber gleichzeitig auch geschmeichelt. Warum schaute er sie so an? »Na gut, dann folgen Sie mir einfach.«

»Können wir nicht zusammen fahren? Wir könnten meinen Wagen nehmen.«

Lorna suchte nach Gründen, warum sie ablehnen sollte, fand jedoch keine. »In Ordnung. Dann werden weniger Parkplätze benötigt. Lucien, der für die Dinnerparty gekocht hat, ist mit seinem Bus da.«

»Dann wird der Koch auch eingespannt?«

Lorna zuckte mit den Schultern. »Gemäß Phillys Darstellung hat er sich selbst ins Spiel gebracht. Oder vielleicht hat Seamus ihn auch gefragt. Haben Sie Phillys Großvater schon kennengelernt? Nein, natürlich nicht, wie auch? Er ist ein echtes Unikum.« Sie nahm ihre Tasche aus dem Auto und schloss es ab.

Dann stieg sie in Jacks Wagen, der eindeutige Spuren eines arbeitenden Menschen aufwies. »Tut mir leid, dass es so unordentlich ist«, bemerkte Jack, als sie sich anschnallte.

»Kein Problem, mein Auto ist auch nicht das sauberste. Ich sorge dafür, dass es in meinem Haus hübsch aussieht, weil ich dort lebe und nicht von Chaos umgeben sein möchte. Aber es ist mir meistens zu viel, auch noch den Wagen aufzuräumen und zu putzen.«

»Genauso sehe ich das auch.« Jack klang zufrieden, so als würde diese Gemeinsamkeit eine wichtige Verbindung zwischen ihnen schaffen.

»Wir arbeiten beide in Berufen, bei denen man hin und wieder Dinge im Auto transportiert, die schmutzig sind«, meinte Lorna. Sie lehnte sich zurück. »Wenn Sie auf der Beckworth Road in Richtung Wychester fahren, zeige ich Ihnen, wo Sie abbiegen müssen.«

»Aha!«, sagte Seamus, als er Lorna und Jack näher kommen sah. »Die Armee der Helfer rückt an!«

Lorna lachte. »Jack kam zufällig vorbei, als ich gerade losfahren wollte. Also habe ich ihn mitgebracht.«

Nachdem Seamus Jacks Hand fest gedrückt hatte, bemerkte er: »Großartig, noch jemanden zu haben, der viel Kraft hat. Der junge Lucien müht sich ganz schön ab.«

»Vielleicht wäre eine Stehleiter hilfreich?«, schlug Jack vor.

»Ganz bestimmt, wenn ich das verflixte Ding nur finden könnte. Um ehrlich zu sein – ich bin mir nicht mal sicher, ob ich die Leiter überhaupt aus Irland mitgebracht habe.«

Nach kurzer Überlegung schlug Jack vor: »Na ja, ich könnte rasch nach Hause fahren und meine holen.«

»Das wäre sehr nett, und es würde auch ein Stück Kuchen für Sie rausspringen. Ich stelle den Ofen gleich an, wenn ich ins Haus gehe, um den Laptop zu holen.«

»Den Laptop?«, fragte Lorna.

Seamus nickte. »Lucien ist der Meinung, dass man alles Wissenswerte auf YouTube finden kann, auch eine Aufbauanleitung für Folientunnel.«

Das Aufbauen eines Folientunnels dauerte deutlich länger, als YouTube allen weismachen wollte. Es war schon fast acht Uhr und nahezu dunkel, als Seamus die Notbremse zog.

»Wir machen morgen früh weiter – mein Magen glaubt schon, jemand hätte mir die Kehle durchgeschnitten.«

Mehrere Stimmen signalisierten Zustimmung.

»Lasst uns ins Warme gehen«, sagte Seamus. »Vielleicht ist es an der Zeit für ein winziges Tröpfchen.«

»Vielleicht ist es an der Zeit fürs Abendessen«, widersprach Philly.

»Verdammt, ja!«, rief Lucien. »Ich kann gern das Kochen übernehmen.«

Die Gruppe ging auf das Haus zu.

»Es ist nicht viel im Kühlschrank«, erwiderte Philly angespannt. Der Gedanke, spontan fünf Leute verköstigen zu müssen, machte sie nervös.

»Irgendetwas findet sich immer«, meinte Lucien beruhigend. »Ich wette, ich treibe die Zutaten für eine halbwegs anständige Mahlzeit auf, wenn du mir eine Chance gibst.«

Jack räusperte sich. »Warum ziehen Lorna und ich nicht los und holen für alle *Fish and Chips* an der Imbissbude? Dann haben wir auf jeden Fall etwas zu essen, auch wenn Lucien aus Luft und dem Inhalt von Phillys Vorratsschrank nichts zaubern kann.«

Die Zustimmung war überwältigend, und es dauerte eine Weile, bis alle ihre Wünsche geäußert hatten. Doch schließlich setzte sich Lorna mit der Liste in der Hand auf den Beifahrersitz von Jacks Wagen.

»Das hat Spaß gemacht, aber es war auch anstrengend«, meinte sie. »Wer hätte gedacht, dass das Aufbauen eines Folientunnels so harte Arbeit ist? Ich persönlich kann noch nicht mal allein ein Zelt aufstellen. Wenigstens kein richtiges Zelt.«

Jack ließ den Motor an. »Was ist denn für Sie ein ›richtiges Zelt‹?«

»Ich meine ein Zwei-Wege-Zelt – eins, das man sowohl aufstellen als auch abbauen kann. Das hat mit meinem Wurfzelt nicht funktioniert. Das Aufstellen war einfach, doch beim Abbauen habe ich es zerstört.«

»Mögen Sie Camping?« Er klang neugierig.

»Ja, unter ganz besonderen Umständen.«

»Und die wären?«

»Ich muss mich absolut sicher fühlen und davon überzeugt

sein, dass niemand mich nachts überfallen wird.« Sie lachte. »Aber ich liebe es, in der Natur zu sein, früh aufzuwachen und den Tau auf dem Gras zu sehen.« Sie seufzte tief auf. »Es erinnert mich an eine Zeit vor vielen Jahren, als ich für einen guten Zweck im Freien übernachtet habe.«

»Wie das, Lorna?« Er wirkte verwirrt.

»Wie ich meinem Sohn und seinem Freund damals erklärt habe, die zufällig dabei waren, als ich mich darauf vorbereitet habe, zielte das Ganze darauf ab, auf Obdachlosigkeit aufmerksam zu machen. Wir haben alle auf einer Unterlage aus Pappe geschlafen, wie Obdachlose, aber die ganze Nacht waren wir abwechselnd wach und haben aufeinander aufgepasst. Es war vollkommen sicher.« Sie lachte bei der Erinnerung. »Der Freund meines Sohnes sagte: ›Dann ist doch nicht alles so wie bei einem Obdachlosen‹.« Sie legte eine Pause ein. »Er hatte recht. Es war keine kalte Nacht, ich hatte einen guten Schlafsack, und ich fühlte mich absolut sicher. Ich habe es *geliebt*.«

»Eines Tages werde ich Sie zum Campen mitnehmen, an einen Ort, an dem Sie sich sicher fühlen und früh am Morgen den Tau auf dem Gras sehen können. Ich kenne genau die richtige Stelle.«

»Jack! Warum sollten Sie das tun wollen?« Warum sollte ein Mann mit einer Frau, die er kaum kannte und die zudem älter als er war, zelten gehen wollen?, fragte sie sich. Das ergab keinen Sinn.

Er zuckte mit den Schultern und bog in die Straße ein, die zu dem *Fish-and-Chips*-Imbiss führte. »Ich glaube, es würde Spaß machen.« Er warf ihr einen raschen Blick zu. »Eigentlich wollte ich nach dem Aufbau des Folientunnels mit Ihnen essen gehen, doch ich wäre mir gemein vorgekommen, wenn wir die anderen im Stich gelassen hätten.«

Lorna prustete los. »Schon vor unserem Arbeitseinsatz war

ich nicht angemessen gekleidet, um auszugehen. Jetzt bin ich kaum sauber genug, um *Fish and Chips* zu kaufen!« Als ihre Erheiterung abgeflaut war, wunderte sie sich, warum er sie zum Dinner einladen wollte. Sie waren gerade erst zum Mittagessen im Pub gewesen. Zu ihrem Ärger konnte sie nicht gleich nachfragen. Aber sie dachte darüber nach, während sie laut überlegte, warum so eine lange Schlange vor dem Imbiss wartete. Offenbar hatte er gerade erst geöffnet.

Sie standen immer noch an, als Lornas Handy klingelte. Es war Philly. »Hi!« Sie klang ein bisschen gestresst. »Lucien möchte gern eine Sauce Tartare zubereiten. Meinst du, ihr könntet beim Supermarkt vorbeifahren und ein paar Kapern mitbringen?«

»Ich könnte auch fertige Sauce Tartare aus der Imbissbude mitbringen. Wir stehen noch in der Warteschlange. Oder ich kaufe eine Sauce im Supermarkt, wenn du eine bevorzugte Marke hast.«

»Nein. Es müssen Kapern sein. Kapern in Öl, nicht in Salzlake.« Sie schwieg kurz, und Lorna hörte, wie sie eine Tür hinter sich schloss. »Es ist wegen Lucien, er ist Koch. Und die ticken nicht wie normale Menschen, wie ich gerade herausgefunden habe.«

Lorna lachte. »Oh-oh, es muss hart sein, so einen im Haus zu haben!«

»Und in meiner Küche und in sämtlichen Schränken!«, ergänzte Philly.

»Ich werde Jack bitten, die Kapern zu besorgen. Ich kann jetzt meinen Platz in der Schlange nicht aufgeben.«

»Ich glaube, ich esse schon mal eine Kleinigkeit, ohne dass Lucien es mitbekommt«, meinte Philly. »Ich sterbe vor Hunger!«

Obwohl Lucien dem Plan zugestimmt hatte, war er nicht ganz glücklich bei der Aussicht auf *Fish and Chips*.

»Die Pommes aus der Imbissbude sind immer weich und matschig«, sagte er. »Ich hasse das!«

»Mir macht das nichts aus«, entgegnete Philly. »Vor allem nicht, wenn ich Weißbrot und Butter dazu habe. Jede Menge Butter. Aber keinen Essig.« Der bloße Gedanke daran ließ ihren Magen knurren, so hungrig war sie.

»Interessant«, erwiderte Lucien. »Hast du es schon mal mit Balsamico probiert?«

Philly lachte. Wenn ihr vor ein paar Stunden jemand gesagt hätte, dass sie entspannt genug sein würde, um über den vornehmen Chefkoch mit den glatten Haaren zu lachen, hätte sie nicht darauf gewettet. Doch nachdem sie gemeinsam stundenlang mit dem Aluminiumgestänge und den Plastikfolien gekämpft hatten, hatten sich ihre Hemmungen zum großen Teil gelegt. »Nein. Und ich springe jetzt kurz unter die Dusche – es sei denn, du willst?«

Lucien schüttelte den Kopf. »Ich kümmere mich um die Küche.«

»Aber wir essen doch *Fish and Chips*!«

»Essen ist immer wichtig, Philly«, antwortete er ernst, doch dann musste auch er lachen.

Philly lief glücklich die Treppe hinauf. Es war ihr nicht ganz geheuer, Lucien im Haus zu haben, doch es war auch lustig.

Ihrer Begeisterung wurde ein Dämpfer versetzt, als sie sauber und erfrischt wieder herunterkam und feststellen musste, dass Lucien ihre ganze Küche auseinandergenommen hatte. Er war auch auf ihr Geheimnis gestoßen, eine Fritteuse, die Seamus auf einem Flohmarkt erstanden hatte. Das Gerät, für das sie sich ein bisschen schämte, kam nur selten zum Einsatz.

»In dieser Küche herrscht das reinste Chaos!«, verkündete Lucien.

»Sie war in Ordnung, bevor du darüber hergefallen bist!«, gab Philly beleidigt zurück.

»Ich meine nicht, dass sie unordentlich war – obwohl das auch stimmt –, sondern dass sie unglaublich schlecht organisiert ist!«

Philly öffnete voller Empörung den Mund, um Lucien eine Standpauke zu halten, doch er war noch nicht fertig.

»Aber mach dir keine Gedanken, ich räume sie auf. Geh du zu den anderen und trinke etwas. Dein Großvater sucht gerade Speiseöl.«

»Oh, dann helfe ich ihm lieber mal.« Sie hoffte sehr, dass sie Öl vorrätig hatten. Sie wollte Lorna ungern noch einmal anrufen.

Philly fand ihren Großvater in einem Nebengebäude, wo sie zusätzliche Vorräte und Alkohol aufbewahrten. Sie nannten es das ›Kabuff‹. Philly wusste nicht, warum es so war, doch ihr Großvater benutzte jede Menge seltsame Ausdrücke, die sie einfach so übernahm.

»Ich habe Öl, Bier und eine Flasche Whisky gefunden, die noch von Weihnachten übrig geblieben ist. Die hatte ich ganz vergessen!« Er wirkte hocherfreut.

»Grand, Lucien hat unsere Küche demoliert!«

»Oh Gott, wirklich? Als ich ihn allein gelassen habe, hat er sich gerade über die Schränke hergemacht. Was hat er denn angestellt?«

Phillys Empörung fiel ein bisschen in sich zusammen. »Na ja, er ... er hat die Schränke auf den Kopf gestellt. Er behauptet, die Küche wäre unordentlich und unorganisiert. Für wen hält er sich eigentlich?«

»Er ist ein Junge, der dir den ganzen Tag dabei geholfen hat, deinen Folientunnel aufzustellen und dann noch ein Abendessen für uns kochen wollte. Und der nicht findet, dass Pommes aus der Imbissbude knusprig genug sind.« Er hielt kurz inne. »Lass ihn doch einfach, Liebes. Er tut keinem etwas zuleide.«

Philly trug eine große Flasche Öl, für die sie beide Hände brauchte, ins Haus. Sie war sehr froh, dass Grand Lucien mochte. Dann konnte sie sich gestatten, ihn ebenfalls zu mögen, obwohl sie der Anschlag auf ihre Küche immer noch schmerzte.

Sie stellte die Ölflasche auf der mittlerweile perfekt aufgeräumten Arbeitsfläche ab. Philly konnte nur Vermutungen darüber anstellen, wie Lucien alles verstaut und wieder in die Schränke geräumt hatte. Irgendwie hatte er es jedenfalls geschafft.

»Es ist nicht genug Zeit, um das Öl zu erhitzen«, nörgelte sie, während sie zusah, wie er die Flasche nahm und einen großen Teil des Öls in die Fritteuse füllte.

»Nun, dann müssen wir eben warten. Wie sieht es mit dem Feuer im Wohnzimmer aus? Dein Großvater hatte Probleme, es in Gang zu bringen.«

Obwohl es lächerlich war, erinnerte Lucien sie irgendwie an ihren Großvater. Er schien immer ihr Bestes zu wollen (wenn auch offensichtlich nicht auf romantische Weise) und lenkte sie auf die gleiche Weise ab wie Grand, indem er ihr eine Aufgabe zuteilte. Dennoch ging sie bereitwillig ins Wohnzimmer. Wenn sie die Flammen nicht zum Lodern und Prasseln brachte, hatte sie versagt. Seamus besaß nicht so ein Händchen für Feuer wie sie.

»Es tut mir leid, dass wir so lange gebraucht haben!« Lorna stellte die Plastiktüten auf dem Tisch ab. »Die Schlange war ewig lang. Offensichtlich hatte der Imbiss gerade erst geöffnet, und das Fett war noch nicht richtig heiß. Aber das bedeutet, dass die Pommes wunderbar knusprig sind.« Sie schaute sich um. »Was ist los, habe ich etwas Falsches gesagt?«

Lucien nahm die Tüten und begutachtete den Inhalt. »Manche Menschen mögen sie zwar knusprig finden, aber ...«

Philly, die man überredet hatte, einen ›Tropfen aus dem Becher‹ zu trinken, womit ihr Großvater Whisky meinte, fühlte sich ein bisschen besser und unterbrach ihn: »Aber sie werden knuspriger als je zuvor sein, nachdem Lucien sie in die Finger bekommen hat. Er hat Bruschetta gemacht, damit wir nicht verhungern, während wir auf den Fisch und die Pommes warten.« Sie ging mit einem Teller voller winziger, runder gerösteter Weißbrotscheiben herum, auf denen sich Tomatenstückchen, Knoblauch und Basilikum befanden. »Er hat auch ein bisschen Pesto zubereitet, nur aus Sonnenblumenkernen und Bärlauch, der im Wald an geschützten Stellen wächst. Es schmeckt wirklich köstlich.«

»Du meine Güte!«, sagte Jack, der Ingwerbier trank. Lorna dagegen hatte dankbar einen großen Whisky angenommen. »Ich habe noch nie erlebt, dass jemand einen Imbiss aus *Fish and Chips* in ein Drei-Gänge-Menü verwandelt.«

»Sie haben mich ja auch gerade erst kennengelernt«, erwiderte Lucien und gab die erste Portion Pommes in das heiße Öl.

»Ich war Gast bei dem Dinner, das Sie im Burthen House gekocht haben«, erinnerte ihn Jack.

Lucien stöhnte. »Oh Gott, das war vielleicht ein Albtraum! Aber dank Philly hat schließlich doch noch alles ganz gut geklappt. Ihr ist es gelungen, den altertümlichen gusseisernen Herd in Gang zu bringen. Der Ofen war kaputt. Sie hat ein Händchen für Feuer.«

»Jeder kann das, wenn das Holz trocken ist«, widersprach Philly. »Und das Holz in Burthen House muss schon seit mindestens fünf Jahren im Schuppen gelegen haben.«

»Nun, das ist nicht Phillys einziges Talent«, erklärte Lorna. »Ich finde, wir sollten auf ihren neuen Folientunnel anstoßen.«

Bevor jemand etwas sagen konnte, ergriff Philly selbst das Wort. »Ich stoße auf euch alle an: Danke für eure Hilfe beim Aufbau des Folientunnels! Ich verspreche euch Pflanzen, wenn ich die ersten Erträge erziele. Sind diese Pommes jetzt endlich fertig?«

»Jeden Moment«, antwortete Lucien.

»Diese Pommes«, sagte Lorna einige Minuten später mit vollem Mund, »sind tatsächlich fantastisch!«

»Wusste ich's doch!«, meinte Lucien glücklich.

»Vielleicht liegt es aber auch am Whisky«, neckte Lorna ihn.

10. Kapitel

Später verabschiedeten sich Lorna und Jack und gingen zum Auto. »Wenn man bedenkt, dass ich den Abend ganz anders geplant hatte, war es doch überraschend amüsant«, sagte Jack.

Lorna beschloss, einfach nicht darauf einzugehen, dass er sie zum Dinner hatte einladen wollen. »Ja, das stimmt! Hoffentlich treibt Lucien Philly nicht in den Wahnsinn. Ich habe es so verstanden, dass es eher Seamus war, der Lucien vorgeschlagen hat, bei ihnen einzuziehen.«

»Ich glaube, das wird funktionieren. Er ist ein netter Kerl, und er kann richtig hart arbeiten. Ich lerne bei meiner Arbeit so einige junge Männer kennen, und sie sind keineswegs alle so tatkräftig und hilfsbereit.«

»Er ist schon erstaunlich, nicht wahr?«, meinte Lorna. »Ich mag ihn, aber er ist irgendwie eine Naturgewalt. Ich hoffe ...« Sie hielt inne.

»Was denn?«

Ich hoffe, Lucien wird Philly nicht das Herz brechen, hatte sie sagen wollen, doch dann war ihr plötzlich wieder bewusst geworden, dass sie Jack kaum kannte. Die anderen hatten sie behandelt, als wären sie ein Paar, und sie hatten sich in gewisser Weise auch so verhalten, doch in Wahrheit waren sie nicht einmal Freunde – nur flüchtige Bekannte. »Ach, nichts.«

Er öffnete die Autotür für sie und stieg dann ebenfalls ein. Doch statt den Motor anzulassen, fragte er: »Würden Sie gern sehen, wie ich meinen Lebensunterhalt verdiene, wenn ich nicht als Künstler arbeite?«

»Das wäre faszinierend!«, antwortete Lorna spontan, doch dann versuchte sie, einen Rückzieher zu machen. »Ich meine, mich interessiert wirklich, was ein Steinmetz in einer Kirche arbeitet, doch ich habe im Augenblick sehr viel zu tun. Die Veranstaltung mit den offenen Gärten ist sehr kurzfristig angesetzt. Ich glaube nicht, dass Kirstie eine Ahnung hat, wie viel Arbeit es mit sich bringt, einen Garten für die kritischen Augen der Öffentlichkeit vorzubereiten.«

Er legte seine Hand auf ihre, nur ganz kurz. »Kommen Sie, Sie können sich bestimmt eine kleine Auszeit nehmen.«

»Nach Einbruch der Dunkelheit«, schlug Lorna vor.

»Da geht es bei mir nicht.« Er überlegte kurz. »Ich mache Ihnen einen Vorschlag: Sie arbeiten fleißig in den Gärten – vielleicht helfe ich Ihnen an den Wochenenden –, und wenn Sie mal genug davon haben und Abwechslung brauchen, sagen Sie mir Bescheid. Dann holen wir unsere Führung nach.«

»Das klingt wunderbar«, antwortete Lorna und freute sich, dass sie die perfekte Lösung gefunden hatten. Nun hatte sie es in der Hand, stand jedoch nicht unter Zugzwang.

»Aber Sie werden sich nicht melden, habe ich recht?«

Sie hatte keine Ahnung, wie er darauf gekommen war, obwohl er sie doch eigentlich gar nicht kannte. »Na ja …«

»Sie verstehen mich nicht, oder?«

»Was meinen Sie?« Er hatte sie völlig aus der Fassung gebracht. Sie verstand ihn tatsächlich nicht! Sie mochte ihn – sehr sogar –, doch sie hatte keine Ahnung, warum er anscheinend so darauf erpicht war, mit ihr befreundet zu sein.

»Sie wissen ganz genau, was ich meine«, entgegnete er ruhig. »Aber ich will Sie nicht drängen. Zumindest jetzt nicht. Erst dann, wenn der Zeitpunkt richtig ist.«

Es war seltsam, im Dunkeln im Auto zu sitzen und einander nicht sehen zu können, aber vielleicht fand Lorna deshalb den Mut, etwas zu fragen, worüber sie schon länger nachdachte. »Sagen Sie, Sie haben erwähnt, dass Sie jetzt wüssten, woher Sie mich kennen. Woher denn? Ich bin mir sicher, dass ich mich daran erinnern würde, wenn wir uns schon einmal begegnet wären.« Ihr ging auf, dass das tief blicken ließ, doch es spielte keine Rolle.

»Das werde ich Ihnen irgendwann einmal erzählen, aber nicht jetzt.« Er startete den Motor und fuhr los.

»Ich wünschte, Sie würden es mir gleich verraten! Es irritiert mich, dass ich es nicht weiß. Ich zerbreche mir den Kopf, wo wir einander schon mal über den Weg gelaufen sein könnten, aber ich komme nicht darauf.«

Er lachte leise. »Tut mir leid. Doch ich kann es nicht sagen, bevor es sich richtig anfühlt.«

Lorna bestrafte ihn für seine Unnachgiebigkeit, indem sie auf dem Heimweg nicht mehr mit ihm sprach. Sie machte sich wieder Gedanken über die Sache mit dem Küssen. Sie küsste sonst jeden Freund zum Abschied auf die Wange, aber mit Jack fühlte sie sich irgendwie unbehaglich.

Offensichtlich teilte er das Gefühl nicht. Er stieg aus dem Wagen, sah ihr zu, wie sie die Haustür aufschloss, und sagte: »Gute Nacht, Lorna. Es war ein schöner Tag, danke!« Dann küsste er sie entschlossen auf die Wange und wartete, bis sie ins Haus gegangen war.

»Äh ... gute Nacht, Jack«, antwortete sie. Sie war froh, dass die peinliche Situation vorüber war, und fühlte sich dennoch sehr zwiespältig.

Nachdem das Wasser im Kessel gekocht hatte und sie sich eine große Tasse beruhigenden Kamillentee zubereitet hatte, kam sie zu dem Schluss, dass ihre Unsicherheit daher rühren musste, dass sie so lange nichts mehr mit einem Mann unternommen hatte – abgesehen von Peter. Und der hielt nicht viel davon, freundschaftliche Wangenküsse zu verteilen. Und irgendwie war Jacks Kuss diesmal anders gewesen als jener nach der Dinnerparty.

Das ist nicht gut, dachte Lorna. Sie nahm den Tee mit nach oben ins Badezimmer, wo er abkühlen konnte, während sie duschte. Wieder überlegte sie, dass sie öfter ausgehen müsste. Aber wie sollte sie das bewerkstelligen?

Internet-Dating. Vielleicht sollte sie doch einmal ernsthaft darüber nachdenken. Lorna genoss das heiße Wasser, das über ihren Körper strömte. Doch war diese Art der Kontaktsuche wirklich ihr Ding? Wenn jemand anders diesen Einwand gebracht hätte, hätte sie gesagt: Mach es nicht schlecht, bevor du es ausprobiert hast. Aber nachdem sie so viele Geschichten von Peter über vollkommen misslungene Begegnungen und unmögliche Personen gehört hatte, war sie misstrauisch. Nachdenklich wickelte sie sich in ein warmes Handtuch und trank den Tee. Allerdings hatte Peter über das Internet Kirstie kennengelernt. Und mit ihr lief es offensichtlich richtig gut.

Während sie in ihr Schlafzimmer hinüberging, analysierte sie ihre Gefühle. Was empfand sie bei dem Gedanken, dass Peter, den sie immer als die Liebe ihres Lebens betrachtet hatte, sein Glück mit einer viel jüngeren Frau gefunden hatte? Lorna war klar, dass es ihr sehr viel ausmachen müsste. Aber irgendwie tat es gar nicht mehr weh. Ihr Stolz war noch ein bisschen verletzt, doch ihr Herz? Nein.

Was also hatte sie geheilt? Gewiss nicht Kirstie. Das Auftauchen einer attraktiven, jüngeren Frau an der Seite deines Objektes der Begierde ist nicht dazu angetan, Sehnsucht und Verlangen schlagartig verschwinden zu lassen, dachte sie. Es musste etwas anderes sein.

Obwohl ihr Verstand sich weigerte, es zu akzeptieren, kehrten ihre Gedanken immer wieder zu Jack zurück. Er war ein netter Mann. Gut aussehend, außerdem Bildhauer. »Praktisch perfekt in jeder Hinsicht«, wie Mary Poppins es ausgedrückt hätte. Doch Jack war nicht perfekt. Er war zu jung für sie.

Nachdem Philly Lorna und Jack hinausbegleitet hatte, kehrte sie ins Haus zurück. Sie stellte fest, dass Lucien schon alle Spuren der Party beseitigt hatte. Die Spülmaschine rauschte vor sich hin, und der Tisch war abgeräumt.

»Meine Güte! Das war schnell«, rief Philly verblüfft aus. »Ich habe den Raum doch nur für fünf Minuten verlassen!«

»Ich bin ein professioneller Küchenaufräumer.« Lucien wrang einen Lappen so fest aus, dass Philly damit rechnete, er würde gleich um Gnade betteln. »Wenn man in einer Restaurantküche nicht schnell für Ordnung sorgt, kommt man nie nach Hause. Apropos, dann mache ich mich mal aus dem Staub ...«

»Nein!«, widersprach Philly mit Nachdruck. »Ich meine, nach allem, was du für uns getan hast, können wir dir zumindest ein richtiges Bett anbieten ...«

»Nein, wirklich ...«

»Du kannst das Zimmer haben, in dem meine Eltern zuletzt übernachtet haben. Es ist das beste Schlafzimmer.« Sie zögerte kurz. »Das Haus hat vier Schlafzimmer, und es ist gut, wenn die Räume auch genutzt werden, sonst ...«, sie senkte verlegen die Stimme, »sonst werden sie nur mit Gerümpel vollgestellt.«

Seamus kam in die Küche. »Ach du lieber Himmel! Ist die Küchenfee etwa hier gewesen?«

Philly kicherte. »Ich glaube nicht, dass Lucien gern als ›Fee‹ bezeichnet werden möchte.«

»Ganz sicher nicht. Soll ich Tee kochen?«

»Ich brauche jetzt unbedingt eine Tasse«, sagte Seamus. »In der Dose ist auch noch ein bisschen Kuchen.«

Da sie nicht zusehen wollte, wie Lucien etwas aß, was nicht gut genug für den Stand war, erklärte Philly: »Ich bereite dann mal das Gästezimmer für Lucien vor, Grand. Ich finde, er hat sich ein richtiges Bett verdient. Ich beziehe es, und dann sage ich noch kurz Gute Nacht.«

Während sie im Wäscheschrank nach der Bettwäsche suchte, die sie speziell für ihre Eltern gekauft hatten, überlegte sie, was sie bei ihrem nächsten Telefonat über Lucien erzählen sollte. Sie kannte ihre Mutter – sie würde ihnen noch mehr als sonst in den Ohren liegen, dass sie Skype benutzen sollten. Bis jetzt hatten Grand und sie sich erfolgreich dagegen gewehrt, denn sie wussten, dass ihre Mutter einen Rundgang durchs ganze Haus fordern würde. Wenn sie erfuhr, dass ein Mann bei ihnen wohnte, würde ihre Mutter ihnen gar keine Ruhe mehr lassen. Vielleicht war Lucien bis Sonntagabend schon gar nicht mehr da – dann musste sie sich keine Gedanken mehr über das Thema machen.

Als sie wenig später wieder herunterkam, fand sie Seamus und Lucien in ein Gespräch über Brot vertieft.

»Vielleicht können Sie morgen einen Versuch starten?«, schlug Seamus gerade vor.

»Würde ich sehr gern«, antwortete Lucien, »aber zuerst müssen wir Phillys Folientunnel fertig aufbauen. Allerdings könnte ich den Teig schon vorbereiten, und er kann gehen, während wir uns um den Folientunnel kümmern. Wir könnten eine Sauerteig-Mutter ansetzen.«

»Wie geht das?«, erkundigte sich Seamus.

»Man mischt Mehl und Wasser – man kann auch Wein oder Bier statt Wasser nehmen –, den Rest erledigen die Milchsäurebakterien, die sich in der Luft befinden. Man kann es auch ›Sauerteig-Ansatz‹ nennen.«

Philly runzelte die Stirn. »Ich ziehe diesen Namen vor. Ich

finde, *eine* Mutter reicht völlig, vielen Dank. Doch wenn du noch eine haben willst ...« Da fiel ihr ein, dass ihr Scherz vielleicht unangebracht sein könnte. Schließlich hatte er seinem Elternhaus den Rücken gekehrt. »Tut mir leid«, fügte sie hinzu.

Lucien schaute sie an und wirkte kurzzeitig verwirrt. Offensichtlich verstand er nicht, warum sie sich entschuldigte, und fuhr fort: »Das soll ganz einfach sein.«

»Wir haben die Zutaten bestimmt nicht im Haus. Wo kann man sie kaufen?«, fragte ihr Großvater. »Bestimmt in einem Geschäft für Backzubehör, oder?«

»Nein, nein, Mehl und Wasser sind ausreichend.«

»Nun, davon haben wir jede Menge«, erwiderte Seamus. »Philly! Der Kuchen hat Lucien geschmeckt. Er fand, dass die gemahlenen Haselnüsse, die ich anstelle der Mandeln genommen habe, gut zu der Schokolade passen.«

»Fein«, sagte Philly. »Wenn ihr nichts dagegen habt, gehe ich jetzt ins Bett.« Sie biss sich auf die Unterlippe und fügte hinzu: »Bleibt nicht zu lange auf, ihr zwei.«

Da sie schon geduscht hatte, musste sie sich eigentlich nur noch die Zähne putzen und ins Bett fallen, doch stattdessen nahm sie eine Gesichtscreme zur Hand, die ihre Mutter ihr geschenkt hatte (damit sie nicht »diese schrecklichen geplatzten Äderchen« bekam, die Menschen, die vorwiegend draußen arbeiteten, immer hatten). Nach kurzem Nachdenken trug sie sie sorgfältig auf.

Philly stellte fest, dass sie glücklich war. Unten war ein junger Mann, der nicht nur sehr gut aussah, sondern sich zudem prima mit ihrem Großvater verstand. Aber sie war klug genug, sich nicht von ihrer momentanen Begeisterung mitreißen zu lassen. Wahrscheinlich blieb er nicht lange, und selbst falls doch, würde er in ihr wahrscheinlich eine Art lästige jüngere Schwester sehen, allerhöchstens eine nicht lästige jüngere Schwester.

Doch Lucien war nun mal da, und sie war entschlossen, seine Gesellschaft zu genießen, auch wenn er ihr gemütliches Leben ordentlich durcheinanderwirbeln würde. Er hatte bereits damit angefangen.

11. Kapitel

»Oh! Hallo, Marion!«, begrüßte Seamus seine Schwiegertochter. »Diesmal wirst du zufrieden mit uns sein! Philly hat einen jungen Mann kennengelernt!«

Es war der wöchentliche Sonntagabend-Anruf ihrer Eltern, und jetzt stöhnte Philly auf. Sie verfluchte sich, weil sie ihren Großvater nicht in ihren Plan eingeweiht hatte, Luciens Anwesenheit im Haus vorerst nicht zu erwähnen. Und die Formulierung »hat einen jungen Mann kennengelernt« konnte alles Mögliche bedeuten. Ihre Mutter würde sofort voreilige Schlüsse ziehen.

Philly musste nicht hören, was Marion sagte – sie wusste es dennoch ganz genau: zum Teil aus Erfahrung und zum Teil, weil sie es aus den Antworten ihres Großvaters ableiten konnte. Einerseits wollte ihre Mutter unbedingt, dass Philly einen Mann fand, Kinder bekam und wieder nach Irland zurückkehrte, denn sie brannte darauf, ihre Enkel unter ihre Fittiche zu nehmen. Andererseits hatte sie kein Vertrauen in Phillys Fähigkeit, sich selbst einen geeigneten Mann zu suchen.

Seamus hielt Philly das Telefon hin. »Deine Mum möchte mit dir sprechen.«

Sie nahm den Hörer und setzte sich, froh, dass Lucien nicht da war. Er hatte einen Anruf von einem Bekannten erhalten, der einen Pub führte und kurzfristig jemanden brauchte, der kleine Mahlzeiten zubereitete. »Hallo ...«, setzte Philly an, doch weiter kam sie nicht.

»Nun, Liebes, erzähl mir von diesem jungen Mann. Womit verdient er seinen Lebensunterhalt?«

»Er ist Koch, Mama, aber ...«

»Ist das eine sichere Stelle, was meinst du?«

»Nein, ganz und gar nicht, doch es spielt keine Rolle ...«

»Natürlich spielt das eine Rolle, Liebes! Du brauchst einen Mann, der dich versorgen kann, zumindest solange die Kinder noch klein sind! Jede Frau braucht einen solchen Mann.«

Philly wusste nicht, wie sie das Thema anpacken sollte. »Ich habe gemeint, es spielt keine Rolle, weil Lucien nur bei uns wohnt. Wir haben keine persönliche Beziehung!« Sie war stolz auf sich; es klang sehr abgeklärt.

»Ach, komm schon, du willst mir doch nicht weismachen, dass zwei junge Menschen, die unter demselben Dach leben, keine Gefühle füreinander haben! Ich bin doch nicht von gestern!«

»Nein! Es ist wahr. Es war Grand. Er hat gehört, dass Lucien ...« Im letzten Moment verkniff Philly sich das Wort »obdachlos«, denn dann würde ihre Mutter denken, Lucien wäre ein Landstreicher. »Dass er nicht wusste, wo er wohnen sollte. Grand meinte, er könne ein paar Tage bei uns bleiben, bis er in der Gegend eine Wohnung gefunden hat.«

»Ach ...«, sagte Marion ernüchtert.

Jetzt hatte Philly ein schlechtes Gewissen. Sie hatte gerade aus sehr gutem Grund geflunkert, dennoch machte die Enttäuschung in Marions Stimme sie nun traurig. »Aber er sieht sehr gut aus«, fügte sie als eine Art Wiedergutmachung hinzu.

»Ach!«

Philly konnte sich vorstellen, wie ihre Mutter sich in ihrem Sessel aufrichtete, den Kopf schief legte und versuchte, zwischen den Zeilen zu lesen, ob ihre Tochter vielleicht doch Gefühle für den jungen Mann hegte. »Aber mach dir keine Gedanken, er würde sich sicherlich niemals für mich interessieren. Wie dem auch sei, er ist ein sehr guter Mieter ...«

»Mieter? Ich dachte, er bliebe nur für ein paar Tage?«

»Ich wollte damit sagen, dass er sehr hilfsbereit und ordentlich ist. Und er kocht wunderbar.«

»Dafür, dass du angeblich kein Interesse an dem jungen Mann hast, weißt du recht viel über ihn.«

»Wir haben uns kennengelernt, als er für eine Dinnerparty gekocht hat. Ich habe dir davon erzählt. Sein Essen war hervorragend. Gutes Essen ist ihm sehr wichtig. Deshalb verstehen Grand und er sich auch so gut.« Zumindest das entsprach der Wahrheit.

»Nun, pass auf dich auf. Du willst dich schließlich nicht mit einem hübschen Don Juan einlassen.«

Philly lachte. »Wäre es dir lieber, es wäre ein hässlicher Don Juan?«

»Du weißt, was ich meine, Philomena«, erwiderte ihre Mutter streng.

Als Lucien ein paar Stunden später nach Hause kam, war Philly noch auf. Sie saß vor ihrem Laptop, und auf dem Küchentisch stapelten sich Gartenbücher.

»Hey«, sagte sie. »Möchtest du eine Tasse Tee? Oder lieber ein Bier?«

Lucien lächelte und schüttelte den Kopf. »Nein, danke. Was machst du da?«

»Ich versuche herauszufinden, welche Pflanzen ich in der kurzen Zeit noch ziehen kann, damit der Garten von Burthen House spektakulär aussieht.«

Er nickte. »Dann ist Seamus schon im Bett?«

»Nein, er ist noch unterwegs.« Sie grinste schief. »Das ist zum Teil auch ein Grund, warum ich noch auf bin.«

Jetzt runzelte Lucien die Stirn. »Machst du dir Sorgen um ihn? Was könnte denn passiert sein? Wo ist er?«

»Er ist zu Lady Anthea gefahren. Sie hat angerufen, weil sie ein Problem mit einem Wasserhahn hat. Grand war schon weg, bevor ich einmal blinzeln konnte. Dabei ist ein tropfender Wasserhahn wohl kaum ein Notfall.«

Lucien zuckte mit den Schultern. »Vielleicht hätte es zu einer Überschwemmung kommen und durch die Decke tropfen können.«

Plötzlich hielt Philly sich an der Tischkante fest und stand rasch auf. »Da ist der Lieferwagen! Grand ist zurück. Er muss nicht wissen, dass ich auf ihn gewartet habe.«

»Nein! Moment! Philly …«

Sie zögerte, und dann war es schon zu spät. Sie würde es nicht mehr aus dem Zimmer und die Treppe hinauf schaffen, bevor ihr Großvater das Haus betrat. Rasch setzte sie sich wieder.

Schuldbewusst blickte sie auf das Chaos der Zettel und Bücher vor ihr auf dem Tisch. »Oh, hallo, Grand«, sagte sie, als er in der Tür erschien.

»Hallo! Ihr zwei seid noch auf? Ihr habt aber nicht etwa auf mich gewartet, oder doch?«

»Natürlich nicht«, antwortete Philly und kreuzte die Finger unter dem Tisch. »Ich habe noch gearbeitet, und Lucien ist gerade erst gekommen. Was war mit dem Wasserhahn los?«

Seamus wirkte einen Augenblick lang verwirrt. »Oh! Na ja, ich habe ihn repariert. Und dann bin ich noch auf einen Absacker geblieben.« Er schaute seine Enkelin an. »Es gab Kräutertee.«

Philly prustete los. »Du trinkst Kräutertee? Du sagst doch immer, der schmeckt wie Plörre.«

»Das hängt von der jeweiligen Teesorte ab«, erwiderte er beleidigt. »Ich glaube, ich gehe jetzt zu Bett. Es ist schon spät. Und ich schlage vor, ihr macht das Gleiche.«

Lucien und Philly wechselten einen Blick.

»Das war deutlich«, meinte Philly. »Aber warum hat er so mürrisch reagiert?«

»Er hat gewirkt, als fühlte er sich ertappt«, sagte Lucien. »Als hätte er ein schlechtes Gewissen, weil er mit einer alten Dame Kräutertee getrunken hat.«

Philly biss sich auf die Lippe. »Es ist verrückt. Es kann ja schließlich nicht sein, na ja ...«

»Du meinst, da läuft was zwischen den beiden?«

Philly war entsetzt. »Ganz bestimmt nicht! Sie sind doch beide so alt!«

Lucien zuckte mit den Schultern. »Es wäre immerhin möglich.«

»Nein! Sie ist so ein Snob. Sogar Lorna, die ja mit ihr befreundet ist, sagt das.«

»Was stimmt denn nicht mit deinem Großvater?«

»Lucien, das weißt du genauso gut wie ich. Du entstammst einer vornehmen Familie. Mein Großvater ist ein Automechaniker mit einem irischen Akzent. Lady Anthea wird nicht ...« Sie schauderte. »Ich darf gar nicht daran denken.«

Lucien lachte leise. »Du hast recht, ich komme aus einem vornehmen Elternhaus, auch wenn ich hoffe, nicht nur auf meine Abstammung reduziert zu werden. Und ich kann mir nicht vorstellen, dass meine Großmutter scharf auf ...«

»Bitte nicht dieses Wort!«

»... einen Automechaniker mit einem irischen Akzent sein könnte, aber ... na ja, die Menschen sind eben verschieden.«

Philly seufzte tief auf. »Ich bin sicher, dass es unmöglich ist. Jetzt brauche *ich* noch einen Schlummertrunk. Möchtest du einen Kakao?«

»Oh, cool! Ich bereite ihn zu. Hast du Schokolade da, die wir raspeln können? Wenn möglich mit hohem Kakaoanteil.«

Philly war nicht in der richtigen Stimmung für Luciens kapriziöse Vorstellungen, woraus eine heiße Schokolade zu bestehen hatte. »Nein. Ich kümmere mich darum, aber ich verwende stinknormales Kakaopulver. Einverstanden?«

Lucien hob die Hände. »Wie du willst! Dann bereite ich ein anderes Mal eine richtige heiße Schokolade mit Vanille oder Sternanis für dich zu.«

Als Philly Kakaopulver in die heiße Milch gab, fiel ihr auf, dass sie ihre Scheu vor Lucien verloren hatte. Sie hatte ihm die Meinung gesagt, und der Himmel war nicht eingestürzt. Gut!

Als Lucien am Küchentisch sitzen blieb und offensichtlich nicht vorhatte, seinen Kakao mit nach oben zu nehmen, wie Philly das geplant hatte, ließ sie sich ebenfalls wieder auf ihren Stuhl sinken.

»Du musst mein Chefkochgehabe ein bisschen lächerlich finden«, meinte er.

Da das genau dem entsprach, was Philly gerade gedacht hatte, musste sie grinsen. »Nur manchmal. Ich meine, ich fand es zunächst unnötig, dass du die Pommes noch mal frittiert hast, doch sie waren köstlich.«

Er erwiderte ihr Grinsen. »Ich weiß! Nerve ich dich denn auch im Allgemeinen?«

Sie war vollkommen überrumpelt. »Ich weiß nicht, was ich sagen soll!«

»Na ja, ein einfaches ›Nein‹ würde reichen. Der Grund, warum ich frage, ist ...« Er zögerte, räusperte sich und fuhr fort: »Ich habe mich vorhin mal umgesehen, und es gibt ein Nebengebäude, das mir als die perfekte Basis dienen könnte. Es wäre fantastisch, wenn ich es mieten könnte.«

»Ähm ...«

»Natürlich müsste ich auch mit Seamus darüber sprechen, und er sollte es sich gründlich überlegen ...« Wieder zögerte er.

»Darf ich dir meine Lebensgeschichte erzählen? Na ja, wenigstens in groben Zügen?«

Philly zuckte mit den Schultern. »Wenn du möchtest.«

»Du weißt ja schon, dass ich von zu Hause geflohen bin – so wie ihr beide –, und seitdem habe ich auch einige Dinge über mich selbst herausgefunden. Eines davon ist, dass ich nicht als Koch in einem Restaurant arbeiten will.«

»Aber ist es nicht genau das, was Köche gemeinhin tun?«

Er schüttelte den Kopf. »Nicht unbedingt. In einem Restaurant zu arbeiten ist die Hölle, ganz ehrlich. Sehr schwere Arbeit, sehr stressig, nicht genug Schlaf, Teildienste, was heißt, dass man nachmittags ein paar Stunden freihat, in denen es sich jedoch nicht lohnt, nach Hause zu gehen und zu schlafen ...«

»Aber wenn es dein eigenes Restaurant wäre?«

»Wenn ich je genug Kapital für ein eigenes Restaurant hätte, würde ich alles im ersten halben Jahr verlieren. Das sind die harten Fakten.«

Phillys (zugegebenermaßen recht vage) Vorstellungen vom Leben eines Kochs verloren an Glanz. »Und jetzt?«

»Ich möchte für Menschen kochen, entweder bei ihnen zu Hause oder für geschäftliche Anlässe. Und ich möchte Brot backen.«

»Aha.« Philly trank einen Schluck Kakao.

»Dafür brauche ich passende Räumlichkeiten, in denen ich die Mahlzeiten vorbereiten kann – und natürlich zum Brotbacken. Deshalb möchte ich wissen, ob dein Großvater und du mir dieses Nebengebäude vermieten würdet.«

»Man müsste viel Arbeit hineinstecken, um es in einen angemessenen Zustand zu versetzen ...«

»Ich weiß! Die Arbeit würde mir nichts ausmachen. Es gibt schon Strom und Wasser, aber ich bräuchte auch einen Starkstromanschluss für einen professionellen Ofen.« Er zögerte. »Du brauchst das Gebäude nicht für deine Pflanzen, oder?«

Philly überlegte, was es mit dem Starkstrom auf sich hatte, doch sie beschloss, nicht nachzufragen. Wahrscheinlich musste sie das nicht wissen. »Nein. Einer der vielen Gründe, warum wir dieses Grundstück haben wollten – wahrscheinlich sogar der Hauptgrund –, sind die Nebengebäude. Aber wir brauchen nicht alle. Eines davon könnten wir bestimmt vermieten.« Sie runzelte die Stirn. »Doch du wirst auch eine Ausstattung benötigen – alles Mögliche an Geräten. Wie kannst du dir das leisten?«

Offensichtlich hatte Lucien schon gründlich darüber nachgedacht. »Ich werde Geld zur Seite legen. Es wird eine Weile dauern, aber wenn ich eine anständige Summe zusammenhabe, versuche ich, meinen Taufpaten dazu zu bringen, den Rest beizusteuern.«

»Wäre er denn dazu bereit?«

Lucien zuckte mit den Schultern. »Möglich. Er ist nicht so konventionell wie meine Eltern. Sie haben genug Geld, um mir die gesamte Summe zu leihen, aber sie werden es nicht tun, weil sie annehmen, dass es vergeudet wäre.«

»Also musst du beweisen ...«

»Dass ich hart arbeiten und einen Teil des Kapitals selbst aufbringen kann. Dass ich das Geld nicht verschwenden werde. Deshalb besteht mein vorläufiger Plan – mit eurer Erlaubnis – darin, in eurem normalen Ofen zu backen und zu beweisen, dass ich die Arbeit beherrsche und früh aufstehen und alles vorbereiten kann.« Er machte eine Pause. »Ein normaler Backofen ist nicht ideal, doch irgendwo muss ich ja schließlich anfangen.«

Philly hatte nachgedacht. »Brauchen industrielle Backöfen viel Platz?«

»Das hängt natürlich von ihrer Größe ab.«

Philly errötete. »Das weiß ich. Ich wollte eigentlich fragen, ob sie riesig sein müssen.«

»Eigentlich nicht. Worauf willst du hinaus?«

»Na ja, es gibt einen Hauswirtschaftsraum. Momentan steht er voller Gerümpel, weil wir es bisher noch nicht geschafft haben, ihn auszuräumen. Die Waschmaschine könnten wir in die Küche stellen. Vielleicht möchtest du vorübergehend ja diesen Raum nutzen?«

Nachdenklich sah er vor sich hin. »Da ist noch die Sache mit dem Starkstrom …«

Philly beschloss, doch danach zu fragen. »Was genau hat es damit auf sich?«

»Professionelle Öfen brauchen viel mehr Strom als normale Öfen in Privathaushalten. Dazu müsste man einen Starkstromanschluss legen. Genau wie der Ofen würde das zusätzliche Kosten mit sich bringen.«

Das klang nicht gut. »Und professionelle Backöfen sind wahrscheinlich richtig teuer?«

»Man kann alle Marken und Größen gebraucht bekommen. Ist aber immer noch kostspielig genug!«

»Lass uns mal auf eBay nachsehen. Es wäre gut zu wissen, womit wir kalkulieren müssen.« Kurz darauf meinte Philly: »Du wirst rund tausend Pfund brauchen, nur für den Ofen.«

Lucien nickte. »Ich habe ein bisschen was auf der hohen Kante, doch nicht so viel. Ist aber trotzdem okay. Ich bin für das Pferderennen von Newbury gebucht worden. Ich habe mich telefonisch vorgestellt, und ein Bekannter von mir hat mir gute Referenzen gegeben.« Er machte eine kurze Pause. »Wäre es okay, wenn ich noch eine Weile hierbleibe? Gehe ich euch nicht auf die Nerven?«

Offensichtlich war ihm ihre Antwort wichtig. Philly kam es so vor, als fragte er nicht nur nach einer Unterkunft.

»Du gehst mir nicht auf die Nerven, und du kannst gern noch länger hierbleiben.«

Plötzlich war sein Blick so intensiv, dass sie es nicht schaffte, ihm standzuhalten. Sie schaute weg.

Lucien räusperte sich. »Philly?«

Sie wurde wieder rot, sah auf und senkte den Blick sofort wieder. »Was denn?« Ihre Stimme klang auf einmal heiser.

Er betrachtete sie noch eine Weile und sagte dann: »Ach, nichts. Wenn du sicher bist, dass ich bleiben kann, versuche ich, einen Sauerteig anzusetzen und einen Mutterteig herzustellen.«

Erleichtert, dass er das Thema gewechselt hatte und nun über Teig sprach, entspannte sie sich. »Und wenn es nicht klappt?«

»Ich habe einen Freund, der mir ein bisschen Teig geben kann. Doch ich würde es lieber selbst hinbekommen.«

»Du bist so voller Energie!«

Er nickte. »Damit habe ich meine Mutter immer in den Wahnsinn getrieben. Deshalb habe ich beschlossen zu gehen – damit sie ein bisschen Ruhe hat.« Er runzelte die Stirn. »Das war nicht der einzige Grund. Nur einer von mehreren.«

Als Philly seine Miene sah, hatte sie das Gefühl, dass es ihm wahrscheinlich mehr ausmachte, mit seinen Eltern zerstritten zu sein, als er zugeben wollte. Sie verstand das. Es war ein Abenteuer gewesen, ihr eigenes Zuhause zusammen mit ihrem Großvater zu verlassen, doch ihrer Familie wehzutun war ihr schwergefallen. Sie war froh, dass ihre Eltern die Situation inzwischen mehr oder weniger akzeptiert hatten. Philly lächelte. »Wenn man sich also mit seiner richtigen Mutter überwirft, macht man sich eine neue aus Mehl und Wasser.«

Er grinste. »Das kommt in etwa hin.«

»Du kannst morgen früh mit Grand reden. Vielleicht hat er noch ein paar Ideen, wie du Geld auftreiben könntest. Er liebt Herausforderungen, die unmöglich scheinen.«

»Das ist gut, denn das hier ist so eine ... wenn man akzeptiert, dass manche Dinge nicht machbar sind, was ich meistens nicht akzeptieren will.« Er grinste – verschmitzt, wie Philly fand. »Ich habe schon eine Art Plan.«

»Ach ja?« Sie wollte es eigentlich nicht wissen, aber ihre Neugier war stärker.

»Mach nicht so ein Gesicht – es wird dir gefallen.«

»Tatsächlich?«

»Ja! Es hat mit den Pferderennen zu tun.«

Sie war entsetzt, und offensichtlich sah man ihr das auch an.

»Schau nicht so besorgt.« Er strich ihr eine Locke aus den Augen und schob sie ihr hinters Ohr. »Obwohl du hübsch aussiehst, wenn du dir Sorgen machst.«

Philly holte tief Luft. Sie war sich nicht sicher, ob sie damit umgehen konnte, dass er ihr ein Kompliment machte. Sie fand es besser, wenn sie über Starkstrom und Sauerteigmütter redeten, auch wenn sie nichts davon verstand.

»Du bist Irin«, neckte Lucien sie. »Du musst Pferde doch mögen.«

Ihr Selbstvertrauen wuchs wieder. »Ich mag Pferde tatsächlich – um darauf zu reiten oder sie zu streicheln –, aber nicht, um auf sie zu wetten. Nicht alle Iren sind Spieler, weißt du?«

»Oh, tut mir leid. Ich wollte dich nicht beleidigen. Also, ich werde zu diesem Rennen fahren, und zwar in meinem Kleinbus. Ich suche mir einen Parkplatz und übernachte auch im Bus. Ansonsten müsste ich mir eine andere Schlafgelegenheit suchen, und die sind meistens nicht besonders toll.«

»Der Bus ist besser?«

Lucien nickte. »Er ist sehr komfortabel ausgestattet. Irgendwann nehme ich dich mal mit.«

Sie lächelte ihm zu und verließ den Raum.

12. Kapitel

Am folgenden Tag trafen sich Philly und Lorna in den Gärten, die in der Kühle des frühen Morgens nicht wie ein Ort aussahen, den man bald der Öffentlichkeit zugänglich machen würde.

»Ich möchte nur, dass die Wege in diesem Teil des Gartens alle sauber eingefasst sind«, sagte Lorna. Es war ein Teil des Gartens, der einmal als »italienisch« bezeichnet worden war, aber er war noch weit entfernt von der endgültigen Restaurierung. »Momentan ist er voller Sträucher und Stauden, die die Leute im Laufe der Jahre gepflanzt haben. Es gibt kein richtiges Konzept.«

Philly inspizierte den Garten genauer und ging im Geiste Pflanzenlisten durch. Es war ein großes Projekt und eine wunderbare Gelegenheit für sie, sich zu beweisen. Sie war gleichzeitig eingeschüchtert und begeistert. »Was für ein Konzept hättest du gern?«

»Idealerweise? Ich fände etwas Dramatisches und Modernes gut. In Highgrove gibt es einen entzückenden schwarz-weißen Garten.«

Philly kannte den Garten, von dem Lorna sprach. »Schwierig.«

»Ja, und sie pflücken die Knospen von *Bishop of Llandaff*-Dahlien ab, um nur das beinahe schwarze Laub zu haben. Ich glaube nicht, dass ich das über mich bringen könnte.«

»Diese entzückenden scharlachroten Blumen? Das könnte ich auch nicht! Aber du könntest auf Schwarz, Weiß und Rot gehen«, fuhr sie fort. »Ich könnte dir diese Kapuzinerkresse großziehen, die nicht rankt, doch schöne rote Blüten und schwarzes Laub hat.«

»Und diese Sorte wächst ziemlich schnell, sodass wir den Effekt ziemlich rasch erzielen könnten. Sollen wir auch auf Weiß gehen? Oder bleiben wir bei zwei Farben?«

Normalerweise hatte Lorna immer klare Vorstellungen und wusste sehr genau, was sie wollte. Philly fühlte sich geschmeichelt, dass sie um Rat gefragt wurde. »Mal sehen«, schlug sie vor, »wenn wir kein Schwarz und Dunkelrot mehr haben, könnten wir ein bisschen Weiß hinzufügen. Es gibt jede Menge Mohnblumen in Dunkelrot mit schwarzem Zentrum. Ich könnte sie mithilfe von Wärmelampen großziehen, um sicherzustellen, dass jede Menge in Blüte stehen – wie bei der Blumenausstellung von Chelsea.«

»Ist das nicht ein bisschen verschwenderisch?«

»Nein. Ich kann die Spätblüher am Stand verkaufen. Ich finde die Idee großartig. Was sonst noch? Es gibt jede Menge schwarze Gräser.«

»Zu schade, dass wir nicht schon im letzten Herbst davon gewusst haben. Wir hätten das Ganze mit Tulpen planen können«, meinte Lorna.

»Ich habe eine ganze Menge Tulpen in Töpfen, die ich dir überlassen könnte. Die Leute mögen die richtig dunkle Sorte ›Queen of the Night‹, und deshalb habe ich viele davon gepflanzt.«

»Bedeutet das nicht, dass sie nicht mehr für den Stand zur Verfügung stehen würden?«

»Ja, stimmt. Aber ich verkaufe sie ja trotzdem. An Burthen House.«

»Dann musst du mir den vollen Einzelhandelspreis in Rechnung stellen. Peter kann es sich leisten. Und da wir gerade von Peter und dem reden, was er sich leisten kann: Er hat gesagt, ich könnte Hilfskräfte engagieren. Kennst du jemanden, der an Gartenarbeit interessiert ist?«

Philly schüttelte den Kopf. »Mir fällt niemand ein. Warum machst du nicht einen Aushang in den Gartencentern im Ort? Ich kann meine Freunde aus den Gärtnereien anrufen und nachfragen, ob sie jemanden kennen, der Arbeit sucht. Muss derjenige besonders qualifiziert sein?«

»Na ja, solange er oder sie Blumen von Unkraut unterscheiden kann, ist alles gut.«

»Um ehrlich zu sein, Lorna, ab und zu bin ich mir selbst nicht ganz sicher.«

Lorna lachte. »Geht mir genauso! Jetzt lass uns mal diese Beete jäten und umgraben. Ich weiß, dass du mir nicht so lange zur Verfügung stehst. Und während wir arbeiten, denken wir weiter über die Bepflanzung nach. Und du kannst mir erzählen, wie es ist, Lucien als Mieter bei euch im Haus zu haben.«

Philly zog ihre Gartenhandschuhe aus der Gesäßtasche. »Es klappt gut. Grand freut sich sehr darüber, dass er bei uns wohnt. Lucien hat den verrückten Plan, eines der Nebengebäude zu einer professionelle Küche umzubauen.«

»Meine Güte! Er ist wirklich ein ganz spezieller Mieter«, meinte Lorna. »Das muss doch viel Geld kosten, oder? Ich meine, man kann sicher nicht einfach frisch anstreichen und eine Tiefkühltruhe aufstellen!«

Philly sah zu, wie Lorna die Erde von einem großen Büschel Astern klopfte, bevor sie ihre eigene Grabegabel in dem Blumenbeet versenkte. »Nein. Man muss die Stromversorgung auf Starkstrom umstellen, damit man einen industriellen Ofen betreiben kann. Richtig teuer.«

»Oh! Und ist Seamus glücklich damit?«

»Ja! Er ist vernarrt in Lucien. Sie sind beide ein bisschen verrückt, und Lucien hat massenweise Energie und springt immer herum, als hätte er Sprungfedern in den Beinen.« Plötzlich runzelte sie die Stirn.

Zufällig schaute Lorna genau in dem Moment in ihre Richtung. »Stimmt was nicht?«

»Na ja, es geht mich eigentlich nichts an, aber er hat einen verrückten Plan, wie er Geld auftreiben will. Ich kenne die Einzelheiten nicht, doch er arbeitet als Koch beim Pferderennen von Newbury.«

Lorna wirkte besorgt. »Hoffentlich setzt er nicht seinen ganzen Lohn auf ein Pferd!«

Philly biss sich auf die Unterlippe. »Er hat erwähnt, er habe eine Art Plan. Natürlich ist es sein Geld. Wenn er es wegen einer Pferdewette aufs Spiel setzen will, ist das allein seine Sache.«

Lorna nickte. »Und vermutlich muss man lernen, mit dem Risiko umzugehen, wenn man mit Lucien zusammen ist.«

Philly wurde rot. »Ich bin nicht mit ihm zusammen.«

Lorna zuckte mit den Schultern. »Natürlich nicht. Doch vielleicht kann sich das ändern? Er ist sehr attraktiv.«

Philly seufzte. »Nicht, dass ich ihn nicht attraktiv fände – natürlich tue ich das. Und wir verstehen uns gut, solange es um praktische Dinge geht. Wenn er allerdings flirtet oder mich auf eine gewisse Weise anschaut, bin ich schlagartig verlegen und schüchtern und werde rot. Er muss glauben, dass ich noch nie einen Freund hatte und keine Ahnung habe, wie ich mit Männern umgehen soll.«

»Daran gewöhnst du dich. Ihr steht noch ganz am Anfang.«

Philly nickte. »Was ist denn mit Jack und dir? Seid ihr ein Paar?«

»Nein! Nicht auf diese Weise. Er ist viel zu jung für mich.«

»Wie alt ist er denn?«

»Ich weiß es nicht genau ...«

»Du meinst, du hast ihn noch nicht gegoogelt?«

»Hast du etwa Lucien gegoogelt?«

»Na klar. Er ist nicht besonders aktiv auf Facebook, und die meisten seiner Fotos beziehen sich auf Essen.« Philly hatte nach Bildern mit hochnäsigen Debütantinnen auf Bällen gesucht und war sehr erleichtert gewesen, als sie keine gefunden hatte.

»Und du denkst, ich sollte Jack googeln?«

»Unbedingt! Ich meine ...« Philly hustete. »Ich meine, du bist sicher nicht auf Facebook unterwegs, oder doch, Lorna?«

»Ich weiß, ich sollte ...«

»Googel ihn«, erwiderte Philly energisch. »Wenn du schon über Facebook nichts über ihn herausfinden kannst, musst du wenigstens im Internet nachschauen. Vielleicht ist er gar nicht so jung, und außerdem, was spielt das schon für eine Rolle? Ich glaube, er mag dich!«

Am folgenden Morgen erschien Philly mit einem eingewickelten Päckchen für Lorna. »Hey! Das ist ein Geschenk von Lucien. Er hat gestern Abend Brot gebacken, um herauszufinden, was er mit einem normalen Backofen erreichen kann. Luciens Meinung nach ist das Brot von der Qualität her nicht gut genug für den Verkauf, doch ich habe zum Frühstück davon gegessen und finde es fantastisch.«

»Super, danke!« Lorna nahm das Päckchen und verstaute es in ihrem Rucksack, in dem sich eine Thermoskanne mit Kaffee und ein paar Kekse befanden. »Hättest du es nicht einfrieren können?«

»Er hat viel gebacken, Lorna, und er möchte wissen, was andere Leute davon halten.«

»Das Dumme ist nur, dass ich mittags immer so hungrig bin

und es köstlich finden werde, selbst wenn es gar nicht *so* gut schmecken sollte.«

»Stimmt! Genau das habe ich ihm auch gesagt. Trotzdem wollte er, dass ich es dir mitbringe.«

Gegen Ende des Vormittags, als sie den italienischen Garten für das neue Farbkonzept fast fertig vorbereitet hatten, tauchte Jack auf.

»Hallo, Lorna, hallo, Philly!«, rief er den beiden zu.

Lorna wischte sich eine Haarsträhne aus den Augen und wünschte sich sofort, sie hätte es gelassen. Ihr war klar, dass nun ein Schmutzstreifen über ihrem Auge prangte.

»Hallo, Jack«, sagte Philly. Lorna war dankbar für ihre Anwesenheit. Seit Philly ihr den Floh ins Ohr gesetzt hatte, dass Jack ihr potenzieller Freund sein könnte, war sie nicht mehr in der Lage, normal an ihn zu denken. Der entspannte Gefährte von neulich Abend war irgendwie zu jemandem geworden, vor dem sie auf der Hut war.

»Hi«, brachte sie hervor. »Was können wir für Sie tun?«

Er sah sie an. »Ich wollte bloß sehen, wo ich meine Skulptur aufstellen könnte.«

»Ach? Ich dachte, es wäre ein Tag festgesetzt worden, an dem alle Künstler einen Rundgang machen? Hat Kirstie nicht eine E-Mail geschickt?« Sie wusste ganz genau, dass es so war. Und sie hatte auch Jacks Namen auf der Liste gesehen.

»Ich wollte der Konkurrenz gern voraus sein. Ich dachte, dass es mir einen Vorteil verschafft, mit der Chef-Gärtnerin und der Hauptlieferantin für die Pflanzen befreundet zu sein.«

Lorna lächelte. »Das ist bestimmt vorteilhaft, ja. Wo möchten Sie Ihre Skulptur denn gern platzieren? Und geht es nur um eine, oder haben Sie mehrere? Welche Größe?«

»Nur eine Skulptur, aber sie ist ziemlich groß. Man muss mit einem Traktor zum Standort fahren können.«

»Dann sollte es hier in der Nähe sein«, meinte Philly. »Wir sind hier nicht zu weit von einem befahrbaren Weg entfernt.«

»Klingt perfekt. Und falls ich meinen Claim abstecken kann, würde ich das gern tun. Andere Leute werden ebenfalls Probleme haben, ihre Werke zu transportieren.«

»Dann sollten Sie sich besser an Kirstie wenden«, schlug Lorna vor. »Sobald Sie eine Entscheidung getroffen haben.«

»Ich schaue mich mal um«, erwiderte er. »Wir sehen uns später.« Er brach auf und steuerte auf das Haus zu.

»Hoffentlich fertigt er nicht nur riesige Stücke«, kommentierte Lorna. Hatte Philly sie dabei ertappt, wie sie Jack nachblickte, der sich mit großen energischen Schritten entfernte? »Der Transport könnte schwierig werden und den Boden ziemlich aufwühlen.«

»Ich glaube nicht, dass Kirstie an so etwas gedacht hat, als ihr die Idee mit einem Skulpturenpfad gekommen ist.«

»Ich habe auch noch nicht daran gedacht«, entgegnete Lorna. »So, lass uns das Zeug zum Kompost bringen. Soll ich schieben, und du ziehst, um die Schubkarre die Steigung hinaufzubekommen?«

Philly war nach Hause gegangen, und Lorna fegte die Wege im italienischen Garten, damit es ordentlich aussah, auch wenn die Beete noch leer waren. Zufrieden blickte sie sich um. Bisher gab es keine Pflanzen, aber dennoch sah es vielversprechend aus. Mit einem rot-schwarzen Farbschema, möglicherweise auch mit etwas Weiß, würde der Garten elegant und interessant wirken. Wahrscheinlich würde sie ihn nie so sehr lieben wie den viel weniger durchdachten Cottage-Garten auf der anderen Seite des

Hauses, der voller Kletterrosen, Mohnblumen, Lupinen, Levkojen und Phlox war, aber dennoch würde der italienische Garten außerordentlich stilvoll werden.

Sie wollte gerade nach Hause gehen, weil sie an die Suppe dachte, die seit dem frühen Morgen auf niedriger Flamme vor sich hin köchelte, als Jack zurückkehrte.

»Ich habe die ideale Stelle gefunden«, sagte er. »Darf ich Sie heute Mittag zum Essen einladen?«

»Nein«, antwortete sie. »Ich habe das Mittagessen zu Hause auf dem Herd stehen. Aber Sie können gern mitessen.«

»Ich möchte Sie jetzt schon seit einer gefühlten Ewigkeit zum Essen einladen, und immer geben Sie mir einen Korb! Ein einziges Mal sind Sie mit mir in den Pub gekommen. Immer endet es damit, dass Sie *mich* verköstigen.«

Lorna lachte. »Wenn ich außer Haus essen wollte, müsste ich mich umziehen. So befreie ich mich nur von dem schlimmsten Matsch und esse Suppe mit Brot. Lucien hat es gebacken, es schmeckt bestimmt köstlich.«

»Klingt perfekt!«, gab Jack nach.

Jack wartete vor ihrem Haus auf sie. Da sie die Gartengeräte noch weggeräumt hatte, war er vor ihr angekommen. Sie hatte ihm den Hausschlüssel gegeben, doch jetzt freute sie sich, dass er ihn nicht benutzt hatte.

»Sie hätten schon hineingehen und es sich bequem machen können.«

»Das hätte sich nicht richtig angefühlt. Und es ist ein wunderschönes Fleckchen.« Er deutete auf die Parklandschaft, die sich unterhalb des Hauses erstreckte. »Es fällt mir nicht schwer, hier auf Sie zu warten.«

Irgendetwas an der Art, wie er das betonte, ließ sie an das

denken, was Philly gesagt hatte. Mochte er sie auf diese Weise? Oder war er nur freundlich und höflich? Als sie ihm die Schlüssel abnahm und die Tür aufschloss, erlaubte sie sich die Vorstellung, dass er sie tatsächlich auf die Weise mochte, die Philly angedeutet hatte.

»Kommen Sie rein und wärmen Sie sich schon mal in der Küche auf. Ich kratze eben den gröbsten Schmutz ab, dann können wir die Suppe essen. Sie könnten umrühren«, fügte sie hinzu. »Das wäre hilfreich.« Lorna legte das Brot auf die Arbeitsfläche. »Das Brotmesser ist da drüben, falls Sie schon mal Brot schneiden möchten.«

Als sie in die Küche zurückkehrte, roch sie stark nach einer Gärtner-Handcreme. Bewusst hatte sie ihr Gesicht nur flüchtig auf mögliche Matschspuren hin kontrolliert, weil sie sich nicht mit ihrem momentanen Aussehen beschäftigen wollte. Sie war praktisch ungeschminkt. Normalerweise war sie mit ihrem Erscheinungsbild recht zufrieden. Doch jetzt, nachdem sie den Gedanken zugelassen hatte, sich mit einem jüngeren Mann zu treffen, musste sie die Nerven behalten.

Jack pfiff leise vor sich hin. Er hatte Teller und Suppentassen gefunden und Brot geschnitten. Die Suppentassen hatte er neben die Suppe auf den Herd gestellt, um sie vorzuwärmen.

»Tut mir leid, dass Sie warten mussten«, sagte sie.

»Kein Problem.« Er lächelte sie an. »Warum setzen Sie sich nicht? Sie haben schließlich den ganzen Vormittag gearbeitet. Lassen Sie sich nun einfach bedienen.«

»Okay«, antwortete sie und ließ sich am Tisch nieder. Sie war merkwürdig entspannt. Eigentlich sollte sie sich als Gastgeberin fühlen und nervös sein, doch es war für sie völlig in Ordnung, dass er eine Suppentasse vor sie stellte und die Butter in einer handgefertigten Dose auf dem Tisch platzierte.

Er setzte sich ihr gegenüber auf einen Stuhl. »Sind Sie schon im Morgengrauen aufgestanden, um diese Suppe vorzubereiten?«, erkundigte er sich, nachdem er den ersten Löffel gekostet hatte.

»Nein. Ich war tatsächlich früh auf, aber um zur Arbeit zu gehen. Für die Suppe habe ich einfach ein paar Zutaten in den Topf geworfen, während ich Tee gekocht habe.«

»Sie schmeckt köstlich. Ich liebe Suppen aus Hülsenfrüchten, doch ich nehme mir nie genug Zeit, um sie zu kochen.«

Lorna hob den Deckel von der Butterdose und schob sie in Jacks Richtung. Nachdem sie sich beide Butter genommen hatten, bestrich Lorna ihre Brotscheibe. »Man muss einfach nur ein bisschen vorausplanen. Wie ist das Brot?«

»Köstlich!«

»Nun, wir werden Gelegenheit bekommen, es zu kaufen, falls Lucien mit seinem Backergebnis jemals so zufrieden sein wird, dass er das Brot an Phillys und Seamus' Marktstand zum Verkauf anbietet.«

»Offensichtlich stellt er sehr hohe Ansprüche an sich selbst, wenn er das hier nicht gut genug findet«, erwiderte Jack.

Lorna schmunzelte. »Ich glaube, er ist ein bisschen besessen.«

»Das sind alle guten Künstler und Handwerker.«

»Sie auch?«, wollte Lorna wissen.

Jack lachte. »Das ist eine Fangfrage!«

»Sie haben es darauf angelegt.«

»Stimmt.« Er zögerte kurz und hielt ihren Blick fest. »Ich bin besessen, ja. Es gibt nichts, was ich nicht tun würde, um das erwünschte Ziel zu erreichen. Es ist mir egal, wie viele Rückschläge ich auf dem Weg dorthin erleide.«

Sie senkte den Blick und fand ihre Suppe auf einmal unerwartet faszinierend. »Ich glaube, ich bin auch so. Ich denke niemals: Das muss reichen.« Lorna lächelte vor sich hin. »Es muss so gut werden wie nur irgend möglich.« Sie aß von ihrer Suppe und blickte auf. »Erzählen Sie mir von Ihrem Beruf als Steinmetz. Ich weiß ein bisschen etwas über die Tätigkeit eines Bildhauers – ich habe die Kunstakademie besucht und selbst ein wenig an Skulpturen gearbeitet, bis mir der Sinn nach mehr Sicherheit stand und ich den Bereich Gartengestaltung für mich entdeckt habe. Aber mit der Tätigkeit eines Steinmetzes kenne ich mich nicht aus. Was beinhaltet sie?«

Als er nicht sofort antwortete, fragte sie sich schon, ob sie vielleicht etwas Falsches gesagt hatte. Dann suchte er wieder ihren Blick und erwiderte: »Ich denke, ich sollte es Ihnen zeigen. Ich könnte Sie durch das Kloster führen und Ihnen erklären, was ein Steinmetz heutzutage und auch schon seit Jahrtausenden tut.«

»Gut«, stimmte sie nach kurzem Zögern zu, »das wäre sehr schön. Schließlich wird der Skulpturenpfad zugunsten des Klosters veranstaltet. Es wäre gut zu wissen, wofür das Geld verwendet wird.«

»Wann hätten Sie denn Zeit für eine Führung?«

»Wahrscheinlich sind Sie sehr beschäftigt ...«

»Dafür kann ich mir Zeit nehmen. Es ist wichtig. Und Sie haben auch viel zu tun. Ich habe es Ihnen doch schon einmal angeboten.«

Lorna gab sich einen Ruck. »Wie wäre es mit heute Nachmittag? Ich wollte eigentlich Recherchen über Pflanzen anstellen, aber das kann ich auch am Abend machen.«

»Ich hatte gehofft, ich könnte Sie heute Abend zum Essen einladen.«

»Genügt es nicht für heute, wenn Sie mir am Nachmittag das Kloster zeigen?«

Er lachte wehmütig. »Meine Pläne werden immer wieder vereitelt. An dem einen Abend wollte ich Sie zum Essen einladen, doch da haben wir *Fish and Chips* gegessen. Heute wollte ich Sie zum Mittagessen ausführen, stattdessen sitze ich hier. Bitte sagen Sie mir jetzt nicht, dass Sie heute Abend arbeiten müssen!«

»Das sollte ich auf jeden Fall! Aber warum entscheiden wir nicht einfach spontan? Vielleicht falle ich heute Abend vor Müdigkeit um. Ich bin schon sehr früh aufgestanden.«

Wieder lachte er. »Okay. Sofern Sie mir versprechen, dass ich Sie irgendwann zum Dinner ausführen darf!«

Sie lachte ebenfalls, doch sie versprach nichts. Es machte Spaß, umworben zu werden, und sie wollte nicht, dass er sich mit ihr langweilte.

13. Kapitel

Jack stellte den Wagen auf dem Parkplatz für Angestellte ab, der versteckt in einer Seitengasse der Stadt lag. Wie immer beim Anblick des Klosters dachte Lorna, wie schön es doch war. Es war früher einmal sehr bedeutend gewesen. Einem Abt in der Vergangenheit war es gelungen, eine Übereinkunft mit König Henry VIII. zu treffen, sodass es bei der Auflösung der Klöster dem Schlimmsten entgangen war. Die Klosterkirche war im für England typischen *Perpendicular Style* der Spätgotik erbaut worden und besaß Decken mit berühmten Fächergewölben. Es bedeutete eine große Verantwortung, für dieses historische Gebäude zuständig zu sein. Als Lorna es nun zum ersten Mal seit ihrer Begegnung mit Jack richtig sah, betrachtete sie den behauenen goldenen Stein mit neuem Respekt.

»Wir werfen einen kurzen Blick auf die Werkstatt«, schlug Jack vor, »und dann zeige ich Ihnen das Kloster.«

Er verschloss den Wagen und führte sie vom Kloster weg zu einem separaten Gebäude. »Da sind wir.«

Jack öffnete die Tür zur Werkstatt, in der ein hoher Geräuschpegel herrschte. Drei Männer waren bei der Arbeit. Alle hielten inne, als sie sie sahen.

»Hey, Chef. Ich dachte, Sie kämen heute nicht«, sagte ein ernst blickender junger Mann, der mehrere Pullis übereinander und eine Wollmütze trug. Lorna bemerkte, wie kalt es war. Wenn man bedachte, dass der Frühling inzwischen richtig Einzug gehalten hatte, war das etwas überraschend. Doch dann wurde ihr klar, dass die Temperatur im Gebäude aufgrund der Steinmauern wahrscheinlich immer sehr niedrig war.

»Ich führe Lorna herum. Lorna, das ist das Team.«

Als er sie seinen Mitarbeitern vorstellte, bemerkte sie, wie sehr sie ihn mochten und respektierten. Er wechselte ein paar Worte mit einem der Männer, während sie sich umschaute. Es sah so aus wie in vielen Werkstätten: An den Wänden hingen Werkzeuge wie Sägen, Meißel, Hämmer und Fäustel in vielen Formen und Größen. Die Arbeiter waren wegen der kühlen Temperaturen warm angezogen und trugen Staubmasken. Im Hintergrund lief das Radio.

Jack ging zu einem Mann, fast noch ein Junge, und sprach leise mit ihm über den Stein, den er gerade bearbeitete. Dann kehrte er zu Lorna zurück. »Bereit für den Rundgang?«

»Natürlich bin ich schon mal in dem Kloster gewesen«, erklärte Lorna, als sie vor dem Vorraum des Klosters standen. »Damals war ich gerade in die Gegend gezogen.«

»Wie lange leben Sie schon hier?«

»Seit ungefähr drei Jahren.«

»Ich denke nicht, dass sich seitdem viel verändert hat, abgesehen von den Sachen, die dringend repariert werden müssen. Die Gruft wartet auf ihre Restaurierung, und Teile des Dachs müssen instand gesetzt werden. Aber eigentlich müsste man sich um alles kümmern.«

»Sie meinen, es verfällt immer mehr?«

Er lachte leise. »Nein! Teile des Klosters sind bereits restauriert worden.«

Als er die innere Tür zur Klosterkirche öffnete, hörten sie Gesang. Lorna blieb sofort stehen. Jack flüsterte: »Schon in Ordnung. Ein Chor, der zu Besuch ist, probt.«

Lorna lauschte den Stimmen. Der Gesang wanderte zwischen den beiden Seiten des Chores hin und her, stieg und fiel, wurde lauter und dann wieder leiser. »Ist das Byrd?«, fragte sie leise.

»Das kann gut sein. Wir können es später herausfinden, wenn Sie möchten. Sie sind gut.«

Keiner von beiden rührte sich, bis das Stück zu Ende war und der Dirigent etwas zu dem Chor sagte. Der Bann war gebrochen.

»Das war wundervoll!«, raunte Lorna Jack zu.

»Ja, nicht wahr? So, dann führe ich Sie mal herum.«

»Ich möchte die Probe nicht stören«, meinte sie und deutete auf die Sänger in den Chorstühlen.

»Das ist schon in Ordnung. Dort, wo wir hingehen, stören wir sie nicht.«

Als Lorna das Kloster zum ersten Mal besichtigt hatte, hatte es von japanischen Touristen gewimmelt. Sie hatte damals einen raschen Rundgang gemacht und die Pracht bestaunt, jedoch nicht viel dabei empfunden. Heute gewann sie einen ganz anderen Eindruck, was an der Tatsache lag, dass die Kirche jetzt fast leer war, an der Musik und an ein paar verirrten Sonnenstrahlen, die die alten Steinplatten golden schimmern ließen. Lorna hatte das Gefühl, in die Vergangenheit zurückversetzt worden zu sein. Der Gedanke an die vielen Menschen, die im Laufe der Jahre mit ihren Sorgen, aber auch mit ihren Freuden und Feierlichkeiten hierhergekommen waren, ließ ihr die Kehle eng werden.

Jack nahm ihre Hand. »Hier entlang.« Er führte sie durch eine Seitentür und dann außen am Gebäude entlang.

»Das ist ja riesig!«, kommentierte Lorna und blieb stehen, teilweise, damit er ihre Hand losließ. Sie mochte das Gefühl ihrer Finger in seiner großen rauen Hand, doch es machte sie auch verlegen.

»Sie wurde mithilfe von Wolle erbaut.«

»Sie meinen, es ist eine Wollkirche?«

»Genau. Es gab sie hier und in Ostengland. Schade, dass der Wollhandel heute nicht mehr so ertragreich ist wie damals!«, fügte er hinzu.

Lorna nickte. »Hat man zu jener Zeit nicht auch Leichentücher aus Wolle gehabt? Ein Markt, der immer weiterbestehen wird.« Sie lächelte.

Er erwiderte ihr Lächeln mit Wärme. »Kommen Sie, ich zeige Ihnen, warum wir so viel Geld benötigen.« Jack öffnete eine Tür, die ins Kloster führte. »Das ist eine Kapelle zum Gedenken an die Nachkommen einer sehr reichen Familie. Es war ihre Grabstätte.«

Die Kapelle war ungemein kunstvoll gestaltet. Der Sarkophag wirkte, als ruhte das Paar in einem riesigen Himmelbett aus Stein. Doch obwohl sie ein Bett zu teilen schienen, wirkten sie dennoch voneinander getrennt. Ihre Hände waren wie zum Gebet gefaltet. Kunstvoll gemeißelte Säulen trugen einen ebenso aufwendigen Baldachin. Das Einzige, was all dieser Pracht ein bisschen Menschlichkeit verlieh, war ein kleiner Hund, der zu Füßen seines Herrchens kauerte.

»Diese Kapelle ist es, die dringend restauriert werden muss.«

»Mm, ich mag den kleinen Hund«, erwiderte Lorna. Er gefiel ihr wirklich, aber den Rest der Grabstätte fand sie übertrieben. Sie wirkte protzig und überladen. »Alles Übrige ist ein bisschen...«

»Geschmacklos? Zu prunkvoll?«, schlug Jack vor.

Sie lächelte, weil sie nicht zugeben wollte, dass sie die Kapelle nicht mochte, obwohl er es ihr leicht machte.

»Der Hund gefällt mir definitiv am besten«, sagte sie stattdessen. »Er sieht aus, als wäre er lebendig. Ob sie wohl genau so ein Tier im wirklichen Leben besessen haben?«

»Das hoffe ich doch. Ich habe den Hund sehr sorgfältig nach einer alten Vorlage gefertigt.«

»Sie haben den Hund gemacht?« Erstaunt drehte sie sich zu ihm um. »Sie meinen, er ist nicht historisch?«

»Nein. Er wurde im Viktorianischen Zeitalter sehr schlecht restauriert. Wir hatten Glück, dass es frühere Aufzeichnungen gab. Es wurde ein völlig falscher Stein verwendet.«

»Oh, der Hund ist entzückend! Er wirkt so echt. Man hat das Gefühl, genau zu wissen, was für ein fröhliches Kerlchen er gewesen sein muss.«

»Danke. Aber das hier ist es, wofür wir das Geld brauchen.« Er nahm ihren Arm und führte sie von der Grabstätte weg zu einem Bereich unter einem Fenster.

Lorna betrachtete, was Jack ihr zeigte, und seufzte. Es war ein wesentlich schlichterer Sarkophag.

»Wie man sieht, stammt er aus einer deutlich früheren Zeit«, erklärte er. »Vierzehntes Jahrhundert.«

Es gab keine kunstvollen Verzierungen. Die Figuren auf dem Deckel trugen lange Gewänder, ihre Köpfe ruhten auf steinernen Kissen, und sie hielten sich an der Hand.

Zum zweiten Mal, seit Lorna das Kloster betreten hatte, wurde ihr vor Rührung die Kehle eng. »Es ist wie in diesem Gedicht von Philip Larkin. Diese beiden hier sehen aus, als hätten sie sich wirklich geliebt.«

»*An Arundel Tomb*«, sagte Jack bewegt und nickte. »Ich muss auch immer daran denken. ›*They would not think to lie so long*…‹«

»Das ist nicht der letzte Vers, oder?«

»›*What will survive of us is love*‹«, erwiderte er prompt. »Allerdings glaube ich nicht, dass Larkin wegen seines Grabes so sentimental war, wie ich wegen dieses hier bin.«

Lorna betrachtete das aus Stein gemeißelte Paar. Das Gesicht der Frau war kaum noch zu erkennen, und die Beine des Mannes waren stark beschädigt.

»Diese Figuren sind auch schon einmal restauriert worden«, erklärte Jack.

»Falscher Stein?«

Er nickte. »Diese Abtei wurde aus Stein aus Minchinhampton erbaut, aber den gibt es nicht mehr. Wir müssen den gleichen Stein aus Frankreich holen. Es gibt eine dicke Gesteinsschicht, die unter dem Ärmelkanal bis zu den Cotswolds verläuft.«

Sie blieben noch kurz stehen und schwiegen. Lorna verlor sich in ihren Fantasien und dachte sich, wie schön es war, jemandem zu begegnen, der ihre Andeutungen auf Anhieb verstand.

»Kommen Sie. Ich möchte Ihnen noch mehr zeigen.«

Sie folgte ihm zu einer Stelle, die wirkte, als wäre dort eine Art schmales, regalähnliches Bauteil an einem Bereich der Mauer angebracht worden.

»Das ist eine Steinmetz-Konsole«, erklärte Jack. »Man glaubt, dass es eine Kopie der Konsole aus der Kathedrale von Gloucester ist. Schauen Sie sich das mal an.«

Sie blickte nach oben und erkannte im Relief der Konsole einen jungen Mann, der mit ausgestreckten Armen durch die Luft zu fliegen schien. Ein anderer Mann streckte die Arme nach ihm aus, als wollte er ihn auffangen.

»Ich bin mir nicht ganz sicher, ob ich das verstehe«, sagte Lorna zögernd.

»Es gibt zwei Interpretationen dieser Konsole«, erläuterte Jack. »Es könnte sein, dass der Steinmetz-Lehrling einfach in den Tod gestürzt ist, doch man könnte sich auch vorstellen, dass der Lehrmeister auch sein Vater war.«

»Eine furchtbare Vorstellung!«, erwiderte sie. »Ich habe

selbst einen Sohn. Sicher hat der Meister sich zu all seinem Leid auch noch schrecklich schuldig gefühlt, weil er den Jungen auf dieses Arbeitsgerüst geschickt hat. Wie Kipling, der seinen Sohn in den Krieg hat ziehen lassen, obwohl der Junge sehr kurzsichtig war und ihm der Krieg aus diesem Grunde hätte erspart bleiben können.«

»Hunderte von Männern müssen beim Bau dieser Abtei gestorben sein – beim Bau all dieser großen Kathedralen.«

Plötzlich fröstelte sie.

Jack fasste sie wieder am Ellbogen, und sie gingen gemeinsam weiter. Er war größer als sie, und da sie selbst recht hochgewachsen war, empfand sie das als angenehm und ein bisschen ungewohnt. Vor einer eigenartigen kleinen Statue, die sie beinahe übersehen hatte, blieb sie stehen. »Was ist das denn?«

Er lachte. »Das ist ein Beispiel für Überheblichkeit. Es ist eine Karikatur von mir, die ich selbst erstellt habe. Es ist eine Tradition unter Steinmetzen, ein Bildnis von sich selbst zu hinterlassen.«

»Die Figur ist charmant, aber nicht schmeichelhaft«, kommentierte Lorna.

Jack war vor einer winzigen Tür am Fuße eines Turmes stehen geblieben. Lorna zögerte. Sie hatte kein Problem damit hinaufzusteigen, allerdings kämpfte sie immer damit, Wendeltreppen hinunterzusteigen, vor allem wenn sie eng waren. Sollte sie ihm das sagen? Oder hatte sie das Problem vielleicht überwunden? Schließlich musste eine Phobie ja nicht unbedingt für immer anhalten. Lorna stellte fest, dass sie Jack nicht enttäuschen wollte. Er hatte sie in seine Welt eingeladen, und sie wollte sie mit ihm teilen.

Wie erwartet war es für sie in Ordnung, die enge Wendeltreppe hinaufzuklettern. Es war dunkel, doch Jack leuchtete mit einer Taschenlampe, die sich an seinem Schlüsselbund befand.

Mühelos fand Lorna die Stufen und setzte ihre Schritte sicher – trotz der schmalen Stufen und der beengten Verhältnisse. Sie war sogar stolz, dass sie konditionell ohne Schwierigkeiten mithalten konnte. Wenigstens hielt die Arbeit als Gärtnerin sie körperlich fit. Als sie oben angekommen waren, öffnete Jack die kleine Tür, die auf ein bleigedecktes Dach hinausführte. Man konnte das Dach der Abtei, die zahlreichen Türme und Zinnen und weit unten die Stadt sehen.

»Oh, wie wunderbar!«, rief sie aus.

»Das ist einer meiner Lieblingsorte, die der Rest der Welt nicht zu sehen bekommt«, erklärte Jack. »Normalerweise ist der Turm nicht Teil allgemeiner Führungen. Für manche Leute ist die Treppe zu schmal.«

Jetzt ist der richtige Augenblick, sagte sich Lorna, um zu beichten, dass sie manchmal ein Problem damit hatte, enge Wendeltreppen hinunterzusteigen. Es ging nicht nur um Wendeltreppen. Als Studentin hatte sie auch ein Riesenproblem damit gehabt, den Felsen von Gibraltar wieder heil hinunterzukommen. Es war die Wiederholung der nach unten gerichteten Bewegung, immer ein Schritt nach dem anderen, immer wieder. Davon wurde ihr schwindelig.

Jack öffnete die Tür und trat zurück, damit sie an ihm vorbeigehen konnte.

»Nein, könnten Sie vorgehen?«, fragte sie.

»Oh, in Ordnung. Möchten Sie die Taschenlampe haben? Ich komme auch gut ohne zurecht.«

»Danke«, antwortete sie und betete, dass es diesmal gut gehen möge.

Sie hatte ungefähr drei Stufen hinter sich gebracht, drückte die Schulter gegen die Wand und beleuchtete die nächste Stufe, als ihr plötzlich die Taschenlampe aus der Hand glitt. Die Lampe polterte die gesamte Treppe hinunter und blieb unten liegen.

Lorna wurde der Mund trocken.

»Alles okay bei Ihnen?«, erklang Jacks Stimme von weiter unten.

»Nicht wirklich. Ich habe die Taschenlampe fallen gelassen.«

»Ich weiß.« Er zögerte kurz. »Kommen Sie ohne Licht zurecht?«

»Nein.« Ihre Stimme klang kleinlaut und piepsig. »Ich habe ein bisschen Platzangst.«

Es entstand eine kurze Pause, doch er sagte nicht, dass es ein wenig spät für diese Information war. Lorna dankte ihm im Stillen dafür. Sie hatte Angst und schämte sich sehr. In der Dunkelheit klammerte sie sich mit geschlossenen Augen am Geländer fest und war sich sicher, den Rest ihres Lebens hierbleiben zu müssen. Die Feuerwehr konnte sie bestimmt nicht hier herausholen.

»Okay.« Plötzlich vernahm sie Jacks Stimme unmittelbar neben sich. »Kannst du dich bewegen?«

Sie schüttelte den Kopf und wimmerte leise.

»Ich sehe zwei Möglichkeiten: Entweder kannst du Stufe für Stufe auf dem Po runterrutschen, oder ich trage dich.«

»Du kannst mich nicht tragen, ich bin viel zu schwer.«

Er lachte. »Ich würde dich wie ein Feuerwehrmann schultern. Es wird eng, aber du bist bestimmt nicht zu schwer.«

»Ich versuche mal, auf dem Hosenboden zu rutschen.« Sie klammerte sich am Geländer fest und beugte die Knie, bis sie sich quasi in der Hocke befand, doch dann stellte sie fest, dass sie die Füße nicht bewegen konnte, um sich auf die Stufe zu setzen.

Er ergriff ihren Arm. »Schieb die Füße ganz langsam vorwärts, bis du sitzt.«

Sie versuchte es, bemerkte jedoch, dass die Stufe nicht breit genug war. Ihre Panik verstärkte sich. »Kann nicht«, brachte sie mit trockenem Mund hervor.

»Kein Problem, mach die Augen zu und beweg dich nicht.«

Noch nie in ihrem Leben hatte ihre Sicherheit so sehr von einem anderen Menschen abgehangen. Lorna hätte nicht gewusst, wie sie sich aus dieser Situation wieder befreien sollte, selbst wenn sie nicht vor Furcht wie gelähmt gewesen wäre. Sie hatte keine Wahl, sie musste sich voll und ganz einem anderen Menschen anvertrauen.

Sie spürte, wie Jack nach ihren Gliedmaßen tastete und sie hochhob. Dann legte er sie sich über die Schulter.

»Gut«, sagte er, »lass den Kopf unten und öffne nicht die Augen. Es geht los.«

Wahrscheinlich dauerte das Ganze nur ein paar Minuten, doch Lorna kam es wie eine Ewigkeit vor. Das Blut floss ihr in den Kopf, ihr Gesicht wurde gegen Jacks Rücken gedrückt, und sie konnte sein Waschmittel und wahrscheinlich sein Duschgel riechen. Sie presste die Augen fest zu und schaffte es irgendwie, nicht in Tränen auszubrechen, sich nicht zu übergeben und sich auch sonst nicht noch mehr in Verlegenheit zu bringen.

Endlich erreichten sie den Fuß der Treppe. Jack ließ sie von seiner Schulter gleiten, und sie landete auf den Füßen. Als ihre Knie nachgaben, klammerte sie sich unwillkürlich an ihn.

»Oh Gott, es tut mir so leid!«, stammelte sie mit klappernden Zähnen. Sie zitterte vor Schock und Erleichterung am ganzen Körper.

»Es tut mir leid, dass ich dich dieser Angst ausgesetzt habe«, erwiderte er. »Ich hätte mich vorher erkundigen müssen.«

»Es war mein Fehler, ich hätte es dir beizeiten erzählen sollen.«

»Nun, lass uns nicht darüber streiten. Jetzt brauchen wir erst einmal eine schöne Tasse Tee.«

Lorna war dankbar für den Tee, konnte allerdings nichts von dem Schokoladenkuchen essen, den Jack für sie bestellt hatte. Sie schob ihm den Teller zu. »Iss du den Kuchen. Wie viele Kalorien musst du verbrannt haben, als du mich diese Treppe runtergetragen hast!«

»Das waren gar nicht so viele. Du bist nicht schwer, Lorna. Und vergiss nicht, ich bin Steinmetz und daran gewöhnt, große Steinblöcke zu heben.«

»Du hast bestimmt Geräte, mit denen das bewerkstelligt werden kann«, sagte sie. Dennoch war sie ihm dankbar für seine Bemühungen, ihr die Verlegenheit wegen des Vorfalls zu nehmen.

»Wir haben tatsächlich Geräte, doch man braucht trotzdem körperliche Kraft.«

»Ich gehe nicht davon aus, dass es zu den Aufgaben eines Steinmetzes gehört, nach Feuerwehrmann-Manier Personen durch die Gegend zu tragen!«

Er lachte. »Das habe ich während meiner Zeit am College gelernt, als ich bei der Freiwilligen Feuerwehr gearbeitet habe.«

»Nun, dafür bin ich sehr dankbar!«

»Ich auch. Ich habe immer gewusst, dass sich das mal als nützlich erweisen könnte, auch wenn ich bei Einsätzen nie jemanden tragen musste.«

»Hattest du viele Löscheinsätze?«

Jack schüttelte den Kopf. »Enttäuschend wenige.« Er lächelte ihr zu.

Als Lorna das Lächeln erwiderte, gestand sie sich endlich ein, dass sie sich mehr als ein bisschen in diesen großen starken Mann verliebt hatte, der sie gerade aus der unangenehmsten Lage gerettet hatte, in die sie je geraten war.

»Ich bringe dich jetzt nach Hause. Nach dieser Tortur musst du ganz schön erschöpft sein. Aber obwohl mir klar ist, dass ich deinen geschwächten Zustand nicht ausnutzen sollte, werde ich es trotzdem tun.« Er machte eine Pause, während sie hoffte, dass er nichts zu Unangenehmes von ihr verlangen würde, denn sie könnte auf keinen Fall ablehnen. »Darf ich dich zum Dinner einladen?«

Sie lachte leise. »Ich glaube, das ist das Mindeste, was ich dir schuldig bin!«

Diesmal gab sich Lorna große Mühe mit ihrem Aussehen. Sie wollte, dass Jack vergaß, wie er sie als komplettes Nervenbündel die Treppe hatte hinuntertragen müssen. Ihr Stolz verlangte, dass er sie attraktiv fand, selbst wenn er bisher nur freundschaftliche Gefühle für sie gehegt hatte. Und wäre er wirklich so erpicht darauf, sie zum Essen einzuladen, wenn er einzig auf kameradschaftliche Freundschaft aus war? Bestimmt nicht, nachdem sie gerade den ganzen Tag miteinander verbracht hatten.

Ein Teil von ihr hätte es vorgezogen, einfach ein Bad zu nehmen, eine Kleinigkeit zu essen und dann ins Bett zu gehen. Doch da sie nun zugesagt hatte, wollte sie einen guten Eindruck hinterlassen.

Es war seltsam, sich für einen Mann chic zu machen. Bei Peter hatte sie sich diese Mühe sparen können, denn er hatte ihr ohnehin keine Beachtung geschenkt. Und sich für die Gartenarbeit aufzubrezeln – das wäre völliger Unsinn.

Sie entschied sich für einen schlichten Look: ein halblanges Wickelkleid, ihre besten weichen, hohen Stiefel, dazu eine Bernsteinkette und einen breiten Silberarmreif. Nicht zu modern, aber auch nicht unmodern – das war ihr Motto. Zusätzlich wählte sie noch ein großes Tuch aus feiner Wolle, denn es war noch recht kühl, obwohl der Mai vor der Tür stand. Dann setzte sie sich an ihren Computer, um ihre E-Mails abzurufen.

Sie hatte eine Mail von ihrem Sohn Leo erhalten. Lorna lächelte, als sie die Nachricht öffnete. Sie hatte ihn schon seit einer gefühlten Ewigkeit nicht mehr gesehen, und er war nicht gut darin, Kontakt zu halten.

Hallo, Mum, wie geht's dir? Hast du Lust auf einen Besuch? Ich könnte für ein paar Tage vorbeikommen.

Rasch schrieb sie zurück: *Wunderbar, mein Lieber! Ich freue mich sehr darauf, dich zu sehen.*

Beinahe hätte sie hinzugefügt: *Ich habe dir so viel zu erzählen*, doch dann entschied sie sich dagegen. Eigentlich hatte sie nichts Besonderes zu berichten. Dass sie dabei war, sich neu zu verlieben, musste sie ihrem Sohn schließlich nicht anvertrauen.

Als sie ihren Kaffee ausgetrunken hatten und das Restaurant als letzte Gäste verließen, kam es Lorna so vor, als hätten Jack und sie kein Thema an diesem Abend ausgespart. Noch nie hatte sie sich jemandem so verbunden gefühlt.

»Das war wunderbar!«, sagte sie, als sie neben seinem Auto vor ihrem Cottage standen. »Hältst du mich für unhöflich, wenn ich dich nicht auf einen weiteren Kaffee ins Haus bitte?«

»Du musst müde sein. Du bist mindestens zwei Stunden länger auf den Beinen als ich. Nein, das finde ich überhaupt nicht unhöflich.«

Er strich ihr eine verirrte Locke hinters Ohr und küsste sie sanft auf die Wange. »Gute Nacht, Lorna. Ich möchte bald wieder mit dir ausgehen, sehr bald. Soll ich dich zur Tür begleiten?«

»Ganz bestimmt nicht!« Sie gab sich forsch und versuchte damit, ihre Enttäuschung darüber zu verbergen, dass er sie nicht auf den Mund geküsst, ja nicht einmal den Versuch unternommen hatte, sie umzustimmen.

Er wartete, bis sie die Haustür aufgeschlossen und geöffnet hatte, dann hob er die Hand zum Gruß, stieg ein und fuhr davon.

Hm, dachte Lorna und ging in die Küche hinüber. So viel dazu, dass ich die Lust nach mehr bei ihm wecken wollte.

Sie erhitzte Milch und gab einen Schuss Brandy hinein. Sie wollte nicht, dass Grübeleien über den ausgebliebenen Kuss sie vom dringend benötigten Schlaf abhielten.

Am folgenden Morgen fand sie eine Nachricht auf ihrem Handy vor, mit der Jack ihr eine gute Nacht gewünscht hatte. Sie lächelte und war froh, dass sie sie verpasst hatte. Es zeigte, dass sie kein Teenager war, der ständig sein Handy überprüfte. Trotzdem überlegte sie, was sie getan hätte, wenn sie die Nachricht gleich entdeckt hätte. Vielleicht hätte sie darauf geantwortet. Und ein Kuss-Emoji geschickt.

14. Kapitel

In der folgenden Woche machte Philly sich unwillkürlich Sorgen um Lucien. Er war am Montag bei Tagesanbruch nach Newbury aufgebrochen, und sie rechneten erst nach dem letzten Rennen am Freitag mit seiner Rückkehr. Als sie Luciens Brot schnitt und ein paar Sandwiches vorbereitete, die sie nach Burthen House mitnehmen wollte, fragte ihr Großvater: »Und, Kind? Vermisst du den jungen Frechdachs schon?«

Sie musste lachen. »Nicht wirklich, aber ich mache mir Sorgen. Er hat von einem verrückten Plan gesprochen, und ich habe Angst, dass er an irgendeinen schrägen Vogel gerät, der ihm weismacht, er habe einen todsicheren Wetttipp für ihn. Lucien ist in der Lage, seinen gesamten Lohn zu verwetten.«

Seamus zuckte mit den Schultern. »Da wäre er nicht der Erste, so viel ist sicher. Allerdings ist er ein cleverer Bursche. Er würde nichts Unüberlegtes tun.«

»Ich glaube, das wäre ihm durchaus zuzutrauen, aber ich kann ihn nicht davon abhalten. Er ist für sich selbst verantwortlich.«

Als Philly von dem Brot aufblickte, begegnete sie dem nachdenklichen Blick ihres Großvaters.

»Er ist fest entschlossen, genug Geld für seine Küche aufzutreiben«, fuhr Philly fort. »Ich will einfach nicht, dass er es vermasselt. Das ist alles.«

»Nun, das möchte ich auch nicht. Ich finde es gut, ihn als Mieter zu haben. Er kocht besser als wir, und du brauchst junge Menschen um dich. Ich weiß nur nicht, wie lange es noch dauern wird, bis Marion auftaucht, um ihn genau unter die Lupe zu nehmen.«

Philly lachte. Wie ihre Mutter Lucien wohl finden würde? Würde sie denken, dass er flatterhaft sei und ihr wahrscheinlich das Herz brechen würde, oder würde sie ihn für einen guten Fang halten? »Er hat einen vornehm klingenden Akzent. Das sollte ihr gefallen.« Sie zögerte. »Das Problem ist, dass sie es sich in den Kopf gesetzt hat, dass ich meine Sandkastenliebe heiraten soll.« Sie klappte den Deckel ihrer Brotdose zu, nahm sie in die Hand und küsste ihren Großvater auf die Wange. »Ich muss dann mal los.«

»Ach!«, rief er ihr hinterher, als sie die Hintertür erreichte. »Mach dir keine Sorgen, falls ich nicht da sein sollte, wenn du nach Hause kommst. Nimm keine Rücksicht auf mich. Vielleicht gehe ich noch weg.«

»Wirklich? Wohin denn?«

»Einfach weg. Jetzt los mir dir, du kommst zu spät!«

Philly war auf halbem Wege zu ihrem Auto, als ihr aufging, dass sie noch genug Zeit hatte. Sie hatte sich fortschicken lassen, weil es sie verwirrte, dass ihr Großvater nicht preisgeben wollte, was er vorhatte. Das passte gar nicht zu ihm. Sie hielt kurz inne und überlegte, was wohl der Grund dafür sein mochte.

Die Tage vergingen. Am Freitag arbeiteten Philly und Lorna gerade konzentriert im Garten, als Kirstie und Peter vorbeikamen, um zu plaudern.

»Meine Güte, ihr rackert euch aber ab!«, meinte Peter.

»Ich arbeite immer hart«, erwiderte Lorna knapp, »doch da ich nun Unterstützung habe, sieht man das Ergebnis bereits.«

»Und werden Sie noch mehr Unterstützung bekommen?«,

erkundigte sich Kirstie.»Peter hatte Ihnen ja angeboten, noch mehr Leute einzustellen.«

Lorna nickte und warf Philly einen Blick zu. »Ich habe an verschiedenen Stellen Aushänge gemacht und Visitenkarten ausgelegt ...«

»Und ich habe unter meinen Gärtnerfreunden herumgefragt ...«, fügte Philly hinzu.

»Aber bisher hatten wir kein Glück«, sagte Lorna. »Ich bin nicht sicher, ob es genug Leute gibt, die für den Mindestlohn schwere körperliche Arbeit verrichten wollen.«

»Ich wüsste nicht, warum nicht«, meinte Kirstie. »Ich liebe Gartenarbeit.«

»Warum schließen Sie sich uns nicht an?«, schlug Philly vor. »Wir haben jede Menge Gartengeräte, und wir hätten Sie gern bei uns. Gärtnern macht Spaß.«

Kirstie runzelte leicht die Stirn. »So gern ich das tun würde, ich habe leider keine Zeit. Ich muss mich um die vielen Künstler kümmern. Es steht eine Führung durch die Gärten an – das ist, als müsste man einen Sack Flöhe hüten!« Sie schwieg kurz und betrachtete die ebene Fläche oberhalb des schwarz-roten Gartens. »Das ist ein wunderschöner Platz.«

»Er gehört Jack«, erwiderte Lorna und errötete leicht. »Er hat ihn sich schon vor einer ganzen Weile ausgesucht. Jack hat ein großes Ausstellungsstück und muss es in der Nähe des Weges aufstellen.«

Kirstie nickte. »Oh, in Ordnung. Jack ist ziemlich berühmt. Seine Arbeit sollte auf jeden Fall einen guten Platz bekommen.«

Doch Lorna fand, dass sie skeptisch wirkte, als würde sie den Platz im Nu anderweitig vergeben, wenn ein renommierterer Künstler des Weges käme.

Nachdem Kirstie und Peter sich verabschiedet hatten, fragte Philly: »Wusstest du, dass Jack berühmt ist?«

Lorna schüttelte den Kopf.

»Dann hast du ihn also nicht gegoogelt, oder?«

»Nein. Das hätte sich wie Stalking angefühlt. Und ich möchte auch eigentlich nicht wissen, wie alt er ist.«

»Nun, offensichtlich spielt es keine Rolle. Trefft ihr euch denn schon mal?«

Lorna nickte. »Aber es ist natürlich nichts Ernstes.«

»Wie meinst du das? Magst du ihn nicht?«

»Doch – na ja, weißt du, es kommt mir nicht richtig vor …« Sie beschloss, das Thema zu wechseln, bevor es zu kompliziert wurde. »Hey! Habe ich dir schon erzählt, dass mein Sohn für ein paar Tage kommt? Ich lade euch alle zum Abendessen ein. Das heißt, falls ich mich traue, Lucien zu bewirten!«

»Das wäre super. Allerdings weiß ich nicht, ob er überhaupt kommen kann. Er arbeitet momentan bei dem Pferderennen, und nebenbei versucht er – wahrscheinlich auf irgendeine krumme Tour –, Geld für seine Bäckerei aufzutreiben.« Sie schnitt eine Grimasse. In dem Augenblick piepte ihr Handy. Sie zog den Gartenhandschuh aus und nahm das Gerät aus der Tasche. »Ach, wenn man vom Teufel spricht! Eine Nachricht von Lucien.«

»Was schreibt er denn?«, wollte Lorna wissen.

Philly überflog den Text.

Hi! Bus hat schlappgemacht. Könntest du oder könnte Seamus vielleicht mit dem Abschleppwagen kommen und mich abholen? Ich würde nicht darum bitten, wenn ich nicht so verzweifelt wäre.

»Ach du meine Güte!«, rief Philly aus. »Er ist mit seinem Bus zum Rennen gefahren und hatte eine Panne; jetzt muss er abgeschleppt werden. Am besten rufe ich sofort Grand an.«

Sie kümmerte sich umgehend darum und fragte ihren Großvater, ob er Lucien helfen könnte.

»Philly, Liebes, warum machst du das nicht? Ich bin gerade beschäftigt«, antwortete Seamus.

»Wirklich? Ich dachte, du würdest sicher liebend gern fahren!« Philly wusste, dass ihr Großvater es mehr als alles andere liebte, Leuten zu helfen. Er fühlte sich dann immer gebraucht und nützlich.

»Es wird schrecklich viel los sein. Ich möchte lieber nicht. Kümmer du dich darum.«

»Ich arbeite!«, erwiderte Philly und fing Lornas amüsierten Blick auf.

»Du bist deine eigene Chefin, Philly. Fahr hin und hole Lucien aus dem Sündenpfuhl, in den du ihn am Montag geschickt hast.«

»Es ist das Pferderennen von Newbury, Grand ...«

»Komm schon.« Seamus blieb hartnäckig. »Du fährst diesen Abschleppwagen genauso gut wie ich.«

Philly beendete das Gespräch. »Grand will ihn nicht abholen. Macht es dir was aus, wenn ich fahre?«

»Natürlich nicht. Du kannst über deine Arbeitszeit schließlich frei verfügen. Und ich brauche auch eine Pause. Ich muss mich mehr reinhängen, um zusätzliche Unterstützung zu bekommen – sonst wird die Öffnung der Gärten eine Blamage.«

Philly sammelte ihre Gartengeräte ein und steckte die Thermoskanne in die Tasche. »Ich werde mich auch bemühen, Leute aufzutreiben. Bist du sicher, dass es dir nichts ausmacht, wenn ich dich jetzt allein lasse?«

»Los mit dir! Hol deinen Freund ab!«

»Er ist nicht mein Freund!« Doch im Stillen fragte Philly sich, wie lange das noch der Wahrheit entsprechen mochte. Ihr Herz machte bei dem Gedanken einen kleinen Satz.

Als Philly später in Newbury eintraf, erlaubte sie sich ein bisschen Vorfreude. Sie hatte Lucien vermisst. Er verbreitete stets gute Laune und war außerdem sehr süß.

»Also!«, sagte sie am Telefon zu ihm. »Ich bin da. Der Parkplatz ist voll. Wo steht dein Bus?«

»Ich komme zu dir. Wo bist du gerade?«

Nachdem sie Lucien so viele Hinweise wie möglich zu ihrem Standort gegeben hatte, fuhr sie an die Seite und stellte sich auf eine lange Wartezeit ein. Um sie herum parkten Tausende Autos. Lucien würde sie niemals finden. Wenigstens erwartete er nicht von ihr, dass sie ihn suchen ging.

Doch das Warten wurde nicht langweilig. Die ganze Welt schien an ihr vorbeizuflanieren. Manche Besucher trugen besondere Kleidung fürs Pferderennen: Tweed, elegante lange Jacken in traditionellem Grün, direkt von Herrenausstattern, die schon lange im Geschäft waren. Andere sah man in ihren alten Barbour-Jacken über Cordhosen, wieder andere wirkten – wie Phillys Mutter es beschreiben würde – »proletenhaft«. Sie entdeckte nicht viele Frauen mit ausgefallenen Hüten; sie waren wahrscheinlich auf den Tribünen zu finden. Es herrschte eine wirklich großartige Atmosphäre, und sie erkannte viele irische Landsleute, die eindeutig zu identifizieren waren – an ihrer frischen Gesichtsfarbe und der guten Laune.

Endlich entdeckte sie Lucien. Er kam in seiner Kochkleidung auf sie zu und sah unverschämt gut aus, obwohl er abgehetzt und durcheinander wirkte.

Er kletterte in den Truck und küsste sie auf die Wange. »Okay, in diese Richtung. Folge dem Auto da; mein Kumpel Spike sitzt am Steuer. Er wird dir zeigen, wo du parken kannst.«

»Was ist mit deinem Bus? Sollten wir den nicht aufladen?«

»Erst nach dem letzten Rennen. Ich habe gewettet!«

»Oh Gott, du hast doch nicht deinen Tageslohn auf ein Pferd gesetzt?«

»Ähm, das nicht gerade.«

Philly wagte nicht, den Wagen aus den Augen zu lassen, der sie durch das Gewühl leitete. Daher konnte sie Lucien nicht anschauen, als sie die nächste Frage stellte. »Und das heißt?«

»Ich habe eine Schiebewette laufen. Das bedeutet, wenn man in einem Rennen setzt und gewinnt, dann wird der Gewinn als Wetteinsatz für ...«

»Ich weiß, was das ist. Du bist verrückt, weißt du das?«

»Nicht verrückt, sondern verzweifelt. Ich brauche Geld, um meine berufliche Karriere in Schwung zu bringen, das weißt du doch. Wenn das hier glückt, habe ich genug Kapital, um zu meinem Patenonkel zu gehen und ihn zu bitten, mir den Rest zu leihen.«

»Du könntest auch sparen«, erwiderte Philly. »Warum machst du nicht einfach weiter wie bisher, arbeitest hart und legst dir immer etwas Geld zur Seite?« Noch während sie sprach, hatte sie das schreckliche Gefühl, sich wie ihre Mutter anzuhören.

»Ich bin ungeduldig. Ich könnte mehr als dreitausend Pfund gewinnen. Das wäre ausreichend.«

»Müsstest du deinem Patenonkel erzählen, woher das Geld stammt? Würde er das nicht missbilligen?«

Lucien lachte laut. »Guter Gott, nein! Er war immer schon ein passionierter Spieler. Genau deshalb hoffe ich auch, dass er das Risiko eingehen wird, mir Geld zu geben. Kannst du sehen, wo Spike hinfährt?«

Als Lucien sie hinter sich her durch die Menschenmenge zog, die größtenteils in die andere Richtung zu streben schien, wurde Philly ebenfalls von Aufregung erfasst. Sie erlebte eine

Art Abenteuer – mit einem jungen Mann, den sie richtig gern hatte. Für ihn stand eine Menge auf dem Spiel – im wahrsten Sinne des Wortes –, und weil er ihr etwas bedeutete, zitterte und bangte sie mit ihm.

Er führte sie auf eine Stelle am Geländer zu. »Das ist ein super Platz; von hier aus sehen wir gut.«

»Solltest du nicht gerade arbeiten?«

Er schüttelte den Kopf. »Wir sind fertig, müssen nur noch aufräumen. Mein Chef weiß, was ich mit dem Geld vorhabe – und mit meinem Anteil an den Trinkgeldern. Deshalb hat er zugestimmt, dass ich dich suchen gehe und mit dir das letzte Rennen anschaue.« Er zögerte kurz. »Obwohl es streng genommen nicht erlaubt ist zu wetten, wenn man hier arbeitet.«

»Grand konnte nicht kommen. Schade, er liebt Pferderennen.«

»Du nicht?«

»Nicht so sehr wie er.«

»Ich freue mich, dass du gekommen bist. Du hast mich so sehr unterstützt, du solltest dabei sein, wenn mein Pferd über die Ziellinie läuft!«

Philly schüttelte den Kopf und lachte verzagt. »Manchmal kommen die Pferde nicht ins Ziel, weißt du? Ich habe auch einen Onkel, der auf Pferde wettet. Meistens hat es nicht funktioniert.«

»Bei mir ist das anders, du wirst schon sehen!« Lucien strotzte vor Selbstvertrauen.

Zufällig standen sie in Hörweite des Kommentators, wodurch Philly eine kurze Zusammenfassung über die Reiter und Pferde erhielt. Alle schienen zu glauben, dass der Favorit gewinnen würde. Sie entspannte sich ein bisschen. Anscheinend war Lucien doch nicht völlig verrückt. Sie rutschte ein Stückchen näher an ihn heran und drückte seine Hand. Er schaute auf sie hinunter und grinste. »Das wird der Grundstein zu meinem eigenen Unternehmen, Philly. Du wirst schon sehen!«

Es dauerte eine gefühlte Ewigkeit, bis die Pferde startbereit waren. Philly und Lucien standen in der Nähe der Ziellinie und konnten nur über einen Bildschirm erkennen, was sich am Start abspielte. Allerdings verrenkte Philly sich dabei fast den Hals und gab schließlich auf, weil ihr Nacken so sehr schmerzte. Endlich kam der Schrei: »Sie sind gestartet!«

Der Kommentator konzentrierte sich auf den Favoriten. Anscheinend meisterte er das Rennen problemlos. Begeistert drückte Philly Luciens Hand und schaute ihn an, um den Moment mit ihm zu teilen.

Er lächelte nicht.

»Lucien!«, rief sie. »Bist du in Ordnung?«

»Nicht wirklich. Ich habe nicht auf den Favoriten gesetzt. Die Quote für einen Außenseiter war viel höher.«

Auf einmal fror Philly. Nervös leckte sie sich über die Lippen. Er würde alles verlieren. Es war nicht der richtige Zeitpunkt, ihn darauf aufmerksam zu machen, dass man nicht auf das Pferd mit der besten Quote, sondern auf das mit der höchsten Gewinnchance setzte.

Dann hörte sie ein »Oh nein!« des Kommentators. »Der Favorit ist gestürzt. Er hat sich zum Glück schon wieder aufgerappelt und wirkt unverletzt, aber er hat die Führung verloren. Ich bezweifle, dass er den Rückstand noch aufholen kann. Das Rennen ist wieder völlig offen ...«

»Welches Pferd? Auf welches Pferd hast du gesetzt?« Philly musste schreien, um sich Gehör zu verschaffen. Die Zuschauer brüllten so laut, dass Philly die Vibration des Lärms in den Füßen spüren konnte.

Lucien rief ihr etwas ins Ohr, doch sie verstand ihn nicht.

Sie drehte sich um, damit sie den Bildschirm sehen konnte.

Eine größere Gruppe Pferde lief ganz vorne, und außen näherte sich ein einzelnes Tier. Ihr sechster Sinn sagte ihr, dass dies das Pferd sein musste, auf das Lucien gesetzt hatte.

Es gelang ihr, den Namen zu verstehen, den der Kommentator rief: *Baker's Dozen* – Bäckerdutzend. Sie wandte sich wieder Lucien zu und schloss kurz die Augen. Sie wollte nicht sehen, wie das Pferd fünf Minuten später als alle anderen ins Ziel humpelte. Lucien würde ihre Unterstützung brauchen.

»Es ist *Baker's Dozen*, stimmt's? Du hast auf dieses Pferd gesetzt, weil dir der Name gefällt und die Gewinnquote super war?« Sie begriff, dass er sie wahrscheinlich nicht verstehen konnte, und das war auch gut so. Er wusste sicher selbst, dass er einen schrecklichen Fehler begangen hatte. Sie musste nicht auch noch den Finger in die Wunde legen. Philly machte sich auf seine bodenlose Enttäuschung gefasst und war froh, dass sie hier war, um ihn nach Hause zu bringen.

Da drückte er plötzlich ihre Finger. Das Geschrei der Menge war so unglaublich laut, dass Philly den Kommentator kaum noch verstehen konnte, doch irgendwie hörte sie trotzdem den Namen *Baker's Dozen*. Das Donnern der Pferdehufe klang wie ein Steinschlag, der immer näher kam. Als die Gruppe vorbeischoss, hatte Philly keine Ahnung, wer in Führung lag.

Und dann kristallisierte sich aus dem allgemeinen Gebrüll ein Name heraus: »*Baker's Dozen*!«

Der Kommentator rief: »*Baker's Dozen* hat gewonnen – er hat alle andere Pferde hinter sich gelassen …«

Lucien hob Philly hoch und umarmte sie so fest, dass sie weder atmen noch sich rühren konnte. »Wir haben gewonnen!«, schrie er. »Wir haben gewonnen!«

Sie hüpften auf und ab wie zwei Pogo-Sticks, die man zusammengeschweißt hatte. Dann küsste er sie, erst auf die Wange und dann auf den Mund.

»Komm, lass uns unseren Gewinn abholen. Der Buchmacher müsste gleich da drüben sein ...«

Er war so aufgeregt und begeistert, dass Philly ihre Befürchtung, der Buchmacher könnte sich aus dem Staub gemacht haben, nicht aussprechen wollte. Sie ärgerte sich über sich selbst, weil sie so pessimistisch war, doch in ihrer Vorstellung verdiente man sich sein Geld durch Arbeit. Man bekam es nicht, indem man hart erarbeiteten Lohn auf das richtige Pferd setzte.

Jetzt lief sie hinter Lucien her, der sie an der Hand mit sich zog. Sie hatte Mühe mitzuhalten, während er sich durch die Menschenmenge schlängelte. Mit jedem Schritt wurde ihr das Herz schwerer. Sie hatte kein gutes Gefühl bei der Sache.

Als er abrupt stehen blieb, prallte sie gegen ihn. »Er war hier! Der Buchmacher war hier.«

»Wie viel ist er dir schuldig?«, wollte Philly wissen.

»Mehr als dreitausend Pfund.«

Sie biss sich auf die Lippe. Sie sollte jetzt mutig sein und ihm erklären, dass dies eine Riesensumme war und ein kleiner Buchmacher diesen Betrag vielleicht nicht aufbringen konnte.

»Ach!«, sagte Lucien in diesem Moment. »Da ist er ja. Der Mann in dem smaragdgrünen Anzug.« Philly folgte ihm etwas langsamer. Sie war hier, um die Scherben aufzukehren; hoffentlich musste sie Lucien nicht davon abhalten, einen Streit vom Zaun zu brechen.

Doch alle waren offensichtlich sehr guter Dinge. Allerdings klopfte Lucien sich auf ziemlich dramatische Weise sämtliche Taschen ab.

»Du hast doch nicht etwa deinen Wettschein verloren?«, fragte Philly. Ihr Magen benahm sich bei jeder neuen Krise, die sich dann in Wohlgefallen auflöste, wie eine Waschmaschine im Schleudergang. Diese letzte Krise könnte die schlimmste werden, denn sie war die einzige, die man niemand anders anlasten konnte – weder dem Tippgeber noch dem Pferd noch dem Buchmacher. Hierfür war Lucien allein verantwortlich.

Dann steckte er die Hand in die oberste Tasche und zog ein ziemlich zerknittertes Stück Papier heraus, dessen Ränder mit leuchtend grünen Hufeisen versehen waren. Er warf Philly, der der Schweiß den Rücken herunterlief, einen Blick zu. »Ich hab dich nervös gemacht, stimmt's?«

»Du kannst eingebildet grinsen, wenn du das Geld in der Hand hast, Lucien.«

»Hoppla, Mäuschen!«, meinte der Buchmacher. »Du willst doch nich' etwa sagen, dass ich nich' zahlen werde, oder doch?«

»Es ist viel Geld«, erwiderte Philly mit Nachdruck.

»Stimmt!« Der Buchmacher zwinkerte ihr zu. »Aber das is' kein Problem, denn da der Favorit nicht gewonnen hat, sin' die Buchmacher alle glücklich.«

Sie zwang sich zu einem Lächeln, während sie sich wünschte, sie wüsste, wovon er redete. Doch als sie das Bündel Banknoten sah, das er aus der Innentasche zog und Lucien in die Hand zählte, verwandelte sich ihre Grimasse in ein echtes Lächeln.

»Nun«, sagte der Buchmacher und zwinkerte diesmal Lucien zu, »zieh los und hau das Geld für deine Freundin auf den Kopf, um sie zu versöhnen.«

Lucien grinste, legte Philly den Arm um die Schulter und zog sie an sich. »Mache ich.«

»Was der Typ nicht weiß, ist, dass ich mit dem Geld etwas sehr Vernünftiges anstellen werde«, fuhr er fort, als sie sich außer Hörweite befanden.

»Was er auch nicht weiß, ist, dass ich nicht deine Freundin bin«, konterte Philly.

»Wirklich nicht? Nun, daran sollten wir arbeiten. Ich

glaube, du würdest eine großartige Freundin abgeben!« Er zog sie noch dichter an sich. »Da ich jetzt ein vermögender Mann bin: Würdest du es in Erwägung ziehen, mich als deinen Freund zu akzeptieren?«

»Ich denke darüber nach«, antwortete sie glücklich.

15. Kapitel

Einige Wochen später öffnete Lorna die Tür und breitete die Arme aus. Ihr Sohn, unglaublich groß und gut aussehend, stand auf der Schwelle.

Nachdem sie sich geküsst und umarmt hatten, sagte Lorna: »Wie schön, dich zu sehen! Komm rein.«

Leo stellte den Rucksack auf dem Boden ab. »Ich habe noch mehr Sachen im Auto, aber das hat Zeit.«

»Natürlich«, erwiderte Lorna, während sie sich fragte, warum er mehr als einen Rucksack voll Kleidung mitgebracht hatte. »Es ist fast Mittag. Was möchtest du trinken? Lieber Tee oder Wein?«

»Beides!« Leo lächelte ihr liebevoll zu. »Aber bitte zuerst Tee.«

Sie gingen in die Küche. »Das ist wirklich ein sehr hübsches Häuschen.« Er schaute sich um. »Ich hatte ganz vergessen, wie geräumig es ist.«

»Das liegt daran, dass du mich erst einmal besucht hast, und das war, als du mir beim Einzug geholfen hast. So geräumig ist es auch gar nicht; es gibt nur ein Schlafzimmer.« Sie lächelte, um ihm zu zeigen, dass sie keinen Groll hegte.

»Du hast es schön eingerichtet.« Er zog sich einen Stuhl heran und setzte sich. »Und du hast Schokoladenkuchen gebacken! Du bist die Beste.«

»Nun, das stimmt« entgegnete Lorna und setzte den Kessel auf, »aber nicht, weil ich einen Kuchen für dich gebacken habe.«

Als der Tee fertig war und sie Kuchen aßen, erkundigte sie sich: »Und, was gibt's Neues?«

»Ich habe eine gute und eine schlechte Neuigkeit. Welche möchtest du zuerst hören?«

Lornas Stimmung kippte ein bisschen. Obwohl Leo und sie sich richtig gut verstanden, besuchte er sie nicht häufig. Deshalb ließ sein unerwarteter Besuch nicht nur Gutes ahnen. »Nun, dann zuerst die schlechte Nachricht, solange wir noch Kuchen essen.«

»Ich habe keinen Job mehr. Es war nicht meine Schuld, die Firma hat dichtgemacht.« Er seufzte und lächelte wehmütig. »Und gleichzeitig habe ich mit meiner Freundin Schluss gemacht. Aber das eine hatte mit dem anderen nichts zu tun.«

»Ach, mein Lieber, das sind ja gleich zwei traurige Nachrichten. Was ist denn die frohe Botschaft?«

»Ich werde eine Zeit lang bei dir wohnen! Du wolltest ja immer, dass ich dich öfter besuche – jetzt hast du mich jeden Tag um dich.«

Lorna trank einen Schluck Tee. Natürlich war es wunderbar, ihn zu sehen, aber dass ihr erwachsener Sohn bei ihr lebte, war nicht geplant gewesen. Es war nicht so einfach, sich die Wohnung mit ihm zu teilen. Er brauchte viel Platz. »Aber Leo, dieses Haus hat, wie gesagt, nur ein Schlafzimmer.«

Er wirkte ein bisschen ernüchtert. »Ach, so ein Mist! Doch wir bekommen das trotzdem hin. Ich kann auf dem Sofa schlafen.«

»Natürlich kannst du so lange bleiben, wie es notwendig ist, aber es kann keine Dauerlösung sein. Das Haus ist einfach nicht groß genug.«

Er runzelte die Stirn. »Oh. Ich habe ein Vorstellungsgespräch in Grantminster. Das Gehalt ist nicht üppig, doch ich dachte, es wäre schön, in deiner Nähe zu sein.« Auf seinem

Gesicht erschien das Grinsen, mit dem er sie früher dazu gebracht hatte, Entschuldigungen für ihn zu schreiben, weil er seine Hausaufgaben nicht gemacht hatte. »Bei dir, um genau zu sein.«

Lorna streckte die Hand aus und tätschelte ihm den Arm. »Noch Kuchen?«

»Ja, bitte. Warum willst du mich nicht hier haben? Hast du einen Freund, von dem ich nichts wissen soll?« Er lachte, um anzudeuten, wie lächerlich er die Vorstellung fand.

»Natürlich nicht!« Sie stimmte in sein Lachen ein. »Aber es gibt kein separates Zimmer für dich. Da wäre noch ein winziger Abstellraum, doch den müsste man mal richtig ausmisten.«

»Ich habe mich immer gefragt, ob dieser Peter nicht eine Schwäche für dich hat.«

Anscheinend wollte Leo nicht über das fehlende Schlafzimmer nachdenken. Lorna fand sich damit ab, dass sie den Abstellraum ausräumen musste. »Nein, hat er nicht. Er hat eine neue Freundin, viel jünger und hübscher als ich.«

»Ich kann nicht sagen, dass mir das leidtut. Ich fand immer, er hatte ein bisschen was von einem ...« Er zögerte.

»Von was?«, hakte Lorna nach.

»Von einem Lustmolch.« Er klang entschuldigend.

Lorna runzelte die Stirn. »Ich weiß nicht, warum du diesen Eindruck gewonnen hast. Seit du erwachsen bist, hast du Peter doch kaum noch gesehen.«

Leo hob die Hände. »Ich weiß es nicht! Vielleicht liegt es auch nur daran, dass mir die Vorstellung nicht behagt, ein Mann könne mit meiner Mum rummachen.«

Lorna bekam prompt ein schlechtes Gewissen, als hätte sie eine ausgewachsene Affäre mit einem Mann in Leos Alter, was natürlich ausgemachter Blödsinn war. »So schrecklich ist die Vorstellung doch nicht, oder?«

Er zuckte mit den Schultern. »Na ja, irgendwie schon. Aber zerbrich dir darüber nicht den Kopf, Mum. Single zu sein ist angesagt. Und es macht dir ja auch nichts aus, oder? Du hast schließlich jede Menge Freunde.«

Sie hatte tatsächlich gute Freunde, doch in dieser Gegend waren es nicht so viele. Lorna begriff, dass er wahrscheinlich an die kleine Stadt dachte, in der sie während seiner Kindheit gelebt hatten. Dort hatte sie tatsächlich einen großen Freundes- und Bekanntenkreis gehabt. Allerdings war es wesentlich schwieriger, Leute kennenzulernen, wenn man keine kleinen Kinder mehr hatte. Und obwohl sie in ihrem Cottage auf dem Burthen-Anwesen voll und ganz zufrieden war, fühlte sie sich manchmal einsam. »Es ist nicht mehr ganz so wie damals, als wir noch in Surrey gewohnt haben«, entgegnete sie nachsichtig, »doch ich komme schon klar.«

»Wo ist noch mal das Bad? Ach ja … Danach hole ich meine Sachen rein.« Als Leo aufstand und sich streckte, wirkte die Küche sofort viel kleiner.

»Gut«, sagte sie. »Aber es kann nur eine vorübergehende Lösung sein, bis du etwas Passenderes gefunden hast.«

Während Lorna sich ums Mittagessen kümmerte, sah Leo im Wohnzimmer fern. Mit seinen Habseligkeiten darin schien der Raum auf einmal geschrumpft zu sein. Sie stellte fest, dass ihre Freude über das Wiedersehen mit ihrem Sohn getrübt war. Eigentlich sollte sie sich wahnsinnig freuen, ihn hier zu haben – was sie auch tat –, doch sie fand den Gedanken ernüchternd, dass ihr hübsches kleines Haus nun mit seinen Lautsprecherboxen, Computern und anderem Zeug vollgestellt war. Und angenommen, sie wollte sich tatsächlichen einen Freund zulegen? Würde ihr Sohn, der nun bei ihr wohnte, sich aufführen wie ein sittenstrenger Vater? Würde ihr liebenswerter Leo sich in eine Art Tyrann verwandeln, wenn Jack vorbeischaute? Müssten sie sich heimlich verabreden? Das hörte sich zwar einerseits lustig an, andererseits war es jedoch wirklich lächerlich. Sie war eine Frau in den Fünfzigern: Da sollte es doch eigentlich ihre Entscheidung sein, ob sie ein Liebesleben hatte oder nicht!

Doch als sie die zweite Flasche Wein öffnete – die erste hatte sie gleichmäßig zwischen Leo, sich selbst und der Schmorpfanne aufgeteilt –, wurde ihr klar, dass sie voreilige Schlüsse gezogen hatte. Leo hatte seinem Unbehagen Ausdruck verliehen, das er bei dem Gedanken empfand, seine Mutter könnte mit einem Mann »rummachen« (sie fröstelte leicht, als sie sich an diese Formulierung erinnerte), doch das war bestimmt reine Theorie. Wenn er Jack erst kennenlernte und feststellte, wie nett und anständig er war, würde er bestimmt anders darüber denken. Oder vielleicht nicht?

Einige Tage später stand Lorna besonders zeitig auf. Es war der Tag vor der großen Garten- und Skulpturen-Ausstellung, und sie wollte so früh wie möglich dort sein. Sie hatte eine Kiste voll schwarzer Stiefmütterchen, die sie noch pflanzen wollte, bevor die Kunstwerke geliefert wurden und sie wahrscheinlich von ihrer Arbeit ablenken würden.

Doch obwohl es bei ihrer Ankunft im Garten erst sieben Uhr war, stieß sie auf Kirstie, die ein Klemmbrett in der Hand hielt und sehr aufgeregt wirkte.

»Es wird doch alles rechtzeitig fertig, oder?«

»Natürlich«, antwortete Lorna und hoffte, dass ihre Gereiztheit nicht zu offensichtlich war. »Um acht kommen zwei Frauen, die beim Pflanzen helfen. Mein Sohn wird gleich hier sein, um zu fegen und aufzuräumen, und Philly und ich kümmern uns um alles andere. Und es ist Aufgabe der Bildhauer, ihre Werke zu installieren.«

»Nun, das werden sie auch tun. Jack hat geschrieben, dass er später kommt.«

Lorna strich sich die Haare aus den Augen. »Ja.« Er hatte ihr ebenfalls geschrieben. Seit Leo vor einer knappen Woche bei ihr eingezogen war, hatte sie Jack nicht mehr gesehen und war gespannt auf ihre nächste Begegnung. Die beiden Männer würden sich bestimmt gut verstehen. Dennoch war sie ein bisschen besorgt.

»Nun«, fuhr Kirstie fort, die nicht wissen konnte, was Lorna durch den Kopf ging, während sie sich den Anschein gab, aufmerksam zuzuhören. »Ich weiß nicht mehr, ob ich es Ihnen schon erzählt habe, doch wir haben in letzter Minute noch Ben Hennessy für die Ausstellung gewinnen können!«

Lorna runzelte die Stirn. Sie sollte den Namen wohl kennen, konnte ihn aber momentan nicht zuordnen. Kirstie hatte den Namen so betont, als wäre der Künstler sehr bekannt.

»Sie wissen doch, wer das ist, oder?« Kirstie war ungeduldig. »Er ist gerade erst mit dem Turner-Preis ausgezeichnet worden.«

Lorna entspannte sich. Dann war er also offenbar noch keine allseits bekannte Berühmtheit. »Oh! Das ist ja prima!«

»Ja. Er kommt später vorbei. Nachdem wir mit ihm und seinem Team zu Mittag gegessen haben, werden sie entscheiden, wo seine Skulptur aufgestellt werden soll.« Sie schwieg kurz. »Eigentlich würde sie da oben gut hinpassen, oberhalb dieses Gartens.« Sie zeigte auf exakt die Stelle, die Jack ausgewählt hatte. Kirstie wusste das; es war so besprochen. Es sollte auch auf ihrem Klemmbrett notiert sein.

Lorna schluckte und versuchte zu ergründen, wie Kirstie

tickte. Würde die Stelle in Kirsties Augen für Ben Hennessy noch erstrebenswerter sein, wenn sie sie daran erinnerte, dass Jack diesen Platz gern haben wollte?

»Nun«, sagte sie beiläufig, »ich kenne das Ausstellungsstück nicht, doch wenn es recht klein ist, könnte es da gut wirken.« Sie machte eine kurze Pause. »Wenn es allerdings größer ist, wäre der beste Platz direkt am See.«

»Es ist tatsächlich groß«, antwortete Kirstie. »Es handelt sich um eine moderne Fassung von *Die Bürger von Calais*. Sie kennen bestimmt diese riesigen Figuren von Rodin.«

»Ich weiß, welches Stück Sie meinen. Ich habe die Kunstakademie besucht.«

»Bens Werk ist nicht genauso. Es sind keine richtigen Gestalten, sondern eher Gebilde aus Bronze, die sich zusammendrängen und nach dem Licht greifen.«

»Oh.« Lorna versuchte, diese Beschreibung mit *Die Bürger von Calais* in Einklang zu bringen.

»Glauben Sie nicht, es wäre schwierig, eine große Skulptur am See zu installieren?«, fragte Kirstie. »Der Weg dorthin ist ziemlich steil.«

»Ben Hennessy lässt seine Skulptur bestimmt von Profis aufstellen«, entgegnete Lorna und gab sich zuversichtlich, dass das auch stimmte. »Und sie würde an dem Platz sicher umwerfend aussehen.« Dasselbe würde für Jacks Ausstellungsstück gelten, doch sie war sich eigentlich sicher, dass er nicht über ein professionelles Team zum Installieren verfügte. Daher wollte sie, dass er den Platz bekam, der leichter zugänglich war.

Glücklicherweise lächelte Kirstie. »Ich kann Ihren Standpunkt nachvollziehen. Das Stück kommt dort bestimmt großartig zur Geltung. Es würde sich sogar im Wasser spiegeln.« Sie zögerte kurz. »Peter und ich denken darüber nach, es zu kaufen. Es kostet natürlich mehrere Hunderttausend Pfund, aber der

Wert wird steigen. Ich glaube, ein paar Kunstwerke würden den Garten stark aufwerten.«

Aus irgendeinem Grund hatte Lorna den Ausdruck »Kunstwerk« noch nie gemocht. »Warum kaufen Sie nicht Jacks Skulptur? Sie wäre nicht annähernd so teuer.«

Kirstie warf ihr einen Blick zu. »Weil Jack nicht den Turner-Preis bekommen hat.«

Lorna zuckte mit den Schultern. »Rodin auch nicht.«

Obwohl sie im Garten gearbeitet hatte, bis das Licht nachließ – was sehr spät gewesen war – und sie erschöpft ins Bett gefallen war, wachte Lorna am nächsten Tag früh auf. Nun war es also so weit: Das war der Tag, auf den sie hingearbeitet hatten. Es kam ihr so vor, als hätten die Vorbereitungen eine Ewigkeit gedauert. Als sie in die Dusche trat, war ihr dennoch klar, dass es gar nicht so lange gewesen war.

Kirstie hatte wie besessen die Wetter-App auf ihrem Handy konsultiert und die Ergebnisse verkündet, während sie in den Gärten herumgelaufen war, Anweisungen erteilt, Hinweisschilder aufgestellt und Installationen überwacht hatte. Doch da die Wettervorhersage sich recht häufig änderte und man ohnehin nichts am Wetter ändern konnte, hatte Lorna ihr nur wenig Aufmerksamkeit geschenkt.

Rasch zog sie sich an, legte ein bisschen Make-up auf und machte sich nach einer schnellen Tasse Tee und einem bisschen Brot mit Butter auf den Weg zu den Gärten. Sie wollte dort sein, bevor Kirstie mit ihrem Klemmbrett auftauchte.

Sie war sich bewusst, dass sie das Haus ein wenig chaotisch zurückgelassen hatte, doch vielleicht würde Leo vor seinem Aufbruch noch aufräumen. Sie hatte beschlossen zu genießen, dass er bei ihr wohnte, auch wenn er viel Platz beanspruchte, weil er im Wohnzimmer schlief. Allerdings vermisste sie es, in ihre kleine Ruheoase zurückzukehren, wenn sie müde war.

Der Tag wird perfekt, dachte sie, als sie durch den morgendlichen Nebel auf das Tor zusteuerte und die Zufahrt hinaufging. Große Kübel mit Blumen standen vor den Säulen des Hauses. Die Spuren des vor Kurzem erworbenen Aufsitzrasenmähers waren überall zu erkennen. Burthen House und seine Umgebung schienen förmlich zu strahlen.

Lorna erlaubte sich nur ein paar Sekunden, um die Verschönerung des Hauses zu bewundern, dann steuerte sie sofort den italienischen Garten an, in dem es nun wunderschön rot und schwarz blühte. Philly war es gelungen, massenhaft *Queen of the Night*-Tulpen bei einer anderen Gärtnerei aufzutreiben, die diese für eine Gartenausstellung in niedrigen Töpfen in zu großer Menge gezogen hatte. Außerdem hatten sie *Bishop of Llandaff*-Dahlien mit scharlachroten Blüten und dunklem Laub, *Black Barlow*-Akelei, Alpenschlüsselblumen, dunkelblättrige Bergenien und tiefrote Kapuzinerkresse mit dunklem Blattwerk gepflanzt. Lorna und Philly waren begeistert.

Lorna fand Jacks Skulptur, eine männliche Figur, die ein Lamm auf den Armen trug, perfekt. Sie war inzwischen oberhalb des italienischen Gartens installiert worden.

Sie dachte gerade darüber nach, ob sie das Werk so sehr bewunderte, weil es ein wirklich großartiges Beispiel für figürliche Plastik war, bei der jeder Muskel und jede Sehne des Mannes klar definiert waren, oder ob es daran lag, dass Jack der Bildhauer war, als er plötzlich auftauchte.

»Ich habe gehofft, dich hier anzutreffen«, sagte er. »Wenn nicht, wäre ich zu dir nach Hause gekommen.«

Nur ganz kurz ließ sie den Gedanken zu, was für einen Empfang Leo ihm wohl bereitet hätte, wenn er seine Mutter beim Frühstück mit einem fremden Mann vorgefunden hätte.

»Nun, ich bin hier. Sie sieht gut aus, nicht wahr?« Sie deutete auf seine Skulptur, die ernst und unerschrocken über den schwarz-roten italienischen Garten blickte.

»Ja«, antwortete er, betrachtete aber nicht die Blumen und die Skulptur, sondern Lorna. Sie wurde rot.

»Ich mache gleich einen Rundgang und kontrolliere den Rest. Ich habe meine Bemühungen und die meines Teams hauptsächlich auf diesen Garten konzentriert.«

»Das klingt vernünftig. Wenn du schon nicht die gesamten Gärten in der zur Verfügung stehenden Zeit restaurieren konntest – und das hätte nicht einmal mit Hunderten von Helfern funktioniert –, macht es Sinn, einen Teilbereich perfekt zu gestalten.«

»Das habe ich mir auch gedacht.« Sie wollte nicht, dass er ging. Daher sagte sie spontan: »Hast du gehört, dass sich auch ein Gewinner des Turner-Preises unter den Ausstellern befindet?«

»Ben Hennessy? Ja, ein alter Kumpel von mir. Ich kenne ihn seit Jahren. Ich freue mich schon auf sein Ausstellungsstück. Weißt du, wo es steht?«

»Unten am See«, antwortete Lorna. »Ich habe den Platz vorgeschlagen. Ich dachte, es wäre ... na ja, eine gute Stelle.«

»Aber nicht so gut wie meine«, erwiderte Jack.

»Das muss Kirstie ja nicht wissen.«

»Du hast dafür gesorgt, dass ich diesen Platz behalte?« Er schnippte mit den Fingern.

Lorna nickte. »Du warst zuerst da. Ich habe nicht eingesehen, warum du diese wunderbare Ausstellungsfläche aufgeben solltest.«

Er lächelte ein bisschen schief. »Das ist gut.«

Lorna war sich nicht ganz sicher, ob er nicht etwas anderes meinte. »Möchtest du mich auf meiner Gartenrunde begleiten?«, schlug sie vor. »Du könntest dir ein Bild von den Werken der Konkurrenz machen.«

»Ich würde mir gern Bens Stück ansehen. Es war bestimmt ein Spaß, es aufzustellen.«

»Ich glaube nicht, dass die Monteure so viel Spaß hatten.«

Er lachte. »Ach, mach dir keine Sorgen um sie. Sie werden großzügig entlohnt.«

»Ich glaube, er hat seine eigene Schwerlast-Hebevorrichtung mitgebracht.«

Jack nickte. »Klingt ganz nach Ben. Aber er ist ein Pfundskerl. Und ein sehr talentierter Künstler.«

»Kirstie ist sehr beeindruckt von ihm. Sie hat gesagt, dass Peter und sie darüber nachdenken, sein Ausstellungsstück für mehrere Hunderttausend Pfund zu kaufen.« Lorna wusste, dass sie es besser dabei belassen sollte, dennoch konnte sie sich nicht verkneifen, noch hinzuzufügen: »Ich habe ihr vorgeschlagen, deine Skulptur zu erwerben. Eine viel bessere Geldanlage.«

Jack zuckte mit den Schultern. »Ich habe den Turner-Preis nicht bekommen.«

»Genau das hat Kirstie auch gesagt. Ich habe sie darauf aufmerksam gemacht, dass du das mit Rodin gemeinsam hast.«

Er lachte. »Vielleicht sollte ich dich als meine Agentin engagieren.«

Sie schüttelte den Kopf. »Ich wäre ein hoffnungsloser Fall. Jetzt komm, ich muss die Gärten kontrollieren.«

Lorna musste auf ihn verzichten, als er seinen alten Freund Ben traf, der gerade seine Bronzestatue inspizierte. Das Kunstwerk sah sehr gut aus, wie Lorna zugeben musste. Sie setzte ihren Rundgang fort und überließ die beiden Männer, die sich angeregt unterhielten und miteinander lachten, sich selbst.

Sie befand sich gerade vor dem Haus und kontrollierte, ob

dort noch etwas zu erledigen war, als Peter sich zu ihr gesellte.

»Es sieht alles wunderbar aus, nicht wahr?«, sagte sie.

»Mm. Aber weißt du, was? Irgendwie vermisse ich die Zeiten, als wir zusammen auf den Stufen gesessen und die Welt in Ordnung gebracht haben.«

»Das können wir immer noch«, erwiderte sie. »Doch vielleicht nicht jetzt sofort. Kirstie hätte – berechtigterweise – das Gefühl, dass wir im Augenblick etwas Nützlicheres tun sollten.«

Peter knurrte: »Kirstie ist in vielerlei Hinsicht das Beste, was mir je passiert ist, aber vorher war mein Leben friedlicher.«

»Na ja, sie ist auf jeden Fall das Beste, was diesem Garten passieren konnte«, erwiderte Lorna. »Du hättest niemals so viel Geld dafür ausgegeben, wenn es sie nicht gäbe.«

»Ich bin froh, dass du sie magst«, meinte er.

Da Lorna eigentlich nicht gesagt hatte, dass sie Kirstie mochte, schwieg sie; stattdessen überlegte sie, was sie für Kirstie empfand. Sie hegte ganz sicher keine Abneigung gegen sie, doch sie glaubte nicht, dass sie jemals richtige Freundinnen werden würden. »Nun, warum sollte ich sie nicht mögen?«, sagte sie schließlich, da Peter auf eine Reaktion von ihr zu warten schien.

»Ich glaube, sie macht sich Gedanken, weil sie so viel jünger ist als die Menschen in ihrer Umgebung. Du und meine Mutter zum Beispiel.«

Lorna war eindeutig älter als Kirstie, allerdings fand sie nicht, dass sie in die Altersgruppe seiner Mutter gehörte. »Nun, da ist Philly. Sie ist jung.«

»Offensichtlich zu jung.«

»Ich glaube nicht, dass Alter ein Thema ist, wenn es um Freundschaften geht«, sagte sie mit Nachdruck und musste sofort an Jack denken. Es konnte wohl doch zum Thema werden, wenn es sich um die Art von Freundschaft handelte, die sie mit ihm im Sinn hatte.

»Nein«, erwiderte Peter, »doch es ist etwas Besonderes, wenn jemand alle Andeutungen, die man macht, auch versteht.«

»Aber das tut Kirstie doch! Hast du mir das nicht nach eurem ersten Treffen erzählt?«

»Nein – doch – ja, das tut sie. Es ist wunderbar, dass ich Kirstie habe, wirklich.«

»Du klingst, als wärst du unsicher.«

»Eigentlich bin ich es nicht«, erwiderte er langsam. »Aber es ist sehr teuer, eine jüngere Partnerin zu haben.«

Sie lachte. »Du bist schon immer so ein alter Geizhals gewesen. Es ist doch gut, einen Teil des Geldes auszugeben, für das du so hart gearbeitet hast.«

»Vielleicht«, meinte er verdrießlich. »Allerdings muss ich möglicherweise noch mehr verdienen, wenn Kirsties Pläne sich weiter in diese Richtung entwickeln.«

»Es wird dir gefallen. Du bist zu jung, um dich in den Ruhestand zurückzuziehen.«

»Das stimmt.«

Kirstie gesellte sich zu ihnen. »Worüber diskutiert ihr zwei denn? Ihr seht so ernst dabei aus? Habt ihr nichts zu tun?« Sie schaute bei diesen Worten Lorna an.

»Lorna hat mir gerade erklärt, ich sei zu jung, um mich zur Ruhe zu setzen«, antwortete Peter.

»Und ich habe noch etwas zu erledigen«, sagte Lorna. Als sie in Richtung des Sees verschwand, war sie verstimmt und fühlte sich abgewiesen.

Am See traf sie Leo. »Hi, Mum. Tut mir leid, dass ich verschlafen habe. Hast du Ben schon kennengelernt?« Ben, ein großer und sportlicher Typ, lächelte Lorna zu.

»Nicht richtig. Hallo, Ben, ich bin Lorna.«

»Ich weiß. Sie sind mit Jack befreundet, nicht wahr?«

»Wer ist Jack?«, wollte Leo wissen.

»Einer der Künstler«, antwortete Lorna. »Er wohnt hier im Ort. Da ist er ja.« Sie schaute ihren Sohn an, als Jack sich näherte, und sah, wie er erstarrte. »Jack, das ist mein Sohn Leo.«

»Oh, hi.« Jack streckte die Hand aus.

Leo ergriff sie, doch er lächelte nicht. Er nickte nur und sagte: »Jack.«

Lorna seufzte und war froh, als Kirstie geschäftig mit ihrem Klemmbrett auf die kleine Gruppe zueilte.

»Macht weiter, Leute! Die zahlenden Besucher müssen jeden Moment eintreffen.«

»Bevor wir alle davonstürmen, möchte ich Ihnen noch meinen Sohn Leo vorstellen, Kirstie«, erklärte Lorna. »Er hat mitgeholfen, die Gärten in Ordnung zu bringen.«

»Leo!« Peters Freundin lächelte strahlend. »Wie schön, Sie kennenzulernen!«

Als Lorna den Ausdruck in Kirsties Augen bemerkte, wurde ihr klar, dass Kirstie ihre Zweifel hinsichtlich jüngerer Männer offensichtlich nicht teilte. »Leo?«, fragte Lorna. »Kommst du mit, um zu sehen, ob Philly noch Hilfe braucht?«

»Lorna, wenn es Ihnen nichts ausmacht: Könnte ich mir Leo vielleicht ausleihen?«, fragte Kirstie. »Ich habe noch ein paar Dinge zu regeln, für die ein bisschen männliche Muskelkraft erforderlich ist.«

Wenn Sie versprechen, ihn mir wieder zurückzugeben, gern, dachte Lorna, verkniff sich die Bemerkung aber. Stattdessen lächelte sie liebenswürdig.

Als sie an den Ort zurückkehrte, an dem sie Philly zuletzt gesehen hatte, überlegte sie, ob sie vielleicht nach einem Zimmer für Leo in Burthen House fragen könnte. Schließlich gab es dort jede Menge Platz. Wenn heute alles gut lief, würde sie Peter möglicherweise darauf ansprechen.

16. Kapitel

Lorna fand, dass Kirstie hervorragende Öffentlichkeitsarbeit geleistet hatte. Lorna befand sich im italienischen Garten, als die Tore offiziell geöffnet wurden und die Besucher hereinströmten. Das Wetter spielte mit, und die Anwesenheit eines Turner-Preisträgers trug wahrscheinlich ebenfalls zum Gelingen der Veranstaltung bei.

Sie beantwortete Fragen zu den Gärten und konsultierte dazu die Pflanzenliste, die Philly freundlicherweise erstellt hatte. Philly hatte einen Stand mit Pflanzen neben den alten Ställen aufgebaut. Die Künstler wurden von zahlreichen Vertretern der Presse interviewt, da das Event große Aufmerksamkeit in den Medien erregt hatte. Lorna hoffte, dass sie Jack später treffen würde.

»Was können Sie uns über die Leute erzählen, die in Burthen House leben?«, wollte ein Mann wissen.

»Leben *Sie* auch hier?«, fügte seine Frau hinzu.

»Nein«, antwortete Lorna ruhig. Plötzlich wünschte sie, sie hätte das Interesse an Peter und Kirstie vorhergesehen und sich eine Strategie zurechtgelegt, wie sie damit umgehen wollte. »Das Paar, das hier lebt, hat freundlicherweise seine Gärten geöffnet, um Geld für die Restaurierung der Abtei aufzutreiben.«

»Also kennen Sie die beiden nicht persönlich?« Der Frau ging es offenbar in erster Linie um Klatsch und Tratsch.

»Nicht wirklich.« Lorna lächelte bedauernd.

Das Paar spazierte weiter.

Zum Glück interessierten sich die meisten Besucher tatsächlich für den Garten und die Geschichte des Hauses. Einige erkundigten sich, ob Zimmer vermietet wurden. Lorna dachte, dass sie Kirstie davon erzählen musste – für den Fall, dass Peter und sie je Geld für das Haus beschaffen wollten. Peter würde diese Vorstellung natürlich hassen, aber Kirstie und er könnten durchaus Räume vermieten, während sie selbst nicht zu Hause waren. Jemand anders könnte sich um die Gäste kümmern. Man könnte das Haus auch als Hochzeitslocation anbieten, dachte sie: Kirstie, die beruflich Veranstaltungen organisierte, würde in der Planung aufgehen. Vielleicht sollte sie es besser doch nicht erwähnen. Kirstie musste schon selbst darauf kommen. Lorna hegte zwar keine romantischen Gefühle mehr für Peter, doch sie mochte ihn immer noch sehr. Daher wollte sie nicht, dass er zu viele Veränderungen hinnehmen musste.

Als Lorna genug Fragen zum rot-schwarzen Garten beantwortet hatte – wie sie ihn entworfen hatte, ob sie sich von den Gärten von High Grove hatte inspirieren lassen (ja), ob die Pflanzen am Pflanzenstand erworben werden konnten (teilweise) –, beschloss sie, nach Philly zu sehen.

Jack fing sie ab. »Warte bitte!«, rief er. Rasch hatte er sie eingeholt. »Komm, lass uns irgendwo hingehen, wo wir nicht reden können.«

Lorna lachte. Sie freute sich unbändig, ihn zu sehen. »Solltest du mich nicht an einen Ort bringen, an dem wir reden *können*?«

Er schüttelte den Kopf. »Ich habe schon den ganzen Tag geredet. Ich möchte einfach mit dir zusammen an einem ruhigen Ort sein.«

»Nun, ich kenne ein passendes Fleckchen. Es befindet sich hinter einem Baum an dem Weg, der zum Sommerhaus führt. Da dürfte uns niemand finden.«

Schweigend gingen sie nebeneinander her, und bald schon

saßen sie im Sonnenschein. Lorna schloss die Augen. Plötzlich bemerkte sie, wie erschöpft sie war. Es war himmlisch, mit dem Rücken an einem Baum gelehnt im Gras zu sitzen – mit Jack an ihrer Seite. Doch der Frieden währte nicht lange.

»Da bist du ja, Mum!« Leo klang atemlos und verärgert. »Kirstie braucht dich.« Grimmig starrte er Jack an.

»Oh, okay«, antwortete Lorna, rührte sich aber nicht. Sie war wohl tatsächlich einen Moment eingenickt. »Wo ist sie denn?«

»Bei den Ställen. Ein Journalist möchte mit dir sprechen.«

»Wirklich?« Bei der Aussicht fühlte Lorna sich noch erschöpfter. »Warum?«

»Er interessiert sich für den Garten.« Leo verschwand, und Lorna und Jack erhoben sich zögernd.

»Tut mir leid. Ich habe keine Ahnung, warum er so unhöflich ist«, sagte sie.

»Das ist normal. Der junge Hirsch versucht, den älteren zu vertreiben, allerdings wird er keinen Erfolg haben.« Als Jack ihr zulächelte, schlug Lornas Herz plötzlich schneller.

»Wir sollten besser mal zu dem Journalisten gehen«, meinte sie.

»Vorher oder auch während wir gehen, wollte ich dir noch etwas sagen.«

»Ich dachte, du wolltest lieber schweigen?«

»Stimmt, aber vielleicht erwische ich dich später nicht mehr allein.« Er zögerte. »Ich habe meinen ganzen Mut zusammengenommen und hin und her überlegt, ob es zu früh in unserer Beziehung ist, doch ich muss für eine Woche verreisen.« Er hielt kurz inne und schaute sie auf eine Art und Weise an, die sie dahinschmelzen ließ. »Ich habe mich gefragt, ob du mich begleiten würdest.«

Sie brauchte ein paar Sekunden, bevor sie reagieren konnte.

Das war so ein großer Schritt – von zwei Menschen, die sich gerade in einem vernünftigen Tempo kennenlernten, bis hin zu einem Paar, das gemeinsam verreiste. »Wo willst du denn hin?«

»Nach Frankreich. Ich muss Naturstein besorgen. Ich möchte nicht so lange von dir getrennt sein.«

Lorna war sprachlos.

Eilig fuhr er fort. »Ich weiß, dass es eigentlich zu früh ist, aber sonst ... na ja ... sonst würde ich dich nicht sehen. Ich muss schon morgen aufbrechen. Bitte sag, dass du mitkommst!«

Jede Weisheit über Liebe und den Umgang damit, die Lorna je gehört hatte – sei es in Gedichten, Liedern oder im wahren Leben –, kam ihr in den Sinn und stieß auf taube Ohren. »Sehr gern.«

Den ganzen Tag lang konnte sie an nichts anderes denken. Nachdem sie die praktischen Dinge der Reise geklärt hatten, sprach Lorna mit den Journalisten, einigen anderen Leuten und stieß dann auf Philly. Sie unterhielten sich darüber, wie gut sich die Pflanzen am Stand verkauft hatten, wie köstlich der Tee und die Kuchen gewesen waren, wie viele Besucher gekommen waren und wie viel Geld eingenommen worden war. Doch innerlich schwankte Lorna zwischen Begeisterung, weil Jack und sie höchstwahrscheinlich miteinander schlafen würden, und Entsetzen, weil sie so überstürzt zugestimmt hatte, ihn nach Frankreich zu begleiten.

Sie kam erst wieder zu sich, als alle Besucher nach Hause gegangen waren. Kirstie hatte eine Gruppe Teenager engagiert, die den Müll einsammelten. Alle anderen Helfer hatten sich im Hof versammelt: Peter und Kirstie waren da, ganz offensichtlich begeistert von der Veranstaltung, außerdem Anthea und Seamus. Warum sich Phillys Großvater eingefunden hatte, konnte sich Lorna nicht so recht erklären. Sie mochte ihn sehr, aber sie hatte keine Ahnung, wie er in diese Sache involviert war. Vielleicht wollte er Philly unterstützen, deren Stand unglaublich erfolgreich gewesen war. Sie hatte Lorna gestanden, dass der Großteil der Ware von Geschäftskollegen zur Verfügung gestellt worden war. Fast alle Pflanzen, die Philly selbst gezogen hatte, waren im Garten des Burthen House gelandet. Leo war auch da, und trotz seiner Ruppigkeit gegenüber Jack war Lorna stolz darauf, wie hart er gearbeitet hatte. Und sie war nicht die Einzige, der das aufgefallen war. Sie hatte beobachtet, wie Kirstie ihn auf die Wange geküsst hatte, als sie sich bei ihm für etwas bedankt hatte.

Kirstie räusperte sich und lenkte die Aufmerksamkeit der Anwesenden auf sich. »Nun, ich finde, das war einfach großartig!«, verkündete sie und erntete zustimmendes Gemurmel. »Wir sollten ein Follow-up-Meeting abhalten. Würde euch morgen Vormittag um zehn Uhr passen?«

»Und was ist das, wenn ich das fragen darf: ein ›Follow-up-Meeting‹?«, fragte Anthea hochmütig.

»Ach, komm, Mutter«, meinte Peter. Er klang müde und war sicher aus diesem Grund gereizt. »Du weißt ganz genau, was das ist.«

»Es tut mir leid«, sagte Kirstie deutlich respektvoller als Peter. »Wir werden darüber sprechen, wie alles gelaufen ist und was wir im nächsten Jahr anders machen können.«

»Wiederholen wir das etwa nächstes Jahr?« Peter wirkte regelrecht schockiert.

»Ich denke, das sollten wir, Schatz. Wir sollten auf unserem Erfolg aufbauen.«

Lorna meinte, ihn stöhnen zu hören.

»Lorna und ich werden morgen leider nicht hier sein«, erklärte Jack. »Wir reisen nach Frankreich.«

»Mum?«, sagte Leo. »Stimmt das?« Er wirkte verblüfft und nicht besonders glücklich über die Neuigkeit.

Lorna hätte ihrem Sohn lieber unter vier Augen davon erzählt, doch nun hatte Jack die Sache in die Hand genommen. »Ja«, antwortete sie.

Leo schwieg, aber Kirstie reagierte sofort. »Muss es unbedingt morgen sein? Und seit wann seid ihr beide ein Paar?«

»Ihr seid kein Paar, oder, Mum?«, wollte Leo wissen.

Lorna sah Jack an, denn ihr hatte es die Sprache verschlagen.

»Doch«, erwiderte er. »Lorna und ich sind definitiv zusammen. Wenn ihr nichts dagegen habt, würden wir jetzt gern gehen. Lorna muss noch packen.«

»Ganz ehrlich, Leo, es wird keine Auswirkungen für dich haben. Ich bin immer noch deine Mum!« Lorna legte eine weitere Strickjacke in ihre Tasche. Sie wusste nicht mehr, was sie überhaupt schon eingepackt hatte. Hauptsache, sie dachte an ihre Kreditkarte, dann würde sie alles Notwendige kaufen können.

»Meine Mum hat einen … Freund? Das kann irgendwie nicht sein!« Offensichtlich war Leo ernsthaft erschüttert.

»Das ändert doch nichts zwischen uns.«

»Aber es ist nicht richtig, dass du … meine Güte, ich kann es kaum aussprechen!«

»Warum ist es nicht normal, wenn ich einen Freund habe? Meinst du, wegen meines Alters? Peter ist ungefähr so alt wie ich, und er hat Kirstie.«

»Ja, aber er ist der Mann, und er ist der Ältere in der Beziehung. Doch bei dir und Jack ist es …«

Er bremste sich in letzter Sekunde, bevor er aussprechen

konnte, was er dachte: dass es ihn abstieß, dass seine Mutter einen Freund hatte, der jünger als sie selbst war.

Lorna war hin- und hergerissen. Sie war nun schon so lange eine alleinerziehende Mutter, und dass sie sich für ihren Sohn aufgeopfert hatte, war nur allzu verständlich. Doch das hier war eine Chance auf Glück, von der sie nicht zu träumen gewagt hatte. Und wenn es Jack nichts ausmachte, dass sie älter als er war, warum sollte es sie dann stören?

Aber was war mit anderen Leuten? Wie würde sie sich fühlen, wenn die Menschen, die sie liebte und respektierte – zum Beispiel Anthea, Philly, sogar Peter –, sie wegen ihrer Beziehung zu einem jüngeren Mann verachteten?

Lorna kam zu dem Schluss, dass sie das nicht kümmern durfte. Sie musste ihre Chance ergreifen.

»Es tut mir sehr leid, dass du dich nicht für mich freuen kannst«, verkündete sie entschlossen, »aber ich fahre trotzdem. Wenn du in mein Schlafzimmer ziehen willst, solange ich fort bin, geht das in Ordnung. Doch ich schlage vor, dass du Kirstie fragst, ob sie dich oben im Haus unterbringen kann. Ich bin sicher, sie findet ein Zimmer für dich. Und ich glaube auch nicht, dass Peter etwas dagegen hätte.«

»Wirfst du mich raus?« Leo war empört. »Du wirfst mich raus, weil du einen Toy Boy hast?«

Lorna konnte sich gerade noch das Lachen verkneifen, das in ihr aufsteigen wollte. »Natürlich nicht! Ich finde nur, dass dieses Haus für zwei Personen ziemlich klein ist.«

»Jack wird also nicht hier einziehen?«

»Nein! Und falls doch, müsstest du auf jeden Fall ausziehen. Und das heißt nicht, dass ich dich weniger liebe – du musst also nicht gekränkt oder beleidigt sein.«

Je nachdrücklicher Leo behauptete, dass das, was sie tat, falsch war, desto entschlossener war Lorna, die Sache durchzuziehen. Als sie schließlich ins Bett ging und die Augen schloss, musste sie unwillkürlich lächeln. So viel Wirbel um ein Paar, das sich noch nicht einmal richtig geküsst hatte!

Trotz ihrer Entschiedenheit vom Vorabend geriet ihr Entschluss am nächsten Morgen ins Wanken, während sie ihre Sachen ins Auto packte, um zu Jack zu fahren. Leo, der am Vortag so schwierig gewesen war, zeigte sich beim Frühstück reumütig und zerknirscht.

»Es tut mir so leid, Mum. Ich wollte eigentlich nicht so gemein sein. Es war nur der Schock. Natürlich hast du ein Recht auf ein eigenes Leben. Ich komme schon damit klar, wirklich, es ist nur … weil er ein bisschen jünger ist …«

Lorna ließ den Toast sinken, in den sie gerade hatte beißen wollen. Der Appetit war ihr vergangen. »Ich weiß. Es ist auch für mich nicht einfach. Aber wir verstehen uns so gut …«

Leo schwieg eine Weile. »Ich glaube, ich will nicht, dass sich zwischen uns etwas verändert. Wenn du mit jemandem – mit Jack – zusammenkommst, wird das jedoch unweigerlich passieren.«

Lorna erkannte, dass er recht hatte. »Aber die Dinge werden nicht notwendigerweise schlechter. Du willst doch schließlich nicht, dass deine alte Mutter von dir abhängig ist, wenn du einmal eine eigene Familie gründest. Dann wäre es dir bestimmt lieber, wenn sich jemand um sie kümmerte.«

Leo wurde sehr ernst. »Glaubst du, das wird er tun? Glaubst du, er wird für immer bei dir bleiben?«

Lorna seufzte verzagt. »Ich weiß es wirklich nicht.«

»Ich möchte nur nicht, dass jemand dir wehtut«, erklärte Leo. »Das ist alles. Ehrlich.«

Sämtliche Euphorie des Vortages war verpufft. Als Lorna

vor Jacks Haus parkte, um ihn abzuholen und mit ihm gemeinsam zum Flughafen zu fahren, hatte sie das Gefühl, dass ihre Beziehung von vornherein zum Scheitern verurteilt war. Wie um alles in der Welt kam sie bloß darauf, dass ein Mann wie er langfristig eine Frau wie sie lieben könnte? Sie musste verrückt sein! Sie bezweifelte sogar, ob die Beziehung diese eine Woche, die sie gemeinsam verbringen wollten, überdauern würde. Doch weil sie wollte, dass es funktionierte, und weil ihr an dieser romantischen Auszeit mit Jack in Frankreich viel lag, atmete sie tief durch, nahm ihre Handtasche, verschloss den Wagen und klopfte an die Haustür. Sie wollte mit Jack zusammen Steine aussuchen, Café Crème in kleinen Bars trinken und in entzückenden Restaurants essen gehen – einfach Urlaub machen.

Jacks Anblick und sein frischer Geruch wirkten außerordentlich beruhigend auf sie. Seine schwungvolle Umarmung erinnerte sie daran, dass er beruflich mit schweren Objekten zu tun hatte. Er war stark und umarmte sie kraftvoll. Und er gab ihr einen Kuss, der sehr vielversprechend war. Sie fühlte sich ganz schwach vor Erleichterung.

»Komm, trink eine Tasse Kaffee. Ich muss nur noch ein paar E-Mails verschicken, bevor wir starten.«

»Ich möchte mir gern zuerst die Hände waschen«, sagte sie.

»Kein Problem.« Er führte sie in sein Schlafzimmer und weiter ins Bad. »Es gibt nur dieses eine Badezimmer. Ich hoffe, ich habe es nach dem Duschen in einem vernünftigen Zustand hinterlassen.«

Seine Wohnung war noch kleiner als ihr Haus. Falls sie zusammenziehen wollten, würden sie in ihrem Cottage wohnen müssen. Doch dann gebot Lorna ihren Gedanken Einhalt: Wie kam sie nur auf diese Idee?

Sie wusch sich die Hände und trat auf der Suche nach einem Handtuch ins Schlafzimmer. Auf dem Bett lag ein Duschtuch, das noch feucht war. Während sie sich die Hände abtrocknete, erregte eine gerahmte Zeichnung an der Wand ihre Aufmerksamkeit. Lorna legte das Handtuch zur Seite und trat näher, um sich das Bild anzusehen.

Dann stieß sie einen erstickten kleinen Schrei aus. Ihre Knie gaben nach, und sie taumelte rückwärts. Fassungslos sank sie auf das Bett. Jack, der wahrscheinlich ihren Entsetzensschrei gehört hatte, eilte ins Zimmer. »Was ist los? Bist du in Ordnung? Oh, du hast die Zeichnung gesehen.«

Lorna nickte. Ihr war schwindelig und übel. Die nackte Frau auf der Zeichnung war sie selbst, als sie etwa achtzehn Jahre alt gewesen war. Als sie noch einen Körper besessen hatte, auf den sie stolz hatte sein können. »Wo hast du das her?«, flüsterte sie.

»Ich habe es gekauft. Der Künstler ist sehr angesehen. Hast du das nicht gewusst?«

Sie schüttelte den Kopf. »Als Kunststudentin habe ich gelegentlich für Aktzeichnungen Modell gestanden, um Geld zu verdienen. Ich weiß nicht, wer mich da gezeichnet hat.«

»Du siehst furchtbar schockiert aus. Warum? Ich verstehe es nicht.«

Lorna wusste selbst nicht genau, warum sie sich so schrecklich fühlte, doch aus irgendeinem Grund kam sie sich vor wie ein Teenager, der seinem Freund ein Nackt-Selfie geschickt hatte und es sofort darauf bitter bereute. Jack hatte eine Aktzeichnung von ihr an der Wand hängen! »Warum hast du mir nichts davon erzählt?« Ihre Stimme zitterte.

»Es war nicht meine Absicht, es dir zu verschweigen. Aber als mir klar wurde, weshalb du mir gleich so bekannt vorgekommen bist, war es mir ein bisschen peinlich.«

Lorna war das Ganze mehr als ein bisschen peinlich. Er hatte ein Nacktbild von ihr im Schlafzimmer hängen. Wenn es nur ihr Körper gewesen wäre, hätte es keine große Rolle gespielt, doch ihr Gesicht war ebenfalls gut zu erkennen. Wie könnte sie sich nun vor seinen Augen ausziehen, nachdem er ihren Körper kannte, wie er im Teenageralter ausgesehen hatte? Sie war inzwischen deutlich über fünfzig und zudem älter als er. Sie konnte das nicht. Jedenfalls nicht jetzt.

»Komm, lass uns einen Kaffee trinken.« Er warf einen kurzen Blick auf die Uhr. »Wir haben noch jede Menge Zeit.«

»Ich kann nicht mitkommen«, sagte Lorna.

»Sei nicht albern! Eine schöne Tasse Kaffee bringt dich wieder auf die Beine.«

Sie schaute ihn an. »Ich bin kein bisschen albern. Und wie kommst du auf die Idee, dass eine Tasse Kaffee mich wieder ›auf die Beine bringt‹?«

»Du zeigst eine Überreaktion. Es ist bloß eine Zeichnung.«

»Von mir. An deiner Wand.«

»Ich weiß nicht, warum du so eine große Sache daraus machst. Diese Zeichnung ist der Grund, warum ich mich sofort von dir angezogen gefühlt habe.«

Lorna holte tief Luft und schaffte es, ein aufsteigendes Schluchzen zu ersticken. »Nun, du fühlst dich von einer falschen Version von mir angezogen! Du bist wahrscheinlich noch zur Schule gegangen, als das Bild entstanden ist.«

»Vielleicht – keine Ahnung. Aber was spielt das für eine Rolle?«

Lorna erkannte, dass er niemals verstehen würde, warum sie diese gemeinsame Reise nicht antreten konnten. Die Tatsache, dass sich ihm ihr Aussehen mit achtzehn Jahren unauslöschlich eingeprägt hatte, machte es ihr unmöglich, ihm ihren inzwischen fast vierzig Jahre älteren Körper zu zeigen.

Sie liebte ihn, und er gefiel ihr wirklich sehr, doch sie konnte nicht mit ihm schlafen. Und ganz bestimmt konnte sie nicht mit ihm verreisen.

»Es tut mir leid, Jack, wirklich. Aber es war alles ein schrecklicher Irrtum. Ich fahre jetzt nach Hause.«

»Um Himmels willen, Lorna, es ist ein Kunstwerk, kein Pornofilm! Du schämst dich doch nicht dafür, dass du für Aktzeichnungen Modell gestanden hast, oder? Warum solltest du?«

Aber so war es, und die Tatsache, dass er nicht verstand, warum es eine so große Rolle spielte, machte es irgendwie noch schlimmer.

»Ich gehe jetzt, Jack«, sagte sie. »Auf Wiedersehen.«

Ohne auf seine Reaktion zu warten, schnappte sie sich ihre Handtasche, verließ das Haus und stieg in ihr Auto.

Einfach nach Hause zu fahren kam nicht infrage – nicht wenn Leo da sein könnte. Sie brauchte einen Ort, an dem sie ungestört weinen konnte, und dann brauchte sie Zeit, um die Tatsache zu verbergen, dass sie geweint hatte. Sie fuhr immer weiter, bis sie eine Haltebucht fand, und stellte den Wagen ab.

Lorna fühlte sich wie betäubt und hatte nicht einmal Tränen. Sie kam sich so dumm vor! Was hatte sie sich bloß dabei gedacht? Sie war drauf und dran gewesen, mit einem um mehrere Jahre jüngeren Mann nach Frankreich aufzubrechen. Sie hatte sich sogar schon Gedanken darüber gemacht, mit ihm zusammenzuziehen!

Sie schaltete das Radio ein. Vielleicht würde Musik sie auf andere Gedanken bringen. Erschöpft schloss sie die Augen und versuchte, nicht mehr an Jack zu denken.

Kurz darauf schlug sie sie wieder auf, weil jemand an die Autoscheibe klopfte. Es war Anthea.

»Was um Himmels willen tust du hier? Ich dachte, du wärst zusammen mit deinem Freund auf dem Weg nach Frankreich?«

Lorna ließ die Scheibe herunter. »Ach, Anthea, ich war so ein Dummkopf!«

»Alter schützt vor Torheit nicht!«, erwiderte Anthea unbekümmert. »Komm mit zu mir, ich flöße dir Gin ein, bis es dir wieder besser geht. Bietet mir eine gute Ausrede, nicht zu diesem blöden Follow-up-Meeting zu gehen, das Kirstie angesetzt hat.«

Da Lorna keinen besseren Plan hatte, fuhr sie hinter Anthea her zu deren Haus.

»Nun«, sagte Anthea, nachdem sie Lorna mit einem Gin Tonic, der stark genug war, um einen Elefanten zu betäuben, an ihrem Küchentisch platziert hatte. »Trink das erst mal. Du kannst mir später alles erzählen.«

Lorna nahm ein paar Schlucke, bevor sie zu reden begann. »Es ist ein bisschen früh für Gin, oder?«, sagte sie mit zitternder Stimme.

»Die Sonne hat den höchsten Punkt schon überschritten.«

»Das stimmt wohl.«

»Ich mache dir jetzt ein Sandwich. Hast du gefrühstückt?«

Lorna dachte an die Scheibe Toast, die sie hatte essen wollen, während sie sich mit Leo unterhalten hatte. »Nicht richtig.«

»Du hast Glück, ich habe Räucherlachs da.«

Nachdem Lorna ihr Sandwich verspeist und die Hälfte des Gin Tonic getrunken hatte, sagte sie: »Ich werde gleich nicht mehr Auto fahren können.« Bei dem Gedanken, dass sie mit ihrer Tasche in der Hand zu Fuß nach Hause laufen und Leo erklären musste, dass sie nun doch nicht nach Frankreich fuhr, nahm sie gleich noch einen Schluck.

»Ich könnte Seamus bitten, dich heimzubringen, oder du übernachtest hier. So, jetzt erzähl mal, was passiert ist.«

Als Lorna zum Ende ihres Berichts kam, fragte Anthea: »Du

verzichtet also auf die Gelegenheit auf eine Affäre mit einem ausgesprochen attraktiven Mann, weil er eine alte Zeichnung von dir besitzt, auf der du nackt bist?«

»Wenn man es so ausdrückt, hört es sich tatsächlich albern an, doch ich habe mich hintergangen gefühlt. Er hatte dieses Bild schon, als wir uns kennenlernten, und hat mir bis heute nie davon erzählt. Und ich war achtzehn, als diese Zeichnung entstand; jetzt bin ich dreimal so alt. Er bekäme eine schlaffe, faltige Version mit gefärbten Haaren und würde sich abgestoßen fühlen. Und das könnte ich nicht ertragen.«

Antheas hochgezogene Augenbrauen deuteten an, wie neurotisch und dumm sich Lorna ihrer Meinung nach verhalten hatte.

Lorna verteidigte sich: »Ehrlich, Leo war auch abgestoßen von dem Gedanken, dass Jack und ich zusammen sein könnten.«

»Das ist nicht dasselbe, meine Liebe. Aber du fühlst, was du fühlst.« Sie kniff die Augen zusammen und betrachtete Lorna. »Und was willst du jetzt tun? Nach Hause fahren und deine Wunden lecken? Ich würde allerdings vorschlagen, dass du anderswohin fährst, da du ohnehin schon eine Tasche gepackt hast. Sag Leo Bescheid – obwohl ich nicht verstehe, warum Kinder glauben, dass sie alles über das Leben ihrer Eltern wissen müssen.« Sie sagte das so vehement, dass Lorna sich kurz fragte, ob sie nicht von sich selbst sprach.

»Na ja, ich freue mich nicht darauf, nach Hause zu gehen und mich zu schämen, obwohl ich nichts getan habe, wofür ich mich schämen müsste. Abgesehen davon, dass ich mich wie eine verdammte Idiotin aufgeführt habe.«

»Such dir entweder eine nette Frühstückspension oder buche übers Internet einen Kurzurlaub. Dann kannst du irgendwo Trübsal blasen, wo dich keiner kennt, und danach kommst du erholt und ausgeruht zurück. Irgendwann nimmst du Kontakt zu Jack auf und erklärst ihm, dass du einen Riesenfehler begangen hast.«

»Ich weiß nicht. Mit ihm wegzufahren wäre ein großer Fehler gewesen, aber mit ihm Schluss zu machen war keiner. Trotzdem gefällt mir die Idee, eine Weile zu verreisen.«

»Großartig. Dann lass uns etwas für dich suchen.«

Zu Lornas Überraschung zog Anthea einen Laptop unter einem Stapel Zeitungen hervor und klappte ihn auf. »Also, was würde dich interessieren? Wie wäre es mit der Küste? Nichts geht über das Geräusch der sich brechenden Wellen, während man vor Selbstmitleid zerfließt. Wie wäre es mit Devon?«

Bis Lorna ihr Glas geleert und einen zweiten Drink abgelehnt hatte, war sie in eine bezaubernd aussehende Frühstückspension in der Nähe von Salcombe eingebucht.

Anthea hatte Kirstie angerufen und ihre Teilnahme an dem Treffen abgesagt. Dann wandte sie sich an Lorna. »Und was jetzt? Ich habe heute Nachmittag etwas vor, aber wie möchtest du dich beschäftigen? Möchtest du dir Filme anschauen? Ich habe eine ziemlich gute Auswahl an Serien. Oder du suchst dir auf *Netflix* etwas aus.«

Lorna hatte plötzlich ein Bild vor Augen, wie Anthea es sich abends vor dem Fernseher gemütlich machte und *Breaking Bad* anschaute. Sie musste sich ein Grinsen verkneifen. »Du bist ja auf dem neuesten Stand der Technik! Ich bin beeindruckt.«

»Ich habe im Alter Gefallen daran gefunden. Also, worauf hast du Lust? Ich habe auch *Brief Encounter – Begegnung*, dieses alte Liebesdrama, falls du dir so richtig die Kugel geben willst.«

Lorna schüttelte den Kopf. »Was ich jetzt wirklich gern machen würde, ist, Unkraut zu jäten. Hast du ein Beet, das dringend in Ordnung gebracht werden muss? Möglichst voller Ackerwinde? Ich finde das Ausgraben von Ackerwinde sehr heilsam.«

Anthea überlegte kurz. »Ich kann dir zwar keine Ackerwinde versprechen, aber in letzter Zeit bin ich kaum zum Unkrautjäten gekommen. Wenn du das wirklich tun willst, hole ich dir ein Paar Gartenhandschuhe. Das Werkzeug findest du im Schuppen.«

Lorna arbeitete den ganzen Nachmittag im Garten und nahm danach ein Entspannungsbad. Als die beiden Frauen später am Küchentisch saßen und ein Omelette aßen, meinte Lorna: »Ich habe mich gefragt, was hinter diesen Eschen verborgen sein könnte, die sich selbst gesät haben. Ganz am Ende des Grundstücks.«

Anthea zuckte mit den Schultern. »Um ehrlich zu sein, Lorna, ich weiß es nicht. Ich habe den Bereich immer ignoriert. Mein Garten ist schon groß genug, mehr brauche ich nicht.« Sie griff nach der Flasche. »Noch ein bisschen Wein?«

17. Kapitel

Philly saß auf der Kante eines Küchenstuhls, wippte mit dem Fuß und pickte mit der Fingerspitze Kuchenkrümel auf. Ihr Großvater saß ihr gegenüber und musterte sie mit einer Mischung aus Belustigung und Verwirrung.

»Jetzt entspann dich doch mal, Kind«, sagte er. »Du bist furchtbar nervös. Ist es die Rückkehr von deinem jungen Freund, die dich so beschäftigt?«

»Ja. Nein. Ich weiß nicht. Es scheint schon so lange her zu sein, seit er das viele Geld in Newbury gewonnen hat.«

»Man muss es ihm hoch anrechnen, dass er direkt danach zum nächsten Catering-Auftrag aufgebrochen ist. Er hätte ja auch einfach Brot backen können.«

Philly gab ihrem Großvater recht, doch sie vermisste Lucien schrecklich. »Ich weiß. Er ist fest entschlossen, so viel wie möglich zu verdienen. Deshalb arbeitet er so hart.«

»Dann weiß er noch gar nicht, wie gut das Garten-Event in Burthen House gelaufen ist? Was für ein Triumph es für euch gewesen ist?«

»Ich würde es nicht gerade als ›Triumph‹ bezeichnen.«

»Warum nicht? Der Garten sah großartig aus, du hast alle deine Pflanzen verkauft, und die Resonanz in den Zeitungen war rundherum positiv. Warum sollte man es also nicht als ›Triumph‹ bezeichnen?«

»Na ja, wenn ich sämtliche Pflanzen selbst hätte ziehen können und dann jetzt noch welche übrig hätte, die ich verkaufen könnte … ich muss momentan quasi Tag und Nacht arbeiten und den neuen Folientunnel mit Anzuchtschalen füllen, damit ich bald wieder neue Pflanzen habe …«

»Ihr schreibt euch doch, Lucien und du, oder?«

Philly nickte. »Ab und zu.«

»Gehst du mit ihm?«

Philly grinste, weil sie wusste, dass er diese altmodische Formulierung benutzte, um sie zu erheitern. »Nach Newbury war er sehr nett zu mir, aber seitdem ist er ja unterwegs. Und …« Sie legte eine effektvolle Kunstpause ein, war aber auch tatsächlich besorgt, »… vielleicht hat er ja schon seinen gesamten Lohn verspielt, wer weiß?«

Ihr Großvater schnitt ein weiteres schmales Stück Kuchen für Philly ab und antwortete nicht sofort. »Ich verstehe, warum du dir Sorgen machst. Wenn sie nur ein paar Mal gewonnen haben, glauben manche Leute, dass sie das Glück gepachtet haben, und verlieren schließlich alles. Doch ich denke, Lucien ist vernünftiger. Schließlich arbeitet er fleißig und will nicht alles wegwerfen.«

Philly nahm sich das Kuchenstück. Ihr Großvater und sie waren sich schon seit Langem einig, dass mehrere sehr dünne Stücke Kuchen lange nicht so dick machten wie ein normal großes Stück. »Ich hoffe, du hast recht.«

»Und, was wirst du ihm kochen? Ein Festmahl für den siegreichen Helden? Ich würde mich ja anbieten, aber du willst dich sicher selbst darum kümmern. Außerdem bin ich nicht vor sechs zurück.«

»Meine Güte, Grand, ich kann nicht für ihn kochen!« Der bloße Gedanke ließ ihre Nerven flattern. »Ich besorge ein Fertiggericht. Er wird sich zwar beschweren, doch er wird es auch verstehen.«

»Das geht ganz und gar nicht. Ich frage Anthea, ob sie ein einfaches Rezept hat. Einfache Hausmannskost geht immer.«

»Ja, aber du weißt, wie viel ich zu tun habe.«

»Du brauchst eine Pause von deinen Folientunneln. Du hast zuletzt so viel Zeit darin verbracht, dass ich dich schon auf Echten Mehltau hin untersucht habe. Verlass den Kunststofftunnel! Ab in die Küche mit dir! Es wird dir guttun. Außerdem ist Kochen gar nicht so schwierig.«

»Das sagst du, der du nur Kuchen backst.«

»Viele Leute behaupten, dass Backen schwieriger ist als Kochen«, erwiderte ihr Großvater. »Dein junger Freund kommt nach Hause, und du kochst eine Mahlzeit für ihn. Er ist bestimmt hungrig.«

Philly seufzte. Was er sagte, war ein bisschen altmodisch, doch er hatte trotzdem recht. Sie hatte einfach nur Panik bei dem Gedanken, für einen derart anspruchsvollen Esser zu kochen.

»Okay«, sagte sie zögernd. »Du besorgst mir das Rezept, und ich werde es versuchen.«

Einige Stunden später vergewisserte sie sich, dass mit dem Auflauf alles in Ordnung war, und schloss die Backofentür wieder. Auf einmal hörte sie Luciens Bus vor dem Haus. Aufgeregt und nervös schüttelte sie ihre Haare zurecht und strich sie wieder glatt. Hätte sie doch bloß kein Kleid angezogen – er musste ja denken, dass sie sich seinetwegen besondere Mühe gegeben hatte, und auf Anhieb erkennen, dass sie etwas für ihn empfand. Sie trat vom Ofen zurück.

Strahlend kam er mit einer Flasche Champagner in der Hand in die Küche. Nachdem er die Flasche auf dem Tisch abgestellt hatte, nahm er Philly in die Arme und zog sie an sich. Ihr Kopf ruhte an seinem Kinn. Es machte ihr nichts aus, dass sie kaum noch Luft bekam.

Schließlich ließ er sie los und trat zurück, um sie zu betrachten. »Meine Güte, wie habe ich dich vermisst! Wie hübsch du aussiehst! Du hast ein Kleid angezogen. Wow! Du hast ja tatsächlich Beine!«

Philly konnte gar nicht mehr aufhören zu strahlen. Sie freute sich so sehr, ihn zu sehen, und sie war glücklich, dass er sich ebenfalls freute. »Hallo, Lucien«, sagte sie und hoffte, dass ihre Stimme sie nicht verriet. »Wie geht's dir?«

»Supergut, seit ich wieder bei dir zu Hause bin. Ich habe dich so sehr vermisst! Habe ich dir auch gefehlt?«

Sie zuckte mit den Schultern und hoffte, dass man ihr nicht sofort vom Gesicht ablesen konnte, wie sehr. »Ich hatte kaum Zeit, dich zu vermissen …«

Er wartete und wirkte ein kleines bisschen besorgt.

»… aber ich habe es trotzdem getan«, beendete sie ihren Satz lächelnd.

Er entspannte sich sichtlich. »Komm, wir stellen die Flasche kalt, und dann hole ich meine Sachen ins Haus. Du glaubst nicht, wie sehr ich mich darauf freue, in einem richtigen Bett zu schlafen – auch wenn es allein sein wird.«

Als er zurückkehrte, waren seine Haare feucht, und das Hemd klebte ihm stellenweise am Körper. »Ich musste rasch duschen. Ich muss bei meiner Ankunft eben gestunken habe.«

Das war ihr nicht aufgefallen, doch nun duftete er nach etwas Zitronigem, leicht Bitterem: Es erinnerte sie an Zitronenmelisse, Wermut und vielleicht ein bisschen Verbene. Als er den Champagner aus dem Gefrierschrank holte, beschloss sie, mehr ausgefallene Kräuter zu ziehen – allein wegen ihres Duftes. Sie stellte fest, dass ihr Gehirn krampfhaft versuchte, sich vom Hauptthema, nämlich Lucien, abzulenken. Sie war sehr glücklich, aber auch nervös.

Lucien fand zwei Weingläser und öffnete die Flasche. »Gibt es keine Champagnerkelche?«

Sie schüttelte den Kopf. »Nur diese Weingläser oder eben Wassergläser, das weißt du doch.«

Er nickte und reichte ihr ein Glas. »Ich würde auch aus deinem Schuh trinken, wenn es sein müsste, doch ich glaube nicht, dass du scharf darauf wärst, aus meinem zu trinken.«

Sie grinste. »Jedenfalls nicht aus deinen Turnschuhen!«

»Ich stoße darauf an, zu Hause zu sein«, sagte er, und sie ließen die Gläser aneinanderklirren.

»Auf zu Hause!«, antwortete Philly. Sie war entzückt, dass er ihr Haus als sein Zuhause bezeichnete.

»Was gibt's zum Abendessen? Es riecht gut.«

Als Philly ihr Glas abstellte, erhielt ihre Hochstimmung einen kleinen Dämpfer. »Einen Auflauf, nach einem Rezept von Anthea. Hoffentlich schmeckt er.« Sie runzelte die Stirn. »Ich glaube nicht, dass ich es je wagen würde, Anthea beim Vornamen zu nennen.«

»Warum nicht?«

Sie zuckte mit den Schultern. »Sie schüchtert mich ein.«

»Warum?«

»Sie ist so ... na ja ... vornehm.«

»Sag das nicht. Ich meine, es ist wichtig, dass du unerschrocken und mutig bist.«

»Unerschrocken und mutig? Warum? Sag bloß nicht, dass du dein ganzes Geld bei Pferdewetten verspielt hast.«

»Nein! Natürlich nicht. Warum sollte ich? Ich bin doch kein Idiot.«

Philly seufzte erleichtert auf. »Warum soll ich dann ...«

»Erzähle ich dir später. Wird Seamus zum Abendessen da sein?«

»Ja. Er hat gesagt, dass er kommt.«

»Gut.« Lucien sah zu, wie sie die Auflaufform aus dem Ofen nahm und den Deckel abhob. Dann hielt er es nicht mehr aus, sich im Hintergrund zu halten, und trat zu ihr an den Ofen. »Was ist drin?«

»Fleisch, Gemüse – ich weiß es nicht mehr genau.« Sie

seufzte. »Na ja, eigentlich bin ich ja mutig. Ich habe für dich gekocht.«

Er lachte. »Das ist ziemlich mutig.«

Sie schaute ihn an. »Wenn ich jetzt den Tisch decke, kann ich mich darauf verlassen, dass du den Auflauf nicht probierst?«

Lucien überlegte kurz und schüttelte dann den Kopf. »Ich decke den Tisch.«

Philly grinste innerlich vor sich hin. Er ließ ihr Herz schneller schlagen, sie konnte es nicht leugnen.

Seamus hatte eine Flasche Wein hervorgeholt und den Champagner abgelehnt. »Also, Lucien«, sagte er, nachdem er die Gläser gefüllt hatte. »Offensichtlich gibt es etwas, was Sie uns erzählen wollen. Sie sollten es besser loswerden, bevor Sie platzen.«

»Ach, Grand! Lass ihn doch erst mal den Auflauf probieren«, widersprach Philly, die einen großen Schluck Wein getrunken hatte, ohne auf einen Trinkspruch zu warten. »Ich leide hier Qualen!«

Lucien warf ihr einen Blick zu, der in ihr eine Mischung aus Verlangen und Angst hervorrief. Was würde er davon halten?

»Eigentlich«, sagte Lucien, nachdem er ziemlich viel gegessen hatte, »schmeckt es sehr gut. Im Kartoffelbrei sind ein paar Klümpchen, aber wahrscheinlich hattest du kein passendes Sieb, um ihn zu passieren.« Er grinste.

Philly war in größter Versuchung, etwas Kartoffelbrei mit dem Löffel in seine Richtung zu schießen, doch sie hielt sich zurück. »Grand mag keinen Kartoffelbrei, in dem sich nicht wenigstens ein paar Klümpchen befinden«, konterte sie.

Seamus nickte. »Das stimmt. Sonst glaube ich nämlich nicht, dass er aus echten Kartoffeln besteht – ein paar winzige Klümpchen müssen einfach sein.«

»Das Essen ist prima, Philly!«, meinte Lucien. »Ich wollte dich nur aufziehen. Nicht wegen der Klümpchen, die sind tatsächlich drin, doch es schmeckt trotzdem köstlich. Mit gefrorenen Erbsen ist man auch immer auf der sicheren Seite.«

Diesmal schnipste sie tatsächlich eine Erbse in seine Richtung.

Lucien duckte sich. »Wenn du fertig damit bist, mit Gemüse um dich zu werfen, würde ich gern etwas sagen. Euch beiden.«

»Schießen Sie los, mein Junge. Aber vergessen Sie nicht zu essen.« Seamus schenkte Wein nach.

»Also«, begann Lucien. »Ihr erinnert euch, dass wir darüber gesprochen haben, das eine Nebengebäude in eine professionelle Küche zu verwandeln? Eine, in der ich Brot in ausreichender Menge zum Verkaufen backen kann. Man müsste ein paar größere Änderungen an der Stromversorgung vornehmen.«

»Jep«, sagte Seamus.

Philly nickte bloß, weil sie Angst hatte, Lucien würde ihnen eröffnen, dass es nicht funktionierte. Denn dann würde er wegziehen, und möglicherweise würde sie ihn nicht wiedersehen, obwohl er sich so gefreut hatte, nach Hause zu kommen.

»Ich möchte mich vergewissern, ob ihr nach wie vor damit einverstanden seid. Ich habe jetzt genug Geld zusammen, um meinen Patenonkel zu bitten, mich zu unterstützen. Aber wenn ihr keine Küche auf eurem Grund und Boden haben wollt, müsste ich mich nach anderen Räumlichkeiten umsehen.«

Philly nahm rasch noch einen Schluck Wein, damit sie nicht sofort antwortete: Das geht in Ordnung!, wenn doch eigentlich ihr Großvater die Entscheidung treffen musste.

»Wir haben zugestimmt«, sagte Seamus. »Wir freuen uns darauf, stimmt's, Philly?«

Sie nickte.

»Großartig«, entgegnete Lucien und sah sie an. »Nun, und

dann wollte ich dich noch etwas fragen: Kommst du mit zu meinem Onkel, um ihn um Unterstützung zu bitten, Philly?«

»Wie bitte?« Sie versuchte zu begreifen, was er meinte.

»Ich möchte, dass du mich zu Onkel Roderick begleitest, wenn ich ihn frage, ob er mich finanziell unterstützen wird.«

»Warum? Glauben Sie, Phillys Anwesenheit würde seine Entscheidung positiv beeinflussen?«

»Ja, könnte sein. Die Sache ist die, ich bin immer ein bisschen – na ja ... Meine Freundinnen sind nicht alle ...«

»Was willst du uns sagen?« Philly stellte ihr Weinglas ab. »Was war mit deinen Freundinnen?«

»Sie waren kapriziös«, antwortete Lucien schließlich. »So würde Anthea sie zumindest bezeichnen.«

Seamus lehnte sich zurück und lachte laut. »Das würde sie wohl.«

»Aber niemand würde dich kapriziös nennen, Philly«, sagte Lucien mit Nachdruck. »Und bevor du fragst, das ist definitiv positiv gemeint.«

»Sie denken, unsere junge Philly hier würde Ihrer Bitte um Geld mehr Gewicht verleihen?«

»Ganz genau.« Lucien holte tief Luft. »Aber hauptsächlich will ich nicht gleich wieder ohne sie wegfahren, nachdem ich gerade erst wiedergekommen bin.«

»Sollte ich mich nach Ihren Absichten in Bezug auf meine Enkeltochter erkundigen?«

»Nein, das solltest du nicht! Grand! Also wirklich!« Philly war empört. »So was kannst du heutzutage nicht mehr sagen. Königin Viktoria ist schon vor sehr langer Zeit gestorben.«

»Ich finde, er hat das Recht, sich um deine Sicherheit zu sorgen, Philly«, erwiderte Lucien ernst. »Schließlich ist er hier in England deine Familie. Er bekommt eins aufs Dach, wenn du mit einem Schurken durchbrennst.«

Sie brauchte ein paar Sekunden, bis ihr klar wurde, dass der letzte Satz scherzhaft gemeint war.

»Er hat recht, weißt du, mein Kind. Ich bin für deine Sicherheit verantwortlich. Deine Mutter würde mir den Kopf abreißen, wenn dir etwas zustieße.«

»Kommst du mit?«, wiederholte Lucien ernst. »Onkel Roderick ist super – viel entspannter als der Rest meiner Familie –, doch er hält mich gewissermaßen für einen Nichtsnutz. Niemand war begeistert, als ich mein Zuhause verlassen habe, um kochen zu lernen. Ich muss ihm beweisen, dass ich verantwortungsbewusst genug bin, um mein eigenes Geschäft aufzuziehen und mich als Bäcker selbstständig zu machen. Wenn du an meiner Seite wärst, würde ich eher so wirken, als … ich weiß nicht … als hätte ich mein Leben im Griff. Mit einer anständigen Freundin, die mich unterstützt und sich nicht ständig herausputzt und will, dass ich mit ihr durch die Clubs ziehe.«

Philly runzelte die Stirn. »Heißt das, dass du nicht mit mir durch die Clubs ziehst, wenn ich mitkomme?«

Lucien verdrehte die Augen. »Ich gehe ausgiebig mit dir aus, sobald wir eine Einigung mit meinem Onkel erzielt haben; doch wenn ich um vier Uhr morgens aufstehen muss, um zu backen, werde ich wahrscheinlich eher nicht so oft nachts um die Häuser ziehen.«

»Dann ist das in Ordnung.« Philly strahlte ihn an. »Aber weißt du, was? Bis du es erwähnt hast, hatte ich nie besondere Lust darauf, in Clubs zu gehen. Ich bin wohl eher eine gesellschaftliche Außenseiterin. Aber ich würde es gern einmal ausprobieren, und zwar zusammen mit dir.«

»Und ich werde dich mitnehmen, wir gehen zusammen in die besten Clubs. Ich stehe auf vielen Gästelisten«, sagte Lucien. »Ist das jetzt ein Ja? Du kommst mit?«

Philly dachte an die viele Arbeit, die noch auf sie wartete, und dann an die viele Arbeit, die sie schon erledigt hatte.

»Hast du schon mal Urlaub gemacht, seit wir in England sind?«, unterbrach ihr Großvater ihre Gedanken. »Abgesehen von den Besuchen bei deinen Eltern, meine ich?«

Sie schüttelte den Kopf. »Nein.« Dann blickte sie Lucien an. »Ich komme mit!«

Zwei Tage später brachen sie mit Luciens Bus auf. Philly hatte ihre schickste Kleidung eingepackt, die normalerweise Verwandtenbesuchen in Irland vorbehalten war. Ihre Mutter wollte nicht, dass ihre Cousins und Tanten glaubten, Philly »ließe sich gehen«. Daher besaß Philly ein Kleid und eine Jacke, die sie für eine Hochzeit gekauft hatte. Für alle Fälle packte sie diese Sachen jetzt auch ein.

»Alles in Ordnung?« Lucien warf ihr einen raschen Seitenblick zu, als sie die Straße entlangbrausten.

»Ich denke schon.« Für Philly war es mehr als in Ordnung. Sie war aufgeregt und voller Vorfreude. Sie wusste, dass sie wie gelähmt vor Schüchternheit sein würde, je näher sie dem Haus von Luciens Patenonkel kamen. Dennoch genoss sie die Autofahrt mit dem jungen Mann, den sie mit ziemlicher Sicherheit liebte.

Sie wusste, dass sie mit ihm schlafen wollte, sorgte sich jedoch ein wenig, wie viele Schlafzimmer man ihnen zuweisen würde. Lucien hatte gesagt, es gäbe im Haus seines Onkels jede Menge Zimmer, aber sie konnte sich nicht entscheiden, ob sie bei ihrem ersten Mal auf Zehenspitzen durch fremde Flure schleichen wollte, voller Angst, eine Diele könnte unter ihren Schritten knarzen. Allerdings hatte sie auch keine Lust, sich in einem fremden Haus an den Frühstückstisch zu setzen, nachdem man sie mit ihrem Freund in einem gemeinsamen Zimmer untergebracht hatte. Die Tatsache, dass sie in einem abgelegenen Teil Irlands von strengen, sehr konservativen Eltern erzogen worden war, hatte sie nicht wirklich auf die moderne Welt vorbereitet. Doch sie war eine unabhängige Frau, die ein eigenes Geschäft führte. Sie würde die Situation schon meistern.

Sie aßen in einem Pub mit niedriger Holzdecke, viel Messing und einem offenen Kamin, der allerdings nicht brannte, zu Mittag. Natürlich zündete man Anfang Juni kaum noch ein Feuer an, aber Philly fror ein bisschen. Es war zwar ein strahlender, sonniger Tag, doch nicht besonders warm. Philly trug ein Sommerkleid und einen Cardigan. Sie vermisste ihre Jeans und den dicken Fleecepulli.

»Es ist, als hätten wir alle Dates, die wir nie hatten, an einem Tag«, meinte Lucien und betrachtete stirnrunzelnd die Speisekarte. »Nur hätte ich dich normalerweise zum Mittagessen in ein Lokal eingeladen, das ein bisschen ...«

»Schicker ist?«, schlug Philly vor.

Er lächelte. »Wahrscheinlich. Ich wollte eigentlich sagen, dessen Speisekarte etwas raffinierter ist. Aber es spricht auch einiges für Lasagne.«

»Und Knoblauchbrot«, ergänzte Philly. »Um sicherzustellen, dass wir nicht zu wenig Kohlenhydrate zu uns nehmen.«

»An Kohlenhydraten ist nichts auszusetzen«, sagte Lucien. »Ich will ja schließlich Bäcker werden, wie du weißt, doch es müssen Kohlenhydrate von guter Qualität sein.«

»Ich hätte gern ein Glas Apfelwein dazu, bitte«, erklärte sie. Allmählich amüsierte sie sich richtig gut.

Als sie bei der Nachspeise, einem traditionellen *Sticky Toffee Pudding*, angelangt waren, stellte Philly fest, dass sich Luciens gute Laune auf einmal ein wenig eintrübte. Nervös schob er den Salz- und den Pfefferstreuer hin und her und starrte ins Leere.

Da er normalerweise immer positiv und begeisterungsfähig war, kam ihr das seltsam vor.

»Du hast es dir doch nicht anders überlegt, oder etwa doch? Wir müssen nicht zusammen zu deinem Onkel fahren. Du könntest mich nach Hause bringen und dann allein aufbrechen.«

Er schüttelte den Kopf. »Nein. Ich möchte dich dabeihaben, aus den verschiedensten Gründen. Aber ich muss dir etwas sagen.«

Philly biss sich auf die Lippe. »Was denn?«

»Eigentlich ist es nichts.«

»Es muss etwas sein! Du bist ganz unruhig.«

»Okay. Mein Patenonkel hat eine Haushälterin.«

»Und?«

Jetzt biss er sich auf die Lippe. »Sie war früher mal meine Kinderfrau, meine Nanny. Sie fühlt sich meiner Familie sehr verbunden. Eigentlich ist sie nicht wirklich schlimm, aber ... na ja, sie ist der Familie treu ergeben.«

»Sprich weiter.«

»Möglicherweise wird sie sich dir gegenüber komisch verhalten. Ich glaube, sie ist der Meinung, ich sollte warten, bis Prinzessin Charlotte erwachsen ist, um sie dann zu heiraten. Prinzessin Anne ist ja schon verheiratet, und zudem ist sie ein bisschen zu alt für mich.«

»Ist diese Haushälterin königstreu?«

»Sie ist ein Snob. Keine Frau wird in ihren Augen gut genug für mich sein.« Ganz offensichtlich fühlte Lucien sich besser, nachdem er sein Geheimnis mit Philly geteilt hatte. »Aber das hat keine Auswirkungen für dich. Sie könnte nur ein bisschen hochnäsig dir gegenüber sein.«

»Sie ist tatsächlich die Haushälterin deines Onkels? Das ist nicht nur eine beschönigende Umschreibung?«

Bei der Vorstellung wurde Lucien blass. »Ach, Philly, ich

wünschte, du hättest das nicht gesagt! Der Gedanke, die beiden könnten miteinander schlafen, ist zu viel für mich!« Er betrachtete sie auf eine Art und Weise, die ihr Herz höher schlagen ließ. »Möchtest du noch etwas trinken?«

Lucien zuliebe hatte Philly versucht, die Sache herunterzuspielen, doch sie war schon ziemlich nervös gewesen, bevor er die Haushälterin erwähnt hatte. Jetzt amüsierte sie sich nicht mehr. Stattdessen war ihr flau. Sie bemerkte, dass Lucien sich ebenfalls quälte. Nach seinem Geständnis über seine ehemalige Kinderfrau war er wieder wie immer gewesen, doch je näher sie ihrem Ziel kamen, desto stiller wurde er.

Nach der Enthüllung über die Haushälterin hatte Philly nicht mehr zu fragen gewagt, in welcher Art von Haus Luciens Patenonkel lebte. Wenn er eine Haushälterin beschäftigte, erschien ihr eine Doppelhaushälfte in einem ruhigen Vorort eher unwahrscheinlich. Bestimmt war es ein Anwesen wie Burthen Hause, nur mit mehr Antiquitäten. Vor allem mit dicken Teppichen, über die sie vor aller Augen stolpern würde. Und danach würde sie eine unbezahlbare Ming-Vase zerbrechen. Eine Vision war schlimmer als die andere!

Lucien bog in eine Zufahrt ein. Vor ihnen lag das wohl hochherrschaftlichste Haus, das Philly je gesehen hatte. Daneben wirkte Burthen House geradezu winzig!

»Es ist ja ... riesig«, sagte sie.

»Jep.«

»Hast du deinen Business-Plan?«

»Jep.« Lucien hielt vor dem Haus an. »So, dann mal los.«

»Gruselige Nanny, wir kommen!«

»Ich wünschte, ich hätte dir nie von ihr erzählt. Sie war in Ordnung. Wie Mary Poppins.«

»Die Mary Poppins im Kinderbuch hatte eine dunkle Seite. Du darfst sie nicht mit der Mary Poppins aus dem Musikfilm verwechseln.«

»Die Julie Andrews darstellte. Tue ich nicht«, erwiderte Lucien.

18. Kapitel

Man ließ sie nicht lange vor der Haustür warten.

Philly erkannte die »böse Mary Poppins«, die ihnen öffnete, auf den ersten Blick. Das Frösteln, das sie beim Betreten des Hauses überlief, verstärkte ihre düsteren Vorahnungen noch zusätzlich.

»Lucien, mein Lieber, wie schön, dass du da bist! Wir sehen dich nicht annähernd oft genug. Ich weiß, dass dein Patenonkel häufigere Besuche sehr zu schätzen wüsste.« Dann warf die Frau Philly einen kühlen Blick zu. »Hallo.«

Lucien nahm seine alte Kinderfrau in die Arme und drückte sie kurz an sich, dennoch konnte Philly sich diese Frau nicht als Nanny vorstellen. Sie war so förmlich und so dünn.

»Ich werde nicht sagen, dass du gewachsen bist, mein Lieber«, meinte die böse Mary Poppins, während sie Lucien mit kritischem Blick musterte, »aber du hast deine entzückenden goldenen Locken verloren. Und du hast ein wenig zugenommen.«

Lucien war weit davon entfernt, dick zu sein. Deshalb vermutete Philly, dass seine Nanny ihm früher zu wenig zu essen gegeben hatte. Auch dieser Eindruck untermalte das Bild der bösen Mary Poppins. Philly räusperte sich, als ihr auffiel, dass sie vergessen hatte zu fragen, wie Luciens ehemalige Kinderfrau hieß. Das könnte zu einem ernsthaften Problem werden, das sie unverzüglich angehen musste. Schließlich würde sie die Frau während ihres Aufenthalts sicher einmal ansprechen müssen. Am Ende würde ihr noch der Spitzname herausrutschen. »Lucien? Du hast uns noch nicht vorgestellt.«

»Oh, tut mir leid!« Er wirkte nervös. »Das ist Miss ... Sarah Hopkins.« Offensichtlich war ihm ihr richtiger Name nicht so geläufig. Wahrscheinlich nannte er sie einfach »Nanny«. Vielleicht hatte er eine ganze Reihe von Kindermädchen gehabt. Bei dem Gedanken fröstelte sie. »Nanny – ähm – Sarah, das ist Philly.«

»Angenehm, Miss Hopkins.« Philly streckte ihr die Hand hin.

»Guten Tag«, sagte Miss Hopkins. Sie forderte Philly nicht auf, sie beim Vornamen zu nennen, was Lucien offensichtlich nicht überraschte. »Mr. Roderick befindet sich in der Bibliothek, wenn ihr mir bitte folgen wollt ... Danach bringe ich den Tee.«

»Ach, du musst uns nicht hinführen«, sagte Lucien. »Ich kenne den Weg.«

»In dem Fall, Lucien, kümmere ich mich um den Tee.« Sie nickte förmlich.

»Oh mein Gott, sie ist noch viel schlimmer, als ich erwartet habe«, murmelte Philly, als sie Lucien einen mit Steinplatten gefliesten Flur entlang folgte. »Und heißt dein Patenonkel wirklich Roderick? Roderick Roderick?« Sie wusste, dass vornehme Leute häufig die lächerlichsten Namen hatten.

»Nein, er ist Sir Roderick Mythson. Sie nennt ihn bloß ›Mr. Roderick‹, weil sie schon ewig für die Familie arbeitet. Er ist ein entfernter Verwandter von uns.«

»War sie auch schon seine Nanny?«

»Glaube ich nicht. Dafür ist sie nicht alt genug. So, wir sind da.«

Luciens Patenonkel stand auf, als sie eintraten. Er war in den Fünfzigern, trug eine rote Cordhose, ein kariertes Hemd und eine Krawatte. Seine Socken waren ebenfalls rot, und seine Füße steckten in auf Hochglanz polierten Halbschuhen.

Er hatte noch volles Haar und gerötete Wangen. Philly kam zu dem Schluss, dass er das war, was ihre Mutter als »unkonventionell« beschreiben würde. Da er aber herzlich lächelte, störte es sie nicht.

»Lucien! Mein lieber Junge!« Sie umarmten einander nicht, sondern schüttelten sich die Hand. »Und wer ist dieses hübsche kleine Ding?«

»Das ist Philly. Philly Doyle«, erklärte Lucien. Die Art, wie sein Onkel Philly titulierte, machte ihn offenbar verlegen.

»Hallo«, sagte Philly, »ich freue mich sehr, Sie kennenzulernen.«

»Ganz meinerseits, meine Liebe. Kommt, setzt euch doch. Ich sollte vielleicht das Feuer anzünden. Es ist recht kühl geworden.«

Philly, die inzwischen richtig fror, machte zustimmende Geräusche, die ihn hoffentlich ermuntern würden, sein Vorhaben auszuführen. Doch leider ging er nicht zum offenen Kamin, sondern zu einem Tisch voller Getränke. »Möchtet ihr einen Drink? Vielleicht einen Sherry zum Aufwärmen?«

Philly dachte bei sich, dass ein Glas Sherry sie bestimmt wärmen und gleichzeitig ihre Nerven beruhigen würde. »Das wäre sehr schön, aber Miss Hopkins bringt gleich Tee.«

»Miss Hopkins? Oh, Sie meinen Sarah. Nun, dann nehmen wir besser keinen Drink, wenn sie Tee serviert.«

Philly registrierte seinen leicht angespannten Blick: Er hätte gern etwas Alkoholisches getrunken, wollte jedoch seine Haushälterin nicht verärgern.

Lucien sagte: »Soll ich das Feuer anzünden, Rod?« Er sprach mit seinem Patenonkel sehr ungezwungen, doch er schaute Philly bei seinen Worten an. Sie nickte.

»Ja, bitte. Dann kann ich Sarah sagen, dass du es gemacht hast, und sie schimpft nicht mit mir.« Roderick lachte, doch er schien es vollkommen ernst zu meinen – er war daran gewöhnt, von seiner Haushälterin zurechtgewiesen zu werden.

»Was machen Sie beruflich?«, erkundigte sich Roderick, während Lucien sich um das Feuer kümmerte.

»Ich habe eine Gärtnerei«, antwortete Philly. »Ich ziehe Pflanzen – hauptsächlich für eine Freundin, die als Gärtnerin für ein großes Haus arbeitet. Ein bisschen so wie dieses hier.« Sie lächelte und fand, dass ihr die Beschreibung recht gut gelungen war.

»Pflanzen also?« Roderick nickte nachdenklich vor sich hin. »Kann man damit Geld verdienen?«

»Nicht so viel, wie es für die harte Arbeit angemessen wäre, aber ich komme zurecht.«

»Harte Arbeit?« Er runzelte die Stirn, als wäre ihm dieser Begriff nicht vertraut.

»Mir macht es nichts aus, mir die Hände schmutzig zu machen«, erwiderte Philly genau in dem Moment, in dem Miss Hopkins einen Servierwagen ins Zimmer schob.

»Möchten Sie sich gern vor dem Tee die Hände waschen, Miss?«, fragte Miss Hopkins, die offensichtlich den letzten Satz gehört hatte.

Während Philly durch lange Flure zu einem großen, eiskalten Badezimmer im unteren Stockwerk geführt wurde, wünschte sie, sie könnte Brotkrumen streuen, um sicherzustellen, dass sie den Rückweg fand.

Das Seifenstück war alt und rissig, das Handtuch rau und nicht ganz sauber. Philly hätte wetten können, dass es im Haus ein viel schöneres Badezimmer gab. Aber die böse Mary Poppins hatte offensichtlich beschlossen, dass Philly es nicht wert war, das schöne Bad mit den flauschigen Handtüchern und der neuen Seife zu benutzen. Philly, die sich selbst oft feige fand, spürte, wie ihr Mut gleichzeitig mit ihrer Verärgerung wuchs.

Sie war froh, dass Lucien das Feuer in der Bibliothek in Gang gebracht hatte, und stellte sich davor. Miss Hopkins servierte den Tee.

»Da sind Sie ja«, sagte sie, als hätte Philly Stunden gebraucht. »Ich habe Ihren Tee dort drüben hingestellt.« Sie zeigte auf einen Stuhl, der viel zu weit vom Feuer entfernt war.

»Danke«, erwiderte Philly und durchquerte den Raum. Dann nahm sie ihre Teetasse und kehrte damit zum Kamin zurück. Während sie ihren Tee trank, überlegte sie, warum sie Luciens Ex-Kinderfrau die Stirn bieten konnte, wohingegen Lady Anthea sie einschüchterte. Es lag daran, dass Miss Hopkins sich beinahe unverhohlen feindselig ihr gegenüber verhielt, während Lady Anthea einfach vornehm war. Philly nahm sich vor, mutiger und selbstbewusster zu sein, wenn sie nach Hause zurückkehrte.

Endlich verließ Miss Hopkins den Raum. Philly spürte, dass sie nicht die Einzige war, die sich daraufhin entspannte. Sie nahm sich einen Hocker und stellte ihn vor den Kamin. Lucien legte das Bourbon Biskuit, von dem er nur einmal abgebissen hatte, auf seinen Teller, und Roderick ging erneut zum Tisch mit den Getränken.

»Keine gute Bäckerin, unsere Sarah, nicht wahr?«, meinte Lucien.

»Kuchen sind leere Kalorien«, sagte Roderick. »Sollen wir einen Sherry nehmen? Oder entscheiden wir uns gleich für etwas Härteres?«

»Etwas Härteres«, antwortete Lucien. »Ich stehe nicht so auf Sherry.«

»Für mich bitte einen Sherry.« Philly trank ihren Tee aus, der kalt und zu schwach war und in dem sich zu viel Milch befand.

»Wird sie böse sein?«, fragte Lucien und nahm das Glas, das sein Patenonkel ihm reichte.

»Ich sage, du bist schuld«, antwortete Roderick. »Du warst immer ihr Liebling.«

»Der Himmel weiß, warum«, entgegnete Lucien. »Ich hab ihr jede Menge Ärger gemacht.«

»War sie lange deine Nanny?«, wollte Philly wissen.

»Ungefähr zwei Jahre. Mit sieben kam ich in die Schule. Da sie erst in unsere Dienste trat, als ich sechs war, hat sie sich im zweiten Jahr nur in den Ferien um mich gekümmert. Sie ist gegangen, als ich acht war, um eine alte Tante zu pflegen.«

»Als die Tante dann starb«, fuhr Roderick fort, »habe ich Sarah geerbt. Sie ist sehr tüchtig, aber ziemlich ... na ja ... puritanisch. Sie redet immer noch so, als wäre es der Höhepunkt ihres Berufslebens gewesen, sich um Lucien zu kümmern.«

»Nun, Rod«, sagte Lucien nach den ersten Schlucken Whisky. »Du hast dir bestimmt schon gedacht, dass wir nicht nur gekommen sind, um deine Gesellschaft zu genießen.«

»Du bist hier, weil du Geld haben willst, das ist mir absolut klar. Was steckt dahinter?«

Philly saß auf ihrem Hocker am Feuer, trank Sherry und aß die gebutterten Brothäppchen, die die anderen beiden verschmäht hatten.

»Nun ...«, setzte Lucien an, doch sein Onkel unterbrach ihn.

»Warum hast du deinem Elternhaus den Rücken gekehrt, Junge? Du hattest doch alles! Eine großartige Schulausbildung, liebevolle Eltern, genug Geld. Du hattest wirklich alles, was das Herz begehrt! Kricket-Unterricht bei Lord's, jeden Winter Skiurlaub, Tennisstunden, Segelkurse, alles. Und dann läufst du einfach weg?«

Philly war verdutzt. Sie hatte zwar gewusst, dass Lucien aus privilegierten Verhältnissen stammte, doch ihr war nicht klar gewesen, wie privilegiert sie waren.

»Du hast deinen Eltern das Herz gebrochen«, fuhr Roderick fort.

»Natürlich hat es mir leidgetan, dass ich ihnen Sorgen gemacht habe«, antwortete Lucien ein wenig steif, »doch ich wollte einfach nicht das Leben leben, das sie für mich geplant hatten. Ich wollte Koch werden. Sie waren nicht einmal bereit, darüber zu reden.«

»Hut ab, dass du das wusstest«, sagte Roderick. »Aber jetzt willst du auf einmal Bäcker werden, hast du in deiner E-Mail geschrieben? Was ist aus dem Kochen geworden? In dieser Welt braucht man ein bisschen Durchhaltevermögen und Beständigkeit, mein Junge. Es bringt nichts, einfach etwas anzufangen und dann wieder aufzugeben, wenn die Gangart härter wird.«

Lucien atmete geräuschvoll aus, trank einen Schluck und holte tief Luft. »Ich will mich nicht als Bäcker selbstständig machen, weil der Beruf des Kochs hart ist. Das Bäckerhandwerk ist in vielerlei Hinsicht noch härter. Als Caterer könnte ich ein recht einfaches Leben haben, vor allem weil ich mir nun auf der Rennbahn und bei Sportveranstaltungen einen Namen gemacht habe. Catering wird ziemlich gut bezahlt, und ich kann mir aussuchen, wie viele Tage ich arbeiten will.«

»Warum willst du es dann aufgeben? Obgleich ich sicher bin, dass deine Mutter dich lieber als Chefkoch mit einem eigenen Restaurant sehen würde.«

»Ich fürchte, dass das, was meine Mutter für mich will, und das, was ich selbst möchte, sich grundlegend voneinander unterscheiden. Das ist der Grund, warum ich gegangen bin.«

Roderick nickte und leerte sein Glas. Nachdem er sich nachgeschenkt hatte, sagte er: »Verständlich. Und sie ist eine sehr starke Frau, deine Mutter. Sie setzt gern ihren Willen durch.«

Als Philly sah, wie viel Whisky er in sein Glas füllte, verspürte sie einen winzigen Hauch Verständnis für Rodericks Haushälterin, die offensichtlich versuchte, den Alkoholkonsum ihres Dienstherrn einzudämmen. Doch beim Gedanken an Luciens Mutter sank ihr der Mut. Wenn es schon schwierig war, Luciens ehemaliger Kinderfrau gegenüberzutreten, wie Furcht einflößend musste dann erst seine Mutter sein?

»Das ist der Grund, warum ich zu dir gekommen bin, um dich um Unterstützung zu bitten«, fuhr Lucien fort. »Ich habe dir ja in meiner E-Mail erklärt ...«

Als er gerade näher auf das Thema eingehen wollte, öffnete sich die Tür und Miss Hopkins trat ein, vermutlich, um das Teegeschirr abzuräumen. »Oh«, sagte sie. »Sie sind zu Drinks übergegangen.«

Luciens ehemalige Kinderfrau durchbohrte Philly mit ihrem stechenden Blick, völlig ungerechtfertigt, und gab ihr das Gefühl, für diese Ausschweifung verantwortlich zu sein. »Vielleicht möchte die junge Dame ihr Zimmer sehen? Es ist bald Zeit, sich fürs Dinner umzukleiden.«

Philly blieb nichts anders übrig, als den Platz am offenen Kamin aufzugeben und Miss Hopkins zu folgen. Wenigstens werde ich dann die Gelegenheit haben, mir etwas Wärmeres anzuziehen, dachte Philly. Allerdings bezweifelte sie, dass zum Dinner in diesem Haus Jeans und Fleecepulli die richtige Wahl waren.

Lucien hatte ihr Gepäck in der Diele abgestellt. Philly nahm ihre Tasche und folgte Miss Hopkins die Treppen hinauf. Sie gingen einen langen, sehr zugigen Flur entlang, der nach Phillys Überzeugung in den Ostflügel führte, in dem es spukte. Sie wusste, dass sie kilometerweit von Lucien entfernt sein würde. Also brauchte sie sich auch gar nicht zu sorgen, auf Zehenspitzen irgendwelche Gänge entlangschleichen zu müssen. Sie konnte sich gut vorstellen, dass im selben Flügel auch eine verrückte Familienangehörige eingesperrt war – wie bei *Jane Eyre*. Noch bevor Philly ihr Schlafzimmer gesehen hatte, war ihr klar, dass sie vollständig angekleidet schlafen musste.

Sie beschloss, ihre Jeans und ein Trägertop unter ihrem Kleid zu tragen und zudem in den Cardigan zu schlüpfen. Die böse Mary Poppins würde sicher in Anwesenheit der Männer keine Bemerkung zu ihrem etwas seltsamen Aufzug machen.

Als sie sich auf den Rückweg durch die Flure begab, um die Bibliothek und etwas Wärme zu suchen, wurde ihr bewusst, dass die Menschen in ihrem Leben sie bisher meistens mit Wohlwollen betrachtet hatten. Sie war einfach froh gewesen, dass man sie mochte. Jetzt war sie fast unverhohlener Feindseligkeit ausgesetzt, und sie stellte fest, dass sie dadurch stärker und mutiger wurde. Das war so viel besser als das Gegenteil.

Doch bevor sie die Behaglichkeit des offenen Feuers erreichte, wurde sie abgefangen. »Die Herren befinden sich im Salon«, sagte Miss Hopkins und warf Philly einen Blick zu, der sie deutlich spüren ließ, was die ehemalige Kinderfrau von Jeans unter einem Kleid hielt.

Im offenen Kamin im Salon stand eine riesige Vase voller Trockenblumen, die mit aller Deutlichkeit darauf hinwies, dass Sommer war und unter keinen Umständen ein Feuer angezündet werden würde.

Roderick und Lucien trugen beide Kaschmirpullis mit V-Ausschnitt. Rodericks Pullover wies einen leichten Mottenbefall auf. Außerdem hatte er eine Krawatte umgebunden, auf die er nach Phillys Meinung besser verzichtet hätte.

»Philly«, sagte Lucien. »Komm, setz dich.« Er reichte ihr ein Glas Sherry. »Nanny – Sarah – hat gesagt, dass es bald Dinner gibt. Hast du alles gefunden, was du brauchst?«

Sie nickte und verzichtete auf die ironische Bemerkung, dass sie nur leider keinen Schrank voller Pelzmäntel vorgefunden hatte. Erstens war es nicht Rodericks Schuld, dass sie die falsche Kleidung für ein Juni-Wochenende auf einem großen, alten Landsitz eingepackt hatte, und zweitens hätten Lucien und er ihre Anspielung auf die *Chroniken von Narnia* vielleicht nicht verstanden. Dieses Haus hatte etwas an sich, was sie an die Abenteuergeschichten erinnerte, die sie als Kind gelesen hatte. Das Ganze wirkte eher wie eine fiktive Umgebung als wie ein Haus, in dem tatsächlich Menschen lebten.

»Trink das schnell«, meinte Lucien, der mit der Karaffe neben ihr stand, »dann kannst du noch ein Glas haben, bevor Nanny mit ihren geschmacksneutralen Keksen zurückkommt.«

Roderick hielt sich an einem Tumbler aus geschliffenem Glas fest und stand in der Nähe einer anderen Karaffe. War es Nanny, die ihn zum Trinken getrieben hatte? Oder hatte sie ein Auge auf seinen Alkoholkonsum, weil sie ihn gern hatte? Wahrscheinlich traf beides zu.

Als Miss Hopkins mit einem Teller voller Biskuits eintrat, die mit etwas blass Rosafarbenem bestrichen waren, hatten sich alle gesetzt und hielten Gläser mit einer angemessenen Menge Alkohol in der Hand.

»Das Dinner ist bald fertig«, verkündete sie, während sie den Teller herumreichte. »Also verderbt euch nicht den Appetit.«

»Was gibt es denn?«, wollte Lucien wissen. Als ihr besonderer Liebling war er entsprechend kühn.

»Warte es ab, mein Lieber. Dann wird es eine herrliche Überraschung sein.«

»Vielleicht wird sie gar nicht so herrlich«, sagte Roderick trübsinnig, als sie das Zimmer verlassen hatte. »Alltägliches Essen kocht sie ganz passabel – Makkaroni mit Käse, Shepherd's Pie und solche Sachen –, aber wenn Besuch kommt, fühlt sie sich verpflichtet, etwas ›Besonderes‹ auf den Tisch zu bringen.«

Lucien stöhnte leise. »Ich hätte für euch kochen können.«

»Bestimmt, doch damit hättest du ihre Gefühle sehr verletzt«, meinte Roderick.

Philly war nicht überzeugt, dass die böse Mary Poppins überhaupt Gefühle hatte, doch sie verkniff sich eine entsprechende Bemerkung.

»Ich habe einen schönen Wein ausgesucht«, sagte Roderick. »Es ist mir gelungen, zwei Flaschen ins Esszimmer zu schmuggeln. Wir müssen die erste Flasche ziemlich schnell trinken, damit wir eine zweite öffnen dürfen.«

»Ich werde mein Bestes geben«, erwiderte Philly. Sie freute sich bereits darauf, ihrem Großvater von den Geschehnissen in diesem Haus zu berichten. Und Lorna. Was ihre Freundin anging, so hoffte Philly, dass sie zusammen mit Jack eine wunderbare Zeit in Frankreich verbrachte. Sie war richtig neidisch auf Lorna: In Frankreich war es bestimmt warm!

Wie prophezeit wurde ihnen nicht viel Zeit gelassen, gemütlich mit ihrem Sherry und den Crackern mit Fischpastete im Salon zu sitzen. Schon bald wurden sie in ein Speisezimmer gebeten, in dem es sogar noch kälter war als in den anderen Räumen.

»Tut mir leid«, murmelte Roderick, als er sah, dass Philly ein Frösteln nicht unterdrücken konnte. »Das ist das verdammt noch mal kälteste Haus in der ganzen Grafschaft.«

Sie lächelte höflich und widersprach ihm nicht.

Wie Roderick prognostiziert hatte, schmeckte das Essen grauenhaft. Der erste Gang bestand aus einer blassrosafarbenen Pastete, die sich als die Gleiche herausstellte, mit der die Cracker bestrichen waren. Danach gab es Hähnchenbrust in einer Soße, die sehr an eine Dosensuppe von undefinierbarem Geschmack erinnerte, und dazu zu wenig gegarten Reis.

Miss Hopkins servierte, was bedeutete, dass am Tisch nicht viel gesprochen wurde, und wenn sie kurz den Raum verließ, füllte Lucien rasch die Gläser auf. Philly war inzwischen versucht, dem Beispiel ihres Gastgebers zu folgen und ihr Glas in einem Zug zu leeren, um nachschenken zu können, bevor Miss Hopkins mit dem nächsten Gang zurückkehrte.

Die Nachspeise veranlasste Lucien zu einem überschwänglichen Aufschrei – ob vor Begeisterung oder Entsetzen, konnte Philly nicht deuten. Das Dessert war blassbraun und wurde in kleinen Schalen serviert.

»Oh, Nanny«, sagte Lucien, »du hast meinen Lieblingsnachtisch gemacht. *Angel Delight!*«

»Mr. Lucien!«, protestierte Nanny. Der »Mr.« verlieh ihrem Vorwurf mehr Nachdruck. »Es sei dir verziehen. Mein Essen wird völlig ohne Fertigprodukte zubereitet, so wie es Ernährungswissenschaftler empfehlen.«

»Es ist köstlich.« Philly spülte die Nachspeise mit Wein herunter, was widerlich schmeckte. »Ich liebe … äh … Desserts mit Schokolade.«

»Es gibt auch noch Käse«, warf Roderick ein. »Sarah, können wir den Käse haben? Ich habe einen sehr guten Portwein. Ich möchte, dass wir den jetzt trinken. Aber machen Sie sich keine Mühe; ich hole ihn.«

»Käse war eigentlich nicht vorgesehen, Mr. Roderick«, sagte Miss Hopkins vorwurfsvoll.

»Ich finde wirklich, dass Lucien den Portwein probieren sollte«, hielt Roderick dagegen. »Als sein Patenonkel ist es meine Aufgabe, seinen Gaumen zu schulen.«

Lucien hustete in die gewölbte Hand.

»Dann werde ich den Käse bringen«, erklärte Miss Hopkins und gab sich naserümpfend geschlagen. »Doch ich bezweifle, dass die junge Dame noch etwas essen oder trinken möchte. Gehen Sie in den Salon, Miss, und überlassen Sie die Herren sich selbst.«

»Ich glaube, Philly hätte auch gern ein Glas Portwein«, sagte Lucien.

»Und wir haben einen verdammt guten Stilton. Lucien hat ihn mir geschickt«, fügte Roderick hinzu.

Miss Hopkins blieb im Türrahmen stehen. »Die Herren möchten vielleicht über Geschäftliches sprechen.«

»Ich versichere dir, dass wir über nichts reden werden, was Philly nicht hören darf. Sie kennt meine Geschäftspläne.«

»Ich habe ohnehin zu viel getrunken, um über Geschäfte zu reden«, meinte Roderick.

»Dann trinken wir einfach ein bisschen Portwein und essen Käse!«, beschloss Lucien.

»Ich denke, die junge Dame würde es sicherlich vorziehen, die Herren allein zu lassen«, wiederholte Miss Hopkins hartnäckig.

Philly fand das recht amüsant. »Ihr könnt euch gern ohne mich betrinken«, meinte sie, »wenn ich dann im Salon eine Tasse Tee bekommen könnte?«

Philly erkannte, dass Miss Hopkins nicht vorgehabt hatte, ihr irgendetwas anzubieten. Doch nachdem sie so viel Aufhebens darum gemacht hatte, dass Philly die Herren sich selbst überließ, sah sie sich offenbar gezwungen, Tee zu kochen.

Philly huschte rasch in die Bibliothek und raffte Kleinholz, Anzünder, Holzscheite und Streichhölzer zusammen. Sie widerstand der Versuchung, ein paar brennende Scheite auf einer Schaufel in den Salon zu tragen, da das extrem gefährlich wäre. Und was fast noch wichtiger war: Man würde ihr heftig die Leviten lesen, falls Glut auf einen antiken Perserteppich fiele. Sie nahm das Blumenarrangement aus der Feuerstelle und stellte es unter das Fenster.

Zu ihrem Ärger kniete sie gerade vor dem Kamin, um das Feuer anzufachen, als Miss Hopkins mit dem Tee hereinkam. Philly ergriff die Initiative.

»Wie dumm von mir«, sagte sie, »ich hätte einfach fragen

sollen, ob ich den Tee in der Bibliothek nehmen kann, aber das Feuer hier wird auch gleich anständig brennen.«

»Es ist Juni, da wird kein Feuer benötigt. Und ich hätte Sie auch nicht unbeaufsichtigt in der Bibliothek lassen können.«

Ganz richtig, dachte Philly. Ich hätte alle kostbaren Erstausgaben verunstaltet. Wie klug von dir, dass du mich gleich durchschaut hast. Laut sagte sie: »Ich bin sehr zufrieden hier. Vielen Dank für den Tee. Wahrscheinlich sehnen Sie sich danach, zu Bett zu gehen. Gäste sind so ermüdend, nicht wahr?«

Zustimmend schürzte Miss Hopkins die Lippen. »Frühstück gibt es um acht Uhr im Speisezimmer. Ich wünsche Ihnen eine sehr gute Nacht, Miss.«

19. Kapitel

Bald schon fand Philly es langweilig, auf Lucien und seinen Onkel zu warten. Aber sie wollte nicht ins Speisezimmer zurückkehren – vielleicht redeten die Männer ja doch über das Darlehen. Statt noch länger auszuharren, suchte sie den Weg zu ihrem Schlafzimmer und machte sich bettfertig.

Sie versuchte nicht einmal, zu duschen oder ein Bad zu nehmen. Das Gästebad war schlecht ausgestattet und schien Spinnen zu beherbergen. Frei stehende Badewannen waren gut und schön in modernen Bädern voll glänzendem Porzellan und Edelstahl. In diesem Bad jedoch mit den vielen »Originalbestandteilen« sorgte die Wanne dafür, dass der Raum noch zugiger und weniger einladend wirkte, als es ohnehin schon der Fall war.

Nachdem Philly in ihr gruseliges, eiskaltes Zimmer zurückgekehrt war, kroch sie vollständig bekleidet ins Bett. Sie hatte vor, die Bettwäsche ein bisschen anzuwärmen und sich dann auszuziehen.

Die Nachttischleuchte war so schwach, dass sie ihren Roman nicht weiterlesen konnte. Ein Marmeladenglas voller Glühwürmchen hätte für mehr Licht gesorgt. Sie fror und war weit davon entfernt, einschlafen zu können, aber dennoch musste sie eingenickt sein – vollständig angezogen und über ihr Buch gebeugt. Als sich die Tür plötzlich öffnete, schreckte sie auf.

Es war Lucien. »Pssst«, machte er, bevor sie auch nur einen Ton von sich geben konnte. »Wenn Nanny herausfindet, dass ich hier bin, bricht die Hölle los! Sie würde ein Mordstheater veranstalten.«

»Okay«, flüsterte Philly.

»Ich bin nur gekommen, um dir das hier zu bringen.«

Er reichte ihr eine große Tasse und zog eine Wärmflasche unter dem Arm hervor. »Nanny hat mir heiße Schokolade gekocht und die Wärmflasche vorbereitet.« Dann zog er seinen Pulli aus. »Er ist alt, hält aber warm. Jetzt muss ich gehen. Nanny ist zwar nicht mehr jung, doch sie hat Ohren wie ein Luchs.« Er küsste sie auf die Wange und verließ das Zimmer wieder.

Philly lächelte. Der Kakao war nicht richtig heiß und viel zu süß, aber sie empfand ihn als seltsam tröstlich. Und die Wärmflasche wusste sie noch mehr zu schätzen. Doch am meisten freute Philly sich darüber, dass Lucien ihr beides gebracht hatte. Sie fühlte sich wertgeschätzt und umsorgt.

Um Punkt acht Uhr betrat Philly am folgenden Morgen das Speisezimmer. Es war immer noch kalt, und obwohl sie wusste, dass sie damit möglicherweise einen Kommentar provozierte, hatte sie Luciens Kaschmirpullover zu der Jeans angezogen.

Lucien traf wenige Minuten später ein. Seine Haare waren feucht, aber er wirkte selbstbewusst und unternehmungslustig. Offensichtlich hatte er besser geschlafen als sie.

Miss Hopkins betrat beinahe gleichzeitig mit ihm das Speisezimmer. Wahrscheinlich hatte sie die Ohren gespitzt. »Guten Morgen. Hoffentlich haben alle gut geschlafen«, sagte sie und betrachtete Phillys Pullover mit gerunzelter Stirn.

Philly verkniff sich die Bemerkung, dass das Bett unglaublich unbequem und außerdem ein wenig klamm gewesen war. »Gut, danke«, murmelte sie stattdessen.

»Ich auch, danke schön«, sagte Lucien.

»Du hast immer schon gut geschlafen, mein Lieber, sogar als du noch klein warst.«

»Die Wärmflasche und der Kakao haben geholfen«, erwiderte er und zwinkerte Philly so auffällig zu, dass es für jeden sichtbar sein musste.

Miss Hopkins wandte sich an Philly. »Möchten Sie Cornflakes oder Toast?«

»Ein englisches Frühstück steht vermutlich nicht zur Wahl, oder?«, fragte Lucien.

»Ganz recht. Ein Herzinfarkt auf einem Teller serviert. Das würde Mr. Roderick nicht vertragen.«

»Kommt Roderick zum Frühstück herunter?«, wollte Lucien wissen.

»Nein. Er hat nicht besonders gut geschlafen – deshalb habe ich ihm sein Frühstück aufs Zimmer gebracht.«

»Nun, wir müssen ziemlich bald aufbrechen«, erklärte Lucien und nahm sich eine Scheibe Toast. »Reicht dir Toast, Philly?«

Sie nickte. Ihr Magen knurrte. »Klar.«

»Ich muss zugeben, Miss, Sie sehen nicht aus wie jemand, der wie ein Vögelchen isst.«

Sie will damit sagen, dass ich dick bin, dachte Philly. Sie schenkte ihr das Lächeln, das sie sich immer für die Nonnen in der Schule aufgespart hatte, die sie nicht mochte. »Der Schein trügt oft.«

Eigentlich wollte sie damit keine spezielle Andeutung machen, doch sie sah, wie die böse Mary Poppins zusammenzuckte.

Lucien lief hinauf zum Schlafzimmer seines Patenonkels, um sich zu verabschieden, und kurz darauf brachen sie auf.

»Gib bitte *Anständiges Frühstück* ins Navi ein, dann fahren wir sofort hin!«, meinte Lucien.

Philly lachte. »Eine gute Idee! Ich habe einen Bärenhunger.«

»Es tut mir so leid, dass ich dir das zugemutet habe. Wenn ich geahnt hätte, wie furchtbar es wird, hätte ich uns in einer Frühstückspension eingemietet.«

»Wo ein ›Herzinfarkt auf einem Teller‹ dazugehört hätte«, sagte Philly. »Und wo es warm gewesen wäre!«

Er warf ihr einen raschen Seitenblick zu. »Und wir wären zusammen gewesen.«

»Ja.« Auf einmal war sie verlegen. »Ich glaube, wir stoßen am ehesten auf ein Frühstückslokal, wenn wir ins Stadtzentrum fahren.«

Sie fanden ein kleines Café und bestellten alles, was für sie zu einem guten Frühstück gehörte: Bohnen, Würstchen, Bacon, Kartoffelpuffer, zu starken Tee, Toast und Marmelade.

»Weißt du, was? Selbst als Koch fällt es mir schwer, eine bessere Mahlzeit zuzubereiten als ein richtiges englisches Frühstück.« Er wischte den Rest des Baconfettes mit einem Stück Toast auf.

»Weshalb du lieber Bäcker werden willst?«

Lucien zuckte mit den Schultern. »Das ist nicht der eigentliche Grund. Es ist eher die Hefe, vor allem wilde Hefe – sie ist einfach magisch. Und nicht jeder kann sich ein Feinschmeckermenü leisten, doch die meisten kaufen sich anständiges Brot.«

»Ich glaube nicht, dass deine alte Nanny dir da zustimmen würde.«

»Oh, sie würde mir zustimmen!« Lucien grinste. »Sie würde das Brot nur nicht selbst kaufen.«

»Ich habe mir Gedanken gemacht, ob dein Patenonkel genug Geld besitzt, um dein Vorhaben zu unterstützen«, sagte Philly. »Sie leben nicht gerade in Saus und Braus, die beiden, oder? Ich meine, in diesem Haus befinden sich keine großen Reichtümer, wenn man einmal vom Haus selbst absieht.«

»Ich kann es dir nicht verdenken, dass du diesen Eindruck gewonnen hast. Aber die Sache ist die, dass Roderick keinen großen Wert auf Essen und Komfort legt, solange er nur genug zu trinken hat – und das hat er meistens ...«

»Manch einer würde sagen, zu viel!«, warf Philly ein und wünschte sich auf der Stelle, sich nicht so kritisch geäußert zu haben.

»Ich weiß, dass Nanny das sagen würde. Meine Eltern dagegen haben immer behauptet, dass Roderick in Geld schwimmt. Und es heißt, dass reiche Menschen vor allem reich geworden sind, weil sie geizig sind.«

»Womit hat Roderick sein Geld verdient?«

»Er hat es nicht verdient, er hat es geerbt.«

Philly zuckte mit den Schultern. Sie konnte sich nicht vorstellen, Geld zu besitzen, ohne dafür arbeiten zu müssen. »Aber wird er dir das Geld geben? Wenn er doch geizig ist?«

»Er war ein großzügiger Patenonkel. Ich glaube nicht, dass er wirklich knauserig ist, er mag nur keine Veränderungen. Der Einbau einer Zentralheizung in dieses Haus würde jede Menge Unruhe mit sich bringen. Das würde ihm nicht gefallen. Ich glaube, es wird schon klappen.«

»Dann habt ihr das Thema also nach dem Abendessen besprochen? Hatte er Verständnis für dich und deine Vision?«

»Ha! Tut mir leid, dass ich lache, aber wenn ich Roderick gegenüber ein Wort wie ›Vision‹ benutzen würde, würde er mich aus dem Haus werfen. Ich habe Ausdrücke wie ›Geschäftsplan‹, ›prognostizierter Gewinn‹ und ›wachsender Markt‹ verwendet.«

»Und hat er es verstanden?«

»Ich glaube schon. Er wollte sich nicht sofort festlegen, doch ich bin sicher, dass er das Potenzial in dem Projekt erkennt.«

»Würde das nicht zu viel Unruhe für ihn bedeuten? Die er ja nicht mag?«

»Eigentlich nicht. Um so etwas kümmert sich sein Steuerberater.« Er machte eine Pause. »Noch Tee? Oder sollen wir weiterfahren?«

Philly übernahm das Steuer. Während sie fuhr, suchte Lucien die Strecke zu einem kleinen Pub heraus, der seines Wissens von einem jungen, vielversprechenden Küchenchef übernommen worden war. Dort wollten sie zu Mittag essen. Die Sonne kam heraus, und sie konnten draußen auf der Terrasse sitzen.

»Nur gut, dass wir so ausgiebig gefrühstückt haben«, scherzte Philly. »Wenn es dort *Nouvelle Cuisine* gibt, werden wir nicht genug zu essen bekommen, um die Löcher in unseren Zähnen zu füllen.«

»Das Essen wird reichlich sein!«, widersprach Lucien. »Warte einfach mal ab. Wenn du nicht futtern würdest wie ein Scheunendrescher, würdest du so etwas nicht sagen.«

»Ich arbeite körperlich. Daher habe ich einen gesunden Appetit, für den ich mich auch nicht schäme.«

»Das ist eines der vielen Dinge, die ich an dir liebe.« Er begann den Satz unbeschwert, doch gegen Ende veränderte sich sein Ton. »Bitte, Philly. Sieh mich an. Ich meine es ausnahmsweise mal sehr ernst.«

Sie schaute ihn an. Er wirkte in der Tat ausgesprochen ernst. »Ja?«, sagte sie leise.

»Ich glaube, ich liebe dich, Philly.«

»Aber du bist dir nicht ganz sicher?«

»Mach dich nicht über mich lustig! Ich habe noch nie zu einer Frau gesagt, dass ich sie liebe. Die Worte kommen mir nicht leicht über die Lippen, so viel ist sicher. Aber du bist einfach wunderbar. Es geht nicht nur um Sex ...«

Philly wurde rot.

»Ich bewundere und respektiere dich. Du bringst mich zum

Lachen, du unterstützt mich – und was den Sex angeht, wird es nicht mehr lange dauern, bis ich dir zeige, was genau ich empfinde.«

»Ich habe es noch nie getan, Lucien.« Philly spürte, dass ihr Gesicht nach diesem Geständnis glühte. »Du wärst mein erster Mann. Das kommt dir bestimmt seltsam vor, aber ich bin Irin und wurde sehr streng erzogen.«

»Es klingt überhaupt nicht seltsam. Es ist perfekt. Und war die strenge Erziehung der einzige Grund?«

Sie schüttelte den Kopf. Es war am besten, ihm die Wahrheit zu sagen. »Nein. Mir hat noch kein Mann gut genug gefallen.«

Er hob die Hand und legte sie an ihre Wange. »Ich bin froh.«

Den Rest der Strecke fuhr Lucien. Philly schwebte auf einer Wolke der Glückseligkeit. Sie liebte einen Mann, der ihre Liebe erwiderte. Es war das wunderbarste Gefühl auf der ganzen Welt.

20. Kapitel

Als Lorna nach ihrem Urlaub die Haustür aufschloss und ihr kleines Haus betrat, kam es ihr vor, als wäre sie nicht nur eine Woche, sondern Jahre fort gewesen. Sie fühlte sich auch um Jahre älter, doch als sie einen Blick in den Flurspiegel warf, stellte sie fest, dass sie ein bisschen braun geworden war. Schon ging es ihr ein wenig besser.

In der Küche herrschte Chaos. Leo war ausgezogen und hatte nur mitgenommen, was er brauchte. Leider hatte er den Abwasch nicht erledigt.

Während sie den Kessel aufsetzte und das schmutzige Geschirr einsammelte, überlegte sie, ob der Urlaub am Meer ihrer Seele wirklich gutgetan hatte. Sie war viel spazieren gegangen, hatte köstliche Mahlzeiten zu sich genommen und viel geschlafen. Trotzdem war sie bei ihrer Rückkehr nicht von Jack geheilt, sondern vermisste ihn mehr denn je.

Später, als sie aufgeräumt hatte und zur Ruhe kam, zündete sie den Ofen an, einfach weil sie sich nach Behaglichkeit sehnte. Dabei fragte sie sich zum tausendsten Mal, ob sie überreagiert hatte, als sie das Aktbild von sich selbst bei ihm an der Wand entdeckt und Reißaus genommen hatte. Ja, dachte sie nun. Sie musste etwas unternehmen.

Lorna gehörte nicht der Generation von Frauen an, die auf Männer zugingen und ihnen ein Date vorschlugen. Ihre eigenen Regeln geboten ihr zu warten, bis Jack sich bei ihr meldete. Doch das hatte er nicht getan. Altmodisch hin oder her – sie wusste, dass sie nun selbst die Initiative ergreifen und

Kontakt zu ihm aufnehmen musste. Also schrieb sie ihm eine Nachricht.

Tut mir leid, dass ich so hysterisch war. Können wir uns treffen und reden? Hoffentlich war es schön in Frankreich, und du hast den passenden Stein gefunden. LG, L. x

Nachdem sie die Mitteilung verschickt hatte, quälte Lorna sich mit der Frage herum, ob Jack ihr wohl antworten würde. Sie ging in die Küche und bereitete ein Trostessen zu: Spaghetti mit Käse, kein Gemüse, nichts Gesundes, dafür aber Wein. Zum Glück mochte Leo keinen Weißwein, sodass sich noch eine Flasche im Kühlschrank fand.

Als eine Stunde vergangen war, ohne dass ihr Handy den Eingang einer Nachricht von Jack verkündet hatte, rief sie Leo an. »Hallo, mein Lieber, ich bin zurück. Wie geht's dir?«

»Oh, hi, Mum! Bei mir ist alles in Ordnung. Hattest du einen schönen Urlaub?«

Leo konnte nicht wissen, was hinter ihrer plötzlichen Reiseziel-Änderung steckte. Allerdings war er unverkennbar erfreut gewesen, dass sie nicht mit Jack gefahren war.

»Sehr schön. Ich habe ein bisschen Sonne getankt, und die Pension war ganz reizend.«

Es war tatsächlich eine hervorragende Unterkunft gewesen – genau das, was für einen Alleinreisenden geeignet war: Man hatte Zeit für sich, war aber nicht isoliert. Sie hatte immer jemanden gehabt, mit dem sie sich unterhalten konnte, auch wenn es nur ums Wetter gegangen war.

»Hast du gesehen, dass ich ausgezogen bin?«, fragte Leo.

Lorna erwähnte das Chaos nicht, das er hinterlassen hatte. »Ja. Dann haben Kirstie und Peter also Platz für dich im Haus? Du störst sie nicht?«

»Oh nein. Peter ist ohnehin nicht da. Er arbeitet als Berater. Offensichtlich war das Angebot zu lukrativ, um es abzulehnen.« Er schwieg kurz. »Ich helfe Kirstie beim Ausmisten. Das Haus ist vollgestopft mit Plunder.«

»Ich weiß. Peter hat es so gekauft. Die Vorbesitzer haben bei ihrem Auszug alles stehen und liegen lassen. Das war einer der Gründe, warum das Haus so ein Schnäppchen war.«

»Natürlich. Ich habe vergessen, dass du es ja schon gekannt hast, bevor Kirstie kam.«

»Allerdings stammt nicht alles von den Vorbesitzern«, merkte Lorna an, die sich auf einmal Sorgen machte. »Einiges gehört Anthea. Als sie in ein kleineres Haus umgezogen ist, hat sie viele Möbel und andere Gegenstände in Burthen House eingelagert. Sorge bitte dafür, dass Kirstie nichts entsorgt, bevor sie mit Peters Mutter gesprochen hat. Ihr solltet Anthea die Sachen durchsehen lassen, die ihr aussortiert habt, bevor irgendetwas weggeworfen wird.«

»Oh.«

Die Art und Weise, wie er das sagte, war ein wenig besorgniserregend. »Bitte erzähl mir jetzt nicht, dass ihr bergeweise Zeug in einen Container geworfen habt!«

»Na ja, nicht bergeweise, doch wir haben einiges verbrannt. Aber das war nur richtiger Müll. Ich richte es Kirstie aus. Und jetzt muss ich los. Sie kocht heute für mich.«

Als Lorna später ihre Spaghetti aß, fragte sie sich, ob sich zwischen Leo und Kirstie etwas anbahnte. Sie war ein bisschen älter als er, aber davon konnte Lorna ja selbst ein Lied singen. Und was war mit Peter? Dann beschloss sie, dass es nicht ihre Aufgabe war, Peters Liebesleben zu verteidigen, während er geschäftlich unterwegs war. Es war noch gar nicht lange her, da hätte der Gedanke sie entzückt, dass Peters jüngere Internet-Freundin das Interesse an ihrem Millionär verlieren könnte.

Doch jetzt stellte Lorna fest, dass sie Peter nicht mehr haben wollte, selbst wenn das zur Debatte stünde – obwohl sie Jack verloren hatte (er hatte immer noch nicht auf ihre Nachricht geantwortet).

Die Liebe ist schon eine komische Sache, dachte Lorna und schenkte sich ein zweites Glas Wein ein. Sie war wie eine Krankheit. Man fing sie sich ein, und dann verflüchtigte sie sich wieder – oder auch nicht. Doch es steckte keine Logik dahinter. Man konnte sie nicht an- oder ausschalten je nach Eignung des Objektes der Begierde. Das ist eigentlich nicht komisch, sondern sehr lästig, sagte sie sich.

Am folgenden Morgen, nachdem Lorna dank einer Schlaftablette auf pflanzlicher Basis recht gut geschlafen hatte, beschloss sie, richtig aktiv zu werden. Sie würde Jack an seinem Arbeitsplatz aufsuchen. Er hatte weder auf ihre Kurznachricht noch auf die E-Mail reagiert, die sie später noch geschickt hatte.

Ungefähr hundert Mal musste sie sich selbst daran erinnern, dass sie eine Erwachsene war, die einen anderen Erwachsenen besuchte. Das war eine vollkommen normale Sache. In der Tat war es unklug, sich auf die Technik zu verlassen und davon auszugehen, dass sie immer funktionierte. Jeder wusste, dass Handys verloren gingen, Akkus leer sein konnten oder dass es kein Netz gab. Dennoch war sie furchtbar nervös, als sie ihren Wagen parkte und zur Klosterkirche ging.

Es war so anders als bei ihrem gemeinsamen Besuch mit Jack. Obwohl das alte Gebäude diesmal von der Sonne angestrahlt wurde, war Lornas Herz von Dunkelheit und Furcht erfüllt. Sie blieb nicht stehen, um die Umgebung zu bewundern, während sie auf die Werkstatt zusteuerte.

Jack war nicht da, wie es schien. Es dauerte ein bisschen,

bis sie die Aufmerksamkeit der jungen Männer erregen konnte, die mit viel Lärm mit verschiedenen Werkzeugen die Steine bearbeiteten. Als es ihr schließlich gelang, nach Jack zu fragen, schüttelten sie den Kopf. Er hatte sich eine Auszeit genommen, wie sie ihr erklärten. Und nein, sie wussten nicht, wann er zurückkehrte. Lorna wollte nicht fragen, ob er überhaupt zurückkam, denn dann würde sie noch alberner und bedürftiger wirken, als sie sich ohnehin schon fühlte. Und wäre die Antwort ein Nein gewesen, wäre sie verzweifelt.

Eine Viertelstunde später, nachdem sie die Kirche verlassen hatte und auf dem Weg zu ihrem Auto war, hatte sich ihr gesamtes Leben verändert. Es hatte sich zum Schlechteren gewendet.

Bevor sie Jack begegnet war, war sie zufrieden gewesen, obwohl sie unter der unerwiderten Liebe zu Peter gelitten hatte. Jetzt jedoch kamen ihr die Gefühle für Peter mädchenhaft vor – verglichen mit der tiefen Sehnsucht, die sie nach Jack empfand. Es würde nicht leicht sein, sich selbst wieder auf Kurs zu bringen. Aber sie würde es irgendwie schaffen.

Da war der Garten von Burthen House – selbst wenn sie nun auch Erinnerungen an Jack damit verband.

Da war ihr Zuhause, das sie liebte, und zwar erst recht, seit sie es wieder für sich allein hatte und ihr geliebter Sohn ausgezogen war. Lorna wusste, dass sie sich glücklich schätzen konnte. Sie hatte eine Arbeit, die sie gut beherrschte und sehr mochte und die sie auch noch fit hielt. Sie hatte Freunde – nicht viele, aber es waren echte Freunde. Sie lebte in einem wunderschönen Teil der Welt und hatte genügend Geld, obwohl sie nicht reich war.

Leider lösten sich die positiven Gedanken, zu denen sie sich gezwungen hatte, in Luft auf, als sie Kirsties Auto vor ihrem Haus stehen sah. Dann entdeckte sie, dass die junge Frau sich sogar im Haus aufhielt, und Empörung und Furcht stiegen in Lorna auf.

»Ähm – Kirstie?«, sagte sie und zügelte mühsam ihren Ärger. »Waren wir verabredet?«

Kirstie wirkte aufgebracht, aber nicht so verlegen, wie sie hätte sein sollen. »Nein. Ich dachte eigentlich, Sie wären noch im Urlaub. Entschuldigung, dass ich hier einfach eingedrungen bin.«

Hatte Leo ihr nicht erzählt, dass seine Mutter wieder zu Hause war? Offensichtlich nicht. »Nun, kann ich Ihnen helfen?« Lornas tief verinnerlichte Regeln hinsichtlich Gastfreundschaft gerieten ins Wanken. Sie würde dieser Frau keinen Kaffee anbieten, als wäre sie eingeladen worden oder überraschend zu Besuch gekommen.

»Ich möchte mich nur umsehen«, antwortete Kirstie, als hätte sie ein Recht dazu. »Ich finde, das Cottage würde sich perfekt als Ferienhaus eignen, denken Sie nicht?«

»Nein, ganz und gar nicht«, erwiderte Lorna unverblümt. »Ich wohne hier. Und ich mache keinen Urlaub.«

»Aber es gehört Ihnen nicht, oder?«

»Nein. Das Cottage ist an meine Arbeit gekoppelt. Es ist Teil meines Gehaltes.« Anthea hatte mit Nachdruck darauf bestanden, dass Lorna ein hübsches Zuhause bekam. Lorna war ihr sehr dankbar. Da sie kein Haus kaufen musste, würde sie über ausreichend Ersparnisse verfügen, um eines bezahlen zu können, wenn sie in Rente ging.

»Oh, ich verstehe!« Kirstie wirkte nachdenklich. »Sie sind gar nicht mit Jack nach Frankreich gefahren, richtig?«

»Nein, ich war in Salcombe. Es war wunderschön«, erwiderte Lorna knapp. »Weiß Peter, dass Sie hier sind?«

»Er ist geschäftlich unterwegs. Ich behalte hier alles für ihn im Auge und kümmere mich um sein Anwesen. Wie Sie wahrscheinlich wissen, ist er in dieser Hinsicht ein wenig nachlässig.« Kirstie zögerte kurz. »Ich miste gerade aus, etwas, was er auch schleifen gelassen hat. Das Haus ist voller Plunder, den die Vorbesitzer hinterlassen haben.«

»Ich weiß. Peter und ich haben das Haus gemeinsam besichtigt, als er darüber nachdachte, es zu kaufen. Ich habe ihn dazu ermutigt«, fügte sie hinzu. »Es ist ein wundervoller Besitz.«

Irgendetwas in ihr wollte Ansprüche auf Peter anmelden – nicht, weil sie ihn noch haben wollte, sondern um Kirstie klarzumachen, dass Peter und sie sich schon ihr ganzes Leben lang kannten. Peter würde sie nicht aus ihrem Cottage werfen, solange sie es brauchte. Lorna fuhr fort: »Und nicht der gesamte ›Plunder‹, wie Sie es nennen, war schon da; vieles gehört Anthea. Das habe ich bereits zu Leo gesagt. Ich hoffe, Sie haben keine wertvollen Dinge weggeworfen, die ihr gehören.«

Kirstie wirkte plötzlich besorgt. »Oh, das war mir nicht bewusst. Aber bisher haben wir nur *Müll* entsorgt.«

»Man kann Abfall nicht immer von wertvollen Gegenständen unterscheiden. Sie können auch einen persönlichen Wert haben.« Sie warf Kirstie einen warnenden Blick zu. »Wirklich, Sie sollten Anthea bitten, vorbeizukommen und Ihnen zu sagen, was ihr gehört. Peter würde es Ihnen nie verzeihen, wenn Sie seine Mutter verletzten.«

Kirsties Unbehagen schien zuzunehmen. »Ich glaube eigentlich nicht, dass wir etwas Wertvolles entsorgt haben, aber ich werde es überprüfen.« Sie hielt inne. Offensichtlich hatte sie große Angst davor, ihre potenzielle zukünftige Schwiegermutter anzurufen und ihr zu gestehen, dass möglicherweise kostbare Habseligkeiten oder alte Dokumente vernichtet worden waren. Sie schluckte. »Ich nehme nicht an, dass Sie sie gern fragen würden?«

Lorna seufzte. Kirsties Verhalten war bisweilen etwas unhöflich, allerdings hatte sie Leo aufgenommen. »Okay«, antwortete Lorna. »Ich wollte sie ohnehin anrufen, um mich zurückzumelden. Und vielen Dank, dass Leo in Burthen House wohnen kann.«

Kirstie wirkte erleichtert. »Ach, das ist kein Problem. Er macht sich richtig nützlich. Wenn er von der Arbeit zurückkehrt, widmet er mir seine ganze Freizeit.«

»Nun, wenn Sie ihm ein Dach über dem Kopf geben, ist das das Mindeste, was er tun kann«, entgegnete Lorna, die gern wissen wollte, ob Kirstie tatsächlich nur an Leos handwerklichem Geschick interessiert war. Als Mutter war es nicht so leicht zu beurteilen, doch sie fand Leo ausgesprochen attraktiv. Möglicherweise sah Kirstie das auch so.

»Er wird die Remise ausräumen. Wir werden sie zu einer Ferienwohnung umbauen, aber Leo kann darin wohnen, solange es nötig ist.« Sie lächelte. »Genau wie Sie dieses Haus haben können.«

»Wie freundlich«, erwiderte Lorna kühl. Es stand Kirstie nicht zu, darüber zu bestimmen, wer wo wohnte und für wie lange – jedenfalls nicht, solange sie nicht mit Peter verheiratet war.

Kirstie lächelte entschuldigend. »Es tut mir leid, dass ich hier war, als Sie nach Hause gekommen sind. Ich habe wirklich gehofft, dass Jack und Sie zueinanderfinden.« Sie zuckte mit den Schultern. »Na ja, vermutlich liegt es am Altersunterschied. Also, ich fahre dann mal wieder. Sie werden Anthea anrufen, ja?«

Lorna überlegte gerade, ob es ihr guttun würde, wenn sie sich erst mal tüchtig ausheulte, als es an der Tür klopfte. Es war Anthea. Sie schwenkte eine Flasche Champagner.

»Hallo«, sagte Lorna. »Ich wollte dich gerade anrufen, um mich zurückzumelden. Außerdem soll ich dir etwas von Kirstie ausrichten.«

»Seamus hat gesehen, dass du wieder da bist. Kann ich reinkommen? Du holst die Gläser.«

Lorna musste über die forsche Art und den Befehlston der Freundin unwillkürlich lächeln. »Was feiern wir denn?«

»Nichts«, erwiderte Anthea. »Das Leben ist momentan nicht gerade ein Ponyhof für dich. Gibt es einen besseren Grund, um Champagner zu trinken?«

Gegen ihren Willen musste Lorna lachen. »Na ja, bevor wir uns betrinken, erzähle ich dir besser, dass Kirstie eben hier war. Ich soll dich bitten, zum Haus zu kommen und deine Besitztümer in Augenschein zu nehmen. Leo und sie misten aus. Ich habe sie darauf aufmerksam gemacht, dass manche Sachen dir gehören und sie nichts wegwerfen soll, bevor du es dir nicht angesehen hast.«

»Danke. Ich glaube, ich habe alle Dinge, die mir etwas bedeuten, in mein Haus mitgenommen, aber ich schaue trotzdem besser mal nach.« Sie hielt kurz inne. »Oh, du hast ganz entzückende altmodische Champagnerschalen! Diese Kelche sind im Geschirrspüler so unpraktisch, nicht wahr?«

Anthea entlockte Lorna ihre Leidensgeschichte: wie sie zurückgekommen war und sich dazu durchgerungen hatte, Jack in der Steinmetz-Werkstatt aufzusuchen. Sie berichtete, was sie dort erfahren hatte und dass sie nach ihrer Heimkehr Kirstie in ihrem Haus angetroffen hatte.

»Kirstie wollte sich ein Bild davon machen, ob mein Cottage sich als Ferienhaus eignet. Daher frage ich mich jetzt, ob ich nicht all diese Demütigungen hinter mir lassen und wegziehen soll, um noch einmal ganz von vorne zu beginnen«, schloss Lorna und füllte die Champagnerschalen auf.

»Auf gar keinen Fall! Es ist unerhört, was Kirstie sich da geleistet hat. Ganz ehrlich! Dein Cottage soll ein Feriendomizil werden? Ich werde mal ein ernstes Wörtchen mit der jungen Frau reden!«

»Ach, das ist nicht nötig. Ich glaube, ich habe meinen Standpunkt in aller Deutlichkeit vertreten. So, der Champagner ist alle, sollen wir auf Weißwein umsteigen?«

»Warum nicht?«, meinte Anthea. »Ich werde Seamus später bitten, mich nach Hause zu fahren.«

Am folgenden Morgen fühlte Lorna sich leicht benommen. Sie war durch den Garten zu der Treppe spaziert, an der sie sich mit Anthea verabredet hatte. Unvermutet hatte ihre Stimmung sich ein wenig gebessert.

Tautropfen funkelten im Gras, und die Sonne warf lange Schatten. Es sah prachtvoll aus. Die Pflanzen, die vor der Gartenöffnung hastig gesetzt worden waren, waren gut angegangen und begannen zu blühen. Leuchtender Phlox, scharlachrote Montbretien und weißer Baummohn fassten die Ränder ein. Sie liebte die Gärten und würde sie nicht nur wegen eines Mannes verlassen.

Alles würde wieder gut werden. Sie würde zu ihrem Leben vor Jack zurückkehren. Schließlich waren es nur ein paar Monate gewesen. Sie musste Jack lediglich aus ihren Gedanken verbannen. Doch leider war es genau dieser Vorsatz, der Jack wieder in den Vordergrund ihres Denkens rückte.

Kirstie war da, als Lorna eintraf. »Sie werden sicherlich nichts von Wert finden«, sagte Kirstie gerade zu Anthea. Offenbar wusste sie immer noch nicht, wie sie Peters Mutter anreden sollte. »Aber wenn Sie nachsehen möchten ...«

»Ich melde mich freiwillig, um in den Container zu tauchen«, sagte Lorna, die sich große Mühe gab, fröhlich zu klingen.

»Großartig! Dann ist es in Ordnung, wenn ich Ihnen das überlasse?« Kirstie konnte offenbar gar nicht schnell genug verschwinden. »Leo und ich wollen Statuen erstehen, die auf den Pfosten am Tor platziert werden sollen. Ein Bergehof in Somerset bietet welche auf seiner Webseite an.«

Als Kirstie aufgebrochen war, sagte Anthea: »Zu meiner Zeit hat man Dinge ›gekauft‹, jetzt sagt man offensichtlich ›erstehen‹!«

Lorna kletterte an dem Container hinauf. »Hier, nimm das mal«, sagte sie zu Anthea. »Ich weiß nicht, was da drin ist, vielleicht Plunder, aber der Aktenordner gefällt mir.«

»Was gibt es denn da noch?«, wollte Anthea wissen. »Ich hätte große Lust, ebenfalls hineinzuklettern. Die Leute werfen so wunderbare Sachen weg.«

»Nun, hier sind jede Menge alte Bilder, aber sie sind nicht gerahmt und ziemlich schmuddelig.«

»Ach du meine Güte!«, rief Anthea. »Kirstie könnte sogar Kunstwerke entsorgt haben. Muss ich auch da rein?« Anthea stand schon auf der Trittleiter und war über den Rand geklettert, bevor Lorna sie aufhalten konnte.

Auch eine halbe Stunde später warfen die beiden noch bündelweise alte Papiere aus dem Container. Anthea stieß immer wieder Begeisterungsrufe aus. Schließlich war der Container leer, und daneben lag ein großer Berg Dokumente.

»Und, haben wir etwas von Wert gerettet, was dir gehört?«, erkundigte sich Lorna.

»Oh, nichts davon gehört mir«, antwortete Anthea, die konzentriert etwas las. »Aber es ist faszinierend.«

»Es fängt an zu regnen«, meinte Lorna. »Sollen wir den Kram liegen lassen oder ins Trockene schaffen?«

»Ins Trockene schaffen«, sagte Anthea. »Wir können uns das hier nicht entgehen lassen.«

Sie hatten ein paar Kartons gefunden, füllten sie mit Papieren und trugen sie ins Haus, wo sie sie ausleerten. Dann liefen sie wieder nach draußen, um weitere Unterlagen vor dem stärker werdenden Regen zu retten.

Schließlich war alles in Burthen House in Sicherheit und hoffentlich nicht zu feucht geworden. »Ich schlage Folgendes vor«, sagte Anthea und wischte sich beiläufig mit dem Ärmel ein paar Regentropfen aus dem Gesicht. »Lass uns alles durchsehen; die uninteressanten Unterlagen können später verbrannt werden.«

»Gute Idee, aber hat Kirstie nicht gesagt, dass es oben ein ganzes Schlafzimmer voll Zeug gibt?«, entgegnete Lorna. »Wir sollten nachsehen, ob etwas davon dir gehört, bevor wir damit beginnen, Sachen zu verbrennen.«

»Stimmt«, murmelte Anthea, ohne den Blick von dem Dokument zu lösen, das sie gerade studierte. »Das ist ein alter Grundrissplan des Hauses. Wir müssen ihn aufheben.«

»Gut, dann lass uns nach oben gehen«, sagte Lorna. »Danach können wir Mittagspause machen. Ich habe richtig Hunger.« Sie freute sich darüber. Obwohl sie nicht aufgehört hatte zu essen, hatten ihre Qualen wegen Jack ihren Appetit deutlich beeinträchtigt.

»Seamus kocht bei mir zu Hause Suppe«, verkündete Anthea. »Kannst du nicht nach oben gehen und nachsehen, was sich in diesem Schlafzimmer befindet? Ich bin zu sehr gefesselt von diesen Unterlagen, um mich mit den Sachen oben zu befassen.«

»Gut, was hast du denn hier eingelagert?«, wollte Lorna wissen. »Ich weiß nicht, was von Wert ist und dir etwas bedeutet und was nicht.«

»Hauptsächlich Möbel. Geh du nach oben, ich bleibe hier. Danach essen wir zu Mittag.«

Nach einem Mittagessen, das aus Suppe, Brot und Käse bestanden hatte, kehrten sie durchaus fröhlich nach Burthen House zurück. Allerdings musste Lorna gähnen. Doch Anthea hatte Blut geleckt. Ihre Pläne, die Sachen aus dem Container durchzusehen, wurden nicht aufgeschoben wegen Menschen, die an gebrochenem Herzen litten oder ein Mittagsschläfchen brauchten.

Vor ihrer Mittagspause hatten sie alles nach oben in ein großes Schlafzimmer getragen, das wahrscheinlich das Hauptschlafzimmer wäre, hätte es nicht an der Decke einen großen feuchten Fleck gegeben, unter dem Eimer platziert waren. Das Wasser musste durch den Dachboden und die oberen Etagen gedrungen sein, bevor es dieses Stockwerk hatte erreichen können. Wenn das Dach eines Hauses dieser Größe neu gedeckt werden muss, wird das sehr, sehr teuer, dachte Lorna.

Überall rund um die Eimer standen Kisten und Behälter voller Krempel. Manches davon wirkte neuer und stammte wahrscheinlich aus Antheas altem Haus, und manches hatte sich offensichtlich schon vorher in Burthen House befunden. Größtenteils handelte es sich um Unterlagen, doch es gab auch ein paar Truhen und Koffer. Anthea war auf die Papiere fixiert; Lorna zog die Kisten vor.

Sie war gerade auf eine Sammlung von Muscheln in allen Größen und Arten gestoßen, als Anthea aufschrie. Lorna drehte sich rasch zu ihr um.

»Sieh mal! Ich habe es gefunden! Genau darauf habe ich gehofft.«

»Was denn? Was hast du entdeckt?«, erkundigte sich Lorna.

»Einen Plan des ganzen Hauses und der Gärten.« Sie machte eine weit ausholende Geste. »Schau aus dem Fenster. Es ist alles da.«

Lorna eilte zu ihr. Anthea hielt den Plan in die Höhe, und Lorna blickte erst hinaus und kramte dann ihre Lesebrille aus der Tasche. Eingehend prüfte sie den Plan. »Oh. Ich verstehe, was du meinst. Dieser Plan muss von diesem Blickwinkel aus angefertigt worden sein – wahrscheinlich von diesem Raum aus.« Sie hielt kurz inne. »Wir können alles sehen«, fuhr sie hingerissen fort. »Den ganzen Garten und das Dower House.«

»Allerdings ist der Garten, der zum Dower House gehört, viel größer als jetzt«, meinte Anthea mit gerunzelter Stirn.

Das rief etwas in Lornas Erinnerung wach. »Ich glaube, ich habe etwas gesehen – als wir die Papiere hinaufgetragen haben. Etwas, was mir beinahe runtergefallen wäre, aber ich habe es aufgefangen.« Sie ging in die Ecke, in der sie den Stapel gelassen hatte. »Nachdem ich jetzt diesen Plan gesehen habe ...« Rasch blätterte sie die Unterlagen durch. »Hier, ich hab's. Es ist ein Gemälde – von derselben Ansicht!«

Sie brachte es zum Fenster, damit Anthea es betrachten konnte.

»Nun«, sagte Lorna kurz darauf, »der Künstler war entweder in diesem Zimmer und hat die Aussicht gemalt, oder er hat den Plan kopiert und Einzelheiten hinzugefügt. Schau dir mal diese Reihe junger Bäume an«, ergänzte sie. »Das müssen die Linden sein, als sie frisch gepflanzt waren. Und jetzt sind sie riesig. Und sieh mal, der italienische Garten! So sollte er eigentlich wieder aussehen. Obwohl ich mit dem Farbkonzept aus Rot und Schwarz mit einem bisschen Weiß sehr zufrieden war.«

»Ich frage mich, was sich hinter diesen vielen Eschen und Ahornbäumen befindet, die sich selbst ausgesät haben. Auf dem Plan gibt es da einen Garten, doch ob er jemals angelegt wurde? Stellt das hier eine Aufzeichnung des Ist-Zustandes dar, oder war es ein Plan für die Zukunft? Erinnerst du dich, dass du mich vor Kurzem mal gefragt hast, was sich hinter meinem Grundstück befindet, und es hat mich nicht interessiert? Jetzt will ich es wissen!«

Lorna lachte. »Ich auch. Wir werden allerdings ein paar Gartengeräte brauchen, falls wir uns einen Weg durch das dichte Unterholz bahnen wollen.«

»Du bewahrst die Gartengeräte in den Ställen auf, oder?«, fragte Anthea. »Ich könnte Seamus anrufen, damit er uns abholt.« Bevor sie ihren Plan in die Tat umsetzen konnte, klingelte ihr Telefon. »Seamus? Ich wollte Sie gerade anrufen!« Dann sagte sie für eine ganze Weile nichts mehr und hörte zu. Schließlich meinte sie: »Es tut mir leid, Lorna, können wir das morgen in Angriff nehmen? Seamus braucht mich. Es ist dringend!«

Als Lorna nach Hause spazierte, dachte sie darüber nach, dass Anthea Seamus immer anrief, wenn sie Hilfe brauchte. Es war interessant und erfreulich, dass das auf Gegenseitigkeit beruhte. Wenn Seamus Hilfe oder Beistand nötig hatte, wandte er sich an Anthea. Das war richtig süß.

21. Kapitel

»Ach du heilige Scheiße!«, sagte Lucien und bremste abrupt.

Philly riss die Augen auf. Panik erfasste sie. Sie befanden sich auf dem Heimweg von Onkel Roderick, und sie war eingenickt. Jetzt rechnete sie mit einem Lastwagen, der ihnen auf ihrer Spur entgegenkam, oder mit einem umgestürzten Baum, weil Lucien so heftig bremste und gleichzeitig fluchte.

»Was ist los?« Sie stellte fest, dass sie fast zu Hause waren.

»Siehst du den Wagen vor uns? Das sind meine Eltern.«

»Oh nein!« Philly hätte sich am liebsten in Luft aufgelöst. Die Situation wäre schon eine Tortur, wenn sie sich wochenlang darauf vorbereitet hätte und sich nicht erschöpft und schmuddelig von der Fahrt fühlen würde. Und dann trug sie auch noch diesen alten Pulli von Lucien! Es hätte nicht schlimmer kommen können. Sie musste wie eine Obdachlose wirken, die er am Straßenrand aufgelesen hatte.

Lucien sagte kein Wort mehr, während er dem Range Rover den Weg entlang folgte. Als der Wagen seiner Eltern vor dem Haus hielt, bog Lucien ab und fuhr den Bus hinter das Haus, wo er gewöhnlich parkte.

»Roderick – oder eher Nanny – muss sie angerufen haben«, sagte er, »und ihnen meine Adresse gegeben haben.« Er warf Philly einen Blick zu und nahm ihre Hand. »Aber es wird bestimmt alles gut. Wir gehen jetzt nach vorne und fangen sie ab, bevor sie Seamus treffen.«

Während sie ums Haus liefen, dachte Philly bei sich, dass ihr Großvater kein Problem mit Luciens Eltern haben würde.

Er konnte gut mit Menschen umgehen. Obwohl die Besucher wahrscheinlich mit niemandem zu vergleichen waren, den sie kannten.

Viel zu bald hatten sie die Vorderseite des Hauses erreicht und trafen auf ihre ungebetenen Gäste. Luciens Mutter trug eine cremefarbene Hose und hatte sich die marineblaue Jacke über den Arm gelegt. Um dem Blickkontakt so lange wie möglich auszuweichen, betrachtete Philly ihre Schuhe mit den goldenen Schnallen. Da sie zur Haustür schaute, konnte Philly ihr professionell gesträhntes, karamellfarbenes Haar begutachten und kam zu dem Schluss, dass man den Look von Luciens Mutter als leger und sehr, sehr teuer beschreiben konnte.

Luciens Vater trug so ziemlich das Gleiche wie Roderick – offensichtlich die Uniform der oberen Mittelschicht: eine leuchtend rote Cordhose und einen Kaschmirpulli mit V-Ausschnitt. Allerdings gab es, anders als bei Roderick, keine Anzeichen von Mottenbefall. Seine wahrscheinlich handgearbeiteten Halbschuhe waren auf Hochglanz poliert.

Angesichts all dessen wäre Philly sicher weggelaufen und hätte sich in ihrem Folientunnel versteckt, wo sie sich sicher fühlte – hätte nicht jemand ihre Hand ganz festgehalten.

»Hallo!,« sagte Lucien genau in dem Moment, als Seamus die Tür öffnete.

»Lucien!«, rief seine Mutter. »Liebling!« Sie stürzte sich auf ihn und zog ihn an sich. Philly ignorierte sie einfach. »Gott sei Dank haben wir dich gefunden! Ich kann dir gar nicht sagen, was für Sorgen wir uns gemacht haben!«

Lucien tätschelte seiner Mutter den Rücken. »Beruhige dich, Ma. Du hast mir jedes Mal, wenn ich angerufen habe, wortreich erklärt, wie besorgt du bist. Und das war ziemlich oft.«

»Aber wir haben nicht gewusst, wo du bist!«, sagte seine Mutter in klagendem Ton. »Du hättest Gott weiß wo sein können.«

»Ihr habt gewusst, dass ich in England bin und dass es mir gut geht – und dass ich keiner Sekte verfallen bin.«

»Wir hatten keine Ahnung, dass du in England bist.« Sie ließ Lucien los und richtete ihre Aufmerksamkeit auf Philly. »Ist das das irische Mädchen?«

»Ich bin Irin, ja«, antwortete Philly tapfer. »Ich heiße Philly Doyle. ›Philly‹ ist die Kurzform von Philomena.« Sie streckte die Hand aus. Leider wusste sie nur zu gut, dass sie von der Reise etwas klebrig war.

Luciens Mutter berührte kurz Phillys Fingerspitzen. »Ich bin Camilla Camberley.«

Luciens Vater trat näher. »Ich bin Luciens Vater«, stellte er sich vor. Offenbar war er nicht bereit, ihr seinen Vornamen zu nennen.

»Was hat das hier eigentlich zu bedeuten?« Seamus stand in der Tür und betrachtete mit fragendem Blick die Begrüßungen und Umarmungen.

Lucien ging zur Tür. »Seamus, das sind meine Eltern, Jasper und Camilla Camberley. Ma, Dad, das ist Seamus, der mich freundlicherweise aufgenommen hat.«

Seine Mutter warf ihm einen schmerzerfüllten Blick zu. »Mr. ... ich weiß nicht, wie Sie heißen ... Wir sind gekommen, um unseren Sohn zurückzuholen!«

Philly erkannte, dass ihr Großvater amüsiert war, und ihre Anspannung ließ ein wenig nach. Er konnte hervorragend mit heiklen zwischenmenschlichen Situationen umgehen, und das hier war definitiv eine.

»Sicher, mir war nicht klar, dass wir ihn hier hinter Schloss und Riegel halten«, erwiderte Seamus unbeeindruckt. »Mein

Name ist übrigens Seamus Doyle. Möchten Sie nicht hereinkommen? Wir sollten diese Art von Unterhaltung nicht zwischen Tür und Angel führen.«

Philly unternahm in Gedanken einen raschen Rundgang durch das Haus. Wie ordentlich hatte sie es hinterlassen? Sah es nun besser oder schlimmer aus? Die furchtbare Tapete mit dem Wirbelmuster, die sie nie ersetzt hatten, die Raufasertapete, die orangefarbenen Holzvertäfelungen: Luciens Eltern würden das alles bemerken und denken, dass es Phillys und Seamus' Geschmack entspräche. Sie fühlte sich jetzt schon vorverurteilt.

Seamus führte alle ins Wohnzimmer. Philly versuchte, es mit den Augen von Luciens Eltern zu sehen, und fand, es wirkte wie eine Kulisse in einer schäbigen Seifenoper. Es gab einen Teppich mit Wirbelmuster, eine Tapete, die nicht richtig dazu passte, ein riesiges, bequemes, aber ziemlich abgenutztes Kunstledersofa mit passenden Sesseln und eine dunkle Eichenanrichte, die fast unter Blumentöpfen und Autozeitschriften verschwand. Ein zerkratzter Couchtisch vor dem Sofa zeigte Spuren von Mahlzeiten, die vor dem Fernseher eingenommen worden waren. Schlimmer hätte es nicht sein können. Am liebsten hätte Philly den Camberleys erzählt, dass sie die meisten Möbel mit dem Haus gekauft hatten, was ja auch der Wahrheit entsprach.

»Ich kümmere mich um den Tee!«, sagte Philly auf die Art und Weise, wie jemand sagen könnte: »Ich hole Hilfe!«

»Nein«, widersprach ihr Großvater mit Nachdruck. »Ich kümmer mich darum. Du lernst die Eltern des Jungen kennen.«

Philly protestierte nicht; sie hoffte nur, dass Grand einen Kuchen zur Hand hatte. Es gab kaum Situationen, die nicht durch Kuchen entschärft werden konnten.

»Setzen Sie sich doch«, bat Philly und musste miterleben,

wie Camilla sich auf dem Sofa niederließ, als wäre es eine schmutzige Toilette. Wenigstens nahm Jasper, Luciens Vater, ungezwungen in einem Sessel Platz.

»Lucien«, sagte seine Mutter. »Wir waren so schockiert, als Nanny uns anrief.«

»Warum?«, wollte er wissen. »Was könnte sie erzählt haben, was euch schockiert hat?«

»Nun, erst einmal ...« Camilla Camberley warf Philly einen kurzen Blick zu. »Ist sie schwanger?«

Philly schnappte nach Luft. Hätte sie diese Frage auch gestellt, wenn ihr Großvater im Raum gewesen wäre?

»Nein!«, antwortete Lucien. »Und ›sie‹ hat einen Namen, sie heißt Philly – falls du es schon wieder vergessen haben solltest. Und ich liebe sie.«

Wieder rang Philly um Luft und errötete tief. Sie freute sich unglaublich darüber, dass er sich so vehement für sie einsetzte.

»Jetzt beruhige dich erst mal«, sagte Jasper. Er griff in seine Gesäßtasche und zog die Brieftasche heraus. »Diese Dinge lassen sich ganz leicht regeln, falls du deine Meinung ändern solltest.«

Philly, die sich noch nicht gesetzt hatte, spürte, wie die Knie unter ihr nachgaben. Unversehens fand sie sich neben Camilla auf dem Sofa wieder.

»Es besteht kein Anlass zu Beleidigungen.« Lucien war weiß vor Wut. »Vielleicht sollten wir uns besser draußen unterhalten!«

»Nein!«

Zu Phillys Erleichterung hob Camilla die Hand. »Wir müssen mit ...«

»Philly sprechen«, ergänzte Lucien knapp.

Seine Mutter schüttelte den Kopf. »Wir müssen mit Phillys Großvater reden. Wir finden bestimmt eine Lösung.« Obwohl sie ruhig und bedächtig sprach, war Luciens Mutter kreidebleich.

»Wir müssen keine Lösung finden«, erklärte Philly. »Lucien ist ein freier Mensch. Wir halten ihn nicht fest. Wenn er zu Ihnen zurückkehren möchte, dann wird er das tun.«

»Ich will es nicht«, sagte Lucien entschlossen.

»Sie haben ihn verhext!«, fauchte Camilla.

Zum Glück trat in diesem Augenblick Seamus mit einem Tablett in den Raum – sonst hätte Philly bestimmt einen hysterischen Lachanfall bekommen bei dem Vorwurf, der ihr gerade gemacht worden war.

Philly war sich nicht sicher, ob die Entscheidung, das beste Geschirr hervorzuholen, so klug war. Sie wollte nicht, dass Luciens Eltern glaubten, ihr Großvater gäbe sich besondere Mühe – diese Leute waren so schrecklich unhöflich. Allerdings waren die zahlreichen angeschlagenen Tassen mit den verschiedensten Werbeaufdrucken und schlechten Witzen keine Alternative. Zum Glück befand sich hervorragender Kaffee-Walnuss-Kuchen auf dem Tablett.

»Ich hole Teller«, sagte Philly, ohne zu schauen, ob schon welche auf dem Tablett standen, und verließ den Raum.

Als sie zurückkam, hatte jeder eine Tasse vor sich stehen, und Seamus griff nach einem Messer.

»Mrs. Camberley, ein Stück Kuchen? Ich habe ihn selbst gebacken und wäre beleidigt, wenn Sie keines nähmen.«

Philly dachte, dass Luciens Mutter wahrscheinlich nie Kuchen aß und auch kein Problem damit hatte, Seamus zu beleidigen. Doch sie sagte: »Nun, aber nur ein sehr kleines Stück. Er sieht köstlich aus.« Seamus' irischer Charme zeigte seine magische Wirkung – jedenfalls was den Kuchen anging.

Jasper nahm sich kommentarlos ein großes Stück. Als Seamus Philly etwas anbot, schüttelte sie den Kopf. Sie hätte nichts heruntergebommen.

Philly kam es so vor, als dauerte es ewig und drei Tage, bis alle mit Tee und Kuchen versorgt waren. Schließlich übernahm Seamus die Regie. »Nun, was können wir für Sie tun?«

Camilla und Jasper wechselten einen Blick. »Wir wollen unseren Sohn mit nach Hause nehmen«, erklärte Camilla.

»Ich bin kein Besitztum und noch dazu alt genug, selbst zu entscheiden, wo ich leben möchte«, erwiderte Lucien in eisiger Ruhe.

Jasper räusperte sich. »Ich glaube, wir müssen das unter uns diskutieren.« Er sah Philly und Seamus auffordernd an. Wahrscheinlich hatte er vergessen, dass er sich in ihrem Haus befand und nicht gerade eine Vorstandssitzung leitete.

Wieder ergriff Seamus die Initiative. »Komm, Philly, wir lassen diese drei jetzt mal allein, damit sie sich in Ruhe unterhalten können.«

»Ach, Grand!«, stöhnte Philly, nachdem sie sich in der Küche an den Tisch gesetzt hatten. »Ich ertrage das nicht. Sie werden ihn mir wegnehmen! Sie werden ihn überzeugen, mit ihnen nach Hause zurückzukehren, ich weiß es!«

»Ach komm, Liebes, kein Grund zur Panik. Sie können nichts tun, was er nicht will.« Er nahm ihre Hand. »Stimmt es, was Lucien sagt? Dass ihr euch liebt?«

Philly nickte. »Ja. Er hat mir auf dem Heimweg seine Liebe gestanden.«

»Und du empfindest das Gleiche für ihn?«

Wieder nickte sie. »Ja, absolut.«

»Dann müssen wir tun, was wir können, damit ihr zusammenbleibt.«

Philly seufzte tief auf. »Ich glaube nicht, dass wir darauf viel Einfluss haben. Diese Art von Menschen – sie glauben, ihnen gehört die Welt und sie können tun und lassen, was sie wollen.«

»Lucien ist sehr willensstark. Er wird sich von ihnen nicht tyrannisieren oder manipulieren lassen. Lass dir das gesagt sein!«

Philly hörte ein Auto vor dem Haus anhalten. »Ach du meine Güte! Gäste! Das ist das Letzte, was wir jetzt brauchen können.«

»Das sind keine Gäste, das ist die Kavallerie, die zu Hilfe eilt, und das Timing ist perfekt. Ich habe Anthea angerufen, als ich hinausgegangen bin, um Tee zu kochen. Sie wird mit Sicherheit wissen, wie man mit diesen schrecklichen Leuten umgeht.«

Anthea, die immer noch ihre Kleidung für die Gartenarbeit trug, kam ins Haus gefegt wie ein aristokratischer Wirbelsturm. »Hallo, Philly.« Sie küsste sie auf eine beiläufige Weise auf die Wange, die Philly gefiel. Das machte deutlich, dass sie auf derselben Seite standen, obwohl sie bisher nicht so vertraut gewesen waren, dass sie Wangenküsse ausgetauscht hatten.

In diesem Moment verließ Lucien das Wohnzimmer. Er wirkte niedergeschlagen, doch entschlossen.

Seine Eltern folgten ihm und sahen aus, als hätten sie einen teuer erkauften Sieg errungen: Sie hatten die Schlacht gewonnen, aber es bereitete ihnen offenbar keine Freude.

»Oh«, sagte Anthea, »ihr habt Besuch. Ich hätte vorher anrufen sollen. Es tut mir leid, Seamus!« Sie schaute Lucien an. »Wie geht es Ihnen, junger Freund? Ich habe Sie ja eine Ewigkeit nicht gesehen. Ich muss sagen, ich habe Sie schon munterer erlebt.«

Seamus ergriff das Wort. »Anthea, darf ich Ihnen Luciens Eltern vorstellen? Das sind Mr. und Mrs. Camberley. Lady Anthea Leonard-Stanley.«

Anthea musterte die Camberleys mit leicht zusammengekniffenen Augen. Dann streckte sie die Hand aus. Philly fiel auf, dass ihr prüfender Blick Luciens Eltern verunsichert hatte. Ihr Selbstvertrauen verblasste ein wenig.

Nachdem sie einander die Hand geschüttelt hatten, sagte Anthea: »Sind wir uns schon einmal begegnet? Sie kommen mir bekannt vor, aber vielleicht ist es auch nur die Ähnlichkeit mit Lucien.« Diesmal wirkte ihr prüfender Blick freundlicher.

»Das ist gut möglich«, erwiderte Camilla, die sich offensichtlich geschmeichelt fühlte, weil Anthea sie zu kennen glaubte. »Besuchen Sie die Gartenparty der Standforth'? Da treffe ich eigentlich immer viele Bekannte.«

Anthea schüttelte den Kopf. »Da war ich schon seit Jahren nicht mehr – der Weg ist mir zu weit und zu anstrengend. Machen Sie sich keine Gedanken, es wird mir schon wieder einfallen. Seamus, mein Lieber, hätten Sie eine Tasse Tee für mich?«

»Wir haben gerade im Wohnzimmer Tee getrunken«, warf Philly ein, die sich trotz allem gern als gute Gastgeberin zeigen wollte.

»Oh, nicht in diesem schrecklichen Zimmer! Lieber in der Küche!«, rief Anthea aus. »Bevor ihr diese Möbel nicht rausgeworfen habt, kann ich nicht da hineingehen. Wenn es nicht so verdammt kalt wäre, könnten wir im Garten sitzen. Was ist bloß mit dem Wetter los?«

Während Anthea sich so gab, als fühlte sie sich hier vollkommen zu Hause, schlüpfte Philly ins Wohnzimmer, um das gute Geschirr und den Kuchen auf das Tablett zu räumen.

Lucien gesellte sich zu ihr, nahm sie in den Arm und hielt sie ganz fest. »Mein Gott, Philly, es tut mir so leid!«

»Was auch immer zwischen dir und deinen Eltern passieren wird, wir machen das Beste daraus«, sagte sie. Das Gefühl seiner muskulösen Arme verlieh ihr neue Kraft.

»Wir müssen zusammenhalten, Philly. Sie werden uns trennen, wenn sie können«, flüsterte er in ihr Haar, bevor er sie küsste – voller Verzweiflung, wie ihr schien.

22. Kapitel

Als sie das Teegeschirr abgeräumt hatten, schenkte Seamus Sherry in Weingläser ein, da sie keine Sherry-Gläser besaßen.

»Grand!«, sagte Philly, die mit dem Tablett neben ihm stand. »Gleich liegen sie alle unter dem Tisch.«

»Da wären manche von ihnen auch am besten aufgehoben«, murmelte er und reichte Camilla ein gefülltes Glas.

»Ich weiß, dass es nicht modern ist«, sagte Anthea laut. Offenbar war sie sehr zufrieden mit der Alkoholmenge, »aber ich trinke um diese Tageszeit gern ein Glas Sherry. Passt hervorragend zu Kuchen.«

»Eigentlich ist Sherry absolut in«, meinte Lucien. »Obwohl Gin momentan noch höher im Kurs steht.«

»Nun, wenn ich das gewusst hätte«, erwiderte Anthea lachend, »hätte ich mich für einen Gin Tonic entschieden.« Sie nahm einen kräftigen Schluck und wandte sich an Luciens Eltern. »Haben Sie sich überzeugt, wie gut Ihr Junge sich macht? Sie müssen sehr stolz auf ihn sein.«

»Da kann ich nicht mitreden«, sagte Jasper. »Wir haben ihn jetzt seit fast einem Jahr nicht mehr gesehen. In den ersten beiden Jahren, nachdem er sein Zuhause verlassen hatte, hat er uns wenigstens noch regelmäßig besucht.«

»Er hat beschlossen, die sehr gute Stelle abzulehnen, die wir für ihn besorgt hatten, nachdem er nicht auf die Universität gehen wollte. Stattdessen ist er Koch geworden.« Offensichtlich war Camilla sehr enttäuscht von der Berufswahl ihres Sohnes.

»Aber er ist so gut darin!«, rief Anthea aus. »Haben Sie noch nie etwas gegessen, was er gezaubert hat?«

»Doch«, entgegnete Camilla, »trotzdem finde ich, Koch ist gar kein richtiger Beruf!«

Lucien presste eigensinnig die Lippen aufeinander.

»Ich glaube, Sie wissen gar nicht, wie gut er ist«, warf Seamus rasch ein. »Wenn Sie zum Abendessen blieben ...«

»Was für eine gute Idee!«, meinte Anthea. »Ich hoffe sehr, dass ich auch eingeladen bin.«

»Aber natürlich«, sagte Seamus. »Sie sind immer mehr als willkommen.«

Philly bemerkte, dass Luciens Mutter zwischen Anthea und Seamus hin- und herschaute und sich fragte, was Anthea – ganz offensichtlich sowohl dem Titel nach als auch gesellschaftlich gesehen eine Lady – mit solchen Leuten wie ihnen zu schaffen hatte. Sie konnte es Camilla nicht verdenken, dass sie verwirrt war. Auch Philly war erstaunt über die Freundschaft, die zwischen ihrem Großvater, dem Automechaniker aus Irland, und einer adeligen Dame wie Anthea aufblühte. Doch die beiden schienen sich gegenseitig glücklich zu machen.

»Ich glaube nicht, dass wir bleiben können«, sagte Camilla. »Wir haben noch einen recht weiten Rückweg vor uns.«

»In der Stadt gibt es eine sehr nette Frühstückspension«, erklärte Anthea. »Sie wollen sich doch bestimmt vom Können Ihres Sohnes überzeugen.«

»Wir haben schon gesehen, was er sich wieder einmal geleistet hat.« Dann hielt Camilla abrupt inne, als wäre ihr gerade aufgegangen, dass sie um ein Haar gesagt hätte, dass ihr Sohn sich mit einem Mädchen mit irischem Akzent eingelassen habe.

»Warum bleiben wir nicht zum Dinner, Darling?«, wandte sich Jasper an seine Frau. »Du kannst etwas trinken, und ich bin der Fahrer.«

Da er gerade ein großes Glas Sherry geleert hatte, fand Philly, dass diese Entscheidung zu spät kam, aber das ging sie nichts an.

»Dann fangt mal an.« Camilla schaute Philly an. »Sie gehen besser mit Lucien in die Küche und helfen ihm.«

Philly lächelte. »Lucien kommt sehr gut ohne mich zurecht, doch ich muss noch nach meinen Pflanzen sehen. Dann bis später, Leute!«

Als sie zu ihren Folientunneln eilte, wunderte sie sich über sich selbst. Wie kam sie auf eine Formulierung wie »Dann bis später, Leute!«? Sie erkannte, dass sie sich Luciens Eltern so schrecklich wie möglich präsentieren wollte, nur um sie zu ärgern. Doch eigentlich wusste sie, dass sie sich damit ins eigene Fleisch schnitt.

Als Philly zum Haus zurückkehrte, hatte sie sich wieder beruhigt. Es sorgte für Entspannung, sich mit Pflanzen zu beschäftigen, die nicht urteilten oder kritisierten, sondern nur auf gute Pflege reagierten.

Anthea hatte Camilla und Jasper unter ihre Fittiche genommen und zeigte ihnen Peters Gärten, in denen es jetzt einige Skulpturen gab, die vorher noch nicht da gewesen waren. Lucien hatte in der Küche das Zepter übernommen.

»Hi«, sagte Philly und erfasste auf einen Blick, dass er jeden verfügbaren Topf benutzt hatte. Obwohl er ein Koch war, der auf Sauberkeit großen Wert legte, brauchte er jede Menge Gerätschaften. »Brauchst du eine Küchenhilfe?«

Er umfasste ihre Taille und küsste sie hungrig. »Liebend gern. Und ich liebe dich – das weißt du, oder? Und ich hätte alles dafür gegeben, dass dir das hier erspart geblieben wäre.« Lucien legte die Arme um sie und zog sie an sich. Daraus wurde ein ziemlich langer Kuss.

»Irgendwann hätte ich sie ohnehin kennenlernen müssen«, sagte Philly kurz darauf.

»Wenn wir ein Paar würden, meinst du? Heißt das, dass wir ein Paar werden?« Erneut umarmte er sie. »Mm?«, hakte er nach. »Spann mich nicht länger auf die Folter!«

Philly lachte. Trotz des Überfalls seiner blasierten Eltern war sie glücklich. »Natürlich werden wir ein Paar. Wir sind es schon.«

Das besiegelte Lucien mit einem weiteren Kuss, und nur ein Blick über seine Schulter auf die Spüle sorgte dafür, dass Philly sich von ihm löste. »Das sollten wir jetzt besser lassen«, sagte sie. »Du musst für deine Eltern kochen. Was gibt es denn?«

Ein rascher Blick verriet ihr, dass er ein feines Dinner für Camilla und Jasper zubereitete. Sie nahm die schmutzigen Töpfe aus dem Spülbecken und ließ heißes Wasser einlaufen.

Lucien strich sich die Haare aus der Stirn. »Ich dachte, ich koche nichts allzu Kompliziertes. Als Vorspeise gibt es ein Parfait; es ist im Tiefkühlschrank. Danach serviere ich ein gutes altes Beef Wellington, ein Rinderfilet in Blätterteig. Wahrscheinlich hatte Seamus das Fleisch für das Sonntagsessen vorgesehen. Ich hatte keine Zeit, selbst Blätterteig herzustellen, doch ihr hattet welchen im Tiefkühlschrank. Die Nachspeise ist eine Schokoroulade. Eigentlich ein recht einfaches Essen.«

Philly musste schmunzeln, vor allem weil sie glücklich war und ihn so sehr liebte. »Ich dachte, du würdest so richtig auf den Putz hauen – für deine Eltern«, erwiderte sie.

Er brauchte ein paar Sekunden, bis er begriff, dass sie scherzte. »Sie verdienen es nicht, dass man sich für sie zu viel Mühe gibt.« Besorgt runzelte er die Stirn. »Sie werden uns schikanieren, wenn wir sie lassen.«

Sein ernster Blick beunruhigte Philly, doch sie entgegnete: »Dann lassen wir sie eben nicht.«

Um acht Uhr kehrte Anthea mit Luciens Eltern zurück. Sie hatte einen sehr guten Wein dabei, den Peter ihr mitgegeben hatte. Lucien dekantierte ihn. Er fand, es fiel nicht unbedingt auf, dass er den Wein in den Glaskrug goss, in dem normalerweise die Blumen standen, mit denen Philly ihren Marktstand verschönerte.

»Gut«, sagte Seamus vom Kopfende des Tisches, »dann schenken wir mal den Wein ein. Jasper? Könnten Sie Ihre Seite des Tisches übernehmen?«

»Hmmm.« Camilla kniff die Augen zusammen, während ihr Mann die Gläser füllte. »Wenn ich mich nicht sehr irre, ist das eine Blumenvase. Hast du dich da nicht vertan, Lucien?«

»Ganz sicher nicht«, warf Seamus trocken ein. »Es ist eine Tradition des Hauses, dass wir Wein in dieser Blumenvase servieren. Nicht wahr, Philly?«

Philly hustete zustimmend und reichte Camilla die Butter. Sie hatte in der Schublade voller Küchenutensilien einen Butterroller gefunden und einen Berg goldener Locken kreiert, die laut Grand sogar Shirley Temple zur Ehre gereicht hätten.

»Oh, wie nostalgisch!«, sagte Camilla. »Das habe ich im Mädcheninternat gelernt.« Sie warf Philly einen Blick zu, als überlegte sie, wo Philly das wohl gelernt hatte. Schließlich war sie mit Sicherheit nicht in die Schweiz geschickt worden, um gesellschaftlichen Schliff zu erlangen.

»Haben alle etwas zu trinken? Anthea, meine Liebe, warum ist Ihr Glas nur halb voll?«

»Ich muss noch fahren, Seamus«, antwortete die alte Dame streng.

»In diesem Fall trinke ich auch nicht, damit ich Sie später nach Hause bringen kann. Also …« Er hob sein Glas – fest entschlossen, die Stimmung aufzulockern. »Auf unseren wunderbaren Koch Lucien!«

»Die Zeit wird zeigen, ob er wunderbar ist«, erwiderte Jasper knapp.

»Er ist wunderbar, glauben Sie mir«, sagte Seamus, dem sein rauer irischer Charme kurz abhandenkam.

»Das ist er wirklich«, warf Anthea ein. »Und ich bin vollkommen neutral. Ich würde es nicht sagen, wenn ich nicht davon überzeugt wäre. Nun, ich muss euch von der großen Entrümpelung erzählen, die Kirstie oben im Haus durchführt. Sie könnte aus dem Ruder laufen.« Sie wandte sich an Jasper und Camilla. »Sie haben ja die Papierstapel und die Möbel gesehen – all das soll entsorgt werden!«

»Entrümpeln steht zurzeit hoch im Kurs«, meinte Camilla.

Anthea rümpfte die Nase. »Es kann aber zu weit gehen«, stellte sie fest. »Und ich frage mich, ob dieses Mädchen sich nicht ein bisschen zu gut etabliert hat.«

Camilla nickte. »Sie hat tatsächlich den Eindruck vermittelt, als gehörte ihr das Haus. Es muss Ihnen das Herz brechen, zusehen zu müssen, wie Ihr Sohn unter der Fuchtel einer solchen Person steht.« Als ihr Blick auf Philly fiel, runzelte Camilla die Stirn und griff nach dem Weinglas.

Anthea warf den Kopf zurück. »Peter ist sehr wohl in der Lage, auf sich aufzupassen«, erwiderte sie. »Lucien? Dieses Parfait ist wirklich sehr gut. Ich mag den Toast.«

»Das Brot habe ich selbst gebacken«, antwortete er vielsagend.

»Früher haben wir Melba-Toast gemacht«, sagte Camilla. »Das war spaßig!«

»Haben Sie das auch auf dem Internat gelernt, wie das Herstellen von Butterlocken?« Philly klang unschuldig, als läge es nicht in ihrer Absicht, ein wenig zu sticheln.

»Ja. Vormittags stand Kochen auf dem Stundenplan, nachmittags andere Dinge«, erklärte Camilla und wandte sich dann an ihren Sohn. »Wie geht es Nanny denn, Liebling? Sie hat dich immer angebetet! Bei ihr warst du stets in sicherer Obhut, das wussten wir zu schätzen. Und du hast sie ebenfalls vergöttert.«

»Wirklich? Ich erinnere mich hauptsächlich daran, wie schrecklich sie gekocht hat und wie kläglich die Portionen waren. Ich musste beinahe täglich in die Küche gehen und um Zwischenmahlzeiten betteln.«

»Oh, ganz gewiss nicht ...«, widersprach Camilla.

»Und sie hat mir die Fingernägel immer viel zu kurz geschnitten; es hat tagelang wehgetan«, fuhr Lucien fort, und auf seiner Stirn stand eine Zornesfalte. »Möchte noch jemand Parfait?«

Anthea griff über den Tisch und nahm sich eine weitere Scheibe Toast. »Lornas Sohn war bei Kirstie. Er hilft ihr beim Ausmisten.«

»Wie war es für Lorna und Jack in Frankreich?«, erkundigte sich Philly.

»Sie war nicht in Frankreich«, antwortete Anthea, »sie ist nach Salcombe gefahren. Das hätten Sie ohnehin bald erfahren. Sie hat Jack nicht begleitet.«

Das war ein Schock, doch da es nicht das richtige Thema für die Konversation bei Tisch war, schaute Philly sich um, ob alle fertig waren. »Ich räume jetzt ab, ja?«, schlug sie vor. Die Kellnerin in ihr kam zum Vorschein.

»Oh nein!«, widersprach Anthea, »wir geben einfach unsere Teller weiter und stellen sie zusammen.«

»Dann helfe ich Lucien.«

Für jemanden, der angeblich nur ein unkompliziertes Essen für seine Eltern kochte und Wein aus einer Blumenvase ausschenken ließ, nahm Lucien sich sehr viel Zeit, das Essen auf den Tellern anzurichten.

Zum Glück hatte Philly die Teller vorgewärmt, wie sie es von ihrem Großvater gelernt hatte. Sie schaute zu, wie Lucien das Filet sorgfältig aufschnitt, den Blätterteig, den Parmaschinken, die fein gehobelten Pilze und schließlich das Fleisch zerteilte.

»Perfekt«, sagte er, als er sah, dass es innen genau so war, wie es sein sollte.

Das konnte Philly ja noch verstehen. Es war das geradezu zwanghafte Anrichten der Speisen auf den Tellern, das sie wahnsinnig machte. Als sie sah, wie Lucien einen Klecks Sauce auf den Tellerrand gab und damit ein Ausrufezeichen malte, riss ihr der Geduldsfaden. »Um Gottes willen! Mach doch nicht so einen Zirkus!«

Doch er ließ sich nicht drängen. Die Kartoffelscheiben wurden zu einer Pyramide aufgetürmt und das Püree perfekt arrangiert.

»Wenigstens hast du nicht den Spritzbeutel hervorgekramt«, kommentierte Philly. »Sind die Teller jetzt fertig?«

»Die Karotten fehlen noch ...«

»Wir stellen sie einfach wie den Rest der Kartoffeln in einer Schüssel auf den Tisch. Jetzt komm! Es sind doch nur deine Eltern!«

»Sie wollen mich testen, Philly«, entgegnete er mit grimmiger Miene. »Ich muss sicherstellen, dass ich die Prüfung bestehe.«

Sie sah, wie viel Mühe er sich gab, um alles perfekt zu machen – und es ging ihr zu Herzen. Sie hatte selbst Probleme mit ihren eigenen Eltern, doch wenigstens wusste sie, dass sie sie liebten. Bei Luciens Eltern war sie sich da nicht so sicher. Sie wollten, dass ihr Sohn gute Leistungen erbrachte, allerdings zu ihren Bedingungen. »Natürlich wirst du bestehen«, erklärte Philly voller Überzeugung. »Du bist fantastisch.«

Nachdem sie das Beef Wellington gegessen hatten, wurde die Schokoroulade serviert. Philly fand sie hervorragend. Als sie Lucien ihr Lob aussprach, stimmten einige der Anwesenden ihr zu. Doch die schokoladige Leichtigkeit der Nachspeise konnte die Atmosphäre drohenden Unheils nicht vertreiben.

»Wir müssen reden, Lucien«, sagte Jasper. Wahrscheinlich war er zusätzlich verärgert, weil er nichts trinken konnte.

»Warum geht ihr nicht ins Büro?«, schlug Seamus vor.

»Schaltet dort die Heizung ein, wenn es nötig ist«, fügte Philly hinzu.

Anthea und Camilla unterhielten sich beim Kaffee über gemeinsame Bekannte, während Philly und Seamus sich Mühe gaben, die Küche in Ordnung zu bringen. Das Essen war wunderbar gewesen, doch die Spülmaschine konnte die Menge an Töpfen und Geschirr nicht fassen – obwohl Philly während des Kochens schon einiges per Hand gespült hatte.

Während sie abspülte, wischte und Kochutensilien wegräumte, grübelte sie vor sich hin. Würde Jasper, beeindruckt von der Kochkunst seines Sohnes, im Gegenzug Luciens Pläne finanziell unterstützen?

Schließlich kehrten Lucien und er aus dem Büro zurück. »Komm, Camilla. Wir fahren nach Hause«, sagte Jasper kurz angebunden. »Ich kann den Jungen nicht dazu bringen, Vernunft anzunehmen.«

Luciens Blick war noch finsterer als der seines Vaters – und das wollte etwas heißen. Philly packte ihn am Arm und zog ihn zur Seite. »Was ist passiert?«

»Es ist ganz einfach, meine Liebe«, antwortete Jasper anstelle seines Sohnes und schaffte es, gleichzeitig herablassend und überheblich zu klingen. »Ich weiß, dass Lucien Roderick um Unterstützung gebeten hat, doch ich würde ihm lieber selbst helfen.«

»Dazu wären Sie bereit?«

Jasper neigte den Kopf. »Unter bestimmten Bedingungen. Wenn Lucien will, dass ich ihn bei diesem lächerlichen Bäckereiprojekt unterstütze, muss er auch Einsatz zeigen. Das heißt, er kommt nach Hause, arbeitet bei einem Bäcker und erlernt dort das Handwerk von der Pike auf. Und beendet seine Beziehung mit Ihnen.« Er lächelte schmal. »Nehmen Sie es mir nicht übel, aber wenn er ein Geschäft aufziehen will, kann er keine Ablenkung durch eine Frau gebrauchen. Auch wenn sie hübsch ist.« Er warf Philly einen Blick zu, der klarmachte, dass die Bemerkung nicht als Kompliment gemeint war.

»Und ich habe abgelehnt«, meldete sich Lucien zu Wort. »Die Bedingungen sind für mich inakzeptabel. Ich treibe das Geld irgendwo anders auf.«

»Nun, Roderick wird dir nichts geben«, entgegnete Jasper und starrte seinen Sohn an. »Er hat mir versprochen, dass du von ihm nichts bekommen wirst. Er hat vollkommen verstanden, dass ich nicht möchte, dass du einem anderen als mir Geld schuldest.« Er hielt kurz inne. »Ich glaube, du wirst feststellen, dass niemand dich unterstützen wird, wenn ich es nicht tue.«

Philly wurde flau. »Lucien? Komm mit in den Garten. Wir müssen reden.«

»Wir warten nicht auf dich«, warf Camilla ein. »Ich möchte nach Hause.«

»Ich habe meinen Bus, ich bin nicht auf euch angewiesen«, erwiderte Lucien knapp.

»Komm bitte mit, Lucien.« Philly zog ihn am Arm mit sich.

Es war wunderbar, aus dem Haus zu treten und der Dominanz von Luciens Eltern zu entkommen. Philly atmete tief ein und genoss den Duft des Geißblattes, dann nahm sie Lucien an der Hand.

»Hör zu«, sagte sie eindringlich und schaute ihm in die Augen. »Wenn sie bereit sind, dich zu unterstützen und dir vielleicht später sogar eine Bäckerei zu finanzieren, musst du das annehmen.«

»Nein! Nicht, wenn ich dich dafür aufgeben muss. Dad versteht es einfach nicht! Für ihn war Geschäftliches immer wichtiger als Menschen ... wichtiger als Liebe.«

Philly biss sich auf die Lippe und musste gegen plötzlich aufsteigende Tränen ankämpfen. »Aber sie können nicht ewig über dich bestimmen. Wenn dein Geschäft erst läuft – vielleicht sogar vorher –, komme ich zu dir. Du darfst dir diese fantastische Chance nicht meinetwegen entgehen lassen.«

»Du hast deine Geschäftsgrundlage hier. Du kannst das nicht für mich aufgeben, nur weil mein niederträchtiger Vater andere Vorstellungen hat als ich.«

»Ich könnte auch woanders eine Gärtnerei aufmachen ...«

»Nein, Liebes.« Er war nun sanfter. »Dein Leben findet hier statt. Ich reiße dich nicht von allem weg, was du dir aufgebaut hast. Und ich möchte auch hier leben.« Er seufzte. »Ich habe versucht, meinem Dad zu erklären, wie perfekt es ist – auch abgesehen von dir –, aber er sieht es nicht ein. Ich werde nicht fortgehen!«

Philly schluckte. »Geh jetzt mit ihm. Mach, was er von dir verlangt. Lerne und arbeite bei einem Bäcker, zeig Einsatz. Dann werden wir versuchen, alles andere zu regeln. Im Ernst, Lucien. Ich möchte, dass du das machst!«

»Du verstehst nicht! Er wird nicht zulassen, dass wir in Kontakt bleiben! Wenn ich gehe, ist es wahrscheinlich ein Abschied für Monate. Ich kann und möchte das nicht.«

Philly kniff die Augen zusammen, um nicht zu weinen, und deshalb konnte sie Lucien auch nicht sehen. Sie wusste, dass sie sonst nicht den Mut haben würde zu sagen, was sie sagen musste. »Wir sind jung, Lucien. Wir können den Rest unseres

Lebens miteinander verbringen. Nutze die Gelegenheit – vielleicht bietet sich dir sonst keine mehr.«

Lucien seufzte tief auf. »Mein Vater glaubt, dass ich dich vergesse, wenn wir eine Weile keinen Kontakt mehr haben. Aber das werde ich nicht! Ich könnte es nicht!«

»Dann müssen wir ihm das Gegenteil beweisen«, erwiderte Philly verzweifelt und unter Tränen. »Wir müssen beweisen, dass unsere Liebe überleben wird. Tu, was sie wollen, hol dir die finanzielle Unterstützung, die du brauchst. Wir werden dafür sorgen, dass es irgendwie funktioniert.«

»Oh Gott ...«, stöhnte er heiser.

Sie klammerten sich aneinander, bis sie irgendwann jemanden rufen hörten. Es war Seamus.

»Philly? Luciens Eltern warten auf eine Entscheidung. Sie sind noch da.«

»Geh!«, sagte sie.

Lucien nahm ihr Gesicht kurz zwischen seine Hände, dann drehte er sich um und kehrte zum Haus zurück.

»Bist du in Ordnung, Kleines?«, fragte Seamus, der zu ihr trat.

Philly nickte. »Es ist ja nicht, als zöge er in den Krieg oder so.« Dann warf sie sich in die Arme ihres Großvaters und schluchzte herzzerreißend.

23. Kapitel

Es gibt nichts Besseres als ein neues Projekt, um sich aufzuheitern, dachte Lorna, während sie im Kofferraum ihres Wagens die Gartengeräte überprüfte, die sie bei Anthea brauchen würde. Obwohl Jack in ihren Gedanken immer präsent war – wie ein dumpfer Schmerz –, gab der Extra-Auftrag in Antheas Garten ihr etwas Positives, auf das sie sich konzentrieren konnte.

Der größte Teil ihrer Gartengeräte war schon da, doch Lorna fügte noch ein paar Dinge hinzu, beispielsweise Kordel, eine Rosenschere, eine Baumschere, eine Auswahl an Baumsägen, ein paar Plastiksäcke und Gartenhandschuhe verschiedener Art inklusive einem Paar aus Kevlar für Dornengestrüpp. Lorna trug bereits eine dornenfeste Überhose. Sie hatte ein Blech Schokoladenbrownies und Haferkekse gebacken und eine Thermosflasche mit Kaffee eingepackt.

»Ich komme mir vor, als würde ich auf Safari gehen«, murmelte sie vor sich hin, als sie startete. »Ich brauche nur noch einen Tropenhelm und einen Kompass, und dann kann's losgehen.«

Lorna musste über sich selbst lachen. Es fühlte sich tatsächlich ein bisschen wie eine Reise ins Ungewisse an, und sie genoss es. Sie wollte sich gern körperlich so verausgaben, dass sie schlafen konnte und nicht von »Was wäre gewesen, wenn«-Gedanken an Jack wach gehalten wurde.

Anthea erwartete sie schon; sie war ebenfalls für einen Kampf gegen die Natur gerüstet, und die Natur würde nicht gewinnen – diesmal nicht, beschloss Lorna.

»Guten Morgen, Lorna!«, rief die alte Dame. »Philly kommt auch gleich. Sie soll dir selbst alles erzählen. Und Seamus hat angerufen und gefragt, ob wir ihn brauchen können.«

Lorna hatte den Eindruck, dass Anthea mehr über das erwähnte »Alles« wusste, als sie verriet, und sich darüber ärgerte, was auch immer es war. »Es ist großartig, dass sie kommen möchte. Wir brauchen jede Hilfe, die wir bekommen können. Oh – da ist sie ja schon.«

Philly trat zu ihnen und ließ ihre Gartengeräte in die Schubkarre fallen, in der sich schon Antheas und Lornas Utensilien befanden. »Hi.« Sie sah aus, als hätte sie die ganze Nacht geweint. Ihre Augen waren gerötet und verquollen – wie ihre Nase.

»Ach, Liebes!«, rief Lorna aus, die sich nicht zurückhalten konnte. »Du siehst schrecklich aus. Was ist passiert?«

Philly zuckte mit den Schultern. »Ich habe Lucien weggeschickt. Er ist zu seinen Eltern zurückgekehrt. Wir werden uns monatelang nicht sehen.«

Lorna war verblüfft. »Warum? Er ist ganz reizend. Wie konntest du ihn wegschicken?«

»Er ist in der Tat reizend«, pflichtete Philly ihr bei. »Aber seine Eltern sind es nicht. Sie werden seine Geschäftsidee nicht unterstützen, bevor er nicht unter Beweis gestellt hat, dass er es draufhat. Und so lange darf er mich nicht sehen. Er soll sich nur auf die Arbeit konzentrieren.« Wieder zuckte sie mit den Schultern. »Der Gedanke, sich erst zu beweisen, ist nicht unvernünftig, doch sie waren so gemein. Und ich denke, es hat gar nichts mit ihm zu tun. Sie würden ihn vielleicht sofort unterstützen, wenn es mich nicht gäbe. In Wahrheit wollen sie uns auseinanderbringen.« Sie räusperte sich, um nicht wieder in Tränen auszubrechen. »Aber das werden sie nicht schaffen. Nicht für immer. Also, geht's jetzt los?«

»Gute Idee«, sagte Lorna. »Wo sollen wir anfangen? Wahrscheinlich sollten wir als Erstes diese Bäume loswerden.«

»Dazu brauchen wir eine Motorsäge«, erwiderte Philly. »Grand hat eine. Soll ich ihn anrufen und bitten, mit der Säge vorbeizugekommen, Anthea?«

»Oder sollen wir einen Baumpfleger beauftragen?«, schlug Lorna vor.

Philly und Lorna schauten Anthea an und warteten auf eine Antwort.

Die alte Dame schüttelte den Kopf. »Nein. Ich will nicht so lange warten. Seamus hat zwar freundlicherweise seine Hilfe angeboten, doch ich möchte, dass wir das allein schaffen. Das ist unser Abenteuer.«

»Aber wie wollen wir das mit den Bäumen hinbekommen?«, wandte Lorna ein. »Wir brauchen eine Ewigkeit, wenn wir die per Hand sägen.«

»Wir könnten uns die Motorsäge ausleihen«, sagte Philly, »doch ich finde, das sollten wir ohne eine entsprechende Schulung nicht tun.«

»Alles ist gut«, erklärte Anthea. »Ich besitze eine Motorsäge, und ich habe einen Kurs belegt und bin daher qualifiziert, sie zu benutzen.«

»Wie kommt das denn?«, wollte Lorna wissen. Philly war zu überrascht, um etwas zu sagen.

Anthea machte eine wegwerfende Geste. »Ach, vor ein paar Jahren habe ich von Peter einen Gutschein über einen Kurs an einem sehr hübschen Ort bekommen. Als ich einen Kurs buchen wollte, waren alle schon voll – bis auf den Häkelkurs und den Motorsägenkurs.«

»Alle Achtung!«, rief Lorna.

»Ich weiß, das klingt ein bisschen exzentrisch, aber ich dachte, dass sich diese Fertigkeit mal als nützlich erweisen könnte.« Anthea schmunzelte. »Und jetzt haben wir den Beweis. Dann hole ich mal die Ausrüstung und die Säge.«

»Typisch für Anthea, dass sie den Motorsägenkurs einem Häkelkurs vorzieht«, meinte Philly, während Lorna und sie warteten. »Doch was machen wir hier eigentlich? Grand hat mir nur gesagt, ich solle herkommen und mich auf harte Arbeit einstellen.«

»Anthea und ich waren in Burthen House und sind die Sachen durchgegangen, die Kirsties Meinung nach weggeworfen werden sollten. Dabei sind wir auf ein altes Gemälde der Gärten gestoßen, das von einem Raum im Obergeschoss aus gemalt worden war – wahrscheinlich der Raum, in dem wir uns zu dem Zeitpunkt befanden. Das war sehr aufregend.«

»Und?«, hakte Philly nach, als Lorna innehielt, um Luft zu holen.

»Es gab auch Pläne und Grundrisse. Hinter Antheas derzeitigem Garten scheint es einen weiteren Garten zu geben, von dem keiner von uns etwas wusste. Doch im Laufe der Jahre sind jede Menge selbst ausgesäte Eschen und Ahornbäume vor diesem Bereich gewachsen. Einige davon sind inzwischen richtig hoch, die müssen wir vielleicht stehen lassen. Aber Anthea ist fest entschlossen, den verborgenen Garten zu erkunden.«

Philly nickte. »Und warum bist du nicht mit Jack nach Frankreich gefahren?«

Der abrupte Themenwechsel überrumpelte Lorna. »Oh ... na ja, es ist etwas passiert – es passierte eigentlich schon vor sehr langer Zeit ... Ich habe meine Meinung geändert. Ich wollte nicht mehr mitfahren.«

»Möchtest du lieber nicht darüber sprechen?«

Lorna zuckte mit den Schultern. »Ich komme mir so dämlich vor.«

»Ich bin sicher, dass es dafür keinen Grund gibt.«

»Ich erzähle es dir irgendwann einmal, wenn ich mir nicht mehr so blöd vorkomme. Wahrscheinlich wirst du darüber lachen.«

Jetzt zuckte Philly mit den Schultern. »Ein bisschen Lachen würde nichts schaden. Mein Leben ist gerade etwas düster. Für mindestens drei Monate, vielleicht sogar sechs.«

»Ach, Philly! Okay, ich bringe dich zum Lachen«, und sie erzählte Philly von der Zeichnung und wie sehr sie sich dafür schämte.

»Ehrlich gesagt finde ich das nicht komisch«, meinte Philly, als Lorna mit ihrer Geschichte zum Ende kam. »Ich hätte in der Situation auch ein seltsames Gefühl gehabt.«

Lorna seufzte. »Anthea findet, ich benehme mich lächerlich.«

Bevor Philly antworten konnte, kehrte die alte Dame zurück. Sie sah wie ein Profi aus, denn sie trug eine Motorsäge und war von Kopf bis Fuß in Kevlar-Schutzkleidung gehüllt. Dazu gehörten ein Helm, Handschuhe, eine Überhose und kräftige Stiefel. Lorna hörte Philly unterdrückt prusten und hätte am liebsten losgekichert. Das war so lustig! Einen schrecklichen Moment lang dachte sie, dass sie gleich einen hysterischen Lachanfall bekäme – wegen einer Frau in den Siebzigern, die Schutzkleidung trug. Sie biss sich auf die Lippe.

Anthea setzte den Helm ab. »Schon gut, ihr könnt ruhig lachen. Ich glaube, ich werde nicht das ganze Zeug tragen. Meine Generation denkt nicht ständig an Gesundheit und Sicherheit; wir finden es völlig in Ordnung, wenn ein Kind mal an Plastikspielzeug nuckelt. Aber bei dem Motorsägenkurs musste man die gesamte Ausstattung kaufen.«

Lorna wurde klar, dass Anthea das ganze Zeug angezogen hatte, um sie beide aufzuheitern. Es hatte funktioniert, sie fühlten sich tatsächlich besser. »Es wäre doch schade, die Sachen nicht zu benutzen, wenn sie schon mal da sind. Aber ist auch genug Benzin in der Säge?«

Anthea nickte. »Das habe ich als Erstes überprüft.«

Einige Bäume waren zu dick für Antheas Einsteiger-Motorsäge. Diese ließen sie stehen, nachdem Lorna diejenigen mit einem Farbklecks gekennzeichnet hatte, die ihrer Meinung nach weichen mussten. Die dünneren Stämme attackierte Anthea voller Entschlossenheit mir ihrer Säge. Schon bald entwickelten sie eine Methode, um die Bäume schnell und sicher zu fällen. Mit wachsendem Selbstvertrauen wagten sie sich auch an einige der dickeren Stämme heran. Als Anthea müde wurde, zog Philly, die die alte Dame genau beobachtet hatte, die Schutzkleidung an und übernahm die Kettensäge.

Schließlich erreichten sie eine Mauer, die mit Generationen von Efeu, Klematis und Dornengestrüpp überzogen war. Lorna roch den Duft von Geißblatt und entdeckte wilden Hopfen.

»Wie lange es das wohl alles schon hier gibt?«, fragte sie.

»Vielleicht schon seit Jahrhunderten, vielleicht auch noch nicht so lange«, meinte Anthea. »Ich weiß nicht, woran man es erkennen kann. Aber die Mauer ist bereits ziemlich verfallen. Ob es wohl irgendwo ein Tor gibt?«

»Oh, das ist wie in *Der geheime Garten*!«, rief Philly, die nach ihrem Einsatz an der Motorsäge deutlich fröhlicher wirkte, wie Lorna auffiel. »Ich habe das Buch als Kind geliebt.«

»Ich liebe es immer noch«, erwiderte Lorna.

»Hm«, machte Anthea, die weniger sentimental veranlagt war. »Ich erinnere mich vage, dass es zu dem geheimen Garten in dem Buch einen Schlüssel gab. Wenn wir hier auf ein verschlossenes Tor stoßen, haben wir nicht die geringste Aussicht, den Schlüssel dazu zu finden. Wir müssten es aufbrechen.«

»Das schaffen wir«, sagte Philly. »Wir sind eine harte Truppe!« Dann hielt sie inne. »Tut mir leid. Es liegt wohl an der Kevlar-Kleidung; sie ist mir zu Kopf gestiegen.«

»Vielleicht ist das Tor verfallen, doch es muss eines geben«, sagte Lorna. »Wahrscheinlich befindet es sich in der Mitte der Mauer. Ich glaube, dort müssen wir mit der Suche beginnen.«

Sie nahm die Astschere aus der Schubkarre, ging dorthin, wo sie die Mitte vermutete, reckte sich und schnitt ein paar Dornenranken, wucherndes Efeu und Klematis ab. Während sie die Ranken einsammelte, um sie aus dem Weg zu schaffen, nahmen Anthea und Philly ihren Platz ein. Lorna hatte gerade beschlossen, dass sie ein Feuer anzünden sollten, als Anthea ausrief: »Gefunden!«

Das Tor befand sich ungefähr an der Stelle, an der Lorna es vermutet hatte: ein recht hohes und breites Bogentor.

»Und es ist nicht abgeschlossen!«, sagte Philly aufgeregt. »Es ist offen.«

»Schade, dass das Gestrüpp aus Jahrhunderten uns davon abhält, es zu öffnen, um hindurchzugehen«, sagte Anthea.

»Ich glaube, wir sollten jetzt eine Kaffeepause einlegen«, schlug Lorna vor. »Danach bekommen wir das Tor schon irgendwie auf. Oder wir hängen es aus.«

Anthea setzte sich auf einen Baumstumpf, trank Kaffee aus Lornas Thermoskanne und aß einen Haferkeks. Philly und Lorna tranken und aßen im Stehen. Obwohl Lorna den Kaffee genoss, juckte es sie weiterzumachen. Sie spürte, dass es Philly genauso ging.

»Ich habe mir gedacht, wir sollten das Zeug verbrennen«, sagte Lorna. »Es wird zwar ziemlich rauchen, weil viel Grüngut dabei ist, doch wir sind hier weit genug von anderen Häusern entfernt. Daher sollte sich eigentlich niemand gestört fühlen.«

»Ich glaube, es gibt Vorschriften«, meinte Philly. »Es muss später als sechs Uhr sein, wenn man etwas verbrennen möchte.«

»Ach was!«, widersprach Anthea. »Wir zünden das Feuer an, und falls jemand sich beschwert, machen wir es aus. Aber du hast recht, Lorna. Wir sind zu weit von anderen Häusern entfernt, um Wäsche zu verschmutzen, die jemand zum Trocknen auf die Leine gehängt hat. Sobald wir durch dieses Tor sind, hole ich alles, was wir für das Feuer brauchen.«

Es kostete sie einige Mühe, das Bogentor zu öffnen, vor allem weil sie die Wurzeln der Pflanzen, die die Öffnung blockierten, nicht erreichen konnten. Als die Lücke groß genug war, zwängte Lorna sich hindurch und gelangte auf die andere Seite.

»Wie ist es da drüben?«, wollte Anthea wissen. Sie war sehr gespannt.

»Wartet. Ich entferne ein bisschen mehr von diesem Dschungel, damit das Tor weiter aufgeht.«

Bald war der Spalt breit genug. Anthea schlüpfte hindurch, und Philly folgte ihr.

»Mensch!«, rief Anthea schließlich aus, als die drei Frauen sich umgeschaut hatten. »Es ist wirklich ein geheimer Garten, aber auch ein richtiger Dschungel.«

In diesem Augenblick kam die Sonne hinter den Wolken hervor und veränderte alles. »Es ist märchenhaft«, hauchte Lorna andächtig.

Das war es tatsächlich. Abgesehen von ein bisschen Vogelgezwitscher war es still, und das Licht, das zwischen den Bäumen hindurchdrang, tauchte alles in ein sanftes Grün. Obwohl fast alles um sie herum wild und voller Dornen war, strahlte es dennoch Ruhe und Frieden aus.

»Das wird wunderbar«, sagte Philly. »Aber es wird auch viel Arbeit machen.«

»Und wir brauchen vielleicht Unterstützung«, fügte Lorna hinzu.

»Dann organisieren wir welche«, beschloss Anthea. »Seid ihr dabei? Helft ihr mir, den Garten in Ordnung zu bringen?«

»Absolut, verdammt noch mal!«, sagte Philly, und alle lachten über diesen Schlachtruf.

Sie ließen sich nicht lange Zeit, um die Beschaulichkeit zu genießen, sondern brachten die Schubkarre mit den Geräten in den geheimen Garten, und schon bald war jedes Schneidewerkzeug in Betrieb. Philly zündete ein Feuer an, und hin und wieder, wenn sie sich vor lauter abgeschnittenem Gestrüpp, Efeu, Dornenranken und Holunder nicht mehr bewegen konnten, sammelten sie die Gartenabfälle ein und beförderten sie ins Feuer.

»Eigentlich sollten wir einen Teil davon kompostieren«, meinte Lorna.

»Ganz und gar nicht«, widersprach Anthea und klang ein bisschen wie Seamus. »Wir müssten die Äste zuerst häckseln, und dafür haben wir viel zu viel Material.«

»Nun, wir können die jüngeren Äste aufstapeln und später entscheiden, was wir damit tun.« Sie strich sich die Haare aus dem Gesicht. »Ist jetzt Zeit für die nächste Pause?«

»Hoffentlich«, entgegnete Philly. »Grand hat mir einen Kuchen mitgegeben.«

»Und ich habe noch Brownies und Haferkekse«, fügte Lorna hinzu.

»Ich brauche ein anständiges Mittagessen, keinen Kuchen oder Kekse«, sagte Anthea. »Zumindest hätte ich gern zuerst ein Sandwich. Soll ich ein paar Sandwiches machen, oder wollt ihr mitkommen, euch waschen, ausruhen und etwas trinken, während ich mich ums Essen kümmere?«

Es konnte nur eine richtige Antwort geben, wie Lorna sofort klar wurde. »Wir machen hier weiter, wenn du so gut wärst, die Sandwiches mitzubringen.«

Obwohl sie weiterarbeiteten, gönnten Lorna und Philly sich zuerst eine kleine Verschnaufpause.

»Wofür dieser Garten wohl gedacht war?«, fragte Philly. »Warum trennt man einen Teil des Gartens vom Rest ab?«

»Frauen – zumindest jene, die es sich leisten konnten – hatten immer eigene Gärten als Rückzugsort. Um zu beten oder einfach nur, um der Unterdrückung durch Männer zu entfliehen«, erklärte Lorna. »Ich habe ein Buch darüber, es ist faszinierend. Ich werde es heraussuchen, damit du es auch lesen kannst.«

»Ich kann mir vorstellen, dass es für eine Lady mit vielen Verpflichtungen wunderbar war, einen Ort ganz für sich zu haben.« Philly runzelte sie Stirn. »Aber haben die Damen dann selbst Unkraut gejätet? Oder hatten sie dafür Gärtner?«

Lorna zuckte mit den Schultern. »Wahrscheinlich gab es Männer, die die schweren Arbeiten für sie erledigt haben.«

»Das hat etwas für sich«, sagte Philly. »Anthea ist unermüdlich! Gestern Abend, als Luciens Eltern bei uns waren, war sie fantastisch.«

»Erzählst du mir davon?« Lorna war nicht nur schrecklich neugierig, sie spürte auch, dass Philly über die jüngsten Ereignisse reden musste.

Philly seufzte und stützte den Fuß auf die Grabegabel, die sie unter eine Brombeerwurzel gerammt hatte. Diese Wurzel schien bis nach Australien zu reichen. »Eines Tages werde ich das bestimmt mal lustig finden. Zum Teil kann ich jetzt schon darüber lachen.«

Lorna nickte aufmunternd, und Philly berichtete vom Besuch bei Luciens Taufpaten, der ihm Geld für die Bäckerei hatte leihen wollen, und von der schrecklichen Nanny, die Luciens

Eltern sofort darüber informiert und auf den Plan gerufen hatte. »Als wir zurück nach Hause kamen, standen sie schon vor der Tür.«

»Ach, Liebes, das hört sich aber gar nicht lustig an, eher wie ein Albtraum.«

»Es *war* ein Albtraum. Der lustige Teil war, wie fürchterlich sich diese Leute benommen haben und wie hoffnungslos schäbig unser Haus mit seinen gemusterten Teppichen und den riesigen Sofas ist, aus denen die Füllung quillt.« Philly zuckte mit den Schultern. »Du kennst unser Haus ja. Aber wir haben uns daran gewöhnt und haben andere Dinge im Kopf, als die Einrichtung zu modernisieren.«

Lorna nickte. Phillys und Seamus' Haus war alles andere als elegant, doch es war ihr Zuhause. Lorna reagierte empfindlich bei dem Gedanken, dass Leute hochnäsig darauf herunterschauten. »Waren sie schrecklich versnobt?«

Philly nickte. »Grand hat Anthea gebeten, zu uns zu kommen, und ich muss sagen, dass sie eine große Hilfe war. Auch wenn es im Endeffekt nichts gebracht hat. Sie haben Lucien mitgeteilt, dass er mit ihnen nach Hause zurückkehren muss, wenn er eine Bäckerei eröffnen will. Er hat sich erst geweigert, aber ich habe ihn dann überredet.« Ihre Stimme zitterte ein bisschen, und sie hielt inne.

»Das war die richtige Entscheidung, und es war tapfer von dir«, sagte Lorna. »Wenn ihr beide beweisen könnt, dass eure Beziehung auch eine zeitweilige Trennung übersteht, werden seine Eltern sich an die Vorstellung gewöhnen. Wahrscheinlich werden sie dich irgendwann lieben.« So sollte es jedenfalls laufen, dachte Lorna, und mit einem bisschen Glück wird es das auch.

Anthea kehrte mit dem Imbiss zurück. Dazu gehörten Sandwiches mit Räucherlachs, kleine Flaschen mit Gin Tonic und Seamus' Kuchen sowie ein Messer.

»Kommt, suchen wir uns ein bequemeres Fleckchen, um zu essen«, schlug Anthea vor. »Seht mal, da drüben gibt es ein paar Steine, auf die wir uns setzen können.«

Sie kauten gerade munter vor sich hin, als Lorna auf einmal sagte: »Ich glaube, diese Steine, auf denen wir sitzen, sind Sockel für Statuen.«

»Oh ja!«, erwiderte Philly. »Und vielleicht sind das da drüben unter dem vielen Efeu die Statuen.« Sie deutete mit ihrem Sandwich in die entsprechende Richtung.

Anthea nickte. »Und was ist das für ein Riesenberg? Sieht aus wie ein Objekt aus dem Weltall, allerdings mit Grünzeug überwuchert.«

»Darüber habe ich auch schon nachgedacht«, meinte Lorna. »Vielleicht ist es eine Grotte.«

»Wow!«, rief Philly aus.

»Das wäre grandios«, sagte Anthea. »Aber wie kommst du darauf?«

»Wenn das hier ein geheimer Garten ist, der der Hausherrin gehörte – oder eher der Herrin des Dower House –, dann könnte es sehr wohl eine Grotte geben.«

Anthea schluckte. »Dann beeilt euch mal, Mädels! Esst schnell auf. Wir müssen das erkunden.«

Lorna fragte sich nicht länger, ob ein starker Gin Tonic zur Mittagszeit ein Fehler war. Stattdessen zerrte sie zusammen mit Philly und Anthea an den Pflanzen, die das überwucherten, was sie für eine Grotte hielten. Es gab Dornenranken, so dick wie Taue, um die sich Efeu rankte. Während sie an der üppigen Vegetation zogen, lösten sich Bruchstücke von Stein. Endlich waren ihre Bemühungen von Erfolg gekrönt.

»Es ist eindeutig eine Grotte«, stellte Anthea fest. »Das ist absolut großartig!«

»Das erklärt auch diese Muscheln, die wir in Burthen House

gefunden haben!«, rief Lorna aufgeregt. »Sie haben sie immer auf Schiffen von den karibischen Inseln mitgebracht.«

»Wirklich?«, fragte Philly. »Und warum?«

»Es war eine angemessene Beschäftigung für Damen, Gegenstände mit Muschelschalen zu verzieren. Und die Schiffe kehrten nicht leer zurück«, erklärte Lorna. »Und schaut euch nur das Muschelmuster an den Wänden hier an!«

»Wenn diese Grotte beschädigt sein sollte, können wir sie reparieren«, sagte Anthea.

»Was ist mit den Statuen?«, wollte Philly wissen. »Können wir die auch instand setzen? Ich habe sie mir eben mal genauer angesehen. Sie könnten ganz reizend aussehen, allerdings scheinen Teile zu fehlen.«

»Kommt, schauen wir mal nach.« Anthea kletterte flink über das Gewirr an Grünzeug zu der Stelle, die Philly ihnen gezeigt hatte.

»Der Rumpf fehlt. So sehen sie ein bisschen traurig aus«, stellte Philly fest, nachdem sie die wuchernden Pflanzen entfernt hatte. »Aber sie müssen einmal richtig schön gewesen sein, meinst du nicht, Lorna?«

Lorna bemerkte, dass die anderen sie ansahen. »Ja. Die waren ursprünglich wunderschön. Doch ohne den mittleren Teil kann man sie nicht aufstellen. Es würde eine Ewigkeit dauern, ihnen einen neuen Rumpf zu verpassen. Wahrscheinlich lohnt sich das gar nicht.«

Anthea blickte sie stirnrunzelnd an. »Diese Bemerkung passt nicht zu dir, Lorna. Du bist großartig darin, Dinge zu restaurieren.«

Lorna machte eine abwehrende Handbewegung und wünschte, sie könnte erklären, was sie beim Anblick der zerbrochenen Statuen empfand. Sie entschied sich für Offenheit. »Ehrlich gesagt, erinnern sie mich an Jack. Als Steinmetz beschäftigt er sich ja mit solchen Dingen. Ich wünsche mir, dass das hier eine männerfreie Zone bleibt.«

Anthea betrachtete sie kurz. »Nun gut. Dann reparieren wir sie nicht. Ich werde Seamus bitten, die Statuen fortzuschaffen, und dann kann das hier wieder eine männerfreie Zone werden.«

Lorna lächelte schwach. Sie hatte das Gefühl, ein Ergebnis erzielt zu haben, für das sie sich nicht energisch genug eingesetzt hatte. »Danke, dass du so verständnisvoll bist, Anthea.«

»So kann ich auch sein, weißt du?«, erwiderte die alte Dame schmunzelnd. »So, ich werde mich jetzt um das Teewasser kümmern, und dann setze ich mich mit Peter in Verbindung. Ich muss ihn vorwarnen, dass die Restaurierung dieses Gartens ziemlich teuer werden könnte.«

»Das wird ihm nicht gefallen!«, sagte Lorna ein bisschen erschrocken.

»Oh doch«, erwiderte Anthea zuversichtlich. »Das kann mein Geburtstagsgeschenk werden. Peter weiß nie, was er mir schenken soll, daher auch der Kettensägenkurs. Es könnte zusätzlich auch mein Weihnachtsgeschenk werden.«

Als Philly und Lorna ihr hinterhersahen, während sie zum Haus ging, meinte Philly: »Der Garten gibt sicher genug her für die Weihnachtsgeschenke der nächsten Jahre.«

»Stimmt. Aber wenn Peter es bezahlt, wäre ich hocherfreut. Es ist ein wundervolles Projekt. Es wird uns auf jeden Fall dabei helfen, uns von unserem trübseligen Liebesleben abzulenken.«

Anthea kehrte zurück. »Ich habe eine fantastische Idee!«, rief sie schon von Weitem. »Wir können meinen Geburtstag hier feiern!«

Lorna schnappte nach Luft und versuchte verzweifelt, sich zu erinnern, wann Anthea Geburtstag hatte.

Zum Glück stellte Philly, die das Datum nicht kennen

konnte, die Frage: »Wann haben Sie denn Geburtstag, Anthea?«

»Das dauert noch eine Ewigkeit! Am sechzehnten September.«

»Aber Anthea!« Lorna war entsetzt. »Im nächsten Jahr wird der Garten bestimmt wunderbar aussehen, doch sieh dir mal an, in welchem Zustand er jetzt ist!«

Anthea warf einen flüchtigen Blick auf das Gestrüpp, die gefällten Bäume und die Grüngutaufen. »Ach, komm schon!«, erwiderte sie energiegeladen. »Das schaffen wir! Wir stecken jede Menge Geld hinein. Oder, besser gesagt, wir sorgen dafür, dass Peter Geld lockermacht. Denk doch bloß daran, wie wunderbar du die Gärten von Burthen House für die Skulpturen-Ausstellung hinbekommen hast!«

Lorna schluckte und lachte schwach. Anthea war keine Frau, die sich von Ausreden beeindrucken ließ. »Wir werden jede Menge Geld brauchen. Wir müssen viele Pflanzen – die meisten eigentlich – in ausgewachsenem Zustand kaufen.«

Philly nickte. »Aber da kann ich vielleicht helfen.«

»Prima! Ich bin froh, dass ihr die Herausforderung annehmt. Wisst ihr, was? Wir pfeifen auf den Tee. Ich glaube, wir brauchen jetzt alle noch einen sehr großen Gin Tonic.«

24. Kapitel

Philly war im geheimen Garten und bewunderte die Arbeit, die seit seiner Entdeckung zu Beginn des Sommers geleistet worden war. Da sie nicht mehr schlafen konnte, war sie zeitig aufgestanden und auf direktem Weg in den Garten gegangen. Es war noch sehr früh – der Tag brach gerade erst an –, und Lorna würde wahrscheinlich erst in ein paar Stunden auftauchen. Philly war allein und machte sich Notizen zu Pflanzen, die sie bis zu Antheas großem Tag noch beschaffen musste.

Der September ließ Felder und Bäume in roten und goldenen Farbtönen erstrahlen, und im Garten nahmen farbenfrohe Beete den ehemaligen Platz von Holunder, Ahorn und Brombeersträuchern ein. Anthea hatte in weniger als zwei Wochen Geburtstag, und der Garten war noch keineswegs fertig.

Dennoch wäre Philly sehr zufrieden mit dem gewesen, was sie erreicht hatten – wäre sie nicht ständig so traurig gewesen.

Sie dachte an jenen ersten Tag zurück, als sie und die beiden anderen Frauen – einschließlich Anthea in ihrer Kevlar-Ausrüstung – sich einen Weg durch den Dschungel gehackt hatten. Abgesehen von der Grotte und den Statuen, die Lorna loswerden wollte, hatten sie noch weitere Entdeckungen gemacht. Beispielsweise waren sie auf mehrere Kletterrosen gestoßen. Lorna hatte sie sofort zurückgeschnitten, gedüngt und gewässert, und sie hatten ihr mit starken neuen Trieben gedankt. Mit etwas Glück würden die Rosen im kommenden Jahr schon blühen. Es gab einige Solitärgehölze, die jetzt allmählich Herbstfarben zeigten. Ein Essigbaum mit langen spitzen Blättern, der überall Schösslinge verteilt hatte, war nun unter Kontrolle und leuchtete feuerrot. Ein Ginkgo mit fächerförmigen Blättern wurde allmählich gelb. Einige japanische Fächer-Ahorne färbten sich scharlachrot.

Die drei Frauen hatten nicht alles vollkommen allein erledigt. Seamus, Leo und einige andere junge Männer mit starken Muskeln hatten einen Teil der schwereren Arbeiten übernommen.

Eine der Wände der Grotte war eingestürzt. Das Beseitigen der Trümmer, die auch zum Teil von der Decke stammten, war eine große Aufgabe gewesen. Wenn das Wetter zu schlecht für Gartenarbeit war, hatte Lorna eine Campingleuchte in die Grotte gestellt und die Muschelschalen ersetzt.

Außerdem hatten sie einen richtigen Weg angelegt, der von Antheas ursprünglichem Garten in den geheimen Garten führte. Das Tor war repariert worden. Auch wenn es meistens weit geöffnet war, fühlte sich der Garten dennoch immer noch geheim und besonders an.

Obwohl alle so hart gearbeitet hatten, blieb nach wie vor noch viel zu tun. Doch wenn Anthea nicht die verrückte Idee gehabt hätte, ihre Geburtstagsfeier in dem neu entdeckten Garten abzuhalten, wären die Arbeiten noch lange nicht so weit gediehen.

Wegen der schweren Arbeit hatten Lorna und Philly sich nicht viel unterhalten. Doch einmal während einer Pause, nachdem sie eine große Baumwurzel entfernt hatten, hatte Philly etwas eingestanden, was ihr im Nachhinein sehr leidtat: »Ich wusste, dass es richtig war, Lucien wegzuschicken, aber ich habe ihm nicht ausdrücklich gesagt, dass ich ihn liebe. Das hätte ich unbedingt tun sollen. Mir ist klar, dass er sich nicht bei mir melden kann – bestimmt gehört es zu der Abmachung mit seinen Eltern –, doch ich mache mir solche Sorgen.«

»Er weiß ganz bestimmt, dass du ihn liebst«, hatte Lorna

aufmunternd erwidert. »Nur jemand, der ihn liebt, hätte ihn zu seinem eigenen Besten fortschicken können. Für dich war das sehr schwierig. Ich glaube wirklich nicht, dass du dich sorgen musst.«

Doch Philly machte sich Sorgen – oder war es nur die Sehnsucht nach Lucien? Vielleicht hätte es ihr mehr Sicherheit gegeben, wenn sie miteinander geschlafen hätten? Oder traf für ihn etwa das Motto »Aus den Augen, aus dem Sinn« zu? Männer waren anders. Er war jung, gesund und sehr attraktiv. Vielleicht gab es eine andere Frau, hübsch, bereitwillig und – noch wichtiger – gerade verfügbar.

Als ihr nun die Kehle eng wurde und Philly sich fragte, ob wohl der nächste Anfall von Selbstmitleid drohte, verkündete ihr Handy mit einem leisen »Ping«, dass sie eine E-Mail bekommen hatte.

Sie zog das Telefon aus der Gesäßtasche.

Die Nachricht stammte von Lucien und war über ihre Homepage hereingekommen. Es versetzte ihr einen regelrechten Schock, seinen Namen zu sehen, sodass sie einen Moment brauchte, bis sie die E-Mail lesen konnte.

Ich glaube, meine Eltern haben mir mein Handy mit allen Kontakten weggenommen, außerdem meinen Laptop – jedenfalls ist beides nicht mehr auffindbar, doch ich hoffe, du bekommst diese Nachricht. Kannst du mich auf meinem neuen Telefon anrufen? Es folgte seine neue Telefonnummer. *Ich bin rund um die Uhr erreichbar. Es ist wirklich dringend.*

Mit zitternden und leicht verschwitzten Fingern gab Philly die Nummer ein. Während der vielen Tage und Nächte seit jener schrecklichen Szene, als sie hatte zuschauen müssen, wie Lucien in seinen Bus gestiegen war, um seinen Eltern zu folgen, hatte sie sich nach einem Lebenszeichen von ihm gesehnt. Doch gleichzeitig hatte sie gehofft, nichts von ihm zu hören. Wenn er sich nicht rührte, bedeutete das, dass er das tat, was er unbedingt gewollt hatte. Meist gelang es ihr, die Vorstellung zu verdrängen, dass er für immer aus ihrem Leben verschwunden sein könnte. Wenn die Angst sie doch überkam, versuchte sie, dagegen anzugehen – meistens jedenfalls ...

»Philly?«

Sie wurde beinahe ohnmächtig, als sie seine Stimme hörte, so schnell klopfte ihr Herz. »Ja!«

»Oh Gott, ich habe dich so vermisst, und sie bringen mich um, wenn sie herausfinden, dass ich entgegen der Abmachung Kontakt zu dir aufgenommen habe, doch ich brauche dich!«

Philly strahlte über das ganze Gesicht und konnte gar nicht mehr damit aufhören. Sie freute sich so, dass Lucien sich genauso anhörte wie immer. »Was immer du willst, ich bin da!«, antwortete sie.

»Kannst du zu mir kommen? Ich bin in einer Bäckerei. Am Wochenende findet eine große Lebensmittelausstellung mit einem Wettbewerb statt. Mein Chef Geraint – ihm gehört die Bäckerei – muss sich um seine Frau kümmern. Sie bekommt ein Kind, und die Wehen haben ein bisschen zu früh eingesetzt. Ich bin hier ganz allein und brauche Hilfe. Es ist mehr zu tun, als eine Person bewältigen kann ...«

Phillys Herz sang bei dem Gedanken, dass Lucien sie für den einzigen Menschen hielt, der ihn »retten« konnte. Aber sie war keine Bäckerin! Ihre Kuchen waren nicht einmal besonders gut. Und er brauchte Unterstützung beim professionellen Backen. Dafür war sie nicht die Richtige. »Oh, Lucien, ich würde sofort kommen, natürlich würde ich das, doch kennst du nicht jemanden, der auch backen kann?«

»Nein – das geht nicht. Es ist ein Wettbewerb. Nur die Profi-

Bäcker, deren Namen auf den Anmeldeformularen stehen, dürfen backen. Ansonsten wäre es Betrug. Aber ich habe mit Geraint gesprochen, ich kann eine ungelernte Aushilfe engagieren.«

»Ungelernt bin ich auf jeden Fall. Wie du das allerdings beweisen willst, falls nicht die Jury kommt und mir zusieht ...«

»Darum kümmere ich mich. Ich glaube, du musst ein Formular oder so was unterschreiben.« Sie hörte die Aufregung und die Freude in seiner Stimme. »Aber du bist perfekt dafür geeignet. Ich weiß, dass du keine Bäckerin bist, doch wir benutzen altmodische Holzöfen, und du kannst Feuer anzünden. Den Rest werde ich dir beibringen.«

Philly beschloss, keine weiteren Einwände vorzubringen. Lucien war so ein Optimist. Sie hegte Zweifel, ob sie in so kurzer Zeit alles Nötige lernen konnte, aber es war ihr gleichgültig. Hauptsache, sie konnte mit Lucien zusammen sein.

»Ich muss hier noch ein paar Dinge regeln, dann fahre ich los. Gib mir die genaue Adresse und ...«

Nachdem sie sich von Lucien verabschiedet hatte, schaute sie auf die Uhr. Es war erst Viertel nach sieben. Sie beschloss, zu Lorna zu fahren. Falls sie noch nicht aufgestanden war, würde Philly ihr eine E-Mail schreiben und sie nicht aus dem Schlaf reißen. Sie wusste, dass Lorna sich in dieses Projekt stürzte, als hinge ihr Leben davon ab: Sie begann sehr früh mit der Arbeit und hörte erst spät auf. Philly hatte Verständnis dafür. Obwohl sie nicht viel darüber geredet hatten, war ihnen beiden klar, dass sie sich von ihrem Liebeskummer ablenken wollten.

Doch jetzt schwebte Philly förmlich, weil sie Lucien sehen würde, und zwar noch an diesem Tag! Sie versuchte, das Glücksgefühl unter Kontrolle zu halten, als sie in ihren Lieferwagen stieg und zu Lornas Haus fuhr.

Die Freundin war draußen und brachte gerade etwas zu ihrem Auto. »Hey!«, sagte sie, als sie Philly entdeckte. »Was machst du denn so früh hier?«

»Hi!«, erwiderte Philly. Sie schaffte es nicht, ihre Begeisterung zu verbergen. »Ich muss dir etwas gestehen. Ich habe eine E-Mail von Lucien bekommen. Er braucht mich, und deshalb muss ich jetzt aufbrechen. Es ist ein bisschen kompliziert – er braucht einen Bäckergehilfen.« Sie erzählte von dem Telefonat mit Lucien. »Ich fahre gleich zu ihm. Hoffentlich bist du jetzt nicht sauer auf mich, weil ich dich im Stich lasse!«

»Mach dir keine Gedanken.« Lorna lächelte. »Wir kommen schon klar. Doch was ist mit deinem Marktstand? Seamus backt ja noch wie wild. Braucht er nicht jemanden, der die Kuchen für ihn verkauft?«

Philly nickte. »Du kennst ihn doch. Er wird jemanden dafür finden.«

»Soll ich für dich die Blumensträuße binden?«

»Hast du denn Zeit? Es ist doch noch so viel im geheimen Garten zu tun.«

Lorna nickte. »Es wird mir guttun, mal eine Pause einzulegen. Ich binde so viele Sträuße, wie ich kann, und gebe sie Seamus' mit dem Kuchen mit.«

Philly wandte sich zum Gehen. »Wirf auch mal einen Blick auf die Gärtnerei; die Pflanzen machen Fortschritte. Nimm dir einfach, was du brauchst. Ach … und ich habe eine ganze Menge Pelargonien, die bald so weit sind. Ich habe ganz vergessen, dir Bescheid zu sagen. Sie waren eigentlich für eine große Ausstellung bestimmt, doch sie haben nicht rechtzeitig geblüht. Das war ein richtiges Schnäppchen. Hoffentlich sind sie gut genug für Anthea …«

»Sie meinte, sie wolle um jeden Preis Farbe haben«, erwiderte Lorna. »Überlass das nur mir. Sieh zu, dass du zu deinem Freund kommst!«

»Falls du irgendetwas brauchen solltest, hier ist mein Notizbuch. Darin stehen unter anderem meine sämtlichen Kontakte. Für alle Fälle!«

Lorna griff danach. »Es ist sehr nett von dir, Philly, dass du mir das Büchlein anvertraust.«

»Ich weiß, du wirst es nicht verlieren. Vielleicht hast du Bedarf – man kann nie wissen. Es tut mir leid, dass ich ausgerechnet jetzt wegfahre, da du mich am meisten brauchst.«

»Es ist in Ordnung. Ab mit dir! Tu, was du tun musst, um Lucien zu helfen.«

Philly raste nach Hause, um zu packen und ihrem Großvater zu erzählen, was sie vorhatte.

Sie unterhielten sich kurz, dann eilte sie die Treppe hinauf, um ein paar Sachen in einen Rucksack zu werfen.

Grand sagte nur: »Dann nichts wie los, Mädchen! Und wenn du zurückkommst und ein anständiges Brot backen kannst – umso besser!«

Philly hatte nicht damit gerechnet, in einem Industriegebiet zu landen, doch laut Navi befand sie sich im richtigen Postleitzahlenbereich. Statt herumzufahren und das Gebäude zu suchen, hielt sie an und schrieb Lucien eine Nachricht.

Bleib, wo du bist!, textete er zurück. *Ich komme zu dir.*

Wenige Minuten später lag sie in seinen Armen. Er drückte sie so fest, dass sie fast erstickte. Der langen Umarmung folgte ein kurzer, aber sehr entschlossener Kuss. Es dauerte eine Weile, bis Phillys Atmung sich wieder normalisiert hatte.

Lucien griff nach ihrer Hand. »Der Lieferwagen kann hier stehen bleiben. Komm mit. Wir haben keine Zeit zu verlieren.«

Sie erreichten das Gebäude. Philly hatte mit einer rustikalen und ansprechenden Umgebung gerechnet, doch alles war aus Edelstahl und wirkte eher wie eine Fabrik. Ihr zweiter Gedanke war, dass Lucien schrecklich aussah. »Lassen sie dir keine Zeit, um zu essen?«, wollte sie wissen. »Du bist so blass und dünn.«

Er lachte. »Ich bin einfach nicht oft bei Tageslicht draußen. Wir beginnen mitten in der Nacht mit der Arbeit, damit das Brot morgens im Geschäft frisch ist.«

»Es gibt ein Geschäft? Ich dachte, du hättest etwas von einem Wettbewerb gesagt?«

Er nickte. »Stimmt auch. Wir backen Brot nach althergebrachter Art; es wird in Holzöfen gebacken. Dafür üben wir. Ist es okay für dich, wenn wir arbeiten, während wir reden? Stell deine Tasche in einen Spind und zieh dir eine weiße Schürze und eine Kopfbedeckung an. Du musst das Feuer anzünden.«

»Ich habe es mir hier irgendwie anders vorgestellt«, meinte sie, während sie sich umschaute. »Hattest du nicht erwähnt, es gebe einen Holzofen?«

»Ja, da ist er.« Er deutete auf einen riesigen, gusseisernen Ofen. »Und da ist das Holz.« Mit einer schwungvollen Handbewegung zeigte er auf eine Kiste mit gleichmäßig großen Holzscheiten. »Das ist alles ofentrocken.«

»Also leicht anzuzünden.« Philly steckte ihre Haare unter eine schwarze Kappe.

»Ja, aber ich kann mich nicht ständig um das Feuer kümmern.« Lucien wirkte verzagt. »Ernsthaft, ich kann nicht überall gleichzeitig sein.«

»Sicher«, erwiderte Philly, »und ich bin vollkommen begeistert, hier zu sein. Ich weiß, dass du nur einen Laien einspannen darfst, doch kennst du wirklich niemanden, der besser geeignet wäre als ich? Ich bin weder Köchin noch Bäckerin ...«

Er grinste. »In der Tat. Aber du bist auch die Frau, die ich liebe – und das ist der Hauptgrund, warum ich dich bei mir haben will.«

Philly war unglaublich glücklich. Sie öffnete die große, schwere Tür des Ofens und spähte in den höhlenartigen Innenraum. »Ich bin trotzdem nicht überzeugt, ob das ein Job für jemanden ist, der sich mit einer Schaufel oder einem Pflanzholz wohler fühlt.«

Er zuckte mit den Schultern. »Vorschriften sind Vorschriften. Die Lebensmittelausstellung und der Wettbewerb, der am Samstag stattfindet, verlangen, dass Profis sich bei der Anmeldung registrieren.«

Philly hörte zu und dachte bei sich, dass Lucien mit seiner schwarzen Kopfbedeckung jünger und trotzdem professioneller wirkte.

»Die Namen von Geraint und mir stehen auf dem Anmeldeformular. Er kann wegen seiner Frau nicht kommen, doch wenn ich mir Unterstützung von einem Profi-Bäcker suche und wir gewinnen, müsste ich mir die Auszeichnung mit dem anderen Bäcker teilen. Mit einer ungelernten Aushilfe ist das etwas anderes. Ich kann allein gewinnen. Und das will ich unbedingt – für Geraint. Er ist so gut zu mir gewesen und hat mir verdammt viel beigebracht. Geraint ist streng, aber fair. Wahrscheinlich werde ich *nicht* gewinnen, doch ich werde alles geben.«

Die Art und Weise, wie Lucien sie anschaute, sorgte dafür, dass Philly ihr Bestes für *ihn* geben wollte. »Erzähl mir von Geraint.«

»Er ist ein Bekannter meines Vaters. Ich glaube, Dad ist davon ausgegangen, er würde mich so hart rannehmen, dass ich das Handtuch werfe. Und ich muss meinem Vater recht geben: Er hat tatsächlich ... na ja, egal. Aber ich habe es geliebt. Und ich liebe es immer noch. Es ist das, was ich tun möchte, und deshalb habe ich mich auch nicht durch harte Arbeit abschrecken lassen.«

Philly platzte fast vor Stolz auf Lucien. »Natürlich nicht.«

Er grinste. »Na ja, wenn Geraint sich als Mistkerl erwiesen hätte, hätte ich mich vielleicht doch abschrecken lassen, aber er arbeitet genauso hart. Ich habe ungefähr fünf Kilo verloren, seit ich bei ihm bin.«

»Und du warst vorher schon nicht gerade dick.«

Lucien zuckte mit den Schultern. »Für diese Bäckerei würde es so viel bedeuten, wenn wir gewännen. Wir müssen wirklich alles geben.«

»Haben wir denn eine Chance? Mit mir als Assistentin? Ich habe Respekt vor deinem Ehrgeiz, Lucien, doch ich würde nicht auf den Sieg wetten.«

»Keine Bange, ich wette nicht mehr. Wir werden fleißig sein und unser Bestes geben. Mehr können wir nicht tun. So, du kümmerst dich jetzt um das Feuer, und während der Ofen vorheizt, erteile ich dir ein paar grundlegende Lektionen zum Thema Backen. Ich habe ein bisschen Teig zur Seite gelegt, damit du üben kannst. Wir müssen jede Menge Brötchen herstellen. Das ist ein Sauerteig ...«

»Ich erinnere mich, der mit der Mutter.«

»Genau. Also, du musst mit beiden Händen arbeiten ...«

»Ich weiß, es hört sich verrückt an, aber wir können die Öfen nicht sich selbst überlassen«, erklärte Lucien. »Wir müssen sie ständig überprüfen, damit wir das Brot hineinschieben können, wenn die richtige Temperatur erreicht ist.«

»Das verstehe ich vollkommen. Man muss die Öfen im Auge behalten«, erwiderte Philly. »Heißt das, du schläfst gar nicht?«

»Wir werden uns abwechseln. Du schläfst zuerst. Dann lege ich mich eine Weile aufs Ohr.« Er schaute sie versonnen an, und sein Blick wirkte seltsam verschleiert – war Schlafmangel oder Leidenschaft der Grund? »Du nimmst nicht die Pille, oder doch, Philly?«

»Nein, Lucien. Ich bin eine irische Katholikin. Warum sollte ich die Pille nehmen?«

Er seufzte tief. »Wenn ich nachgedacht hätte, hätte ich rasch irgendwo Kondome besorgt. Hab ich aber nicht. Also ...«

»Wir könnten einfach das Risiko eingehen«, warf Philly ein, die sich auf einmal sehnlichst wünschte, mit Lucien zu schlafen.

»Nein, können wir nicht. Was, wenn du schwanger würdest? Wir müssten Hals über Kopf heiraten ...«

»Heutzutage doch nicht mehr«, erwiderte Philly hartnäckig.

»Bei deinen Eltern? Bei meinen Eltern? Die wären fuchsteufelswild!«

»Und sie würden dir das Geld für die Bäckerei nicht geben ...«

»Ich sage das nicht deshalb; es ist alles andere. Sie würden dir immer vorwerfen, mich bewusst reingelegt zu haben. Nein, damit fangen wir jetzt nicht an.«

Philly war sehr enttäuscht, obwohl sie wusste, dass er recht hatte. »Okay.«

Der Tag des Wettbewerbs war gekommen. Philly fühlte sich ein bisschen benommen. Seit sie in der Bäckerei war, hatte sie nur wenig geschlafen. Jetzt war es fünf Uhr in der Frühe. Sie mussten den Lieferwagen beladen und quer durchs Land zu der Ausstellung fahren.

Doch in den vergangenen drei Tagen hatte sie unglaublich viel gelernt, zum Beispiel, aus dem Handgelenk ganz dosiert Mehl auf die Arbeitsfläche zu streuen, sodass dem Teig nicht zu viel davon hinzugefügt wurde. Sie hatte gelernt, Brotteig zu kneten, ihn mit dem Handballen herunterzudrücken und dann von sich weg zu schieben, immer wieder, bis die Glutenstränge erzeugt worden waren. Sie hatte gelernt, das zu überprüfen, indem sie ein Stück Probeteig zwischen den Fingern auseinanderzog. Sie hatte gelernt, zwei Brötchen gleichzeitig zu formen, je eins pro Hand, und sie hatte beinahe gelernt, im ersten Anlauf ein Stück Teig von genau dem richtigen Gewicht abzuschneiden. Philly fühlte sich, als hätte sie eine Persönlichkeitsveränderung durchlaufen. Zu Beginn war sie jemand gewesen, der Samen aussäte und zarte Setzlinge zu kräftigen und gesunden Pflanzen großzog. Und jetzt war sie eine Bäckerin. Es war eine Feuertaufe gewesen – mit Holzfeuer –, höllisch heiß, aber sie hatten fantastische Brote in allen Formen und Größen gebacken. Es gab auch Brötchen. Sie hatten den Teig abgewandelt und glasierte Brötchen, Früchtebrote und Brioche hergestellt.

»Bist du fertig? Wir müssen einladen«, sagte Lucien. Er sah noch schlimmer aus als bei Phillys Ankunft, doch er war völlig aufgedreht. Das Adrenalin sorgte für ein ständiges Hochgefühl. Als sie seine Begeisterung sah, betete Philly, dass sie gut abschnitten, auch wenn es nicht zum Sieg reichte. Er hatte es sich so sehr verdient.

»Ich glaube schon. Um ehrlich zu sein, ich würde zusammenklappen, wenn ich jetzt noch mehr tun müsste, als das Zeug zu verkaufen«, meinte Philly.

»Ich habe dich überstrapaziert. Es tut mir so leid.«

Sie lachte. »Du hast in den letzten Tagen Schlimmeres getan, als mich überzustrapazieren. Du hast mich angeschrien, mit mir gemeckert, du hast mich herumkommandiert …«

Schuldbewusst schaute er sie an. »Liebes, ich ...«

»Alles ist gut. Ich habe es *geliebt*. Und ich habe so viel gelernt. Vielleicht bekomme ich sogar Lust, auch Bäcker zu werden!«

»Nun, das ist gut. Es gibt auch noch etwas, was ich dir antun werde ...«

»Lucien, bei aller Liebe, ich glaube nicht, dass ich momentan genug Energie für leidenschaftlichen Sex mit dir habe.«

Er lachte ein bisschen kläglich. »Führe mich nicht in Versuchung! Nein, ich muss dir gestehen, dass meine Eltern kommen.«

Philly hatte so wenig geschlafen, dass sie sofort in Panik geriet. »Oh mein Gott! Ich kann nicht mitkommen. Sie dürfen mich nicht sehen!«

Er schüttelte den Kopf. »Nein. Wir haben das hier zusammen auf die Beine gestellt. Wenn sie mich verstoßen, weil ich mein Versprechen gebrochen habe, dann ist das schade. Wir sind ein Team, Philly, und wenn ich in den letzten Tagen etwas gelernt habe, dann ist es, dass ich mich nicht noch einmal von dir trennen lasse. Egal, was passiert.«

»Aber Lucien, abgesehen davon, dass sie dich ohne einen Cent sitzen lassen können, habe ich schreckliche Angst vor ihnen. Sie halten mich für einen irischen Paddy.«

Lucien war für einen Augenblick abgelenkt. »Was ist ein Paddy?«

»Egal.« Das war nicht der richtige Zeitpunkt, um obskure, geringschätzige Ausdrücke zu erläutern, mit denen die Bewohner Irlands seit Jahrhunderten bezeichnet wurden. »Gibt es nicht schon genug Dinge, mit denen ich fertigwerden muss, auch ohne dass deine Eltern die Nase über mich rümpfen? Was, wenn sie eine Riesenszene machen? Wollen wir das in der Öffentlichkeit riskieren?«

Lucien fand die Vorstellung amüsant. »Meine Eltern sind viel zu britisch, um in der Öffentlichkeit eine Szene zu machen. Wie auch immer, ich habe ihnen gesagt, sie sollen nach der Wertung kommen – also ist es egal, was sie tun.« Er machte eine Pause. »Dann lass uns mal loslegen!«

Als sie schließlich mit allem fertig waren, sah der Stand wunderbar aus. Es gab mehrere Brotsorten aus verschiedenen Mehlsorten und in unterschiedlichen Formen. Da waren runde Laibe, in deren Oberseite ein Schachbrettmuster eingeritzt war, lange Laibe, die dreimal eingeschnitten waren, kürzere Laibe und rechteckige Kastenbrote. Dann gab es viele verschiedene Brötchen. Philly war ausgesprochen stolz darauf, an der Herstellung einer so wunderbaren Auswahl beteiligt gewesen zu sein.

Sie setzten ihre Bäckermützen auf.

»Damit siehst du richtig süß aus«, meinte Lucien.

»Und du wirkst ein kleines bisschen lächerlich«, erwiderte sie. Es stimmte, aber dennoch war er immer noch unglaublich attraktiv.

Als die Ausstellungsräume sich allmählich füllten, schlug Philly vor, etwas Butter von einem Stand in der Nähe zu kaufen und ein bisschen Brot aufzuschneiden, damit die Besucher es probieren konnten. Die Butter passte so gut zu dem Holzofenbrot, dass die Inhaber des Käse- und Butterstandes ein paar Brote kauften, um Kostproben ihrer Butter anzubieten.

Kurz darauf wurde das Brot beurteilt. Lucien und Philly waren beide sehr angespannt. Zuerst wurde Lucien befragt; dann wurde überprüft, ob Philly tatsächlich vorher keine Erfahrung als Bäckerin besessen hatte. Beide schienen die Prüfung zu bestehen. Doch die Jury gab nichts preis. Die Prüfer nahmen Brotlaibe in die Hand, klopften dagegen, inspizierten die Kruste, schnitten Brote auf und überprüften die Krume. Sie aßen Probestücke – ziemlich große Stücke, die für Philly wie eine vollständige Mahlzeit wirkten. Als die Prüfer schließlich weiterzogen, konnten Lucien und Philly sich wieder etwas entspannen.

Gegen zehn Uhr tauchten immer mehr Besucher auf, und bald waren Philly und Lucien sehr beschäftigt. Phillys Erfahrung von dem Marktstand, den sie sich mit ihrem Großvater teilte, erwies sich als ausgesprochen nützlich – auch wenn es am Marktstand beschaulicher zuging. Außerdem kamen ihr ihre Fertigkeiten als Kellnerin zugute. Sie war sehr flink im Umgang mit Geld. Die Fähigkeit ließ sich problemlos übertragen, und sie arbeitete beim Brotverkauf deutlich schneller und effizienter als Lucien. Doch er verstand sich hervorragend darauf, mit den Leuten zu plaudern, ihnen von dem Holzofen zu erzählen und zu erläutern, warum das Brot so fantastisch war.

»Wir machen das hier für Geraint und seine Bäckerei«, sagte Lucien mehrere Male zu Philly. »Dieses Geschäft ist so wichtig für ihn. Wenn er nicht hier sein kann, um mit den Leuten zu reden, muss ich das tun. Und der Mann, der eben an unserem Stand war, ist ein ziemlich bekannter Gastro-Journalist«, verkündete er stolz.

»Oh, wunderbar!«

»Philly, du bist so gut darin, zu verkaufen und Wechselgeld herauszugeben – würde es dir etwas ausmachen, wenn ich einen kleinen Rundgang unternehme, um mich mit ein paar Leuten zu unterhalten? Es ist wichtig, Kontakte zu knüpfen und sich ein Netzwerk aufzubauen. Ich denke darüber nach, ob wir vielleicht ein Online-Bestellsystem einführen sollten, bei dem die Leute diese großartigen Produkte aus einem Katalog auswählen können, ohne in der Nähe der Hersteller zu wohnen. Wir müssten nur gewährleisten, dass das Brot beim Versand frisch bleibt.«

»Klingt nach einer guten Idee. Ab mir dir! Ich komme hier zurecht.«

Philly genoss es, ein Produkt zu verkaufen, das die Menschen liebten. Sie schickte die Käufer an den gegenüberliegenden Stand mit den Molkereiprodukten und bediente Kunden, die von diesem Stand zu ihr kamen. Als das Brot fast ausverkauft war und sie gerade darüber nachdachte, dass Lucien sowohl ein guter Unternehmer als auch ein hervorragender Bäcker war, blickte sie auf und schaute in ein bekanntes Gesicht. Sie sagte nur: »Der Nächste, bitte! Was kann ich für Sie tun?«

Luciens Mutter musterte Philly vorwurfsvoll. »Sie! Was machen Sie denn hier?«

»Ich verkaufe Brot – für Lucien«, antwortete Philly. Sie war zwar nervös, trat aber selbstbewusst auf. Es gab nichts, wofür sie sich schämen musste. Obwohl Lucien und sie vielleicht entgegen den Wünschen seiner Eltern gehandelt hatten, war sie stolz auf das, was sie geleistet hatten. »Was darf es sein, Mrs. Camberley?«, fragte sie höflich.

»Ich möchte nichts …«

»Hier!« Mit einer Gewandtheit, die sie selbst beeindruckte, schnitt Philly rasch eine Probierscheibe von einem der letzten verbliebenen Brotlaibe und bestrich sie mit Butter. »Probieren Sie mal. Das ist ein Sauerteigbrot. Wir finden, wir haben die optimale Beschaffenheit erzielt, ohne dass das Brot zu säuerlich schmeckt. Fermentierte Lebensmittel sind sehr gesund«, fügte sie hinzu. Sie hoffte, dass sie sich damit als fürsorglicher Mensch zeigte und sich nicht vollkommen als Freundin für Lucien disqualifizierte.

Camilla nahm den angebotenen Teller, auf dem das mit Butter bestrichene Brot lag, und steckte sich ein Stück in den Mund.

»Hallo, Ma!« Hinter ihr tauchte Lucien auf. Er legte seiner

Mutter den Arm um die Schulter und küsste sie energisch auf die Wange.

Camilla zuckte zusammen. Sie hatte gerade gekaut und war vollkommen überrumpelt. Philly hatte spontan Mitleid mit ihr und hoffte, dass sie sich nicht verschluckte.

Kaum hatte Camilla den Bissen heruntergeschluckt, als sie schon wieder überfallen wurde, diesmal von einem hünenhaften Mann, der sie hochhob und an sich drückte, als wäre sie leicht wie eine Feder. »Camilla, dein Sohn ist ein verdammt genialer Bäcker!«

»Geraint«, erwiderte Camilla. »Ich dachte, du wärst bei deiner Frau!«

»War ich auch«, erklärte der Mann mit dröhnender Stimme. »Wir haben einen ganz entzückenden Jungen bekommen. Ihm und seiner Mutter geht es gut. Ich bin hergekommen, um herauszufinden, ob wir die Goldmedaille gewonnen haben!«

»Und wir *haben* sie gewonnen!«, rief Lucien, zog Philly hinter dem Stand hervor und nahm sie in den Arm. »Wir haben es geschafft, Philly!«

»Dein Sohn ist wirklich genial, Camilla. Er hat wie ein Sklave geschuftet, und offensichtlich ist dieses Mädchen genauso: eine verdammt gute Arbeiterin.«

»Ihr habt einen Preis gewonnen?«, hakte Camilla nach.

»Die Goldmedaille für unser althergebrachtes Brot aus dem Holzofen!«, dröhnte Geraint.

»Ohne Philly hätte ich das nicht geschafft«, verkündete Lucien triumphierend. »Dad kann ...«

Philly trat ihm unauffällig auf den Fuß. Das war nicht der richtige Zeitpunkt, um sich wie ein rebellierender Teenager aufzuführen. Zum Glück verstand er ihren Hinweis.

Wie aufs Stichwort tauchte Jasper neben ihnen auf. »Lucien?« Sein Blick huschte zu Philly. »Ist das nicht ...«

»Darling«, sagte Camille warnend. »Geraint ist auch hier.«

Der Bäckermeister schloss Jasper in die Arme, dann boxte er ihn gegen die Schulter, woraufhin Jasper ein wenig rückwärtstaumelte. »Lucien hat dir alle Ehre gemacht. Mir ebenfalls. Er hat jede Herausforderung angenommen und jede Aufgabe zur vollsten Zufriedenheit erledigt. Der beste Lehrling, den ich je hatte und je haben werde! Du solltest ihn auf jeden Fall unterstützen, Kumpel! Er ist absolut Spitze.«

Lucien, der Philly den Arm um die Schulter gelegt hatte, drückte sie an sich. »Ohne Philly hätte ich das hier nicht geschafft. Sie ist auch genial.«

Nun war Philly an der Reihe, von Geraint umarmt zu werden. Sie verschwand förmlich in seinen Armen, wurde kurz gedrückt und wieder abgesetzt. »Mit so einer Frau an seiner Seite kann ein Mann alles bewerkstelligen«, bemerkte Geraint. »Genau wie meine Myfanwy. Und nachdem wir jetzt diese Medaille errungen haben, kehre ich ins Krankenhaus zurück, um ihr alles zu erzählen. Jasper, altes Haus, dein Sohn ist ein Prachtjunge! Du musst unglaublich stolz auf ihn sein!«

Philly schaute Geraint hinterher, der sich einen Weg durch die Menge bahnte. Die Menschen machten ihm Platz. Dann drehte sie sich zu Luciens Eltern um.

»Nun«, meinte Jasper. »Vielleicht sollten wir gemeinsam essen gehen und uns ein bisschen besser kennenlernen.«

»Sehr gern, Dad«, erwiderte Lucien. »Allerdings müssen wir erst mal schlafen, wenn wir hier fertig sind.«

Sein Vater warf einen Blick auf seine Rolex. »In Ordnung. Wie wäre es dann mit morgen? Ruf mich einfach an.«

»Ja, Schatz, mach das«, sagte Camilla, bevor sie sich zögernd, aber höflich an Philly wandte. »Danke, meine Liebe! Offensichtlich haben Sie sehr hart für unseren Sohn gearbeitet.«

Angesichts dieser Kehrtwende kamen Philly beinahe die Tränen.

Camilla lächelte sie an. »Ich bin Ihnen wirklich dankbar. Und sehr, sehr stolz auf euch beide.« Sie zögerte kurz. »Wo übernachtet ihr denn?«

»Wir haben in der Bäckerei auf dem Fußboden geschlafen«, erklärte Philly.

»Ich habe den Schlüssel zu Geraints Haus«, warf Lucien ein. »Wir können dort übernachten.«

Sie hatten gerade vor Geraints und Myfanwys Haus angehalten, als sich Luciens Handy meldete.

»Oh!«, sagte Lucien. »Eine SMS von Geraint. Er schreibt, dass wir zum *Mowl House Hotel* fahren sollen. Er hat eine Suite für uns gebucht und sie auch schon bezahlt. Eine Einladung als Dankeschön.«

»Wow!«, rief Philly. »Das ist ja fantastisch. Aber könnte ich vorher duschen und mich umziehen, was meinst du?«

»Unsinn. Wenn wir erst duschen und uns umziehen, kommen wir nie dort an.« Er drehte sich zu Philly um. »Und wenn ich dir nicht sehr bald zeigen kann, wie sehr ich dich liebe, werde ich verrückt!«

25. Kapitel

Lorna ließ die Bürste sinken. Dann hielt sie die Campingleuchte näher an die Muschelschalen, damit sie sie besser sehen konnte, und fuhr leicht mit der Hand darüber. Sie lächelte. Das Muster war deutlich zu erkennen, und die Muscheln an den Wänden der Grotte hielten gut.

Es gab einige Bereiche, die noch zu säubern waren, bevor sie das Unvermeidliche nicht länger aufschieben konnte. Anders ausgedrückt, bevor sie die fehlenden Muschelschalen an der Decke ersetzen musste.

Es gab genügend Muscheln. Sie hatten die Kiste voller Muschelschalen heruntergebracht, auf die sie in Burthen House gestoßen waren, und Lorna hatte bereits passende Muscheln herausgesucht. Sie wusste genau, welche sie zum Ersetzen der fehlenden brauchte, um die Sterne, Spiralen, Dreiecke und Parallelogramme zu vervollständigen.

Lorna war klar, dass sie die Aufgabe zu emotional anging, und sie wusste auch, warum sie zögerte: Sie war sich nicht sicher, welches Material sie benutzen sollte, um die Muscheln anzubringen – obwohl es auf der Hand lag, wen sie fragen sollte. Jack. Aber sie konnte nicht.

Sie sammelte ihre Sachen ein, verließ die kühle Feuchte der Grotte und trat hinaus in den Garten. Hier konnte sie sich wenigstens darauf verlassen, dass sie sich mit der Materie auskannte.

Es war später Nachmittag, und Lorna band eine Kletterrose hoch. Sie versuchte, die Rose davon zu überzeugen, dass der Rosenbogen schon immer dort gewesen und nicht erst am Vortag installiert worden war, als sie Philly näher kommen sah.

»Hallo!«, rief sie sorgenvoll und musterte die Jüngere aufmerksam, die sie nun erreichte. »Oh!«, sagte sie. »Du siehst ... gut aus!« Damit meinte sie, dass Philly wirkte, als wäre sie geliebt worden, doch sie wollte die Freundin nicht in Verlegenheit bringen. Die junge Frau schien auf Wolke sieben zu schweben.

»Hi! Wir sind gerade zurückgekehrt. Seamus meinte, ich solle sofort zu dir kommen und schauen, was du vollbracht hast.« Sie blickte sich um. »Es sieht einfach fantastisch aus!«

Lorna fand Philly noch hübscher als sonst; ihre Haut schimmerte, und ihre Augen funkelten. »Nett von dir, dass du Lucien zurückgelassen hast, um hierherzukommen.«

»Er ist auch hier. Seine verkürzte Lehre bei Geraint – das ist der Bäcker – ist vorbei. Lucien hat den Test bestanden! Sein Vater wird ihn finanziell unterstützen.« Gespannt sah sie sich um. »Ich kann kaum glauben, wie viel du geschafft hast. Ich war doch nicht mal eine Woche lang weg! Es sieht wie ein richtiger, eingewachsener Garten aus. Wie hast du das hinbekommen?«

Lorna lächelte ein bisschen schuldbewusst. »Hauptsächlich dank deines erstaunlichen Adressbuches. Außerdem sind deine Folientunnel praktisch wieder leer, so sehr habe ich sie geplündert. Ich bin froh, dass wir uns sehen, bevor du in deine Gärtnerei gehst. Aber mach dir keine zu großen Sorgen. Wir haben es wie bei der Gartenausstellung in Chelsea gemacht – die meisten Pflanzen, die du hier siehst, befinden sich in Töpfen.«

Philly musterte Lorna. »Doch du hast so viel erreicht. Du musst Tag und Nacht gearbeitet haben!«

Lorna lachte. »Na ja, die meisten Tageslichtstunden bin ich hier gewesen.« Sie war nicht nur fest entschlossen, den Garten so perfekt wie möglich aussehen zu lassen – schließlich brauchten Pflanzen Zeit, um zu wachsen –, sondern wollte auch keine Muße und Energie übrig haben, um an Jack zu denken. Allerdings wanderten ihre Gedanken trotzdem zu ihm, und zwar beinahe ständig.

»So, dann führ mich mal herum«, sagte Philly. »Es hat sich so viel verändert!«

»In Ordnung.« Lorna freute sich, dass Philly offenbar so entspannt damit umging, dass ihr Pflanzenbestand fast komplett »entführt« worden war. »Soll ich uns eine Tasse Tee zum Mitnehmen kochen? Wir haben einen Campingkocher im Schuppen, sehr komfortabel.«

»Das Häuschen ist viel zu hübsch, um es ›Schuppen‹ zu nennen.« Philly deutete auf das Gebäude, das wie ein Taubenschlag aussah. »Wie schön diese Kletterrosen sind! Was für eine ist das da?«

»Sie heißt ›Rambling Rector‹«, antwortete Lorna. »Den Schuppen habe ich von denselben Leuten bekommen, von denen ich auch die meisten der großen Kletterrosen gekauft habe. Sie hatten eine Ausstellung und waren froh, an mich verkaufen zu können. Aber bevor wir uns intensiver mit dem Garten beschäftigen, musst du mir von Lucien und dir erzählen. Konntest du ihn treffen, ohne dass seine Eltern davon erfahren haben? Warte, ich setze rasch den Kessel auf.« Lorna flitzte zu dem Wasserhahn, der außen an dem Häuschen angebracht worden war, füllte den Kessel und lief wieder hinein.

Philly bewunderte gerade eine Pinnwand, die mit altmodischen Samentüten gespickt war. »Das ist ganz entzückend.«

»Ja, nicht wahr? So hübsch, ich konnte einfach nicht widerstehen. Wenn Anthea die Pinnwand nicht haben will, nehme ich sie mit nach Hause. In dieser Dose sind Kekse – und jetzt erzähl mir alles!«

»Na ja, Luciens Eltern haben eingelenkt. Sie finden nicht mehr, dass ich fürchterlich unpassend bin. Ich meine, wahrscheinlich denken sie das immer noch, doch sie mussten sich an den Gedanken gewöhnen, dass ich mit Lucien zusammen bin. Er hat ihnen seine Meinung deutlich zu verstehen gegeben. Sie haben uns zum Essen eingeladen.«

Lorna schauderte. »Oh, war das in Ordnung für dich?«

»Das war es tatsächlich. Jasper hat mir ständig Wein nachgeschenkt. Sie waren so beeindruckt von dem, was der Bäcker, für den Lucien gearbeitet hat, über Lucien und mich gesagt hat, dass sie nicht mehr an mir herumnörgeln konnten.«

»Wow! Und wie hast du es geschafft, zur Heldin zu werden?« Lorna hielt ihr die Keksdose hin.

Philly saß auf einem Hocker und biss in ihren Keks. »Hat Grand die gebacken?«

Lorna nickte. »Er meinte, sie seien zu bröckelig, um sie zu verkaufen. Jetzt erzähl weiter!«

Das ließ Philly sich nicht zweimal sagen. Sie berichtete, wie viel sie in der Backstube gelernt hatte, erzählte von der Ausstellung und dem Wettbewerb und von Luciens Goldmedaille. »Eigentlich ist die Auszeichnung für Geraint, für seine Bäckerei. Er stellt Brot nach althergebrachten Rezepten her. Im Prinzip bedeutet das, dass ein Holzofen benutzt wird. Nicht immer, aber für den Wettbewerb haben wir Holzofenbrot gebacken.«

»Klingt sehr gut.«

Philly nickte. »Während ich das Brot verkaufte, blickte ich auf und sah plötzlich Luciens Mutter vor mir stehen.«

»Oh nein!«

»Aber dann haben wir erfahren, dass wir den Preis gewonnen haben. Und Geraint hat betont, dass wir fantastische Arbeit geleistet haben. Da haben Luciens Eltern wohl begriffen, dass ich kein Mädchen bin, das nur auf Geld aus ist, wie sie vorher dachten.«

»Völlig richtig.«

»Und dann hat Geraint für zwei Tage eine Suite in einem Luxus-Spa für uns gebucht.« Philly hatte das ohne besondere Betonung erzählt, doch Lorna entging die Botschaft nicht.

»Also gehe ich davon aus, dass Lucien und du …«

»Oh ja!«, bestätigte Philly. »Meine Mutter hatte mir nie verraten, dass Sex so wunderschön ist. Das ist wahrscheinlich auch gut so, sonst hätte ich schon vor Jahren damit angefangen!«

Lorna lachte. »Aber nur mit dem richtigen Mann! Da ich alt genug bin, um deine Mutter sein zu können, fühle ich mich verpflichtet, das zu betonen.«

»Lucien ist eindeutig der richtige Mann«, sagte Philly mit funkelnden Augen. »Aber wir haben im selben Hotel mit seinen Eltern zu Abend gegessen, und ich war überzeugt, dass sie es erraten haben … Na ja, sie haben sich wirklich große Mühe gegeben, nett zu sein. Sie haben einen wunderbaren Wein bestellt, und, wie gesagt, Luciens Vater hat mir immer wieder nachgeschenkt. Und seine Mutter hat mir ein richtig tolles Parfüm geschenkt.« Sie dachte kurz nach. »Ich glaube, sie haben sich am Anfang einfach Sorgen um Lucien gemacht. Sie wiederholen ständig, wie jung wir noch sind.« Sie runzelte die Stirn. »Doch jetzt wird Luciens Vater die Einrichtung einer Bäckerei in unserem Nebengebäude finanzieren. Aber ich glaube, wir werden nicht nur im Holzofen backen. Es macht Spaß, und das Brot ist auch fantastisch, doch es ist harte Arbeit. Dabei ist Backen sowieso schon anstrengend.«

»Es hört sich an, als wolltest du jetzt Bäckerin werden. Hast du vor, die Gärtnerei aufzugeben?«

»Oh nein! Ich liebe es zu backen, und wir werden einen Pizzaofen bekommen, damit wir zum Teil Holzofenbrot backen können. Aber ich bin und bleibe Gärtnerin.« Sie stand auf. »Komm, lass uns in den Garten gehen, damit du mir alles zeigen kannst.«

Lorna folgte ihr aus dem Häuschen. »Ich fürchte, ich habe deine Gärtnerei ziemlich gründlich geplündert, doch ich habe alle Pflanzen aufgeschrieben, die ich mitgenommen habe. Anthea wird dir alles bezahlen.«

Philly winkte ab. »Oh – na ja …«

»Ach, komm schon, Philly!«, sagte Lorna. »Du führst schließlich ein Geschäft.«

»Okay. Wenn du mir die Liste gibst, stelle ich eine entsprechende Rechnung.«

»Gut. Und die Austernschalen für die Wege – gefallen sie dir?«

»Statt Kies oder Schotter zerstoßene Austernschalen? Ganz entzückend finde ich das! Das Weiß bildet einen schönen Kontrast zu den Blumen. Und es gibt so viele Blumen!«

»Vor allem wegen deiner geschickten Strategie bei der Pflanzenaufzucht und beim Einkauf. Nächstes Jahr werden wir alles neu planen, doch jetzt stehen erst mal Farbe und momentane Wirkung im Vordergrund. Das hat Anthea jedenfalls gesagt.«

»Aber die Rosen werden doch bleiben, oder? Ich liebe diesen Laubengang – wie ein wundervoll duftender Tunnel.«

»Oh ja, er wird bleiben, wenn die Rosen überleben. Ich gieße sie jeden Abend sehr ausgiebig. Anthea liebt den Laubengang. Sie findet es vor allem prima, dass er breit genug ist, um hindurchzugehen, ohne ständig an Dornen hängen zu bleiben. Wir haben alles sehr sorgfältig ausgemessen. Hoffentlich sind die Abmessungen auch noch in Ordnung, wenn alles wächst. Falls die Rosen nicht überleben, bepflanzen wir den Laubengang neu, allerdings nicht mit Rosen. Dann würden wir an einer anderen Stelle eine rosenbewachsene Pergola bauen. Ich habe da schon einen geeigneten Ort im Auge.«

Philly nickte. »Wegen der Pilzerkrankungen? Sehr weise! Und es gibt jede Menge Pflanzen, die man stattdessen pflanzen könnte.« Sie ging ein paar Schritte weiter. »Oh! Meine Dahlien!«

»Ja – sehen sie nicht fantastisch aus? Die wunderbaren scharlachroten *Bishop of Llandaff*-Dahlien, die im italienischen Garten so gut zur Geltung kamen. Dazu die tiefgelben und die orangefarbenen.«

»Es wirkt so lebendig.«

»Stimmt. Wenn es historisch korrekt sein soll, wie Anthea es irgendwann haben will, müssten die Farben gedeckter sein. Doch es hat Spaß gemacht, ganz tief in den Farbkasten zu greifen.«

Philly schaute auf die Uhr. »Ich sollte nicht zu lange wegbleiben ...«

Lorna erkannte die Symptome einer verliebten Frau, die so schnell wie möglich zu dem Mann ihres Herzens zurückkehren wollte. »Lass uns noch rasch einen Blick in die Grotte werfen. Ich bin beinahe fertig. Einen Teil muss ich noch erneuern, doch ich weiß nicht so recht, womit ich die Muschelschalen an Wänden und Decke befestigen soll.«

»Du solltest ...«

Zum Glück erschien in dem Moment Anthea, bevor Philly vorschlagen konnte, Lorna solle sich mit der Frage an Jack wenden. »Hallo, meine Liebe«, begrüßte Anthea Philly. »Ich bin so froh, dass ihr zurück seid. Ich möchte so gern, dass Lucien sich bei meiner Party um die Bewirtung kümmert. Glauben Sie, er könnte das übernehmen? Oder kommt es zu kurzfristig?«

»Es bleibt noch fast eine Woche; die Zeit müsste also ausreichen. Ich könnte ihn gleich fragen, er ist zu Hause.«

Nachdem Philly sich verabschiedet hatte, drehte Anthea sich zu Lorna um. »Es gibt da etwas, worüber ich mit dir reden möchte.«

Lorna fragte sich, was die alte Dame wohl auf dem Herzen hatte. Da sie so viel Zeit gemeinsam im Garten verbracht hatten, wurde Lorna plötzlich bange zumute. Anthea hätte ausreichend Gelegenheit gehabt, mit ihr zu sprechen.

»Es geht um die Statuen ...«

»Ich dachte, wir wären uns einig«, erwiderte Lorna. »Wir stellen sie nicht auf. Sie sind beschädigt, und es fehlen Teile.«

»Komm, lass uns gemeinsam einen Blick darauf werfen.« Anthea klang besänftigend, was eher unüblich für sie war.

Lorna folgte ihr zu der Garage, in der kein Auto mehr gestanden hatte, seit Anthea ins Dower House gezogen war, denn sie parkte der Einfachheit halber immer in der Einfahrt. Anthea öffnete die Seitentür, und die beiden Frauen traten ein. Die Statuen lagen ohne Rumpf auf Planen.

Lorna war auf einmal schrecklich müde und wäre gern nach Hause gegangen. Sie betrachtete das Puzzle aus Marmorteilen, das in groben Zügen drei Frauenfiguren darstellte. Sie sah keine Schönheit, sondern lediglich Zerstörung. Der Anblick schien den Zustand ihres Herzens widerzuspiegeln. Lorna wollte keine Statuen, die sie jedes Mal an Jack erinnern würden, wenn sie sie im Garten sah. Sie hegte sehr persönliche Gefühle für den Garten; obwohl er nicht ihr gehörte, war er dennoch ihre Kreation. Und das war ihr beinahe noch wichtiger.

»Die Statuen haben keinen Rumpf, und das beeinträchtigt ihre Schönheit. Es würde viele Monate dauern, sie zu restaurieren.« Sie kämpfte dagegen an, nicht bissig zu klingen. Was Anthea vorschlug, war schließlich nicht unvernünftig.

»Eine richtige Restaurierung würde tatsächlich eine Ewigkeit dauern«, pflichtete Anthea ihr bei. »Aber die verbliebenen Teile sind nicht so sehr beschädigt. Wie wäre es ...«

»Vor deiner Party ist noch jede Menge im Garten zu tun. Wir haben keine Zeit, uns mit zerbrochenem Marmor abzugeben.

Wenn du nichts dagegen hast, würde ich jetzt gern nach Hause fahren. Ich habe Kopfweh.«

»Spül ein paar Schmerztabletten mit einem guten Schluck Whisky runter«, schlug Anthea vor.

Doch Lornas Schmerz ließ sich nicht mit Schmerztabletten und einem starken Drink kurieren. Sie wusste nicht, ob es überhaupt ein Mittel dagegen gab.

Es war der Vortag der Party. Lorna hatte den Gedanken an das Anbringen der Muscheln in der Grotte verdrängt, bis es beinahe zu spät war. Es gab so viel anderes zu erledigen, und sie war sich immer noch nicht sicher, welches Material sie als Haftmasse benutzen sollte. Schließlich entschied sie sich für den Mörtel, den Seamus für sie gefunden hatte. Und sobald sie genügend Selbstvertrauen gewonnen hatte, machte die Arbeit mit den Muschelschalen und den Ammoniten richtig Spaß. Doch dann ging ihr der Mörtel aus, als sie gerade mit der Decke anfangen wollte.

Als sie zu Anthea hinüberging und ihr mitteilte, dass sie zum Baumarkt fahren wollte, drückte die alte Dame ihr eine Spachtelmasse in die Hand, die sie noch vorrätig hatte. »Das ist schon in Ordnung. Mach nicht so einen Wirbel«, antwortete sie, als Lorna protestierte. Sie hatte es offenbar eilig, Lorna wieder loszuwerden.

Also verwendete Lorna die Spachtelmasse und stellte fest, dass es zu funktionieren schien. Als Peter auftauchte, um sie auf einen Drink nach Burthen House einzuladen, hörte sie auf, sich Sorgen zu machen, und begleitete ihn zum Haus.

Der Mond war schon aufgegangen, als Lorna später von dort wieder aufbrach. Sie hatte Peters und Kirsties Angebot abgelehnt, mit ihnen zu Abend zu essen, und sich auch nicht zu ihrem Cottage fahren lassen. Lorna hatte vorläufig genug Gesellschaft gehabt und wollte nur noch nach Hause.

Aber sie widerstand der Verlockung und ging noch einmal zur Grotte, um im Schein einer Taschenlampe nach dem Rechten zu sehen.

In dem Moment, in dem sie in den Garten trat und in seinen Duft eingehüllt wurde, vergaß sie die unbedeutenden Einzelheiten und kleinen Ängste wegen der noch unerledigten Aufgaben. Die Sorgen fielen vollständig von ihr ab. Im Mondschein sah alles noch viel schöner aus, und es roch außergewöhnlich gut.

Der Duft der Platterbsen, des Phloxes sowie der altmodischen Nelken und Lilien vermischte sich mit dem der Rosen und der Tabakpflanzen. Genau das hatte sie kreieren wollen: einen Garten voller Geheimnisse und Sinnlichkeit.

Sie schaute sich gerade um und atmete die duftende Luft ein, als eine Bewegung ihre Aufmerksamkeit erregte und sie heftig zusammenzucken ließ.

»Tut mir leid, ich wollte dich nicht erschrecken«, sagte Jack und trat aus dem Schatten auf sie zu.

Lorna schaffte es gerade noch, einen Aufschrei zu unterdrücken. Schlagartig wurde ihr Mund trocken. »Was machst du denn hier?«

»Anthea hat mich gebeten, mich um die Statuen zu kümmern, nachdem du nach Hause gegangen warst. Sie sagte, ich müsste daran arbeiten, wenn du nicht da bist.«

Zwiespältige Emotionen sorgten dafür, dass Lorna nicht antworten konnte: Schock, Enttäuschung über den Vertrauensbruch und – verrückterweise – Glücksgefühle. Sie stellte fest, dass sie sich freute, Jack zu sehen. Am stärksten war allerdings ihre Verwirrung.

»Ich dachte, Anthea hätte die Statuen aufgegeben. Die verbliebenen Teile lagen doch in ihrer Garage herum.«

»Sie hat die fehlenden Mittelteile gefunden, und daraufhin rief sie mich an. Anthea meinte, sie konnte die Statuen aus ihren Gedanken verbannen, solange es nur Köpfe und Unterteile gab, doch das gelang ihr nicht mehr, als sie so gut wie vollständig waren. Sie wollte dich nicht aus der Fassung bringen, ganz bestimmt nicht. Und jetzt hast du mich erwischt.« Er hielt inne und betrachtete sie aufmerksam. »Bist du jetzt sauer?«

Lorna schüttelte den Kopf. »Ich weiß nicht. Ich bin sehr überrascht. Du warst wie vom Erdboden verschluckt, nachdem ich deine Wohnung verlassen hatte.«

»Ich hatte gute Gründe dafür. Darf ich dir erzählen, was passiert ist? Oder möchtest du lieber vergessen, dass du mir je begegnet bist?«

Das war wenigstens eine Frage, die sie beantworten konnte. Sie stieß einen zittrigen Seufzer aus. »Erzähl mir, was geschehen ist.«

»Es war eine Verkettung von Ereignissen. Als ich in Frankreich war, erhielt ich einen Anruf von einem Nachbarn meiner Eltern, der mit mitteilte, dass mein Vater gestürzt war. Meine Eltern haben mich sehr spät bekommen, sodass ich mich immer um sie kümmern musste – na ja, jedenfalls seit einigen Jahren. Mein Vater war fast neunzig ...«

Sie registrierte die Vergangenheitsform. »Und deine Mutter?«

»Sie lebt zum Glück noch, aber sie ist sehr gebrechlich.«

»Erzähl weiter.«

»Ich bin sofort zu ihnen aufgebrochen und habe es geschafft, irgendwo unterwegs mein Handy mit sämtlichen Kontakten zu verlieren.«

Das würde erklären, warum er nicht auf ihre Nachricht und die E-Mail reagiert hatte. »Ich verstehe.«

»Das hieß, ich konnte dich auf die Schnelle nicht beruhigen – ich konnte nichts tun ...«

»Und du hattest schon genug Sorgen mit deinen Eltern.«
Das konnte Lorna sich lebhaft vorstellen.

»Sie hatten keinen Computer, und ich hatte keine Zeit, um mir ein Internet-Café in der Stadt zu suchen. Deshalb konnte ich dich auch nicht übers Internet ausfindig machen.«

»Erzähl mir von deinen Eltern.«

»Na ja, es war schlimm. Dad hatte sich die Hüfte gebrochen und lag im Krankenhaus. Mir wurde schnell klar, dass er dement war, aber Mum hatte mir vorher nichts davon gesagt.« Er zögerte. »Ich bin ein Einzelkind, ihr Augapfel, vollkommen verwöhnt, denke ich. Deshalb wollte sie mich wohl beschützen und hat immer behauptet, es ginge ihnen gut, wenn ich anrief. Ich hätte öfter nach Hause fahren sollen.«

»Ich kenne das mit dem Einzelkind, dem Augapfel und dem Verwöhnen. Ich habe selbst nur ein Kind, außerdem hatte ich auch keine Geschwister. Wenn es die Umstände erlauben, ist es besser, mehr als ein Kind zu haben. Aber sprich doch weiter.«

»Dad starb im Krankenhaus, und ich musste einen Heimplatz für meine Mutter finden und ihren Haushalt auflösen. Es ist mir schließlich gelungen, und sie fühlt sich in dem Seniorenheim inzwischen auch wohl. Sie war in letzter Zeit sehr isoliert, als sie sich um meinen Dad gekümmert hat, und jetzt hat sie Gesellschaft. Und endlich, endlich konnte ich wieder zu meiner Arbeit zurückkehren.«

Eine Welle des Mitgefühls stieg in ihr auf: für ihn, für seine Eltern, wegen der Unbarmherzigkeit des Alters. »Dann konntest du also deine Probleme lösen?«

»Ja, und darüber bin ich sehr glücklich. Lorna, warum hast du meinen Brief nicht beantwortet?«

Sie fühlte sich plötzlich ganz schwach. »Welchen Brief? Ich habe keinen Brief von dir bekommen.«

»Ich habe dir geschrieben – auf dem alten Basildon-Bond-Briefpapier meiner Mutter –, einen richtig altmodischen Brief. Ich kannte weder deine vollständige Adresse noch die Postleitzahl, aber ich dachte, der Brief würde dich trotzdem erreichen.«

Lorna schüttelte den Kopf. »Es gibt im Ort ein Haus mit einer sehr ähnlichen Adresse. Die Besitzer sind nur selten da, denn es ist ein Ferienhaus.«

Jack stöhnte. »Dann liegt der Brief wahrscheinlich zwischen den Flyern von indischen Restaurants und Baumarkt-Werbeprospekten auf irgendeiner Türschwelle.«

Sie musste unwillkürlich schmunzeln. »Wahrscheinlich.« Doch allein die Tatsache, dass er ihr geschrieben hatte und versucht hatte, Kontakt mit ihr aufzunehmen, ließ alles in einem ganz anderen Licht erscheinen.

»Nachdem ich keine Antwort von dir erhalten hatte, habe ich nicht geglaubt, dass du mich je wiedersehen wolltest. Anthea meinte, ich solle mir keine Sorgen machen, sie würde sich darum kümmern, doch ich war nicht überzeugt. Vor allem nicht, als sie darauf bestanden hat, geheim zu halten, dass ich die Statuen repariere.«

Lorna antwortete nicht sofort. Schließlich sagte sie: »Wahrscheinlich habe ich den Eindruck erweckt, dich nie wiedersehen zu wollen.« Sie schaute ihn an, konnte jedoch seine Miene nicht deuten. Sein Gesicht lag im Dunkeln, weil der Mond direkt hinter ihm stand. »Es war mir so unglaublich peinlich, dass du diese Zeichnung von mir hast. Und als ich Zeit genug gehabt hatte, um ein bisschen drüber hinwegzukommen, habe ich dir eine Nachricht aufs Handy geschickt. Und später dann eine E-Mail.«

»Die ich nicht bekommen habe ...«

»Und dann bin ich in deine Werkstatt gegangen, um mich

nach dir zu erkundigen. Deine Mitarbeiter sagten, du seist in Frankreich gewesen und hättest dir danach eine Auszeit genommen. Sie wussten nicht, wann du zurückkommst. Ich hatte mich inzwischen damit abgefunden, dich nicht mehr wiederzusehen.«

»Aber du wolltest mich sehen!«, bemerkte er eifrig. »Und was denkst du jetzt?«

Sie stellte fest, dass ihr die Worte fehlten.

»Ich setze dich unter Druck«, meinte Jack. »Du musst dich erst wieder an mich gewöhnen.« Er deutete auf den Garten. »Dieser Garten ist umwerfend. Ich konnte es kaum fassen, als Anthea mir erzählt hat, wie ihr ihn entdeckt habt und dass das alles dein Werk ist. Es muss ja anfangs der reinste Dschungel gewesen sein. Das ist fast nicht zu glauben.«

Sie lachte ein bisschen. »Im Mondlicht sieht alles besser aus.«

»Das antwortest du wahrscheinlich auch, wenn ich dir sage, dass du ebenfalls umwerfend aussiehst.«

Sie nickte befangen. Die Sinnlichkeit der Umgebung war ihr zu Kopf gestiegen. Als er schwieg und sie einfach nur anschaute, fühlte sie sich genötigt, das Schweigen zu brechen. »Soll ich dich rumführen? Und du kannst mir die Statuen zeigen.«

Gemeinsam spazierten sie den Austernschalenpfad entlang, der im Mondlicht weiß leuchtete. Die Blumen wirkten bleich und farblos.

Als sie die Grotte erreichten, fühlte Lorna sich wie berauscht. Sie stellte sich vor, wie die Schöpferin des Gartens nachts allein hergekommen war, um seine Schönheit zu genießen, die so geheimnisvoll und besonders war.

»Lass uns die Grotte ansehen«, schlug sie vor und holte sich damit selbst wieder auf den Boden der Tatsachen zurück. Jack in diesem Garten bei sich zu haben war beinahe zu viel für sie.

Sie nahm die Taschenlampe zur Hand. Zwar sorgte das Mondlicht draußen für ausreichend Helligkeit, doch im Inneren der Grotte war es dunkel.

»Warte kurz. Bevor wir hineingehen, muss ich das hier tun«, sagte Jack und nahm sie in den Arm. »Ich hoffe, du hast nichts dagegen.«

Nach anfänglichem Unbehagen entspannte Lorna sich. Als sie sich an ihn schmiegte, war es, als würden sie miteinander verschmelzen. Sie seufzte. Endlich war sie dort angekommen, wo sie hingehörte.

Er schien das Gleiche wie sie zu empfinden, denn erst als ein Fasan in einer Hecke in der Nähe rief, lösten sie sich voneinander.

Lorna hielt sich an Jack fest, um ihr Gleichgewicht wiederzufinden. »Komm, nur ein kurzer Blick.«

»Das können wir doch sicher auch morgen machen, oder nicht?«, fragte er.

»Nein, ich muss die Grotte begutachten. Danach kann ich mich richtig entspannen.« Sie warf ihm einen Blick zu – dabei war sie halbwegs froh, dass Jack ihn im Dunkeln nicht deuten konnte. Sie war voller Sehnsucht und Verlangen, wollte jedoch nicht, dass er wusste, wie sehr sie ihn begehrte. Jedenfalls jetzt noch nicht.

Sie leuchtete mit der Taschenlampe in den dunklen Eingang zur Grotte. Es gab keine Tür, sondern nur einen Bogen aus Muschelschalen. Über dem Eingang befanden sich aus Ammoniten geformte Initialen: ein A und S, die kunstvoll ineinander verschlungen waren. Lorna richtete den Schein der Taschenlampe darauf. Sie war stolz auf ihre Arbeit und die Zeit, die sie investiert hatte.

»Es dauert nicht lange«, erklärte sie, »ich möchte nur sichergehen, dass alles in Ordnung ist.« Sie war immer noch besorgt, weil sie diese Haushaltsspachtelmasse benutzt hatte. »Ich möchte auch noch die Statuen sehen.«

»Ich muss sagen, dass sie wunderschön sind. Jetzt, da sie vollständig sind ...«

Lorna trat über die Schwelle und keuchte entsetzt auf. Sämtliche Muschelschalen, die sie so sorgfältig an der Decke angebracht hatte, waren heruntergefallen und lagen auf dem Boden der Grotte. »Oh nein! Das darf doch nicht wahr sein! Ich habe so viel Zeit damit verbracht und das Muster ganz genau von dem alten Plan kopiert, den Anthea und ich gefunden haben.« Sie schlug die Hände vors Gesicht, ließ aber zu, dass Jack sie in die Arme nahm und an sich zog. Müdigkeit, Enttäuschung und Schock sorgten dafür, dass sie in Tränen ausbrach.

»Oje«, flüsterte Jack in ihr Haar. »Ich weiß, es ist schrecklich, wenn die eigene Arbeit vernichtet ist, doch es bedeutet nicht das Ende der Welt. Beruhige dich. Komm, ich bringe dich nach Hause. Wir kümmern uns morgen früh darum.«

Sie hörte auf zu weinen. Es ging ihr gegen den Strich, sich an der Brust eines Mannes auszuweinen. Entschlossen riss sie sich zusammen. »Ich brauche eine Tasse Tee.«

»Du brauchst etwas Stärkeres. Und ein heißes Bad. Darf ich mich um dich kümmern? Ich hatte in letzter Zeit viel Übung darin, andere Menschen zu umsorgen. Ich möchte dir meine Fähigkeiten unter Beweis stellen.«

Vorsichtig führte er sie zu seinem Wagen.

»Ich kann nicht fassen, wie ich mich aufgeführt habe«, sagte sie. »Ich habe sonst nicht so nahe am Wasser gebaut – ich heule nicht wegen solcher Dinge. Ich bin nur einfach sehr müde.«

»Und vielleicht stehst du auch ein bisschen unter Schock, weil ich so unvermutet hinter einem Baum hervorgesprungen bin.«

Lorna musste lachen und fühlte sich gleich ein wenig besser. »Das auch! Es tut mir leid, dass wir uns die Statuen nicht angeschaut haben – sollen wir noch mal zurückgehen?«

»Auf keinen Fall. Das hat Zeit bis morgen. Komm, ich bringe dich jetzt nach Hause.«

26. Kapitel

Lorna hatte zufällig eine Tischleuchte brennen lassen, sodass ihr Cottage nicht völlig in Dunkelheit gehüllt war, als sie eintrafen. Nachdem sie ein paar weitere Lichter eingeschaltet hatte, wirkte es sehr gemütlich. Erschöpft ließ sie sich auf einen Küchenstuhl fallen.

»Ich möchte auf jeden Fall Tee«, erklärte Lorna, als Jack den Wasserkessel füllte, »aber du hast recht, ich könnte auch etwas Stärkeres vertragen. Ich glaube, das haben wir uns verdient.« Sie stand auf, ging zu dem alten Eckschrank und nahm eine Flasche Brandy sowie Gläser heraus.

»Oh – wie schön«, sagte Jack, als er die Flasche sah.

»Stimmt. Ein Geschenk von Peter. Ich bereite immer Brandy-Butter zum Christmas-Pudding zu, und er stellt den Brandy zur Verfügung. Den Rest der Flasche will er nie zurückhaben.«

»Meine Mutter macht Brandy-Butter ohne Pudding. Sie sagt, es sei ein klarer Fall von Entweder-oder, und sie zieht die Butter vor.«

Lorna lachte. »Ich glaube, ich bin ihrer Meinung!«

»Ich würde dich ihr gern mal vorstellen.«

Lorna erschrak. »Bloß nicht! Sie würde denken, du hättest dich von einer älteren Frau einfangen lassen.«

»Oh nein, würde sie nicht. Sie würde denken: Endlich hat Jack die richtige Frau gefunden.« Er zögerte kurz. »Übrigens habe ich ihr schon von dir erzählt. Wie möchtest du deinen Tee?«

Lorna war völlig durcheinander. »Äh, ziemlich stark, nur wenig Milch. Aber, Jack ...«

»Lorna – ich war am Boden zerstört. Ich hatte dich verloren. Mum und ich haben viel Zeit miteinander verbracht. Da war es nur natürlich, dass ich ihr von meinen Problemen erzählt habe.« Er hielt kurz inne. »Sie hat mir den Rücken gestärkt.«

»Ach?«

»Sie meinte, wenn ich es sehr clever und umsichtig anstelle, könnte ich dich vielleicht zurückgewinnen. Sie hat deine Sichtweise in Bezug auf die Zeichnung verstanden, zu hundert Prozent, doch sie denkt auch, dass du vielleicht darüber hinwegkommst, wenn ich meine Trümpfe richtig ausspiele.«

Lorna nippte an ihrem Brandy und lachte leise. »Ich glaube, ich möchte sie doch gern mal kennenlernen.«

Jack schaute Lorna an und fragte schließlich: »Du hast nicht zufällig was zu essen da, oder? Ich sterbe vor Hunger.«

Lorna nickte lächelnd und stand auf. »Ich habe Kuchen. Seamus möchte einen Geburtstagskuchen für Anthea backen und hat einige Rezepte ausprobiert. Sie hat sich schließlich für einen Schokoladenkuchen entschieden, und er hat mir den Früchtekuchen gegeben.«

»Das ist fast wie Weihnachten, nicht wahr?«, meinte Jack. »Brandy und Früchtekuchen.«

»Mm.« Lorna gähnte herzhaft. »Ich bin unglaublich müde. Als Leo klein war, waren wir zu Weihnachten manchmal ganz allein, wenn wir nicht gerade meine Eltern besucht haben. Ich habe dann andere Familien eingeladen, und wir haben zusammen gefeiert. Das war ein Riesenspaß, doch sehr, sehr anstrengend. So fühle ich mich jetzt auch.«

»Verständlich. Trink deinen Brandy aus, ich lasse dir schon mal ein Bad ein.«

Lorna ließ eine Lampe brennen und folgte ihm die Treppe hinauf. Sie hörte das Wasser rauschen und fragte sich, ob er sie wohl gleich nackt sehen würde. Sie wünschte sich, sie hätten sich im Garten lieben können, im Mondschein und zwischen duftenden Blumen. Jetzt musste sie sich mit elektrischem Licht zufriedengeben, falls Jack die Kerzen nicht entdeckte, die sie überall im Badezimmer verteilt hatte. Wahrscheinlich würde er sie übersehen. Im Allgemeinen bemerkten Männer solche Dinge nicht.

»Fertig!«, sagte Jack. »Komm und prüfe, ob das Wasser nicht zu heiß ist.«

Sie war in ihren schönsten Bademantel aus klassischer Seide geschlüpft, eines ihrer Lieblingskleidungsstücke. Der Frottee-Bademantel, den sie normalerweise trug, wirkte nicht besonders schmeichelhaft.

Lorna trat ins Bad und stellte entzückt fest, dass Jack die Kerzen doch gefunden hatte. Statt in hartes LED-Licht war der Raum in sanften Kerzenschein getaucht. Sie ging zur Wanne und hielt die Hand ins Wasser. »Es hat die perfekte Temperatur«, sagte sie. »Ein ganz kleines bisschen zu heiß, sodass es nicht so schnell kalt wird.« Sie räusperte sich. »Kommst du mit rein? Es ist eine große, alte Badewanne.«

Er schüttelte den Kopf und schaute sie verlegen an. »Ach, Lorna – ich kann leider nicht. Es tut mir leid, aber ich muss gehen.«

Sofort fühlte sie sich zurückgewiesen. Bei dem Gedanken, ihren Bademantel abzulegen, war sie nervös gewesen – genau wie vor vielen Jahren, als sie als Aktmodell für Kunststudenten posiert hatte –, doch sie war bereit gewesen, es dennoch zu tun. Und jetzt verließ er sie. Nun, sie würde kein zweites Mal fragen.

»Oh, okay. Zieh einfach die Haustür zu, wenn du gehst. Ich werde sie später abschließen.«

Er bewegte sich nicht. Anscheinend suchte er nach den richtigen Worten, dann seufzte er. »Es tut mir leid«, sagte er schließlich. »Wirklich. Bis morgen.« Jack beugte sich vor, um sie auf die Wange zu küssen, doch sie wandte sich ab, sodass sein Mund nur ihr Haar berührte.

»Tschüss!«, sagte sie. Sie wartete, bis sie hörte, dass die Haustür ins Schloss fiel, ging nach unten und schenkte sich Brandy nach. Dann schloss sie die Haustür ab und kehrte ins Bad zurück. Wenigstens würde die Kombination aus Müdigkeit, Alkohol und heißem Wasser dafür sorgen, dass sie später schlafen konnte. Zumindest für eine Weile.

Lorna erwachte um fünf Uhr in der Frühe. Der Mond war noch zu sehen, doch bald würde die Dämmerung anbrechen. Sie wusste, dass sie nicht mehr einschlafen würde – zu viele Gedanken schwirrten ihr im Kopf herum. Also stand sie auf, frühstückte rasch und brach zum geheimen Garten auf.

Sie entschied sich gegen den Wagen. Sie wollte zu Fuß durch den Hauptgarten gehen, sich ein wenig bewegen und ihren Kreislauf in Schwung bringen, damit sie sich dem Tag stellen konnte.

Es würde nicht einfach werden. Zuerst musste sie den Schlamassel in der Grotte aufräumen und dann die fehlenden Muscheln ersetzen. Das konnte sie allerdings erst, wenn sie den richtigen Mörtel aufgetrieben hatte. Außerdem musste sie Jack gegenübertreten. Nachdem sie sich so leidenschaftlich geküsst hatten, kam ihr die Zurückweisung noch hundert Mal schlimmer vor. Es war alles so verwirrend – einerseits hatte er sie seiner Mutter vorstellen wollen, was auf ernste Absichten seinerseits hinwies. Andererseits war er einfach gegangen und hatte sie stehen lassen, als sie gerade ihren Morgenmantel hatte ablegen wollen. Vielleicht hatte der Gedanke an ihren nackten Körper ihn in letzter Minute abgestoßen. Es fühlte sich an wie ein Messerstich mitten ins Herz.

Irgendwo tschilpte ein Spatz, als sie bei Antheas Haus eintraf. Trotz allem besserte sich ihre Stimmung ein wenig, sobald sie das Tor zum geheimen Garten öffnete.

Die Atmosphäre war nicht so sinnlich wie in der Nacht zuvor, doch es war immer noch wundervoll. Allein die Tatsache, den Garten zu betreten, war schon großartig. Wieder dachte sie an die Frau, die das alles einst erschaffen hatte. Lorna stellte sich vor, wie sie den Anforderungen des Haushaltes und einem fordernden Ehemann oder Bruder entfloh, der von ihr verlangte, ihr Leben seinen Bedürfnissen oder denen der Familie unterzuordnen. An diesem Ort konnte sie allem entkommen.

Lorna konnte der Welt nur kurz entfliehen. In wenigen Stunden würden die ersten Gäste eintreffen, und sie musste die Grotte betreten und Anthea über das Desaster informieren. Falls sie die Decke nicht reparieren und dafür sorgen konnte, dass kein Sicherheitsrisiko bestand, mussten sie den Gästen vielleicht das Betreten der Grotte verwehren. Dazu brauchten sie Absperrband und einen Aushang. Die ganze Wirkung wäre verdorben – wie enttäuschend! Sie konnte nicht einmal beginnen, bevor sie nicht den richtigen Mörtel hatte.

Um sich selbst ein wenig abzulenken, machte sie sich als Erstes auf den Weg zu den Statuen, die sie eigentlich am Vorabend zusammen mit Jack hatte betrachten wollen.

Obwohl ihr Leben derart aus den Fugen geraten war, fand sie die Statuen wunderschön. Als sie sie zuletzt gesehen hatte, hatten sie in Einzelteilen auf einer Plane gelegen, wie zerstückelte Leichen an einem Tatort. Jetzt waren die Figuren vollständig. Obwohl die Verbindungsstellen zu erkennen waren, sahen die Statuen wunderschön aus. Jack hatte hervorragende Arbeit geleistet.

Jemand hatte die Namen der Figuren auf Karten geschrieben – wahrscheinlich für die Partygäste. Da war Flora, die eine

Blumengirlande in den Händen hielt, Ceres mit einem Füllhorn für Blumen und Früchte und dann noch Pomona mit einem Korb voller Äpfel.

Lorna nahm die Taschenlampe heraus, die sie immer dabeihatte, und inspizierte die Statuen ganz genau. Aus der Ferne sahen sie vollkommen aus, aber im verblassenden Mondlicht und im Schein der Taschenlampe konnte sie die feinen Linien sehen, an denen die auseinandergebrochenen Teile miteinander verbunden worden waren. Die sanft geschwungenen Glieder, der gefältelte Stoff, die Mienen der hübschen Gesichter: Die Restaurierung war Jack hervorragend gelungen.

Obwohl Lorna geglaubt hatte, sich vollkommen unter Kontrolle zu haben, liefen ihr auf einmal Tränen die Wangen hinunter. Dann begann völlig unerwartet irgendwo ein Rotkehlchen zu singen. Der Vogelgesang ließ sie zusammenzucken, und sie wandte sich ab, um zur Grotte zu gehen und das Chaos dort zu beseitigen.

Lorna schaltete die Taschenlampe ein und betrat die Grotte. Sie konnte kaum glauben, was sie sah. Am vergangenen Abend noch hatten haufenweise Muscheln und Ammoniten auf dem Boden gelegen, zum Teil zerbrochen und völlig durcheinander, und jetzt sah sie eine intakte Decke mit einem wunderschönen Muster. Es war nicht genauso wie zuvor, aber alles war repariert. Ein Elf musste in der Nacht tätig geworden sein!

Schon wieder kamen ihr die Tränen. Sie ging hinaus und sah nach, ob besagter Elf vielleicht noch da war. Er blickte in den Zierteich. Sie trat leise hinter ihn, doch er sah ihr Spiegelbild im Wasser. Er drehte sich um, legte den Arm um ihre Taille und zog sie neben sich.

»Du warst das«, sagte sie. »Du hast die Decke der Grotte in Ordnung gebracht.«

»Jep.«

»Du hast keine Haushaltsspachtelmasse benutzt, nicht wahr? Ich glaube, das war der Fehler, den ich begangen habe. Anthea hat mir das Zeug gegeben, als mir der Mörtel ausging.«

Sie spürte, wie er lachte. »Ich habe Kalkmörtel genommen. Zum Glück hatte ich noch welchen.« Er zögerte kurz. »Ich weiß, dass du es seltsam fandest, dass ich dich allein gelassen habe, doch ich wusste, dass es lange dauern würde, diese Muscheln wieder anzubringen. Wenn ich dir erzählt hätte, was ich vorhatte, hättest du darauf bestanden, mir zu helfen. Und du warst so müde.«

»Dann bist du die ganze Nacht aufgeblieben?«

»Mehr oder weniger. Na ja, stimmt schon. Ich habe ein feines Gewebe an der Decke angebracht, weil sie noch feucht ist. Ich bin mir nicht hundertprozentig sicher, ob die Muscheln auch halten. Sollten sie eigentlich schon ...«

Lorna nickte. »Diese Decke hat es in sich.«

»Stimmt.« Er schwieg kurz und seufzte dann. »Dieser Garten ist so schön!«

»Ich bin sehr zufrieden damit. Viele Pflanzen befinden sich noch in ihren Töpfen, weil ich sie über Kontakte von Philly organisiert habe – Gärtnereien, die Material für Blumenausstellungen und ähnliche Veranstaltungen zur Verfügung stellen.«

»Führ mich doch jetzt herum – es ist fast schon hell. Danach muss ich ein bisschen schlafen.«

»Du kannst mit zu mir kommen, wenn du möchtest«, schlug Lorna vor. Es klang beiläufig, doch sie fand sich ganz schön kühn.

»Wirklich? Das wäre super – und sehr nett von dir aus vielen, vielen Gründen.«

»Du kannst mitkommen, ich habe dich schließlich eingeladen, doch ich möchte gern wissen, warum du unbedingt die Decke der Grotte reparieren wolltest. Ich wollte das eigentlich heute versuchen; deshalb bin ich früh hergekommen. Es hätte auch sein können, dass ich einfach nur aufgeräumt hätte.«

»Ich wollte dir damit zeigen, dass ich kein Nichtsnutz bin, der einfach so zu einer sehr unpassenden Zeit aus deinem Leben verschwindet.« Er hielt inne und nahm sie wieder in die Arme. »Ich liebe dich, Lorna. Und ich wollte es dir beweisen. Taten sagen mehr als Worte, du weißt schon ...«

»Das ist ... Ich weiß nicht, was ich sagen soll.«

»Ich hege keine allzu großen Hoffnungen, dass du genauso empfindest, aber gib mir Zeit, dich für mich zu gewinnen, dich zu überzeugen ...«

Lorna hatte nicht das Gefühl, dass das schwierig für ihn werden würde, doch sie sprach es nicht aus. »Komm«, meinte sie stattdessen, »gehen wir nach Hause.«

Nachdem sie das Cottage erreicht hatten, zeigte Lorna Jack die Dusche, während sie in den Laden ging, um Bacon, Pilze, Tomaten und einen Laib frisches Brot zu kaufen.

Bei ihrer Rückkehr sah Jack erfrischt und glücklich aus. Er wirkte nicht wie jemand, der die ganze Nacht auf den Beinen gewesen war. »Ich habe Kaffee gekocht«, erklärte er. »Ich hoffe, du hast nichts dagegen.«

»Natürlich nicht. Ich kümmere mich ums Frühstück.«

Irgendwann, während sie kochte, Essen warm hielt und Brot toastete, lag auf dem Tisch auf einmal ein in ein Papiertaschentuch eingewickeltes Päckchen.

Er schob es zur Seite, damit sie den Teller abstellen konnte. »Es ist ein Geschenk«, erklärte er.

»Wann hattest du denn Zeit, ein Geschenk zu kaufen?«, fragte sie erfreut und gleichzeitig verblüfft.

Er lachte und gab ihr das Päckchen. »Ich habe es nicht gekauft! Ich habe es selbst gemacht – ich habe *sie* selbst gemacht. Schau sie dir an.« Er richtete seine Aufmerksamkeit auf sein Frühstück und tat so, als ließe ihn ihre Reaktion auf sein Geschenk kalt.

Sie wickelte das Taschentuch auf, und zwei geschnitzte Holzlöffel fielen heraus.

»Das sind walisische Liebeslöffel«, erklärte er. »Ich habe sie selbst geschnitzt. Ich bin zwar kein Waliser, doch diese Löffel sind ein Liebeszeichen. Es gibt sie auch in Skandinavien. Ich habe sie geschnitzt, während ich am Bett meines Vaters saß und mich mit meiner Mutter unterhielt. Auf die Weise waren meine Hände beschäftigt, und ich war in Gedanken immer bei dir.«

»Sie sind wunderschön.« Sie untersuchte die Löffel, in die Herzen, Engel, Ketten und ein Anker geschnitzt waren. »Hat jedes Detail eine bestimmte Bedeutung?«

»Jedes einzelne bedeutet, dass ich dich liebe.«

Sie bemerkte, dass ihr schon wieder die Augen feucht wurden. Daher schwieg sie für eine Weile. »Ich weiß nicht, was ich sagen soll!«

»Sag einfach: ›Lass uns nach oben ins Bett gehen.‹«

Sie lachte. Noch nie zuvor hatte sie sich so geliebt und so voller Liebe gefühlt. »Iss erst mal dein Frühstück auf!«

Es dauerte nicht lange, bis Jack sie an der Hand nahm und ins Schlafzimmer führte. Die Vorhänge waren von der Nacht noch halb zugezogen, und Lorna war dankbar, dass kein Sonnenschein durch die Fenster fiel. Sie hatte schon so lange keine Beziehung mehr gehabt. Obwohl sie Jack liebte und auch glaubte, dass ihre Liebe erwidert wurde, war sie gehemmt und schüchtern.

Das hätte sie nicht sein müssen. Er nahm das Heft in die

Hand. Sanft strich er ihr die Haare aus dem Gesicht und küsste sie zärtlich. Dann zog er sie ganz langsam aus und betrachtete sie eingehend.

Sein Blick sagte ihr alles, was sie wissen musste, doch er sprach es dennoch aus: »Du warst mit achtzehn schon entzückend, aber jetzt bist du noch viel schöner.«

Danach sprachen sie beide für lange Zeit nicht mehr.

27. Kapitel

Philly half Lucien in Antheas großer Küche. Es gab jede Menge Arbeitsflächen, vor allem da der Tisch freigeräumt worden war, der normalerweise als Ablage für alles Mögliche diente. Jetzt standen darauf überall Platten und Schüsseln mit Essen. Einige waren grün und silbern mit dunkelroten Tupfen, und darauf türmten sich Salate, garniert mit Minze und Petersilie. Auf zwei Platten in leuchtend bunten Farben lagen fein geschnittene Tomatenscheiben mit Zwiebeln und grüne Paprika mit Walnüssen. Das Essen erfreute das Auge und sah überaus verlockend aus. In der ganzen Küche duftete es nach Auberginen und Granatäpfeln.

Doch irgendetwas stimmte nicht mit Lucien, fand Philly. Er wirkte überraschend angespannt. Sie beobachtete ihn aufmerksam, während sie sich durch den Berg Petersilie kämpfte, die sie klein hacken sollte.

»Was ist los?«, fragte sie schließlich und wischte sich die Hände an einem Küchentuch ab.

Als er sich zu ihr umdrehte, runzelte sie die Stirn. Vor der Präsentation ihres Brotstandes, als er sich einer kritischen Jury hatte stellen müssen, hatte er weniger nervös ausgesehen als jetzt. Dieses Essen dagegen war ziemlich unkompliziert, wie er ihr selbst erklärt hatte. »Das Problem ist, ich kann so etwas nicht besonders gut!«, sagte er und schaute ihr ins Gesicht.

»Was denn? Du machst dir doch sicher keine Sorgen wegen des Essens, oder etwa doch? Du hast selbst gesagt, es wäre ganz einfach. Außerdem bist du ein hervorragender ...«

»Nein, es geht nicht ums Essen!« Er war empört.

»Worum denn? Wenn du mir ein Stichwort geben würdest, könnte ich dir vielleicht helfen.«

Lucien schluckte. »Okay, ich mache es einfach.« Er legte ihr eine Hand auf die Schulter, kramte mit der anderen in seiner Gesäßtasche und zog einen Umschlag heraus. »Die Sache ist die ...« Er umklammerte ihre Schulter. »Philly?«

»Was ist denn?« Inzwischen war sie richtig besorgt. Warum hielt er sie so fest? Normalerweise war er so selbstbewusst und redegewandt, aber nun schien er nicht in der Lage zu sein, einen Satz zu Ende zu bringen.

»Ich war eben einkaufen«, fuhr er fort.

Jetzt war sie so klug wie zuvor. Hatte er etwas vergessen? »Ich weiß. Du hast Granatapfel-Melasse gebraucht. Soll ich sonst noch was besorgen? Das macht mir nichts aus.«

Er ignorierte ihren Vorschlag. »Meine Güte, das ist ja schrecklich!« Er fummelte an dem Umschlag herum und öffnete ihn. »Ich habe das hier für dich besorgt.« Er zog einen winzigen goldenen Umschlag aus dem größeren heraus. »Philly! Willst du mich heiraten?«

Sie brauchte einen Moment, um seine Worte zu verstehen. »Dich ... heiraten?«

»Ja! Philly, ich liebe dich. Ich möchte, dass du meine Frau wirst. Sagst du Ja?«, fügte er leise, aber eindringlich hinzu. Wieder schluckte er. »Warte kurz. Du musst den Ring anschauen. Natürlich kannst du ihn umtauschen ...«

Sie sah Lucien an. Er war ihr Held; so wie jetzt hatte sie ihn noch nie erlebt: unsicher und mit mangelndem Selbstvertrauen. »Oh, Lucien! Natürlich heirate ich dich!«

Er seufzte tief auf, nahm sie in die Arme und vergrub den Kopf an ihrer Schulter. »Gott sei Dank! Ich weiß nicht, was ich getan hätte, wenn du Nein gesagt hättest.«

Sie musste sich räuspern, bevor sie sprechen konnte. »Das hätte ich niemals! Ich liebe dich!« Das hatte sie schon seit so langer Zeit sagen wollen. Sie spürte es mit jeder Faser ihres Herzens.

»Oh, Philly! Lass mich dir den Ring zeigen. Ich habe die Quittung aufbewahrt, und wir können ihn umtauschen, wenn er dir nicht gefällt.« Er öffnete den kleinen goldenen Umschlag, den er die ganze Zeit festgehalten hatte; dann nahm er Phillys Hand und ließ etwas hineingleiten.

Sie rang nach Luft. Es war ein schlichter Diamantring, aber der Stein war recht groß.

»Lucien!« Philly riss die Augen auf. Sie wusste nicht, ob sie entzückt oder entsetzt sein sollte, wenn sie daran dachte, was dieser Ring gekostet haben musste.

»Probier ihn mal an. Gefällt er dir?« Ohne auf ihre Antwort zu warten, nahm er wieder ihre Hand und steckte ihr den Goldring an den Finger.

»Ich habe noch nie so einen schönen Ring gesehen!«, hauchte sie. »Er muss ein Vermögen gekostet haben.«

»Mach dir keine Gedanken. Ich habe bei dem Pferderennen ein kleines bisschen gewettet, als du nicht hingeschaut hast. Es hat funktioniert! Also: Was hältst du davon?«

Philly betrachtete den schmalen Goldring mit dem Diamanten, der nun ihren Finger zierte. Das war der allerschönste Ring, den sie je gesehen hatte! »Ich liebe ihn. Aber versprich mir, dass du nie wieder wetten oder spielen wirst!«

»Ich verspreche dir alles!« Dann küsste er sie.

Sie wurden von einem Hüsteln unterbrochen. »Tut mir leid, dass ich störe ...«, begann Seamus.

»Seamus! Philly und ich sind verlobt«, rief Lucien. »Ich habe sie gefragt, ob sie mich heiraten will, und sie hat Ja gesagt. Ich bin so glücklich!«

»Ich auch!«, fügte Philly hinzu. Sie war ein bisschen verlegen, weil sie bei ihrem leidenschaftlichen Kuss ertappt worden waren.

»Nun, herzlichen Glückwunsch, ihr beiden!« Seamus war offensichtlich begeistert. »Philly, du hast noch nie so hübsch ausgesehen. Deine Augen funkeln wie Sonnenstrahlen auf Wasser. Und Sie, junger Mann, Sie machen den Eindruck, als hätten Sie im Lotto gewonnen.«

»Er hat tatsächlich auf ein Pferd gesetzt und gewonnen«, sagte Philly, »und dann hat er mir den hier gekauft.« Sie streckte die Hand aus, damit ihr Großvater den Verlobungsring bewundern konnte.

»Der ist jedenfalls nicht aus einem Kaugummiautomaten!«, konterte Seamus.

»Ganz bestimmt nicht«, pflichtete ihm Lucien bei und sah überaus zufrieden aus, wie Philly fand.

»Komm und umarme deinen Großvater«, sagte Seamus. Als das erledigt war, musterte Philly ihn aufmerksam.

»Ich muss sagen, dass du großartig aussiehst, Grand«, meinte sie. »Du hast einen neuen Anzug. Solange ich dich kenne, hast du noch nie einen gekauft. Das schwöre ich.«

»Na ja«, antwortete Seamus, der sich offenbar ein bisschen unbehaglich fühlte. »Deine Mutter drängt mich schon seit Jahren, mir endlich einen Anzug zuzulegen. Sie wird begeistert sein, wenn sie ihn sieht.«

»Dann wirst du ihn also an Weihnachten anziehen?« Philly war erstaunt. Derzeit sahen sie ihre Eltern eigentlich nur zu Weihnachten, und zu dem Anlass trug ihr Großvater traditionell immer einen Pullover, den sie ihm geschenkt hatte.

»Nein. Sie wird ihn sehen, wenn sie in einer Stunde ankommt.«

Philly bekam von dem Schock weiche Knie. »Was meinst du damit? Kommt sie zu der Party?«

Seamus nickte. »Alle kommen, deine Eltern und deine Brüder. Ist das nicht praktisch? Da kannst du ihnen gleich erzählen, dass du verlobt bist.«

»Aber warum kommen sie? Es kann nichts mit mir zu tun haben, wir haben uns ja gerade erst verlobt.«

»Anthea hat sie eingeladen, und sie haben zugesagt.«

»Warum denn nur? Sie kennt sie noch nicht einmal.« Philly hatte in der vergangenen halben Stunde mehrere Schocks erlitten; auf diesen hier hätte sie gut verzichten können. Der Gedanke, sich um ihre anstrengende Familie kümmern zu müssen, während sie gleichzeitig Lucien in der Küche bei den Vorbereitungen für das Essen helfen wollte, war einfach nur schrecklich. Dann wurde es ihr klar. »Oh Gott! Sie kommen, um Lucien zu begutachten, stimmt's?«

Seamus zuckte mit den Schultern. »Vielleicht. Dagegen ist nichts einzuwenden. Schließlich seid ihr verlobt.«

»Aber erst seit zwanzig Minuten! Und davon können sie nichts wissen.«

»Ihr seid schon seit einer Weile zusammen.«

Philly seufzte. »Das stimmt. Wir hatten vor, sie in Irland zu besuchen – irgendwann, wenn wir einmal nicht so viel zu tun haben.«

Seamus nickte verständnisvoll. »Das ist sicher der Grund, warum sie Antheas Einladung angenommen haben. Sie wussten, dass du nie die Zeit finden würdest, um sie zu Hause zu besuchen.«

»Was soll's, Philly?«, sagte Lucien munter. »Es kommt etwas überraschend, aber das Timing ist eigentlich perfekt.«

Ihr Großvater lächelte dankbar. »Ich hätte euch früher davon erzählt, doch ihr seid gerade erst zurückgekommen. Ich wollte nicht, dass ihr euch zu viele Sorgen macht.«

Ein weiterer Gedanke schoss Philly durch den Kopf, den sie

allerdings nicht mit ihrem Großvater erörtern konnte. Sie fragte sich, ob ihre Mutter erkennen würde, dass Lucien und sie Sex hatten. Nun, wenigstens waren sie verlobt.

»Alles wird gut, Philly«, sagte Grand. »Mit so einem Ring wird deine Mutter wenigstens nicht infrage stellen, dass Lucien es ernst mit dir meint.«

»Ich habe doch gleich gewusst, dass sich die Investition lohnt«, kommentierte Lucien schmunzelnd, der gerade nach dem Backofen sah.

»Klar«, erwiderte Seamus. »Er ist ein großartiger junger Mann, Philly, das wird auch deine Familie erkennen.«

Später, als Philly in den Garten ging, um Rosmarin zu holen, dachte sie darüber nach, dass sie seit ihrer Teenagerzeit wie jedes Mädchen immer mal wieder überlegt hatte, wie der Mann wohl sein mochte, in den sie sich irgendwann einmal verlieben würde. Sie hatte sich Gedanken darüber gemacht, wie es sich anfühlen würde zu heiraten, wie sie sich in einer Beziehung zurechtfinden würde, über ganz normale Dinge eben. Doch sie hatte sich niemals vorstellen können, einmal so glücklich wie jetzt zu sein. Lucien machte sie unglaublich stolz, und sie war sicher und überzeugt, in ihm den Richtigen gefunden zu haben.

Ihre Mum würde bestimmt darauf zu sprechen kommen, wie jung sie noch war, doch da ihre Mutter bei ihrer Hochzeit selbst fast noch ein Kind gewesen war, konnte sie sich wohl kaum beklagen, wenn ihre Tochter ihrem Beispiel folgte. Allerdings war Philly sich ziemlich sicher, dass Marion als Jungfrau vor den Altar getreten war.

Kurz darauf traf Philly wieder auf Seamus. »Was soll ich zu der Party anziehen, was meinst du?«, fragte sie, während er im Flur vor dem Spiegel seine Krawatte neu band.

»Irgendetwas Hübsches, am besten ein Kleid. Etwas, was dem schönen Garten Ehre macht.«

Philly war leicht erstaunt, dass ihr Großvater so bestimmt seine Meinung äußerte. Eigentlich war ihre Frage mehr oder weniger rhetorischer Natur gewesen, und sie hatte nicht mit einer konkreten Antwort gerechnet. »Ich werde etwas Passendes finden«, entgegnete sie. »Zumindest wird das Wetter wunderschön werden.«

»Wir sind gesegnet«, erwiderte ihr Großvater merkwürdig ernst.

Nachdem Philly kurz nach Hause gefahren war, um sich umzuziehen, kehrte sie zum Garten zurück und entdeckte Lorna auf Anhieb. Sie stand auf einer Stehleiter und band eine Rose hoch. Sie trug ein feuerrotes Kleid, und ihr dunkelrotes Haar, in dem eine der Rosenblüten leuchtete, die sie gerade festband, war hochgesteckt. Jack hielt die Leiter. Als Philly sah, wie er Lorna anschaute, erkannte sie, dass er die gleichen Gefühle für Lorna hegte wie sie für Lucien. Fairerweise musste Philly zugeben, dass Lucien sie auch so anblickte. Sie musste unwillkürlich schon wieder lächeln.

Sie war so glücklich! Anthea hatte ihr erzählt, dass sie Jack gebeten hatte, die Statuen heimlich zu reparieren – in der Hoffnung, dass Lorna »zur Vernunft kam und aufhörte, sich Jack gegenüber so albern zu benehmen«. Typisch Anthea, es so auszudrücken!, dachte Philly. Und die Rechnung war aufgegangen.

»Hi«, rief sie Lorna zu. »Du siehst toll aus. Ihr beide seht toll aus.« In dem Leinenanzug war Jack sehr attraktiv.

»Du auch«, erwiderte Lorna, die inzwischen die Leiter heruntergestiegen war. »Man sieht dich nicht so oft in einem Kleid.«

Philly schaute an ihrem ein wenig verblichenen Blumenkleid hinunter, das sie weit hinten in ihrem Schrank gefunden hatte. Sie hatte es vor Jahren zu irgendeinem Anlass gekauft. Das verwaschene Aussehen verlieh dem Kleid einen Vintage-Look, der sehr gut zu einem historischen Garten passte.
»Stimmt. Das hier mag ich. Grand hat darauf bestanden, dass ich mich chic mache – ich glaube, weil meine Eltern und meine beiden Brüder kommen. Ach, Lorna! Wir sind verlobt, Lucien und ich!«

»Wow!«, rief Lorna aus und umarmte Philly stürmisch. »Ich freue mich wahnsinnig.«

»Lucien kann sich sehr glücklich schätzen«, meinte Jack.

Philly verdrehte die Augen. »Warum? Weil meine Familie kommt, um ihn äußerst kritisch unter die Lupe zu nehmen?«

Lorna lachte. »Genau! Sehe ich da einen Ring an deinem Finger?«

Philly streckte die Hand aus, damit Lorna und Jack den Verlobungsring bewundern konnten.

»Das ist ein sehr edles Schmuckstück«, sagte Jack.

»Der Ring ist umwerfend!«, kommentierte Lorna. »Ich bin beeindruckt.«

»Dann wissen sie also noch nicht, dass ihr verlobt seid?«, hakte Jack nach.

»Wir wissen es ja selbst noch nicht lange!«, antwortete Philly und hüpfte vor Begeisterung auf der Stelle.

Lorna warf Jack einen Blick zu. »Wir müssen es Leo sagen«, meinte sie.

»Was denn?«, wollte Philly wissen.

»Dass wir zusammen sind«, erwiderte Lorna mit Nachdruck. »Er könnte es schockierend finden, dass seine Mutter einen Freund hat.«

Jack runzelte leicht die Stirn. »Ich glaube, er überprüft gerade zusammen mit Kirstie, ob die Pavillons richtig aufgestellt sind und alles fertig ist. Ich unterhalte mich mal mit ihm, um ihn für mich einzunehmen.«

»Gute Idee«, sagte Lorna.

Während Lorna Jack voller Sehnsucht hinterherblickte, fragte Philly: »Warst du mit niemandem mehr zusammen, seit du Leo bekommen hast?«

»Nicht, solange er zu Hause war, und es waren auch nicht viele Männer. Ich bin sehr wählerisch.« Sie lachte. »Ich musste mich für ein jüngeres Modell entscheiden.«

Das Wort erinnerte Philly an etwas. »Bist du jetzt im Reinen damit, dass Jack ein Aktbild von dir hat?«

»Ja, inzwischen schon«, antwortete Lorna. »Jetzt weiß ich, dass die reale, erwachsene Lorna keine furchtbare Enttäuschung für ihn ist.«

Philly lachte. »Natürlich ist sie das nicht!« Doch sie hatte Verständnis für Lornas Ängste. Dann fielen ihr ihre eigenen Sorgen wieder ein, und ein Schatten fiel über ihr Gesicht.

»Du hast Angst, weil deine Familie Lucien kennenlernen wird?«

Philly nickte. »Ein bisschen. Er ist so anders als alle Menschen, die sie je getroffen haben. Er stammt aus einer vornehmen Familie, er ist Koch, er hält nie still …«

»Aber er ist ein reizender junger Mann – das merken sie bestimmt sofort. Wenn es so aussieht, als fänden sie ihn nicht auf Anhieb sympathisch, setze ich mich für ihn ein. Und du hast es ja auch geschafft, seine Eltern für dich zu gewinnen. Du warst für sie genauso exotisch.«

»Dafür musste ich mich aber auch sehr anstrengen.«

»Und sie haben schließlich erkannt, was für eine tolle Frau du bist.«

Philly lachte. »Ich gehe jetzt besser mal und schaue, wie Lucien vorankommt. Außerdem muss ich ihn vorwarnen, damit er den Bus startklar macht, falls wir Hals über Kopf fliehen müssen.« Sie zwinkerte ihrer Freundin zu.

»Die Flucht auf einem Pferd wäre romantischer«, meinte Lorna.

Philly schüttelte den Kopf. »Da würde ich nur runterfallen. Das würde in einer Katastrophe enden.«

»Das sieht sensationell aus, und es duftet auch köstlich.« Philly war in die Küche zurückgekehrt und verschaffte sich einen raschen Überblick über die fertigen Gerichte, die nun bereitstanden, um in die Pavillons gebracht zu werden. »Ist Anthea zufrieden?«

»Sie ist sogar sehr zufrieden«, sagte die alte Dame, die gerade in der Küche aufgetaucht war. »Aber noch zufriedener bin ich darüber, dass ihr jungen Leute euch verlobt habt. Ihr werdet ein wundervolles Paar abgeben, ein perfektes Team.«

Lucien, der, wie Philly fand, in seiner Kochkleidung unglaublich sexy aussah, nickte zustimmend. »Ich hätte nie gedacht, dass ich eine Frau finden würde, mit der ich den Rest meines Lebens verbringen möchte. Ich habe nicht geglaubt, dass es eine gibt, die mir ebenbürtig ist. Aber Philly ist absolut die Richtige.«

Philly wäre beinahe in Tränen ausgebrochen.

»Sie haben in der Tat großes Glück«, meinte Anthea. »Sie ist nicht nur eine gute Arbeiterin, sie ist auch noch außerordentlich hübsch. Und mir gefällt dieses Kleid. Es ist sehr passend.«

Sie richtete ihre Aufmerksamkeit auf Lucien. »Sie, mein lieber Junge, müssen sich noch umziehen, auch wenn Sie in dieser Kleidung umwerfend aussehen.«

»Aber ich gehöre zum Personal«, widersprach er. »Ich bin für die Verpflegung zuständig.«

»Wenn das Essen fertig ist, sind Sie mein Gast«, sagte Anthea mit Nachdruck. »Ich bestehe darauf.«

Und wenn Anthea auf etwas bestand, fügten sich ihre Mitmenschen in der Regel.

Lucien seufzte. »In Ordnung, doch erst wenn ich mit allem zufrieden bin. Wie sieht es mit Nachspeisen aus? Ich habe keine vorbereitet.«

»Das ist alles organisiert«, erwiderte Anthea. »Kirstie hat das übliche Eton-Mess-Rezept vorbereitet – Erdbeeren mit Schlagsahne –, außerdem eine Schokorolle, und ich steuere ein Trifle bei.«

»Ganz bestimmt nicht«, widersprach Philly. »Sie sind das Geburtstagskind – Sie sollten sich jetzt zurechtmachen.«

»Der Nachtisch ist ganz schnell fertig, meine Liebe. Ich mache ihn ohne Götterspeise.«

Sie nahm eine sehr schmutzige Schürze von einem Haken hinter der Tür und band sie um.

»Wenn ich das sagen darf«, schaltete sich Lucien ein, »haben Sie eine sauberere Schürze? Die da ist richtig widerlich.«

Philly dachte bei sich, dass sie sich niemals trauen würde, so etwas zu Anthea zu sagen. War es das Selbstvertrauen seiner Gesellschaftsschicht, das ihn in die Lage versetzte? Oder lag es an seiner Sorge um die Küchenhygiene?

Anthea blickte an sich hinunter. »Oh, da haben Sie recht, mein Lieber. Und natürlich habe ich Dutzende von Schürzen. Ich muss sie bloß finden.« Sie öffnete eine klemmende Schublade und nahm eine Schürze heraus.

»Ich muss mich weiter um meine Fladenbrote kümmern«, sagte Lucien.

»Und was soll ich tun?«, erkundigte sich Philly.

»Wenn du schon mal abspülen und aufräumen könntest …«
Philly schnappte sich eine frische Schürze, während Anthea Sherry über die Biskuits träufelte, und machte sich ans Werk.

Ärgerlicherweise konnte Philly nicht gleichzeitig in der Küche helfen und nach ihrer Familie Ausschau halten. Sie streute gerade Mandelblättchen über Antheas Trifle, als ihre Mutter in die Küche trat.

»Liebling!«, rief Marion. »Wie geht es dir?« Sie drückte Philly an sich, als hätten sie sich jahrelang nicht mehr gesehen. »Dein Großvater sagt, dass du dich verlobt hast? Stimmt das wirklich? Mit einem jungen Mann, dem ich noch nie begegnet bin?«

Philly wurde das Herz ein wenig schwer. Sie hatte den Ärger ihrer Mutter wahrgenommen, obwohl Marion versuchte, ihn zu verbergen. »Komm, ich stelle dich ihm vor.«

Lucien war schon da, bevor Philly seinen Namen aussprechen konnte. »Mrs. Doyle, ich bin Lucien Camberley. Wie geht es Ihnen? Ich bin so froh, dass wir uns endlich kennenlernen. Philly und ich hatten vor, Sie sehr bald zu besuchen.«

Philly beobachtete, wie ihre Mutter innerlich einen Schritt zurücktrat. Sie war empört, dass ihre Tochter sich mit einem Mann verlobt hatte, den sie selbst nicht vorab für gut befunden hatte. Doch jetzt stand derjenige vor ihr, blendend aussehend, gebildet und unglaublich selbstsicher. Ihre Empörung fiel in sich zusammen.

Mrs. Doyle schüttelte Lucien die Hand und musterte ihn kurz. »Freut mich sehr, Lucien, auch wenn es ein bisschen überraschend kommt. Musstest du dich so schnell verloben, Philly? Hättest du nicht warten können, bis deine Familie Gelegenheit hatte, den jungen Mann kennenzulernen?«

»Leider konnten wir nicht warten«, erwiderte Lucien.

»Und was halten Ihre Eltern davon?«, fragte Mrs. Doyle etwas unterkühlt.

»Sie wissen es noch nicht«, antwortete Lucien mit seinem charmantesten Lächeln. »Meine Eltern ... na ja, sie sind ziemlich altmodisch, doch ich glaube, sie werden entzückt sein.«

»Ich denke, sie werden feststellen, dass wir ebenfalls ziemlich altmodisch sind«, meinte Mrs. Doyle. »Zu meiner Zeit war es üblich, dass die Familien sich ein wenig kannten, bevor die jungen Leute sich verlobten.«

»Mum! Das liegt daran, dass wir aus einem sehr kleinen Ort stammen. Die meisten meiner Freundinnen sind mit Jungen zusammengekommen, mit denen wir in die Schule gegangen sind. Natürlich kannten sich da die Familien untereinander.« Philly fragte sich, ob sie ihre Mutter auch so anstrengend finden würde, wenn sie nicht gerade in Antheas Küche stehen und Essen für eine Party vorbereiten würden. »Sieh mal, das ist der Ring, den er mir geschenkt hat.«

»Oh, mein Gott!«, rief Mrs. Doyle unwillkürlich aus. »Er sieht ja aus wie ein Ring von Elizabeth Taylor.«

In dem Moment kam Seamus herein. »Ich wollte ein Bier für meinen Sohn organisieren«, erklärte er. »Oh, und ihr werdet Gelegenheit haben, Luciens Eltern kennenzulernen. Sie kommen später auch noch.«

»Was?«, fragten Philly und Lucien unisono. »Und warum?«, fügte Philly hinzu.

»Es ist eine Party«, entgegnete Seamus. »Warum sollte Anthea sie nicht einladen?«

Darauf schien es keine passende Antwort zu geben. »Ich gehe besser mal und mache mich frisch«, erklärte Philly, die das Bedürfnis hatte, aus der Küche zu flüchten. »Und ich muss noch meine Schuhe für die Party holen.«

»Sie müssen sich auch umziehen, Lucien«, bemerkte Seamus. »Die Party beginnt in einer Stunde. Angesichts der Geschwindigkeit, mit der sich meine Enkelsöhne über den Champagner hermachen, könnte man allerdings meinen, sie ist schon in vollem Gange.«

Da sie Antheas Haus durch die Hintertür und ein Loch in der Hecke verließen, schafften sie es zu Luciens Bus, ohne von einem Verwandten oder sonst jemandem entdeckt zu werden. Als sie davonbrausten, musste Philly kichern. Bei ihrer Ankunft zu Hause lachte sie immer noch.

»Ich würde zu gern Mäuschen spielen, wenn deine Eltern auf meine treffen«, meinte sie und lief hinter Lucien die Treppe hinauf, »doch irgendwie will ich nicht offiziell dabei sein, wenn es passiert.«

»Hm, kann ich verstehen. Aber eigentlich sind sie sich doch ähnlich. Sie machen sich Sorgen um uns und finden uns zu jung, um so eine wichtige Entscheidung zu treffen«, sagte Lucien. »Allerdings wissen meine Eltern jetzt, dass du eine wunderbare Frau bist.«

»Und meine Eltern werden dich lieben, wenn sie sich von dem Schreck erholt haben«, erwiderte Philly, war jedoch nicht völlig überzeugt von dem, was sie sagte. »Sie könnten vielleicht denken, dass du ein klassischer Fall von ›mehr Schein als Sein‹ bist, bis sie begreifen, was für ein harter Arbeiter du bist.«

»Ich komme damit zurecht«, antwortete Lucien. »Soll ich einen Anzug anziehen?«

Philly gefiel die Vorstellung von Lucien in einem Anzug. »Hast du denn einen dabei?«

»Dad hat mir einen mitgebracht, als wir zusammen essen waren, erinnerst du dich?«

Philly runzelte die Stirn. »Aber du hast ihn an jenem Abend nicht getragen.«

»Ja, stimmt. Zu der Zeit habe ich rebelliert. Doch Anthea zuliebe bin ich gern bereit, in einen Anzug zu schlüpfen. Und um dir Ehre zu erweisen, mein schönes Mädchen.«

Kurz darauf kehrten Lucien und Philly in den Garten zurück: er in einem eleganten Anzug und sie in ihrem alten Kleid, mit Blumen im Haar und ihrem wunderschönen Verlobungsring am Finger. Lucien wollte unbedingt in die Küche, doch Philly hielt ihn am Arm fest. »Kirstie hat genug Leute organisiert, die das Essen servieren werden. Wir müssen uns um unsere Eltern und ihr erstes Zusammentreffen kümmern. Und zwar bevor die anderen Gäste kommen. Sonst schwebt die Sache wie ein Damoklesschwert über meinem Kopf.«

»Du hast doch nicht etwa Angst, meine Eltern wiederzusehen, oder etwa doch? Sie mögen dich.«

»Vielleicht haben sie ihre Meinung geändert. Wenigstens hast du meine Mutter schon kennengelernt. Sie ist eine harte Nuss. Komm, ich stelle dir Dad vor.« Sie nahm ihn an der Hand und führte ihn zu ihrem Vater.

»Dad!« Es folgte eine lange Umarmung. »Das ist Lucien.«

Er streckte Lucien freundlich die Hand hin. »Lucien. Wie geht's? Wie ich höre, wollen Sie von nun an die Verantwortung für meine Tochter übernehmen?«

»Und sie für mich, zum Glück«, erwiderte Lucien strahlend.

»Und das sind meine Brüder«, stellte Philly vor. Sie sah die beiden durch Luciens Augen: zwei große, kräftige Männer in glänzenden Anzügen.

Doch er schien sie nicht so wahrzunehmen. »Hallo, Jungs. Was muss ich tun, um euch zu zeigen, dass ich eure Schwester verdiene? Ich bin kein Kampfsportler, doch meine Brötchen sind erstklassig!«

Nach einer Sekunde lachte Liam, der ältere der beiden Brüder, und schlug Lucien auf die Schulter. »Du bist genauso verrückt wie sie. Ihr werdet euch prima verstehen.«

Philly freute sich gerade darüber, wie gut das gelaufen war, als sie Luciens Eltern entdeckte. »Äh – Mr. und Mrs. ...«, begann sie.

»Mum und Dad«, sagte Lucien und hätte sich damit Phillys unsterbliche Liebe verdient, wenn er sie nicht bereits besäße. »Darf ich euch Phillys Eltern und ihre Brüder vorstellen?« Er machte alle miteinander bekannt, als täte er so etwas schon sein ganzes Leben lang. Philly wurde klar, dass es wahrscheinlich so war. »Wir freuen uns sehr, dass ihr alle kommen konntet.«

»Ja«, brachte Philly hervor. Sie lächelte und wurde gleichzeitig rot.

»Nennen Sie mich bitte Camilla. Und das ist Jasper«, sagte Luciens Mutter zu Phillys Mutter. »Und ich muss Ihnen sagen, dass wir in Philly vernarrt sind.«

»Sie sind noch sehr jung ...«, begann Marion.

»Das stimmt«, pflichtete ihr Camilla bei, »aber sehr engagiert und entschlossen. Philly war fabelhaft, als sie in Luciens Bäckerei ausgeholfen hat.«

Marion runzelte die Stirn. »Bäckerei? Dabei war Backen noch nie ihre Stärke!«

»Sie sollten ihre Sauerteigzwiebelbrötchen probieren«, warf Lucien augenzwinkernd ein. »So, ich organisiere jetzt Getränke für alle.«

28. Kapitel

Lorna befand sich auf der kleinen Lichtung hinter der Grotte und dekorierte Jacks Statuen mit Blumengirlanden. Teilweise tat sie es, weil es Spaß machte, und teilweise, damit sie Anthea nicht bei der Begrüßung und Vorstellung der Gäste helfen musste, die bald eintreffen würden. Hauptsächlich jedoch wollte sie Jack Anerkennung zollen.

Ceres, die Göttin des Ackerbaus mit dem Füllhorn in der Hand, war nun mit einer Girlande aus Mohnblumen, Gänseblümchen, verschiedenen Gräsern sowie Windröschen und Kornblumen geschmückt. Flora, die bereits einen Blumenkranz aus Stein auf dem Kopf trug, hielt nun auch echte Rosen, Stiefmütterchen und ein paar – historisch nicht korrekte – Dahlien in den Armen. Sie sah wunderschön aus. Pomona trug einen Blumenkranz, und in ihrem Steinkorb lagen Äpfel und Birnen.

Lorna überlegte gerade, ob sie rasch noch einmal in Antheas Obstgarten huschen sollte, um ein paar Pflaumen zu pflücken, als ihr Sohn sie fand.

»Hier bist du!«, sagte Leo.

Er war, wie sie wieder einmal fand, unglaublich attraktiv. Seine Haare waren frisch gewaschen, sein cremefarbener Leinenanzug (den sie noch nicht kannte) war nur ganz leicht verknittert, und der Panamahut, den er in der Hand hielt, war anscheinend eher ein Accessoire als ein Sonnenschutz. Auf Lorna wirkte er wie ein Darsteller aus *Wiedersehen mit Brideshead*. Allerdings sah er verdrießlich aus.

»Hast du mich gesucht? Du siehst großartig aus, mein Schatz.«

»Ich war tatsächlich auf der Suche nach dir. Philly hat mir gesagt, wo du bist. Ich wollte wissen, ob es stimmt.«

»Ob was stimmt?«, fragte sie, obwohl sie genau wusste, wovon er sprach.

»Das mit Jack und dir. Seid ihr wieder zusammen?«

»Ja. Ja, das sind wir.«

»Aber du hast ihn doch wochenlang nicht gesehen. Du hast nichts mehr von ihm gehört, stimmt's?«

Eigentlich hätte Lorna ihm gern geantwortet, dass ihn das nichts anginge, doch sie verstand sein Unbehagen. Und sie sorgte sich ein bisschen um ihn. Plötzlich wurde ihr klar, dass Kirstie ihm den Leinenanzug und den Panamahut gekauft haben musste. Leo verbrachte so viel Zeit mit dieser Frau, dass Lorna befürchtete, er könne sich in sie verliebt haben. Und es war unwahrscheinlich, dass Kirstie Peter für Leo verlassen würde, auch wenn sie ihn mochte. Wie immer war Ehrlichkeit die beste Wahl.

»Es gab Kommunikationsprobleme zwischen Jack und mir, doch seit …«

»Seit wann?« Leo war sichtlich empört.

Lorna seufzte. »Hör zu, dir mag das alles ein bisschen überstürzt vorkommen. Zuerst haben wir keinen Kontakt mehr, dann sind wir auf einmal wieder ein Paar. Aber die Dinge ändern sich, und Probleme können gelöst werden.«

»Das ist einfach so … unwürdig, Mum! Er lässt dich mit gebrochenem Herzen sitzen, dann drängt er sich wieder in dein Leben – und du lässt es einfach zu.«

»So war es nicht.« Dennoch konnte sie verstehen, dass Leo es so wahrnahm.

»Nun, wie war es dann?«, wollte er wissen. Er hörte sich an wie ein besorgter Erziehungsberechtigter.

Zu Lornas großer Erleichterung tauchte in dem Moment

Jack hinter den Büschen auf. »Hi, Leo.« Er trat zu Lorna, legte ihr den Arm um die Taille und zog sie besitzergreifend an sich. »Ich kann mir vorstellen, wie es für dich wirken muss. Und du hast recht, wir haben wochenlang nichts voneinander gehört. Ich habe Höllenqualen gelitten. Ich will dich nicht mit den Einzelheiten langweilen – nur so viel: Lorna hat verstanden, dass es plausible Gründe dafür gibt, warum ich mich nicht bei ihr gemeldet habe. Dafür bin ich sehr dankbar.« Er schwieg kurz. »Ich liebe deine Mutter sehr. Ich werde niemals dein Stiefvater oder sonst etwas Gruseliges sein, doch ich hoffe, dass du mich irgendwann als Freund betrachten kannst, als jemanden, an den du dich zum Beispiel wenden kannst, wenn du einen Rat suchst.« Er wirkte ein bisschen verlegen. »Ich kann es nicht fassen, dass ich das gerade gesagt habe. Es ist vollkommen wahr, aber es klingt irgendwie ...«

Lorna, die bei dieser öffentlichen Bekanntgabe rot geworden war, meinte: »Es klingt ein bisschen nach Klischee, doch Klischees können nur zu Klischees werden, weil sie wahr sind.«

Jack fuhr fort: »Aber als ich gesagt habe, ich würde niemals dein Stiefvater sein, habe ich damit nicht gemeint, dass ich deine Mutter nicht heiraten möchte. Im Gegenteil: Ich möchte sie *unbedingt* heiraten.«

Leo fand seinen Sinn für Humor wieder und brach in Gelächter aus. »Sie bitten mich nicht gerade um Erlaubnis, meine Mutter heiraten zu dürfen, oder etwa doch?«

»Oh mein Gott!«, rief Lorna aus. Sie war aus vielerlei Gründen erschüttert.

Jack runzelte die Stirn. »Na ja, nein, eigentlich nicht. Aber ich möchte dir zeigen, dass ich ernste Absichten habe. Zuerst muss ich mit Lorna reden.«

»Das fällt Ihnen ein bisschen spät ein!«, konterte Leo. »Sie haben es ja schon offiziell gemacht.«

Jack wandte sich Lorna zu und grinste schief. »Also, willst du mich heiraten?«

»Ich möchte keinen Heiratsantrag in Anwesenheit meines Sohnes bekommen«, antwortete Lorna energisch, musste jedoch dabei lachen.

»Dann verschwinde ich lieber mal«, sagte Leo. Doch bevor er gehen konnte, tauchte Philly auf.

»Anthea trommelt gerade alle zusammen. Die anderen Gäste kommen bald, und sie möchte, dass wir alle da sind.«

»Hast du eine Ahnung, warum?«, wollte Lorna wissen.

Philly zuckte mit den Schultern. »Nicht wirklich. Aber ehrlich gesagt, ich verstehe nichts von dem, was heute vor sich geht.«

»Ich auch nicht«, pflichtete Leo ihr bei. »Doch ich glaube, ich brauche jetzt was zu trinken.«

»Was für eine gute Idee!«, sagte Lorna. Als sie Philly und Leo folgen wollte, griff Jack nach ihrem Arm.

»Also, möchtest du? Willst du mich heiraten?«

In den Monaten der Trennung, in denen jeder Gedanke bei Tag und bei Nacht Jack gegolten hatte, war Lorna nie auf die Idee gekommen, über eine mögliche Heirat nachzudenken. Doch jetzt, als er sie so eindringlich und voller Leidenschaft ansah, mit den restaurierten Statuen als Zeugen, wusste sie auf einmal, dass sie es auch wollte. Sie wollte ein Ehegelöbnis ablegen, um der Welt mitzuteilen, dass sie sich liebten und zusammengehörten. »Ja«, sagte sie, »ja, ich will.«

Er zog sie an sich, und sie blieben in inniger Umarmung stehen, bis einer von Phillys Brüdern kam, um sie zu holen.

»Meine Damen und Herren«, begrüßte Peter die vor der Grotte versammelten Gäste, »wie ihr alle wisst, sind wir zusammengekommen, um den Geburtstag meiner Mutter zu feiern. In ihrem Namen heißen Kirstie und ich euch herzlich willkommen. Wir freuen uns sehr, dass so viele der Einladung gefolgt sind. Ein weiterer Anlass für die Feier ist die Neugestaltung dieses Gartens, der für viele Jahre in Vergessenheit geraten war. Er wurde vor Kurzem wiederentdeckt und wiederhergestellt.«

»Nicht vollständig«, flüsterte Lorna Jack zu. »Es gibt noch jede Menge zu tun.«

Peter war noch nicht fertig. In der Hand hielt er ein paar Karteikarten. »Wenn ihr schon Gelegenheit hattet, euch umzusehen, stimmt ihr mir sicher zu, dass diese Grotte das absolute Highlight des Gartens ist. Sie wurde von der wunderbaren Lorna restauriert, die in mühevoller Kleinarbeit Muschel für Muschel ersetzt hat, einschließlich der Initialen meiner Mutter: A und S.«

Lorna sah sich gezwungen, ihn zu unterbrechen. »Um genau zu sein: Die Initialen bestehen aus Ammoniten, und Jack hat die ...«

Doch ihr Einwand verhallte ungehört, denn Seamus war vorgetreten. »Wenn Sie nichts dagegen haben, Peter, würde ich gern auch ein paar Worte sagen.«

Peter wirkte etwas verdutzt, dann erwiderte er: »Nun, ich wollte noch allen danken, die ...«

»Das mache ich«, sagte Seamus energisch. Anthea, die neben ihm stand, lächelte in die Menge der versammelten Gäste.

Sie trug ein wunderbar geschnittenes Kleid in Silbergrau. Die untere Hälfte war mit exotischen Vögeln und Pflanzen bestickt, und die flachen Schuhe waren mit passenden Stickereien versehen. Das Haar hatte sie zu einem Chignon hochgesteckt, gehalten von einer Klemme mit echten Blüten, die sich in dem Kleid wiederholten.

Lorna hatte Anthea noch nie so perfekt frisiert und so elegant gesehen. Während sie ihre Freundin bewunderte, fiel ihr ein, dass sie zuvor eine schicke, hübsch zurechtgemachte Frau mit einem Trolley gesehen hatte, die ins Haus gehuscht war. Anthea hatte offensichtlich jemanden engagiert, der sich um ihre Frisur und das Make-up gekümmert hatte. Jetzt war alles klar. Anthea wollte anlässlich ihrer Geburtstagsfeier sensationell aussehen, und es war ihr gelungen.

»Nun, liebe Gäste«, sagte Seamus, der ebenfalls sehr elegant war. »Peter hat euch bereits begrüßt, und auch Anthea und ich möchten euch willkommen heißen. Allerdings sind wir nicht wegen Antheas Geburtstag hier.«

Enttäuschtes Gemurmel war zu hören.

»Sie hat zwar Geburtstag, aber es ist kein *besonderer* Geburtstag für sie. Zumindest ...« Er legte eine Pause ein und genoss es offensichtlich, so aufmerksame Zuhörer zu haben. »... zumindest nicht besonders auf die Art und Weise, wie ihr es vermutet.«

»Nun, es ist immerhin ihr fünfundsiebzigster!«, warf Peter laut ein.

Kirstie, die gekleidet war, als wollte sie ein Pferderennen in Ascot besuchen, brachte ihn mit einer Geste zum Schweigen.

»Warum ihr alle hier seid – einschließlich meiner Familie aus Irland, die bisher noch nicht das Vergnügen hatte, Anthea kennenzulernen –, hat einen ganz anderen Grund: Wir feiern etwas ganz anderes.«

Lorna wurde es plötzlich ein wenig schwindelig. Konnte das sein ...?

»Wir möchten unsere Hochzeit mit euch feiern!«, rief Seamus.

Es folgte schockiertes Schweigen, bis Lorna, dicht gefolgt von Jack, begeistert zu applaudieren begann. Alle anderen stimmten ein, und die irischen jungen Männer jubelten laut. Damit übertönten sie das fassungslose Keuchen ihrer Mutter.

»Wir sind schon seit einigen Tagen verheiratet, haben es allerdings geheim gehalten, damit wir unsere Eheschließung allen Familienmitgliedern gleichzeitig verkünden können«, fuhr Seamus fort.

Nun trat Anthea vor. »Wir dachten, dass ihr viel Aufhebens machen würdet, wenn wir euch vorher davon erzählen würden. Deshalb haben wir bis jetzt geschwiegen. Und obwohl meine Initialen tatsächlich A und S lauten, stehen die Buchstaben aus Ammoniten, die Lorna und Jack so sorgfältig zusammengefügt haben, nicht für ›Anthea Susannah‹, sondern für ›Anthea und Seamus‹. So, das war es mit den dramatischen Enthüllungen. Holt euch bitte ein oder zwei Getränke, bevor das Essen fertig ist. Lucien hat für uns gekocht, und er hat wieder einmal hervorragende Arbeit geleistet.«

Als Seamus seine Frau in die Arme schloss, brandete erneut Beifall auf.

Peter wirkte ein bisschen erschüttert. Kirstie war davongeeilt, wahrscheinlich, um ein Glas Champagner für ihn zu organisieren. Lorna ging zu ihm hinüber, zog ihn aus dem Gedränge und führte ihn zu einer kleinen Bank unter einem Rosenstrauch, wo er vor Blicken geschützt war. Die Nachricht war für sie kein großer Schock, und wahrscheinlich wurde auch Philly nicht davon überrascht, denn sie hatten beide miterlebt, wie nahe Anthea und Seamus sich im Laufe der Zeit gekommen waren. Doch Peter hatte sich nicht mit dem Garten beschäftigt und auch nicht mitbekommen, wie oft Anthea Seamus um Unterstützung gebeten hatte. Wahrscheinlich hatte er in einem einfachen Automechaniker keinen potenziellen Ehemann für seine adelige Mutter gesehen.

»Peter? Alles in Ordnung?« Sie waren schon so lange befreundet, dass sie ihn jetzt wahrscheinlich am ehesten besänftigen konnte.

»Ich weiß nicht«, antwortete Peter. »Ich meine, ich mag Seamus, doch ich bin nie auf die Idee gekommen, dass zwischen ihm und meiner Mutter etwas laufen könnte. Sie war doch immer so ein Snob! Und er hat einen irischen Akzent!«

»Es ist ein ganz reizender Akzent«, sagte Lorna. »Ich persönlich liebe ihn. Und Seamus ist so ein liebenswerter Mann. Er wird Anthea umsorgen, und sie werden Spaß miteinander haben.«

»Hast du es gewusst?«, fragte er anklagend.

»Nein, doch ich habe die beiden oft zusammen erlebt und bin daher nicht überrascht, dass sie sich lieben.«

»Lorna – ich will nicht snobistisch erscheinen, aber ...«

»Nun, Peter, sie sind beide alt genug, um zu wissen, was sie tun. Offensichtlich war es kein spontaner Entschluss – sie haben es eindeutig schon seit Monaten geplant. Ich glaube, deine Mutter wollte diesen Garten in erster Linie restaurieren, damit sie ihre Hochzeit hier feiern kann. Ich finde es einfach wunderbar!« Lorna machte eine kurze Pause. »Warum bist du so streng mit ihr? Du bist schließlich mit einer Frau zusammen, die du übers Internet kennengelernt hast.«

»Daran gibt es nichts auszusetzen!«

»Stimmt. Und genauso wenig gibt es etwas daran auszusetzen, wenn Menschen sich ganz normal begegnen, sich immer besser kennenlernen und dann heiraten. Selbst wenn sie vorher nicht ihre Familien um Erlaubnis gefragt haben.«

»Sie hätte mich um Rat fragen können! Ich meine, sie ist ja meine Mutter. Soweit ich weiß, hatte sie niemanden, seit mein Vater gestorben ist.«

»Nur soweit du weißt, Peter. Vielleicht hatte sie flüchtige Liebschaften, von denen du nichts ahnst, doch diesmal ist es ihr ernst. Jetzt geh hin und gratuliere ihr. Freu dich für die beiden!«

»Also gut«, erwiderte er zögernd. »Aber würdest du heiraten, ohne Leo vorher davon zu erzählen?«

Lorna musste lachen. Peter und Leo waren beide auf genau die gleiche Weise empört. »Nun, zufällig nein.«

Abrupt drehte Peter sich zu ihr um. »Was meinst du mit ›zufällig‹ – ihr habt doch nicht geheiratet, oder etwa doch? Du und der Steinmetz?« Er griff nach ihrer linken Hand und untersuchte ihre Finger.

»Nein!«, sagte Lorna, die mittlerweile laut lachte. »Allerdings sind Jack und ich verlobt – doch erst seit ganz kurzer Zeit. Deshalb habe ich noch keinen Ring bekommen.«

Jack erschien mit zwei Gläsern Champagner und gab eines davon Lorna. »Ich habe ihr erst vor einer halben Stunde einen Antrag gemacht«, erklärte er. Galant reichte er Peter das zweite Glas.

»Du darfst als Erster offiziell mit uns anstoßen«, meinte Lorna.

Peter seufzte, doch dann lächelte er und erhob sein Glas. »Ich wünsche euch beiden viel Glück.« Er wandte sich an Jack: »Aber wenn Sie sie schlecht behandeln, bekommen Sie es mit mir zu tun. Zuerst hat sie nämlich mir gehört.«

»Nein, habe ich nicht«, warf Lorna ein. »Wir sind seit vielen Jahren befreundet, das stimmt, doch …«

»Das habe ich natürlich gemeint.«

Aber Lorna bemerkte, dass sein Blick ein wenig länger auf ihr ruhte. Vielleicht hätte ich mich öfter chic machen sollen, als ich noch in ihn verliebt war, dachte sie. Womöglich hätte es dann mit uns geklappt. Aber sie war sehr froh, dass es anders gekommen war.

»Da bist du ja!«, sagte Kirstie, die ebenfalls Gläser mit Champagner mitgebracht hatte. »Ich habe dich überall gesucht. Oh, du hast schon etwas zu trinken.«

»Aber ich nicht.« Jack nahm ihr ein Glas aus der Hand.

»Lorna und Jack sind verlobt«, erklärte Peter. »Wir möchten auf ihr Wohl trinken.«

»Ich sehe keinen Ring«, erwiderte Kirstie etwas spitz.

»Dafür ist es noch zu früh«, antwortete Jack.

»Also wirklich!«, meinte Kirstie. »Zuerst verloben sich Philly und Lucien, dann haben Anthea und Seamus geheiratet, und jetzt sind auch noch Lorna und Jack verlobt! Wann bin ich endlich an der Reihe?«

Lorna und Jack wechselten einen Blick. »Ich glaube, wir sollten euch jetzt mal allein lassen, Peter«, bemerkte Lorna und griff nach Jacks Arm.

Als sie außer Hörweite waren, fragte sie: »Meinst du, Peter wird ihr einen Antrag machen?«

Jack zuckte mit den Schultern. »Vermutlich. Dieser geheime Garten, den du geschaffen hast, ist ein ausgesprochen magischer Ort.«

Lorna seufzte tief und zufrieden. »Er ist verzaubert. Das glaube ich wirklich.«

»Vielleicht sollten wir unsere Hochzeit auch hier feiern«, sagte er, nachdem er sie ausgiebig geküsst hatte.

»Das ist eine hervorragende Idee«, antwortete sie. »Der Garten hat uns zusammengebracht und mich sehr glücklich gemacht.«

»Mich auch. Doch wir sollten es den Leuten nicht sofort erzählen. Schließlich gehört dieser Tag Anthea und Seamus.«

Lorna lächelte. »Es ist wunderbar, dass man sich zu jedem Zeitpunkt im Leben und in jedem Alter verlieben kann.«

»Das finde ich auch, Liebste«, erwiderte Jack.

Danksagung

Wie immer braucht man fast so viele Menschen, um ein Buch zu schreiben, wie man Flicken braucht, um eine Patchwork-Decke in Übergröße herzustellen. Deshalb ist es kaum zu vermeiden, dass ich einige dieser Menschen vergesse und Fehler begehe. Dafür entschuldige ich mich aus ganzem Herzen. Es steckt keine Absicht dahinter – ich bin einfach sehr vergesslich! Doch unten aufgelistet sind die Personen, die ich nicht vergessen habe, und ich danke ihnen aufrichtig für ihre Hilfe und die Inspiration.

Danke an alle in der Vergangenheit und in der Gegenwart, die am *Rodborough Real Gardens and Sculpture Trail* beteiligt waren und sind. Natürlich mussten wir in einem Buch auftauchen!

Mein Dank gilt Alan Ford, der mich mit dem heldenhaften und inspirierenden Pascal Mychalysin, Steinmetzmeister in der Kathedrale von Gloucester, bekannt gemacht hat.

Außerdem Marion Mako und Tim Mowl, beide Gartenhistoriker und zudem außerordentlich unterhaltsame Begleiter beim Mittagessen.

Ori Hellerstein, ein handwerklicher Bäcker, der mich über Dreiphasenwechselstrom und viele Dinge im Zusammenhang mit der Herstellung von Brot informiert hat.

Sarah Watt, Gartenarchitektin und eine wunderbare Informationsquelle.

Tim Hancock und Rebecca Flint von *Tortworth Plants* und Derry Watkins von *Special Plants Nursery*.

Sue Devine, Fremdenführerin in der Kathedrale von Gloucester, deren Wissen mehrere Bücher füllen könnte.

Richard Davis, Bruder meiner wunderbaren Freundin und Autorin Jo Thomas, der schrecklich viel über das Wettgeschäft weiß – und darüber, dass manchmal tatsächlich jemand gewinnt!

Ich danke auch Dr. Annie Grey und ihrem Team für ihre wunderbare Serie *Victorian Bakers*, die mich unter anderem zu diesem Buch inspiriert hat.

Mein Dank gilt auch meinem tollen Team bei Century – Selina Walker, Georgina Hawtrey-Woore, Aslan Byrne, Chris Turner und Sarah Ridley sowie Charlotte Bush und ihren Leuten.

Danke an meinen wundervollen Agenten Bill Hamilton, Crème de la Crème unter den Agenten.

Ich danke auch Richenda Todd, einer Korrektorin, die nicht mit Gold aufzuwiegen ist.

Danke an alle befreundeten Autoren, die mich immer wieder motivieren weiterzumachen.

Reif für die Insel?
Dieser Roman gehört ins Gepäck!

Marlies Folkens
STERNSCHNUPPENTAGE
Sylt-Roman
272 Seiten
ISBN 978-3-404-17745-5

Sylt ist traumhaft. Janna verbindet mit der Insel wunderbare Erinnerungen an Meeresluft, Freiheit, ihren Jugendschwarm Achim und glückliche Sommer in der Pension ihrer Großmutter. Genau dort verkriecht sie sich, als ihre Mutter überraschend stirbt und ihr Freund sie sitzen lässt. Doch Verkriechen ist auf Dauer keine Lösung, finden ihre Oma Johanne und ihr Kumpel Mo. Sie ermutigen Janna, ihre Träume von früher endlich zu verwirklichen. Nur dass sie noch immer von Achim träumt, gefällt Mo gar nicht...

Bastei Lübbe

Die Community für alle, die Bücher lieben

Das Gefühl, wenn man ein Buch in einer einzigen Nacht verschlingt – teile es mit der Community

In der Lesejury kannst du

- ★ Bücher lesen und rezensieren, die noch nicht erschienen sind
- ★ Gemeinsam mit anderen buchbegeisterten Menschen in Leserunden diskutieren
- ★ Autoren persönlich kennenlernen
- ★ An exklusiven Gewinnspielen und Aktionen teilnehmen
- ★ Bonuspunkte sammeln und diese gegen tolle Prämien eintauschen

Jetzt kostenlos registrieren: www.lesejury.de
Folge uns auf Facebook:
www.facebook.com/lesejury